도둑의
누이

도둑의
누이

송은일 장편소설

문이당

아마도 여기가 내 전생의 현실일 거라고 믿어 버린 꿈을 꾼 적이 있다. 환생이니 전생 여행이니, 윤회의 비밀이니 하는 단어들이 유행했을 즈음이고 그에 관한 책자를 몇 권 읽은 탓이었을 것이다. 텔레비전 사극에서 흔히 만나는 아주 넓고 큰 양반집이 무대였다.

양반집 아가씨였다면 오죽이나 좋았으랴만 나는 그 집 침모의 딸로 안채, 사랑채, 별당 같은 곳을 돌아다니며 잔심부름이나 하던 계집아이였다. 밤이면 행랑채 자그만 방 호롱불 밑에서 어머니가 바느질을 가르쳐 주었는데 나는 도무지 솜씨가 없었던지 내 키만 한 대자로 어머니한테 어깨며 손을 자주 맞았다. 그러다가 열여섯 살에 시집을 갔다. 침모의 딸로는 비교적 잘 간 시집이었을까, 시댁은 안채와 바깥채로 이루어진 반듯한 초가였다. 그런데 시집살이가 고됐다. 바느질을 못해서 시어머니한테 허구한 날 야단을 맞았고 음식 솜씨도 없어서 끼니때마다 온 식구들한테 구박을 받았다. 말도 못하게 설움을 당하면서 살던 어느 날 밤에, 무슨 일 때문이었는지 모르지만 내 몸보다 두 배는 커 보이는 서방한테 죽을 만큼 맞았다. 발에 차이고 주먹으로 두들겨 맞으면서 몸이 부서졌고 숨이 막혔다. 죽는 나를 보면서 비명을 지르고 싶은데 소리는 안 나고 울지도 못하고 가위눌려 허우적대다가 꿈이라는 걸 깨닫고 나서야 간신히 일어났다. 깨어나서 스무 살도 못 되어 맞아 죽은 내가 얼마나 서럽던지 아주 한참이나 울었다. 그리고 꿈을 생각나는 대로 기록하면서 언젠가 이 이야기를 소설로 써서 스무 살도 못 산 내 전생을 되살리고 말리라고, 자다 봉창을 뜯듯이 결심했다.

꿈에서 만난 전생을 복원하겠다고 결심한 날로부터 시간이 꽤 흘러 다른 꿈을 꾸었는데 거기서의 나는 젊은 남자였고 도둑이었다. 영화나 소설 속에서 보았던 어떤 도둑보다 능력 있는, 도무지 훔치지 못하는 게 없는 도둑이 되어 있었다. 어디든 다 들어갈 수 있고 원하는 건 무엇이든지 가질 수 있는 그 희열이라니. 그런데 그 무소불위의 도둑인 내가 훔친 물건들은, 만화책이거나 숟가락이거나 열쇠도 없이 잠겨 있는 자물통이거나 어느 문에 소용될지 알 수 없는 열쇠 같은 것들이었다. 꿈 말미에 대개 꿈을 꾸고 있다는 걸 의식하게 되지 않는가. 꿈이지만 참 허망했다. 세상에 쌔고 쌘, 좋은 것들 놔두고 낡은 만화책이라니. 고작 닳고 닳은 숟가락과 자물통과 열쇠? 아이고, 이 하찮은 인간아! 꼭두새벽에 내가 훔친 물건들의 목록을 적으면서 한탄하는데 갑자기, 써놓고는 잊어버렸던 앞서 꾼 꿈이 생각났다. 되살려야 할 전생과 제대로 못한 도둑질. 전혀 맥락이 닿지 않는 듯한 두 이야기가 같이 구르기 시작한 것이다. 두 이야기 사이에 꾸었던 무수한 꿈들 중 이따금 기록되었던 다른 꿈들도 끌려 들어 같이 굴렀다.

잘 때 꾸는 꿈과, 바람이나 상상을 나타내는 꿈이 왜 같은 글자가 되었는지 궁금했던 적이 있다. 많은 동음이의어가 있지만 그런가 보다고 당연하게 여겼는데 유독 꿈에 대한 의문은 오래 품었다. 그도 그럴 것이 나는 도무지, 해몽하여 현실에 반영할 만한 꿈을 꾼 적이 없었던 것이다. 내가 현실에서 바라거나 상상하는 일들을 꿈속에서 만나는 일도 물론 없었다. 하다못해 태몽조차 꾸지 못했으니까.

  아주 오래 걸렸지만 이제 두 꿈이, 왜 같은 소리를 가진 낱말이 되었는지 알 것 같다. 날마다 반복되는 일상에 어떤 의미를 부여하는가. 어떻게 움직이는가. 결국 현실이 문제였던 것이다. 꿈이 현실이 되고 그 현실이 다시 꿈을 만들어 내는 순환! 이 또한 꿈이겠지만 아직 꿈을 꿀 수 있다는 게 좋다. 내가 살아 있다는 뜻일 테니.

  2004년 1월
  송 은 일

1

열려라, 참깨! 암호를 알아야 열 수 있는 한선묵의 컴컴한 동굴. 지금은 암호 없이도 열린다. 거리낄 게 없는 때이므로 아무나 드나들 수 있다는 신호인데도 나는 잠입하듯 살그머니 들어선다. '제이엠 기획'은 계절에 관계없이 언제나 건조하고 서늘하다. 공장에서 출고해 온 순서대로 쌓아 놓은 빈 금고들은 직각으로 도열한 군대처럼 단단하고 특수 합금 강철들이 내뿜는 완강한 기운은 어떤 손길도 거부한다는 듯 고집스레 침묵했다. 그 침묵들은 짙게 어우러져 비밀을 빚어낸다. 이따금 이곳을 찾아드는 손님들이 밀교의 교도처럼 느껴지는 까닭은 그 때문이리라.

한선묵은 가게 안쪽의 사무실 책상에 앉아 모니터를 들여다보는 중이다. 금방이라도 켤 것처럼 오른손에 라이터를 쥐고 등을 곧게 편 채 왼손으로 마우스를 움직이는 그가 꼭 다른 사람 같다. 누가 와서 물건을 다 들어내도 모르겠다 싶을 만큼 몰두해 있는 그의 얼굴에 빛이 어렸지 않은가. 오래전에 잊어버렸던, 발광체처럼 눈부시던 젊은 날의 그가 돌아와 있는 듯하다. 내가 오라버니한테 시집갈 거라고 종알거려 식구들을 웃게 했던 시절의 한선묵. 왜 이런 착시가 생겼을까? 뭐지? 왼손에 들었던 카드 주머니를 오른손으로 옮기다가 내 손을 들여다본다. 어머니를 닮지 못해 어둡고 못생긴 나의 왼손과 오른손. 원래는 희고 기다랬으나 막일꾼처럼 거칠어진 그의 왼손과 오른손. 맞다. 한선묵은 원래 왼손잡이였다. 왼손으로 나를 만지고 밥을 먹고 단추를 채우고 사진을 찍었다. 언젠가 양손을 다 쓴다는 걸 발견했지만 자연스러워서 오른손을 주로 사용한다는 사실은 의식할 필요조차 없었다. 왼손과 양손, 오른손의 경계가 어느 시절부터 맺고 시작됐는지 기억나지 않았다. 오른손을 쓸 때의 그는 등을 구부정하게 접고 얼굴엔 흐리마리한 표정을 비늘처럼 덮고 가끔 말을 더듬기도 한다. 그의 공식적인 모습이 그랬다. 지금 그는 원래 모습인 왼손으로 일한다. 하여 낡은 뿔테 안경을 끼었을망정 빛이 난다.

인기척을 느꼈는가, 그의 오른 손바닥 안에 들어 있던 라이터가 책상 위에 가만 놓이고 왼손으로 움직이던 마우스가 그림자처럼 오른쪽으로 옮겨 앉는다. 등은 트릿한 모습으로 구부러진다. 자세히 보지 않으면 눈치 챌 수 없을 만큼 기민하게 변신을 마친 그가 전열을 다듬은 듯 의자를 돌려 앉는다. 돌아앉은 그의 얼굴엔 쌀뜨물같이 밍밍한 표정이 드리워졌다.

「나 찾았다며?」

내 손에 들린 카드 주머니를 쳐다본 한선묵이 담배를 물며 일어섰다. 어느새 작업 화면에서 점이 난무하는 보호 화면으로 바뀐 그의 컴퓨터는 '회랑'에 설치된 폐쇄 회로 카메라와 연결되었다. 자그마치 넉 대의 디지털 카메라가 눈 밝은 사람이 아니라면 눈치 채지 못할 정도로 교묘하게 숨어 회랑 안의 움직임을 따라다녔다. 나는 물론이고 회랑에 드나드는 누구라도 그 시선에서 자유로울 수 없었다. 회랑을 처음 열었을 때부터 시작된 일이라 불편한 줄도 모르지만 이런 식으로 만날 때면 화가 나긴 했다. 뭔가 잘못돼 있다는 것을 별수 없이 상기해야 하기 때문이다.

「그래. 오늘 거래가 있다.」

거짓말이야. 경종이 울리듯 내 머릿속에서 누군가 그렇게 속삭였다. 속지 마. 그는 천재잖아. 거짓말에도 천재야. 속에서 들리는 소리들에 나는 고개를 젓는다. 안 속으면 어쩔 건데? 그의 거짓말을 이제 알게 된 것도 아니잖아? 알면서도 방조해 온 거고. 그가 카드 점을 본 뒤 하는 일이 무엇이든 그는 처음부터 나를 끌어들였다. 중학교 시절 아이큐 검사를 하고 나서, 아버지를 학교로 불려 가게까지 했던 그였다. 우리 아들이 천재라고 하던데요. 학교 다녀온 이야기를 할머니들에게 설명할 때의 아버지 목소리는 자랑스러움에 떨렸다. 그런 한선묵이 마음먹는다면 타로 카드 점괘 풀이 외우기쯤은 식은 죽 먹기처럼 쉬울 터였다. 그런데도 그는 카드를 직접 떼지 않고 카드 점을 익히느라 1년이나 걸렸던 나한테 내내 시켜 왔다. 나는 그런 그에게 동조해 왔다. 지금도 정당한 거래가 아니라는 사실 말고는 무슨 일인지 모르면서도 돕기 위해 나와 있지 않은가.

카드 점과 연관된 그의 일은 어쩌면 그즈음부터 시작되었을 것이다. 한선묵이 회사를 그만두고 집에다 작업실을 차리겠다고 했을 무렵, 마흔 평 남짓한 단층 건물을 지으면서 지하 공간에 그토록 공을 들일 때부터. 지하실은 평범해 뵈는 지상층보다 훨씬 넓었고 그곳엔 한 층을 오르내리기 위한 엘리베이터와 몇 겹의 벽과 방음 장치와 환기 장치와 문들이 설치되었다. 그건 그냥 작업실이 아니라 빈틈없이 구축된 요새 같았다. 무슨 돈으로, 왜 이렇게 어마어마하게 짓는 건데? 내가 물었을 때 한선묵은 직업과 직업에 따른 작업의 특성 때문이라고 간단히 대답했다. 그가 아버지 친구가 경영하던, 금고를 제작하는 회사의 연구실에 근무했다는 것밖에 몰랐던 나는 아는 게 없어서 더 이상 묻지 못했고 그 후 그의 직업과 작업에 대해 묻지 않는 버릇이 굳었다.

주머니에서 검은 비로드 천을 꺼내어 탁자에 펼쳐 놓고 그 위에다 일흔여덟 장의 타로 카드를 쌓는다. 다섯 장 뽑으라는 내 말에 한선묵이 절반쯤 피운 담배를 끄고 두 손을 비빈 뒤 탁자 위의 타로 카드를 고루 섞는다. 뒤섞은 카드들을 원형으로 펼치는 손길이 영화 속 딜러처럼 능란하다. 그가 다섯 장의 카드를 뽑아 배열 위치에 놓고는 기지개를 켜듯 탁자에서 물러났다. 나도 심호흡하고는 카드로 생각을 모은다. 타로 카드는 과민한 속성을 지닌 하나의 존재였다. 저에게 집중하지 않으면 상황에 걸맞지 않은 엉뚱한 답을 내놓아 어리둥절하게 만들었고 기어이 다시 펼치게 했다. 질문자의 심리 반영이 제대로 안 됐다고 표현을 거부하는 것이다. 얻고자 하는 답과 카드를 고르는 행위가 동시에 일어나기 때문인데 그건 결국 질문자의 심리 상태를 의미하는 것이기도 했다.

현재의 문제점을 말해 주는 첫번째 카드는 정방향의 파이브 소즈이다. 두 개의 칼은 땅에 눕혀진 채이고 한 남자가 자신으로부터 물러가는 사람들의 낙담한 모습을 보고 있다. 좌천이나 파괴, 악명 따위를 의미한다. 숨겨진 것들을 알려 주는 두 번째 카드는 텐 완즈, 역방향이다. 열 개의 지팡이에 눌려 압사하기 직전의 상태. 세 번째 카드는 파이브 컵스, 정방향이다. 검고 긴 망토를 걸친 남자는 등을 꼿꼿이 펴고 있지만 고개를 푹 수그렸다. 그 앞에 엎어진 세 개의 컵, 그의 뒤에 선 컵 두 개. 지금 가진 것을 잃게 된다는 뜻이다. 현재의 상황이 한선묵에게 미칠 영향이 뭔지를 가리키는 네 번째는 정방향의 예언자 카드다. 은둔자라고 불리기도 한다. 과거의 죄로 인해 예언가가 되었거나 스스로 세상을 포기한 사람. 정방향이니 조직에서 밀려나거나 주변 사람에 의해 손실이 생긴다는 의미이다. 정방향의 배열이든 역방향이든 부정적인 의미이기 십상인 은둔자 카드는 한선묵이 패를 뗄 때마다 따라다니는 그의 그림자 카드이기도 했다.

전갈좌의 별자리를 가진 사내. 오래 준비했다가 달려들어 공격 대상을 일격에 쓰러뜨린다는 그 별자리의 성격으로 미루어 본다면 지금 그는 다시 뭔가를 준비하고 있다. 승산이 없다면 달려들지 않지만 결코 포기하지는 않는다. 준비하고 또 준비하며 다음 기회를 기다리는 것이다. 지금 마지막 패는 틀림없이 정방향의 죽음 카드일 터이다. 다른 때와 마찬가지로 집에서 나오기 전에 먼저 카드를 떼어 보고 같은 질문을 해보았다. 내가 앞서 떼본 패와 그가 뽑아 펼친 패의 내용이 달랐던 적이 거의 없었다. 행위의 목적과 그 결과에 대한 질문이 같은 방식으로 이루어지기 때문에 대개 같은 답이 나왔다.

마지막 카드를 뒤집으니 역시나, 집에서와 같은 죽음 카드이다. 정방향인 것까지도 같다. 오늘 그가 무언가 혹은 누군가와 승부를 겨룬다면, 그게 무엇이든 파멸을 부른다. 그는 오늘 밤 집에서 꼼짝도 하지 않고 보내야만 하는 것이다. 어떤 조짐처럼 근래 들어 패가 점점 나빠지는 중이었다. 어쩌면 그를, 영원히 묶어 놓아야 할지도 모른다. 치명적으로 늦기 전에. 하지만 어떻게? 그림자를 묶는 수가 있어? 한선묵은 결과를 이미 짐작했을 터인데도 답을 기다리고 있다.

「오빠가 계획했던 일, 그게 무엇이든 오늘은 안 해야 할 것 같네. 완전히 망하는 패니까. 나는 그만 건너갈게. 네시에 신문사에서 취재 온다고 했어. 그리고 알고 있는지 모르겠지만 회랑에, 저번에 말했던 특별한 손님이 또 와 있어.」

「어떤 손님이건 네 손님은 네가 알아서 해.」

한선묵은 할 말 다 했다는 듯 책상 앞으로 돌아가 앉는다. 패가 그러하다니 오늘은 움직이지 않겠다는 선언이다. 회랑에 와 있다는 특별한 손님에 대해 이미 알거니와 나한테 남은 말이 어떤 것인지도 짐작하고 있으니 그만 하라는 뜻이기도 하다.

회랑에서 나오던 길에 마주쳐 목례를 나누었던 특별한 손님. 그 남자가 형사일 거라는 사실을 내가 어떻게 알아챘는지는 스스로도 의문이었다. 특별해 보이는 건 아무것도 없었는데 왜 그를 형사라고 느꼈는지. 그날 그가 간 뒤 한선묵에게 특별한 손님, 형사가 왔노라는 말을 단정적으로 했던 건, 올 것이 오고 있구나 싶은 암담함 때문이었다. 도무지 형사가 회랑에 나타날 까닭이 없지 않은가. 한선묵이 아니라면, 그가 벌이고 다니는 어떤 일이 아니라면. 그러나 그때 한선묵은, 그런데? 하며 반문했을 뿐 아무 말도 덧붙이지 않았다. 지금도 마찬가지다. 형사가 또 와 있다는데 자기와는 아무 상관도 없다는 얼굴이다. 무한대의 자신감이 있어서가 아니라 스스로에 대한 방기였다. 그 두 가지가 맞물린 방관이거나.

「엄마 작품을 밖으로 내다가 전시해 보면 어떨까 싶은데, 오빠는 어떻게 생각해?」

그런 제의를 여러 번 받았고 그때마다 거절해 왔다. 그의 반응을 떠보기 위해 그냥 해보는 말일 뿐이다.

「아니, 어머니는 지금 상태가 제일 나아. 그림도 그렇고. 어머니 그림에 관심이 있고 보고 싶은 사람들은 자기들 알아서 찾아오잖니? 괜한 신경 돋우지 말고 지금까지 해온 대로 해.」

드문 말투, 명령조다. 나이 들면서 때로 벙어리로 보일 정도로 과묵

해진 그는 누구를 향해서도 단언하는 일이 좀체 없었으므로 지금 그의 말은 어기지 않아야 할 명령이기도 하다. 팔지도 않을 그림을 밖에까지 끌고 나가서 전시할 필요가 없다는 건 나도 인정해 왔던 바였다. 그럼에도 그의 말대로 괜한 신경을 돋우는 건 요즘 들어 신경 쓰이는 일이 잦아진 탓이다. 어머니 그림에 대해 취재 오거나 관심 갖는 사람들이 부쩍 늘었고 밖에서의 전시회를 여러 차례 제의받았다. 그걸 물리치기가 뜻밖에도 쉽지 않았다. 어머니 그림들을 내다 전시하고 이왕이면 그 자리에서 남김없이 팔아 버리고 싶은 욕구, 팔지 못할 거라면 모조리 태워 없애고 싶기까지 한 날카로운 욕망이 오래전부터 내 안에 웅크리고 있었다는 걸 요즘 깨닫는 중이었다.

「엄마의 지금 상태가 제일 좋다는 건 누가 내린 진단인데? 엄마가? 옛날 한 옛날에 돌아가신 아버지? 아님 내가? 나는 아니지. 엄마는 모르시는 게 분명하고. 계시지 않는 아버지니 그 의향은 모르겠고……. 왜 암말 안 해? 할 말이 없는 거지? 그렇담 내가 알아서 할 테니까 상관 마. 나한테, 하나에서 열까지 다 떠맡겨 놓고, 자긴 하고 싶은 대로 다 하면서 가끔 나한테 제동 걸어 오는 거 싫어. 그럴 거면 오빠가 다 알아서 하든가…….」

잔뜩 비꼬인 말을 소복이 쏟아 놓았음에도 응답이 없다. 담배를 빼어 물고는 칙, 라이터를 켜 불을 붙인 뒤, 딱 소리가 나게 라이터를 내려놓는다. 그 단절음에 비위가 상한다.

「왜 전부 내 이름이야? 집이 내 거야? 내가 제이엠 기획 사업자야? 통장은 왜 모조리 내 이름으로 돼 있는 건데? 그런 게 상식적으로 이해가 되는 일이라고 생각해?」

울컥 나오기는 했지만 빌미잡힐 게 뻔한 실수를 저질렀다. 상식을 거론하다니. 한선묵은 한두원·임로사의 아들로 태어나지 않았다. 로사의 동생 루다의 아들로 태어나 여섯 살에 어머니를 잃었다. 그즈음 루다는, 정신이 온전치 못한 딸을 밖으로 나가지 못하게 하려던 어머니에 의해 시골집 사랑채의 작은 방에 갇혀 있었다. 그 방이 어떻게 열렸고 불이 어떻게 났는지, 사랑채에 불났다는 걸 식구들이 알아챘을 때는 이미 불길이 걷잡을 수 없게 되었고 루다는 안에서 나오지 않았다. 안채 광에 세워 놓았던 석유병들이 없어졌다는 걸 식구들이 알아챈 건 사랑채며 사랑행랑채, 헛간까지 잿더미로 변하고 난 한참 뒤였다. 그 뒤 아비 없는 자식이었던 선묵은 이모 로사의 아들이 되었다. 그의 태생에는 상식이라는 게 들어설 틈이 없었다.

「한꺼번에 줄줄이 쏟아 놓는 거 보니 대답을 원하면서 묻는 것 같지는 않구나. 어쨌든 우리 집 사람들은 그다지 상식적이지 않잖니? 골치 아프게 새삼 상식 따지려 들지 마. 여태 잘 지내 왔잖아? 앞으로도 그렇게, 이렇게 지내면 돼.」

「여태 잘 지내 왔어? 누가? 아아, 한선묵은 혼자 잘 지내 왔나 보네? 나는 아냐. 엄마가 아니라 한선묵 때문에 숨 막혀 죽겠어. 돌아 버릴 것 같단 말이야.」

안채와 회랑과 제이엠 기획은 각기 다른 번지를 가졌고 그 번지들에 들어 있는 땅과 건물의 소유주는 전부 한선재였다. 회랑과 제이엠 기획의 사업자도 한선재였다. 은행 계좌는 물론이고 그가 사용하는 신용 카드와 휴대 전화까지도 내 거였다. 그는 한선재라는 이름 속에서만 활동하고 있는 것이다. 호적에 버젓이 한두원·임로사의 아들로 등재되어 있거니와 호주이기도 한 그가 일상에서는 도무지 살아 움직인다는 근거가 없었다. 1년에 몇 차례 불쑥 사라졌다 돌아오는 외국 여행 때나 자기 이름을 사용할까, 그는 재산세를 내지 않고 소득세도 내지 않는다. 상식적이지 못하게 태어난 사람들은 사는 것도 그

래야 한다는 불문율이라도 있단 말인가. 나는 요즘 들어 그것에 더럭
더럭 화가 났다.

「그렇게 소리치지 않아도 알아들어, 한선재. 네가 하는 말, 네가 기
어다닐 때도, 못 알아들은 적 없어. 그러니 말할 때마다 소리 지르
지 않아도 돼. 어울리지도 않아.」

용무 끝났으니 가보라는 듯이 담배를 입에 물고 마우스를 두드린
다. 꼼짝도 않고 그의 뒤통수만 노려보고 있으려니, 안 되겠는지 그
가 돌아본다. 노려보고 있던 나와 시선이 부딪친다. 주변의 모든 것
이 사라지고 남은 건 두 사람의 눈길뿐인 듯한 팽팽한 침묵이 줄다리
기를 한다. 어릴 때부터 눈싸움에 이기는 쪽은 언제나 나였다. 그건
둘 사이의 금기가 존재하는 동안은 변하지 못할 내재율이었다. 이번
에도 역시 그가 먼저 시선을 거둔다.

「화 그만 내고 가봐. 손님이 한꺼번에 여럿 들었다. 은영이 혼자 동
동거리고 있어. 그리고 나 내일 여행 간다.」

「왜? 거래를 못하게 되니 여행이라도 하게? 그러면 다시 거래할
길이 보이나 보지?」

한껏 가시를 박아 쏘아 대는 데도 말이 없는 그의 등을 노려보다가
휙 몸을 돌린다. 기세등등하게 나오기는 했지만 등 뒤의 문은 소리를
내지 않는다.

「금세 왔네요?」

은영의 말에 응답하다 가슴이 덜컥 내려앉는다. 내심 특별한 손님
이라 명명해 왔던 남자가 아직 있지 않은가. 그도 나를 기다렸던 듯
시선을 보내왔다. 무연하게 마주친 눈길처럼 나는 그와 맞닿은 시선
을 끊어 물이 끓고 있는 찻주전자로 옮긴다. 둥그렇고 단순한 놋 주

전자의 밑동이 파란 불꽃 위에서 불그스레하게 달아올라 물 끓는 소리를 냈다. 놋으로 된 물건은 숟가락까지 공출당했다던 일제 말기를 견뎌 낸 주전자였다. 나이로 치면 백 살도 넘었을 것이다. 집 안엔 그만큼의, 그보다 나이가 많은 물건들이 수두룩했다. 어떤 힘에 의해서였건 그동안 집안은 잘 버텨 온 것이다. 하지만 요즘 종점에 닿은 듯한 예감이 가시지 않았다. 형사가 들락거리지 않는가. 온갖 악재를 뒤집어쓰고서도 용케 버텨 왔던 이 지붕 위에 다시 그림자가 드리워진 게 틀림없는데 그걸 걷어 낼 방법은 떠오르지 않았다.

「봐요!」

걸걸한 목소리에, 사념에 잠겨 있던 나와 컴퓨터 앞에 앉았던 은영이 동시에 놀라 고개를 돌린다. 그였다. 형사가 틀림없다고 여겼던 익명의 단골손님. 봐요, 하고 나를 부른 그는 바 안으로 상체를 들이밀고 내 반응을 예상했다는 듯 사뭇 장난스러운 눈길이다. '봐요'는 임로사의 그림 제목이었다.

「'봐요'라는 말, 참 예스러운데, 현실적인 효과는 아주 막강하네요. 봐요, 여기 보세요, 저를 좀 봐주세요……. 어쨌든 이제 저 좀 봐주시겠습니까? 아니, 아가씨 말고, 조금 전에 들어오신, 여기 주인 되시는 분요. 제가 마시던 차도 한 잔 더 주신다면 고맙겠습니다.」

제 할 말을 마친 남자가 바에서 가장 가까운 자리로 가 앉더니 낮은 창을 통해 회랑 안뜰을 내다본다. 열리는 창이 아니라서 얼굴을 바싹 대고 있는 품이 호기심 많은 커다란 아이 같다. 마흔쯤 됐을까? 맑은 인상이라고 그를 진단해 보다가 돌연 긴장한다. 요즘 한선묵을 대할 때 이따금 그렇듯이 몸속 어디쯤에서 속으면 안 된다는 경종이 울렸던 것이다. 한선묵의 흐릿한, 혹은 순순한 얼굴이 가면인 것처럼 이 남자의 장난기 가득한 맑은 얼굴도 가면일지 모르잖는가.

18

은영이 아까 남자가 마셨다는 산수유차를 준비해 나한테 내주었다. 찻잔 둘이 얹힌 쟁반을 들고 가서 여전히 창밖으로 시선을 보내고 있는 남자 앞에 한 잔을 놓아 주고 그의 맞은편에 앉는다. 1년은 넘은 거 같았다. 지나가는 길에 목이 말라 들른 것처럼 그가 처음 나타났을 때 낯익다는 생각을 했지만 이전에 왔던 손님인가 보다며 잊어버렸다. 이젠 그럴 수가 없었다. 게다가 자세히 보니 그는 쉽게 잊힐 인상도 아니다. 숱이 많음에도 짙지 않은 눈썹, 눈초리가 처진 깊은 눈매, 아무리 쓰다듬어도 단정해질 것 같지 않은 곱슬머리. 완강해 보이는 굵직한 선들. 썩 잘생긴 얼굴이라고는 할 수 없지만 그는 한번 눈여겨보고 나면 기억되는 사람일 게 분명했다.

「무슨 일로 저를 보자고 하셨어요?」

그의 시선이 돌아왔다. 씩, 웃는다. 눈초리와 입술 끝에 만들어지는 잔주름이 뜻밖에 보기 좋다.

「'봐요'라는 제목이 독특한데, 그림 속 옆모습의 꽃을 든 여인이 하는 말로 볼 수 있을까요?」

이름이 생기면 존재가 생기는 건지 제목을 붙인 뒤부터 10호 크기의 그 작품을 지목해 묻는 사람들이 생겼다. '봐요'뿐만 아니라 '고운이'와 '꿈' 등, 제목을 달아 놓은 그림들이 요즘 자주 거론되었다. '고운이'는 1백여 년 전에 실존했던 여인의 이름이었다. 외할머니 윤진예의 외조모였다고 했다. 거슬러 올라가기도 힘든 가계도의 꼭대기에 살았던 그이가 임로사에 이르러 되살아난 것이다. 물론 그림 속 여인이 실제 고운이의 모습은 아니었다. 임로사의 상상으로 빚어진 고운이의 모습은 자화상인 양 임로사 자신과 닮았다. 머리에 세 송이의 구절초를 꽂고 한쪽이 뜯겨 나간 옷고름 때문에 앞섶이 벌어진 저고리와 찢겨서 너울대는 치마를 입고 손에 든 꽃가지를 입에 댄 채

놀란 눈을 뜨고 있는 젊은 여자. 고운이가 남편 한무들을 처음 만날 때 모습이 그랬던가 보았다. 그림들이 그렇듯이 제목들도 전부 고운이가 한송현을 낳고 한송현이 윤진예를 낳고 윤진예가 임로사를 낳고 임로사가 한선재를 낳는 동안 읽혀 온 일화들에서 채취해 달았다.

「그렇게 보이는 수도 있는 모양이네요? 그냥 생각나는 대로 붙이는 중인데.」

「그저 붙여진 제목은 아닐 성싶은데요? 기억하시려나 모르지만 저 여기 다닌 지 일 년은 넘었습니다. 그리고 저 이 동네서 태어나 초등학교 졸업할 때까지 살았어요. 이사를 갔다가 나이 들어 고향으로 다시 돌아온 셈인데, 여기가 눈에 띄더군요. 어릴 때 요 위 공원으로 놀러 다닐 때 지나치곤 했던 이 집이 기억에 남아 있어요. 어린 걸음으로는 무지하게 길었던 담장 안의 검은 지붕들이. 그래서 들러 봤던 겁니다. 출퇴근 시간이 일정치 않지만 퇴근길에 이따금 들러 차 마시고 집으로 가곤 했어요. 집이 여기서 십 분쯤 되는 거리에 있거든요. 아무튼 그림들을 유심히 봐왔어요. 당연히 어떤 그림이 새로 걸리고, 그대로 있는지도 알게 됐고요. 전시되는 모든 작품들에 제목이 붙기 시작한 것도 제가 다니는 중에 생긴 변화죠. 제가 특히 좋아하는 그림은 '고운이'입니다.」

신문(訊問)에 이골이 났을 사람답게 묻는 어투가 꽤나 교묘하다. 묻는 거 같지 않고 자신이 설명하는 거 같지 않은가. 나는 가시처럼 돋는 긴장을 얼버무리기 위해 미소를 짓는다.

「말씀하셨다시피 제목을 전부 붙이기 시작한 건 근래예요. 좀 팔아 보려고요.」

내 말에 그가 소리 내어 웃더니 회랑 안을 가볍게 훑고는 또 웃었다. 다른 손님은 회랑 안쪽에 두 사람 있을 뿐이지만 한선묵은 자기

20

사무실에서 이쪽을 보고 있을지도 모른다. 그리고 이 남자는 카메라가 자신을 비추고 있다는 걸 진작에 알아차렸을 것이고.

「저는, 이 찻집 겸 갤러리, '회랑'의 주인이고, 저 그림들의 작가인 로사의 대리인이기도 합니다. 그런데 지금 제 앞에 계신 분, 저한테 자리를 청하신 분은 어떤 일을 하시나요? 신문사나 잡지사의 미술 담당 기자? 아니면 부동산 컨설턴트? 그도 아니면 세무 공무원이신가요? 혹시 제가 덜 낸 세금이라도 있어요?」

연이은 내 질문에 그가 다시 소리 내어 웃더니 안주머니에서 꺼낸 지갑에서 명함을 집어내 내 앞에 놓았다.

「죄송합니다. 제 소개를 안 했다는 것도 잊고 있었어요. 당연히 저를 알 거라고 여겼나 봅니다. 저는 경찰, 형삽니다. 물론 여긴 업무로 오는 게 아니고 그림 보고 싶을 때면 들릅니다. 가끔 고운 이가 생각나거든요. 작품 '고운이'를 저한테 파시겠습니까?」

식구들은 예전부터, 임로사에게 그림은 놀이라고 여겼다. 아이가 이따금 어떤 일에 흠뻑 빠져 노는 것과 같은 종류라고. 그래도 임로사가 그린 것이어서, 그렇게라도 놀며 보내 주는 시간에 고마워하면서 식구들은 그림들을 모았다. 가끔 표구를 하기 시작했던 건 보관을 위해서였다. 대부분 한지에 그리는 수채화라서 표구해 놓지 않으면 색이 바래고 종이가 움츠러들기 때문에. 그렇게 보관했던 그림을 회랑을 만들어 걸기 시작했지만, 활자 매체에 실리게 되는 날이 오리라는 것은 예상치 못했다. 더구나 그림을 사겠다는 사람들이 이따금 생길 줄은. 5년 전 가을부터 시작된 일이었다. 한 여성지의 기자가 북악산 근동의 찻집을 소개하는 코너를 기획했다고 찾아와 취재 요청을 했을 때 가볍게 응했다. 어머니 작품은 그저 찻집의 장식품으로 소개되려니 했는데, 그 기사의 초점이 그림에 맞춰져 있었다. 그즈음부터 '얼굴 없는 화가 로사'라는 공식이 생기면서 여성지며 미술 잡지에 실리게 되는 일이 1년이면 몇 차례씩 생겨났고 나는 본의 아니게 로사의 대리인이 되었다.

「죄송해서 어쩌죠? 실은 팔기 위한 그림들이 아니에요. 장차는 어떨지 모르겠습니다만 아직 밖으로 내보내 본 적이 없습니다.」

그는 그림을 구입하려 했던 게 정말이었던 듯 서운한 표정을 짓다가 수습을 했다.

「아쉽네요. 작가 로사가 어머님이시죠? 그림을 파시지 않겠다면 대신 제 궁금증을 좀 풀어 주세요. 제가 본 소감으로는 로사의 그림들은 어떤 일관된 흐름을 가진 이야기 같은데, 예를 든다면 아주 커다란 그림의 한 부분인 것처럼 말입니다. 제 소감이 크게 어긋난 게 아니라면 그에 대해서라도 들을 수 있을까요?」

조심스러울 뿐만 아니라 날카롭다. 로사가 대리인과 어떤 관계냐고 묻는 사람은 있어도 대뜸 어머니라는 걸 짚어 온 사람은 없지 않던가. 뭔가 책잡힌 느낌에 탁자에 놓인 그의 명함을 들여다본다. 서울 지방 경찰청 형사과 도범계 경사 유장건. 명함을 옆으로 밀어 놓고 찻잔을 끌어당겨 두 손으로 감싸 쥔다.

「글쎄요, 그리 보셨다면 그게 맞을 수도 있겠죠. 제가 뭐라고 말씀드릴 수 있는 부분이 아닌 것 같네요. 작가도 설명해 준 적 없고요. 그런데, 우연히 들러 보게 된 그림에 그 정도의 관심을 쏟으시다니, 무슨 특별한 까닭이라도 있으신 건가요?」

「그림 앞에서 그림이 좋아 관심 보이고 욕심도 내는 것이지, 다른 이유가 있겠습니까? 어쩌면 저의 이루지 못한 꿈에 대한 보상 심리 같은 게 아닌가 싶네요만. 어렸을 때 그림을 그리고 싶어했거든요. 지금도 그 꿈이 아주 없다곤 못하죠. 그런데 재능이 없는 겁니

22

다. 억지 재능을 짜낼 만한 여건도 되지 못했고요. 요즘은 더 안 되죠. 모자랐던 재능조차 다 사라졌으니까요. 남아 있는 거라곤 어린 시절에 가졌던 꿈의 흔적 같은 거? 그 생각만 하면 마음이 찌릿해지는 감상만 있습니다. 한선재 씨 어머님 그림은 저의 그런 부분을 건드렸다고나 할까요.」

「제 이름을 어떻게 아시죠?」

「허 참, 저기 바 안쪽에 사업자 등록증이 걸려 있지 않습니까. 직업상 눈이 밝아야 하긴 합니다만 저 정도면 눈 어두운 사람도 다 알겠는걸요.」

아아! 내 과민함을 속으로 자책하며 탄식을 터뜨리자 그가 소리 내어 웃는다. 그의 웃음소리를 들으니 언제 긴장했던가 싶게 마음이 누그러진다.

「꿈은 있는데 재능이 없는 어린 시절, 그 점이 저랑 비슷하시네요. 저도 그랬거든요.」

「그래요? 말이 통할 것 같아 반가운데요?」

그가 소리 내어 또 웃는다. 내 말에 남자가 자주자주 웃음을 터뜨리는 게 신기하다. 내가 누군가를, 특히 남자를 웃게 할 수도 있다는 걸 여태 모르고 살았던 것 같았다. 잊어버리고 살았거나.

「저는 어릴 때부터 어머니가 그림 그리시는 걸 노상 보면서 자랐어요. 그렇지만 그림에 재능이 없을 뿐만 아니라 보는 눈도 기르지 못했어요. 어차피 못할 거면 쳐다보지도 말자는 식이었죠. 나이 들어서 그림을 관리해야 할 필요 때문에 일부러 공부를 해보기도 했지만, 제 어머니 그림에 대해 누가 물으면 제대로 대답을 못해 헤매요. 어머니가 정말 재능이 있는 작가인가, 가끔 혼자 골똘해지고요. 제 어머니 그림이 좋다 하시니 솔직하게 여쭤 볼게요. 선생님 생각에 제 어머니가 정말 재능 있는 작가 같으세요?」

「아이고, 선생님이라니요. 이름을 불러 주십시오. 이름이 있어야 존재가 생긴다면서요? 유장건입니다.」

그는 왜 자기 존재를 강조하는 걸까. 내가 이따금 누군가에게 어머니 그림이 어떤지를 묻는 것과 같은 건가. 그림을 통한 임로사의 존재 증명. 임로사만큼 확실한 존재가 어디 있으랴. 그런데도 그의 딸은 때때로 임로사가 재능 있는 화가인지를 물으며 그의 존재를 확인하려 든다.

「대답하기 곤란하신가요?」

「구경으로 눈이 높아졌다는 자부와 교만만 있을 뿐이라 조심스러워서요. 그래도 나왔으니 이야기하고 싶어요. 제가 형사 되고 나서 얼마 안 지났을 때 그림 도난 사건을 맡게 됐는데, 그때 화가를 만났습니다. 사건 핑계로 자꾸 찾아다니면서 친해졌어요. 친해진 김에 아예 스승님으로 모셔 버렸고요. 그림을 배울 심산이었거든요. 그 양반, 일영에다 작업실을 차리고 계시는데, 시간만 나면 그리로 갑니다. 근데 그림은 안 배우고 그 양반한테 술만 권하죠. 그림 그리는 사람들이라면 엔간히 알 만큼 알려진 분이세요. 아무튼 십여 년 넘게 그 양반 찾아다니면서 눈은 꽤 높아졌지만 평을 할 수 있을 만큼은 못 되고요. 지난 초겨울에 스승님을 여기 모시고 왔어요. 제가 좋아하는 뭔가가 생기면 뿌리를 파려고 드는, 긍정적이지 못한 성격이라서요. 그때 한선재 씨는 자리를 비우셨더군요.」

지난 초겨울이었다면 나는 올케가 입원한 병원에 가 있었을지도 모른다.

「아무튼 그때 제 스승님이 하신 말씀은, 로사는 굉장한 재능을 지닌 화가라는 것이었어요.」

말하는 걸 좋아하는 사람인 것 같은데 장난기와 진지함이 어우러진 서글서글한 어투가 듣기 좋다. 다른 사람의 말을 빌리기는 했지만 로사가 재능 있다고 선언하기도 하지 않는가. 그가 내 시선을 놓지 않고 말을 이었다.

「그때 스승님은 그림을 꽤 오래 찬찬히 보셨어요. 보시고선 로사가, 아마도 정식으로 그림 그리는 교육을 받은 적이 없거나 받았어도 그 기간은 아주 짧았을 거라고 하시더군요. 정제된, 고도의 훈련을 거친 솜씨는 아닌 것 같다고요. 어떤 경향도 따르지 않고 있다고도 하셨죠. 로사 작품은 다른 화가의 그림들을 한 번도 본 적이 없지 않나 싶을 정도로 고집스러운 자기 세계를 갖고 있지만 고뇌의 흔적이 없다는 말씀도 하셨어요. 소위 말하는 창작에 대한 고뇌 말이에요. 작가로서의 자의식이 없는 게 아닌가 싶기도 하다고요. 유채 물감을 사용한 작품이 없다고, 사용해 본 적이 없어서 필요조차 못 느끼는 게 아닌지 모르겠다. 로사는 자신이 접한 도구로 순간순간 상상 속에서 일어난 어떤 장면들을 아이처럼 그리는 게 아닌가. 마직 천에 색조 화장품으로 그려진 그림을 보고 드신 생각이라고 하신 말씀이세요. 주로 한지에다 수채 물감을 쓰지만 크레파스나 파스텔, 흙을 사용하는 것도 그런 맥락일 거 같다. 그럼에도 로사는 자신이 표현하고자 하는 것들에 모자람을 느끼지 않을 것이다. 단숨에 한 작품을 그려 낼 수 있는 재능이 로사한테서 발현되고 있다. 선생님은 그날 여기 있는 작품들에 대해 아주 길게 말씀하셨어요.」

어머니 그림은 늘 어떤 풍경화였다. 하루의 절반쯤 되는 시간을 잠으로 채우는 어머니는 자다가 문득 일어나 그림을 그리는데, 방금 꾼 꿈속의 장면을 재현하는 게 아닌가 싶을 만큼 집중해서 빠르게 그림을 그리곤 했다. 마당을 건너 아래채로 갈 새도 없이 베갯잇에다 립스틱이나 아이펜슬 따위로 그리기도 한다. 화장할 줄 모르고 할 일도 없는 임로사에게 갖가지 색깔의 색조 화장품은 그림 도구였다. 어릴 때부터 그랬다. 어디서든 그림을 그리는 어머니는 꿈속에서 갓 빠져 나온 것처럼 몽롱했다. 추상화가 아닌데도 무슨 내용인지, 왜 옛날 옷을 입은 사람들이 나오는지 알 수 없는 그림들. 어머니는 당신이 그린 그림에 대해 설명하지 못했다. 당신이 뭘 그렸는지를 그 자신도 알지 못하는 것이다. 몰라, 조금 전에 보았어, 할 뿐이었다. 집안에 구전되어 온 이야기들이 임로사의 그림들로 재현되고 있다는 걸 알아 차리고 그에 대해 나한테 설명하기 시작한 이는 큰어머니였다. 흩어 져 있던 구슬들이 한 줄에 꿰어지는 것 같던 그즈음에 나는 숱한 이 야기들이 내 전신에 문신처럼 새겨져 있다는 것을 깨달았다.

「스승님을 빌려 말씀하시지만 그림에 대한 소양이 만만찮아 보이 시는데요? 어쨌든 고맙습니다. 안심이에요. 제 어머니 그림을 당 당하게 설명하고 자랑하고 그래도 되겠다는 자신감이 솟아요. 앞 으로도 종종 들러 주세요. 스승님도 모시고 와주시고요. 지금으로 선 그림을 팔 수 없지만 로사는 앞으로도 오래 그림을 그리실 거 니까 혹시 제가 내놓게 되면 한 점쯤 구입해 주시기 바라요. 오늘 좋은 말씀 많이 해주셨으니까 차는 제가 대접하는 걸로 할게요. 감히 동무 하자는 말씀은 못 드려도 이따금 들러 주시면 차는 제 가 대접하겠습니다.」

「그만 가라는 말씀으로 들려 섭섭합니다만, 저도 가야 할 시간이긴 합니다. 잘 쉬었습니다. 그리고 차는 다음부터 대접받겠습니다. 안 면 튼 첫날부터 공짜 손님이 되면 동무로서 염치가 없지 않겠습니 까?」

26

유장건이 선선히 몸을 일으키더니 은영에게 다가가 찻값을 지불하
고는 몸을 돌린다. 굳이 말리지 않고 문간에서 그를 배웅했다. 그가
내 앞을 스치듯 지나며 갑니다, 하고는 뒤돌아보지 않고 시야에서 사
라졌다. 그를 따라 나가는 대신 안뜰로 나왔는데 햇살이 눈부시다.
문득 손을 펴 기슴에 댄다. 뭔가에 관통당한 것 같아서였다. 언젠가
겪어 본 듯한 통증 같은 것.

2

「언니! 빨래 걷었우?」

작업실에서 마당을 질러 안채로 건너오던 어머니가 나를 보지 못한 채 집 안 어딘가에 있을 큰어머니를 향해 길게 소리쳤다. 빨래 걷으라는 어머니 말은 금방 비가 내릴 거라는 의미였다. 졸음에 겨워 주변 살필 겨를이 없는 어머니가 스며든 안방 미닫이가 닫히지는 않는다. 임로사는 원래 자기 손으로 문 여며 닫을 줄 모르는 사람이었다. 혹시 구름이라도 드리웠나. 북악산과 그 위 하늘을 올려다본다. 산색이 푸르게 살아나는 산머리 꼭대기에 앉은 바위의 흰 빛깔이 또렷할 뿐만 아니라 하늘도 여느 날보다 맑은 편이다. 푸릇푸릇 물이 오르는 마당에 곱게 내려앉은 봄 햇살이 아지랑이처럼 일렁인다.

「비 오실 거라고?」

큰어머니가 뒤늦게 응대하며 부엌에서 나오더니 안방으로 들어가 문을 닫는다. 잠깐 일던 소란이 걷힌 마당에 정적이 괸다. 이제 금세 날이 흐려지고 한두 시간 안에는 빗방울이 듣기 시작할 것이다. 배고

28

프면 먹고 졸리면 자고 울고 싶으면 울고 즐거우면 웃고, 그러다 신들린 듯 그림을 그리는 임로사의 감각은 박테리아만큼이나 예민하니까. 소나기건 함박눈이건 모두 비라고 표현하는 것만이 기상청 예보와 다를 뿐 어머니 일기 예보가 틀린 적은 없었다.

뒷마당으로 돌아가 아침에 빨아 풀 먹여 넌 이불 홑청과 베갯잇과 깔개들을 차곡차곡 개며 바구니에 담는다. 풀 안 먹인 이부자리에는 몸을 붙이려 하지 않는 임로사는 평생 한 번도 빨래를 해본 적이 없다. 밥을 지어 보거나 청소를 해보지도 않았다. 임로사에게는 그런 일들을 대신해 줄 사람들이 평생 따라다녔다. 친정어머니와 그 주변 여인들, 시어머니와 남편과 자식들이 대를 이어 임로사를 보살펴 왔다. 임로사의 그 삶의 방식, 혹은 군림에 대해 의문을 제기한 사람은 여태 없었다. 그는 탈없이, 큰 사단 일으키지 않고 살아 주는 것만으로도 식구들에겐 고마운 존재였다.

「너 들어와 있었구나.」

뒤늦게 빨래를 걷으러 나온 큰어머니였다.

「밖에 나가 볼 일이 있어서 준비하려고 들어왔어요. 엄마랑 언니는요?」

「점심 먹다가 말고 무슨 변덕이 났는가 아래채로 내려가더니 또 금세 올라와 누웠다. 네 언니는 약 먹고 들어갔고.」

부러 그들이 낮잠 잘 시간을 계산하고 들어왔다. 그럼에도 하루에도 몇 번씩 어머니 안부를 묻는 것은 어릴 때부터 계속되어 온 습관 탓이다. 언젠가부터는 올케 안부도 함께 묻는 버릇이 들었다. 류머티즘 관절염으로 지체 장애 1급 판정을 받은 여자. 발목에서 목까지 일자로 굳어 가는 그이 몸이 혼자서 할 수 있는 일은 점점 줄어들고 있었다. 침대에서 휠체어로 겨우 옮겨 앉고 휠체어에서 목발을 짚고 간신히 일어났다. 팔에 힘이 없으므로 목발을 짚고 걷는 거리라야 자기 방에서 부엌이나 마당 정도까지였다. 요즘은 밥을 먹다가 숟가락도 종종 떨어뜨렸다. 받을 수 있는 모든 치료를 다 받아 보았다. 현재도 일주일에 한 번씩 병원에 다니고 있거니와 겨울이면 한 달 정도 입원해 집중 재활 치료를 받건만 그의 몸은 점점 굳어 갔다. 류머티즘 관절염은 몸이 몸을, 세포가 세포를 공격하는 병이라고 했다. 약으로 병세의 진행을 늦출 수는 있어도 치료는 불가능하리라는 판정을 받았다.

「상 덜 치웠으니 먹고 치워라.」

점심 먹으라는 말을 설거지하라는 말처럼 이른 큰어머니가 마른 이불 홑청을 들고 안방으로 들어갔다. 그러잖아도 허기가 지던 참이었다. 부엌으로 들어서서 서쪽 창틀 위 선반에 놓인 술잔과 밥그릇을 거두어들인다. 다 드셨어요? 눈앞에 있는 존재에게 말을 걸듯 묻고, 대답이라도 듣듯 귀를 기울이며 김빠진 술을 음복한다. 사잣밥은 반쯤 덜어 솥에 넣고 나머지는 식탁에 놓는다. 하루 세 번 시간 맞춰 새 밥을 짓는 큰어머니는 끼니때마다 사잣밥을 먼저 담고 숟가락을 꽂아 종지에 따른 술과 함께 올려놓고는 귀신들을 불러들인다. 사잣밥을 올리는 관습이 지속되는 동안에는 귀신이 남긴 밥을 큰어머니와 내가 나눠 먹는 일도 계속될 터였다.

큰어머니는 내가 점심을 먹는 사이 이부자리 꾸미는 일을 시작했다. 그이가 펼쳐 놓고 시침질하고 있는 이불 위로 털썩 몸을 부린다.

「나가야 한다더니?」

「아직 시간 많아요. 인사동에서 네시 약속이에요.」

큰어머니는 무슨 약속이냐고 묻는 법이 없다. 한선묵에게 그렇듯이 내가 하는 일도 다 그러려니 할 뿐이다. 맞선을 보기로 했다. 고등학교 교사라는 직업 말고는 아는 게 없는 남자를 만나게 될 것이다. 효미는 남자에 대한 정보를 주지 않은 채 만나 보라고만 했다. 싫다는데도 벌써 약속이 정해졌다는 효미의 억지에 그러마고 했다. 나한테는 날마다 무슨 일인가 일어나고 또 그만큼 겪는데 친구들 눈에는 심심하고 쓸쓸해 보이는 모양이었다. 어쨌든 덕진도 함께 나온다고 하니 맞선을 핑계로 친구들을 만나는 것도 괜찮겠거니 싶었다. 그렇지만 큰어머니에게 맞선 보러 나간다는 말은 나오지 않는다.

「엄마 주무실 때는 큰엄마도 좀 쉬세요. 어떻게 노상 일만 하세요? 그렇게 일만 하다 저 세상 가시면 억울해서 어쩌시려고?」

괜히 딴죽을 쳐보는 말에도 큰어머니는 주름 진 흰 얼굴로 싱긋 웃기만 할 뿐이다. 머리 염색을 해드릴 때가 되었는지 모근 언저리가 하얗다. 큰어머니의 머리 염색은 임로사를 위한 일이었다. 좀체 늙을 줄 모르는 임로사와 보조를 맞추기 위해. 그 외에는 도무지 자기주장이 없는 사람이었다. 다섯 번째 딸로 태어나 주린 배를 채우기 위해서 남의 집 애보개로 들어간 여덟 살짜리 아이. 60년을 넘게 이어 온 최오년과 임로사의 인연은 그렇게 시작되었다. 로사를 돌보던 오년은 스무 살이 되어 논 닷 마지기를 받아 이고 시집을 갔다고 했다. 이고 간 논을 토대로 살림은 제법 일궜는데 아이가 안 생겼다. 아이를 안은 여자가 집으로 들어온 건 시집간 지 다섯 해째 나던 해였고 가을걷이가 끝났을 때였다. 이듬해엔 작은댁이 둘째 아이를 낳았다. 작은댁이 세 번째 아이를 뱄을 때 오년은 심하게 앓았다. 몸을 운신할 수도 없을 만치 아파서 열이 펄펄 끓는데 골방에서 앓고 있는 그에게 물 한 그릇 떠다 주는 사람이 없었다. 사흘째 되던 밤에 그는 골방을 기어 나와 로사에게 왔다. 온갖 구완을 받은 끝에 한 달 만에야 기운을 차렸다던가. 그때부터 최오년은 임로사 곁에서, 하루도 자리 비우지 않고 서른 몇 해를 사는 중이었다. 임로사보다 늦게 자고 일찍 일어나 그를 위해 끊임없이 일했다.

「네 엄마하고 나는, 한곳에 뿌리 내린 꼬부라진 나무들같이 살아왔다. 한데 땅속에 내린 네 엄마 뿌리는 선재야, 여태도 자리를 잡지 못했다. 어디로 뻗어야 할지를 종잡지 못하다가 그중 하나는 나를 붙들고 있는데 그나마도 다른 것들같이 곯아 가는 성싶다. 저절로 흙이 될 날이 멀지 않았다는 게 요새 자주 봬. 조금만 기다리면 너희들이 엄마 짐은 벗을지도 몰라. 그래서 하는 말이다. 나중에, 네 엄마 죽고 난 담에 나 죽거든 네 엄마 가까운 데다 묻어 다오. 멀리 말고 문 하나 들어설 만한, 딱 그만한 데다가. 네 엄마가 황천 가는 길인들 제대로 알겠냐? 앞서 간 양반들이야 벌써 다들 가 있을 텐데 네 엄마 데리러 돌아오지도 못할 거고 내가 가서 데리고 가야 할 것 같으니 말이다. 잊지 마라.」

좀 쉬시라는 뜻으로 장난삼아 저 세상 운운했을 뿐이었으므로 나는 그새 내가 한 말도 잊고 살포시 찾아들던 졸음을 겨워하던 중이었다. 문득 생각난 듯이 사리사리 내놓은 큰어머니의 유언 같은 이야기를 다 듣고도 한참 뒤에야 선잠이 퍼뜩 깬다. 뒤늦게 등줄기에 소름이 돋았다. 발딱 일어나 앉는다.

「대체 무슨 말씀이세요? 내일 당장 돌아가시기라도 할 셈이세요? 큰엄마 돌아가심 저더러 어쩌라고요?」

「네 엄마 깰라. 뭔 소리를 그렇게 질러 쌓아? 내가 무슨 말을 했다고. 네 엄마 떠난 뒤에 나도 따라간다고 하지 않더냐?」

「엄마가 이만 소리에 깨요? 지붕에 폭탄이 떨어져도 잘만 주무실 거니까 걱정 마세요. 전쟁 때 그랬다면서요, 집에 군인들이 들어와 난리를 폈어도 잠만 잘 잤다고.」

32

「어째 그렇게 역정을 내냐. 늙은이가 그런 말 하는 게 뭐가 어떻다고. 날마다 눈앞에 저 세상이 아른거리는걸.」

「그러게 누가 먼저 돌아가실지 그걸 어떻게 아냐고요. 아니할 말로 제가 먼저 죽을 수도 있는 거 아니에요? 저는요, 엄마가 저보다 백 년은 더 사실 것 같단 말이에요.」

악다구니 치듯 억지 부리는 나를 그이가 빤히 쳐다보다가 돋보기를 치키며 한숨을 쉬더니 바늘이 꽂힌 이부자리로 고개를 수그린다.

「나는 나이 말고는 아무 배움이 없어서 세상 이치 같은 것은 모른다. 네 엄마 어린 날 공부할 때 곁을 지킨 덕에 까막눈은 면했다만 자식도 안 낳아 본 내가 뭘 알겠냐. 그래도 아가, 아무리 부실한 엄마라도 자식이 되어 갖고 제 엄마 욕보이는 말 하면 못쓴다는 것은 안다. 너도 아직 자식은 안 낳아 봤어도 겪을 만치 겪지 않았냐. 자식보다 더 오래 사는 어미라니! 그러지 마라. 그러고 나면 네가 상해.」

방향 없이 뻗쳐 오르던 신경증이 푹 사그라진다. 마음이 물에 잠긴 이불 홑청처럼 구겨지는 것 같다.

「요새 너 왜 그러냐. 통 웃지도 않고. 까딱하면 성질 내고. 뭔 일이 잘 안 되냐?」

여전히 고개를 숙인 채 바늘땀을 떠가며 그이가 물었다. 정말 요새 내가 왜 이러는 걸까. 다시 이불 위로 엎어진다.

「봄 타나 봐요. 기운 없고 자꾸 짜증 나고. 옛날이야기, 해주실래요? 그럼 기운 날 것 같아요. 그 대목요, 무들이하고 고운이가 만나는.」

「바쁘다면서, 다 커가지고 웬 응석이야.」

어릴 때도 이렇게 옛날이야기 해달라고 자주 졸랐다. 할머니들한테도 마찬가지였다. 이야기를 조르는 나보다 조름을 당하는 어른들이 은근히 이야기하길 즐긴다는 걸 깨달은 건 초등학교에 입학하기도 전이었을 것이다. 헌 옷을 뜯어 새 옷을 짓고 마당의 풀을 매고 채소를 다듬으면서, 독감에 걸려 앓는 나를 안고 다독이거나 씻길 때도 누군가는 늘 나한테 이야기를 했다.

「그래도 해주세요. 그 이야기 들으면 기분이 좋아져요.」

「그럼 혼자 조잘조잘할 테니 너는 잠깐 졸려무나. 옛날, 옛날에 하림이라는 산 밑 마을 외진 삼간초가에 애꾸눈 총각이 살았더란다. 이름이 무들이었다는구먼. 그 총각이 어느 날 산에서 나무를 큼지막하니 한 짐 해서 내려오는데 말이다, 어떤 처자와 딱 마주쳤다지 뭐냐. 너덧 송이의 구절초꽃이 무들이 총각 눈앞에서 하얗게 웃고 있더래. 그 처자가 꽃가지를 흔들고 있었던 것이야. 봐요, 하면서. 무들이는 갑자기 나타난 처자한테 놀라서 나뭇짐째 넘어질 뻔하다가 간신히 추스르고는 처자를 봤다지? 그 처자는…… 아가, 옛날에는 그런 여자들이 종종 있었느니라. 이제는 너도 알 테지. 머물 곳 없고 먹을 것 없어서, 살기가 너무나 힘들어서 제정신을 놔버린 여자들, 바람을 타고 이 동리 저 동리로 떠돌아다니는 여자들 말이다. 그런 여자들을 마을에 사는 사람들은 미친년이라고 부르곤 했더니라. 무들이 봐하니 그 처자도 그런 사람이었어. 한 해에 두어 명쯤은 지나가게 마련인 그 여자들은 새거나 바람 같은 사람들이었어. 못된 마음을 먹지 않는다면 눈여겨볼 것도 없는 들꽃 같은 여자들. 해서 무들도 몇 걸음 앞에서 마주친 미친년을, 놀란 김에 멀뚱히 쳐다봤겠지. 한데 흐드러지게 핀 구절초며 쑥부쟁이를 헤집고 있던 미친년은 무들이랑 눈이 마주치니까 느닷없이 활짝 웃으면서 다가와 손에 들고 있던 꽃포기를 내밀었던 거야. 봐요, 하

34

면서. 그때 무들이한테 불쑥, 으슥한 곳에서 마주친 미친년은 아무라도 범할 수 있다는 말이 떠올랐더란다. 풀밭 밟아 남는 자국 아무도 모른다느니, 하는 따위의 못된 말 말이다. 그게 무슨 뜻인고 하면, 약한 아낙의 몸을 못된 사내놈이 함부로 헤집으면서 제 욕심을 채운다는 뜻이다. 알지? 그래 놓고는 아낙이 눈물을 흘리건 피를 흘리건 나 몰라라 제 갈 길 총총히 가면서 아무 일도 없었다고 생각하는 것이지. 풀밭 지나왔을 뿐이라고 말이다. 그러니 무들이라고 못 밟을 거 없는 풀밭이었을 터이지. 더구나 제 알아 다가와 꽃을 내밀고 있지 않아? 그래도 무들이는 봐요, 하면서 제 앞으로 다가온 꽃만 받아 들고 얼굴을 붉힌 채 돌아섰더란다. 그 처자가, 누덕누덕 기운 무명처럼 더럽고 해져 보이긴 할망정, 밟아도 흔적 안 남는 풀밭이 아니라 산속에서 이따금 마주치는 어린 노루처럼 순하고 고와 보였거든. 숲에서 짐승하고 마주쳤을 때도 잡을 생각을 해본 적이 없는데 하물며 사람을, 고와 뵈는 처자를 무들이가 어쩌겠어? 생긴 거는 아무도 안 돌아보게 생긴 못난 장승 같았어도 숫총각이었던 무들이는 맘이 아주 순했거든. 거기다가 고운 처자 앞에서 몸속이 전부 꽃 빛깔로 물드는 것 같은 부끄러움을 느꼈던 것이지. 무들이는 집까지 오는 동안 흰 구절초를 한 송이씩 따먹고는 제 부끄러움을 속으로 삼켜 버렸지. 빈 꽃대를 사립에 걸고 집 안으로 들어섰고…… 아가, 자냐? 늙으니 이야기도 오래 못하겠구나. 잠들었냐? 나가 봐야 한다면서.」

몸보다 마음이 조금씩 가벼워지던 참이었다. 바느질하는 여자들 손끝에서 손끝으로 전해진 이야기들. 자신들 내면 켜켜이 쌓이고 쌓인 것들을 옛날이야기로밖에는 풀 길이 없었던 그들은 알았을까. 실꾸리 풀듯 풀어내는 자신의 말이 어떻게 윤색되고 있는지.

「이야기 들으면서 잠 깼어요. 기분도 좋아졌고요. 죄송해요. 괜한 신경질 부려서. 그나저나 큰엄마, 아무래도 사람을 좀 써야 할까 봐요. 요새 늘 기운 없어 보이세요.」

「나는 괜찮다. 내가 이만 일도 안 하고 살면 뭘 하겠냐. 그리고 사람 쓰는 일이 옛적하고 달라서, 네 엄마도 그렇고…… 생각도 마라.」

「남옥 언니는 어때요? 가끔 들렀다 가는 품이 아무래도 생각이 있는 것 같잖아요. 엄마도 낯설어 않고. 애들도 다 키웠겠다, 아예 일정하게 드나들어 달라고 하면…….」

「그 생각을 나도 안 해본 건 아니다만, 네 엄마 때문에 마는 중이다. 그러잖아도 노상 옛적하고 시방을 분간 못하는데 남옥이까지 얼쩡거리면 더 그럴 것 같아서. 다른 사람은 내가 싫고. 우선 그냥 이대로 살자꾸나. 요새는 그래도 철철이 사람 불러 마당의 풀도 매고 그러잖냐. 네 할머니들 말년을, 그 시절 생각하면 아직도 속이 아프다. 한 푼 아끼려고……. 지금은 네 오라비가 든든하다만, 네 아버지 살았을 적에는 안 그랬냐? 그 사람이 그 많은 식구들, 돈 버는 일에는 손 하나 까딱 못하는 식구들을 두고 그렇게 갈 줄 어떻게 알았겠어. 네 아버지는 아직도 눈을 못 감았을 것이다. 그 생각 나면 나는 자다가도 눈이 짓무른다. 그러니, 네 오라비 다 믿지 말고 선재야, 어떻게든 여축을 해라. 지금도 잘하고 있다만 항상 멀리 보고 살아. 네 엄마 저러고 있지, 저쪽 방 사람 저러고 있지, 우리 간 담에라도 네 앞길은 구만리 아니냐.」

백 몇십 년을 넘겨 물려 왔다던 김제 송촌리의 큰 대문 집. 온갖 풍상을 겪으면서 헐릴 대로 헐리고 남은 그곳의 모든 것을 그러모아 이 집에다 옮겨 놓았다. 외할머니 진예가 안채만 간신히 남은 송촌 집을 포기하고 사위를 따라 상경할 때 송촌리 집의 모든 것은 함께 왔다. 거기 머물렀던 기나긴 시간과 그 집을 거쳐 떠난 인간들의 한숨과 피와 눈물과 웃음까지. 아버지가 돌아간 뒤부터 한선묵이 회사를 나와 혼자 일하며 돈을 벌기 전까지 십 몇 년 동안 식구들은 집을 쪼개 팔아야 할 사태를 막기 위해 빗자루도 아껴 썼다. 평생 사람을 부리며 살았던 외할머니 진예는 호미를 들고 뜰을 맸고 할머니 정간난은 끊임없이 식구들의 옷을 뜯어 새로 지었다. 큰어머니는 뜰 구석구석에다 채소를 심어 가꿨다. 남옥 언니는 너무 가볍게 시집을 보냈고 한선묵은 대학을 포기했다.

「그렇게 하고 있어요. 돈 제법 모아 놨다고요. 그러니까 큰엄마도 몸 좀 아끼세요. 만날 일에 원수진 양반처럼 일만 찾아다니시지 말고……. 그리고 제발 아까 그런 말씀, 저 세상 어쩌고 하는 말씀도 마세요. 말한 대로 되기 십상이라면서요? 엄마 들여다보고 나가 볼게요. 좀 쉬세요.」

「그예 비가 쏟아지는 모양인데, 엄마 들여다볼 거 없다. 그냥 자게 두고 나가 봐.」

언제 어두워졌던가. 뒤란에 비가 드세게 듣는 기척이 느껴졌다. 창호 문을 열어 보니 유리창에 빗방울이 달려드는 참이다. 담장에 붙어 자라는, 담보다 키가 높은 오죽들이 사정없이 쏟아지는 소나기에 소스라치고 있었다.

「엄마는 그대로 두고 나가 보라는데도.」

큰어머니 말에 고개를 끄덕이면서도 아랫방으로 난 장지문을 빠끔히 열어 본다. 어머니는 얇고 흰 이불을 덮고 모로 누워 잠들어 있었다. 화실에서 걸쳤던 작업복은 허물처럼 내던져져 있었고, 미처 손 씻을 틈도 없이 잠에 떨어진 터라 이불 밖으로 나온 오른손에는 울긋

불긋 말라붙은 물감 자국투성이다. 화장을 전혀 하지 않는데도 분가루가 묻어날 듯이 고운 피부에 비하면 물감을 다루는 손은 아주 거친 편이다. 머리카락은 한 오라기도 세지 않았고 찡그리지 않는 한 얼굴에 주름살도 생기지 않는다. 예순세 살이라고 누가 믿을까. 자는 시간이 많은 탓인가, 임로사는 도무지 나이를 먹는 것 같지 않았다.

어릴 때부터 잠든 어머니를 다독거리다 보면 잇새에서 절로 자장가가 일었다. '새는 새는 낭게 자고, 쥐는 쥐는 궁게 자고, 소는 소는 마구 자고, 닭은 닭은 홰에 자고, 우리 선재 이쁜 애긴 엄마 품에 잠을 잔다.' 어린 날, 새는 나무에서 자고 쥐는 구멍에서 자고 소는 마굿간에서 자고 닭은 홰대에 자고 선재는 엄마 품에서 잔다는 노래가 두 번쯤 반복되었을 때, 잠들어 있는 사람은 언제나 내가 아닌 엄마였다. 눈을 말똥히 뜨고 바라본, 잠든 엄마는 커다란 아기 같았다. 나는 그때마다 엄마를 다독이며 다시 자장가를 부르곤 했다. 새는 새는 낭게 자고…… 우리 엄마 이쁜 애긴 선재 품에 잠을 잔다고. 언제부턴가 어머니는 그 몇 소절의 노래조차 부를 겨를 없이 잠이 들어 버렸다. 그리고 당신 스스로 일어날 때까지는 마당에 폭탄이 떨어진대도 꿈쩍 않을 만큼 깊이 잤다. 어머니의 깊은 잠 때문에 어릴 때부터 가끔 불안했다. 이대로 깨어나시지 않는 건 아닐까. 그때마다 가만가만 손을 흔들어 잠의 심연에 가라앉은 어머니를 불러 보곤 했다. 어머니가 깨어나지 않는 어느 때에 이 집의 실존이 끝나리라는 느낌은 곤충만큼이나 감각이 예민한 임로사의 딸이 유일하게 갖는 예감이기도 했다.

임로사의 딸 한선재는 어머니를 전혀 닮지 않았다. 신체의 선이 선명하면서도 고운 그는 딸에게 그런 특성을 물려주지 않았다. 나는 어릴 때 얼굴 예쁘다는 소리를 들어 보지 못했다. 어린 날 나는 자그맣고 뭉툭했으며 타고난 예민함도 없었다. 대학을 졸업할 무렵에야 내가 어머니를 그렇게 닮지 못한 까닭을 알았다. 왕녀 대접을 받으며 세상에 나왔으나 허약했던 아기 한선재는 백일을 넘기지 못했다. 강보에 싸여 관 속에 들어간 아기 한선재의 자리를 차지한 건 그 소문을 듣기나 한 듯 두어 달 뒤쯤 한밤중에 송촌 집 대문 앞으로 찾아든 업둥이였다. 난 지 세 이레도 채 못 되었을 업둥이는 그대로 한선재가 되었고 아기의 죽음을 믿지 못한 채 시골집에서 넋이 빠져 있던 임로사의 품에 안겼다. 그 아기를 안자마자 진작 말라 버린 줄 알았던 그이 젖가슴에서 젖이 나왔다고 했다.

죽을 때까지, 죽어서도 몰랐을 그 사실을 나한테 알려 준 사람은 한선묵이었다. 너 그렇게 들어오고 나서 송촌 집에 큰불이 난 거고, 그때문에 할머니는 송촌을 포기하신 거다, 했던가. 오빠 요새 무슨 소설 써? 하고 물었던 건 충격 때문이 아니라 내가 그걸 이미 알고 있었던 것 같은 어처구니없음 때문이었다. 아무렇지도 않았다. 그렇다고 여겼다. 하지만 그 사실을 알고 난 뒤 두 달 만에 결혼했다. 그 사실을 굳이 알려 준 한선묵에 대한 맹렬한 증오를 품고 결연히 집을 나섰다. 결혼이 순조로웠다면, 돌아오지 않았을 테고 한선재가 한선재가 아니었다는 사실을 기억하며 살았을지도 모른다. 하지만 다시 돌아왔고 한선재는 그냥 임로사·한두원의 딸 한선재가 되었다.

3

분수처럼 흩어지는 푸른 종소리라고 했던가. 가슴을 두근거리게
하는 음악을 좇아 서둘러 계단을 올라왔더니 흩어지는 푸른 종소리
대신 하얀 음악이 분수처럼 쏟아지고 있었다. 사방에 폭죽처럼 꽃이
핀 전당의 광장 분수대에서 흰 물줄기가 하바네라 리듬에 맞춰 춤을
추는 중이었다. 포물선을 그리다 솟구쳐 오르고 유연하게 돌아서다
다시 솟구치고 사뿐히 내려앉는가 싶더니 빙글 돌고. 수십 명의 흰
옷 입은 무희들이 다양한 색채로 치장된 광장 무대에서 군무를 하는
것 같다. 아, 엄마한테 보여 줬으면 좋을 텐데. 한숨 끝에 달려 나온
아이 같은 생각이었다. 초등학교 시절, 소풍을 가서 솜사탕을 볼 때
마다 엄마한테 보여 주고 싶었다. 희고 보드랍던 그것. 핥아먹기는커
녕 만질 수도 없어 바라보기만 하던 솜사탕을 소풍이 끝날 즈음 사서
집에까지 가져가느라 애를 먹었다. 솜사탕은 그래서 무거웠다. 한 발
옮길 때마다 솜사탕은 조금씩 오그라들어 걸음은 점점 바빠졌고 바
쁠수록 그것은 더 빨리 일그러졌다. 집에 도착할 즈음 흉측한 분홍색

덩어리로 변해 버린 그것을 아무 데나 내버리고 나면 설탕기로 찐득찐득한 손바닥에는 흙먼지나 모래, 풀잎 부스러기가 붙어 있곤 했다. 죽은 개미가 엉겨 붙었던 적도 있었다.

한 번도 엄마한테 소풍날의 솜사탕을 보여 주지 못했다. 지금도 어딘가에서 솜사탕을 만나면 손이 허전한 건 그래서인지 모른다. 카메라를 가지고 올걸 그랬지. 춤추는 분수 앞에서 가슴에 안은 봉투로 명치께를 누르며 또 중얼거리는데, 한선재 씨? 하는 소리와 함께 누군가 내 어깨를 만졌다. 김세규 선생이었다.

「선생님!」

「나도 저 광경, 보고 있었어요. 홀린 얼굴로 하염없이 저걸 쳐다보는 사람들을 더 열심히 봤고요. 그러다가 선재 씨를 발견했지. 뭔가에 홀린 사람이 아름답다는 생각을 선재 씨 보며 했고.」

「좋아라. 선생님, 저 예쁘다는 말 처음 들어요.」

내 어리광에 그가 허허허, 웃는다.

「진작 말해 줄걸 그랬네. 나는 알고 있는 줄 알았지. 하여튼 예쁜 사람 볕에 그을리면 안 되니 그늘로 들어가서 차 마십시다.」

「선생님 작품들 먼저 보고 싶은데요? 작가 곁에 붙어서 설명 들어 가며 작품 볼 수 있는 기회잖아요.」

「그럼 그렇게 해요. 한데 설명 들을 생각은 마요. 로사가 자신의 그림 설명 못하듯이 나도 내 그림 설명 못하니까. 그림 보고 흉잡지도 말고.」

한 해에도 몇 번씩 전시를 하고 외국에서도 숱하게 전시해 온 그였다. 흉잡지 말라는 말이 우스워 내가 웃는데 그는 성큼성큼 걸어 전당 안으로 향한다. 회랑 밖에서 그를 만나기는 처음인데 아주 여러 번 만나 왔던 것처럼 익숙하다.

김세규 선생의 작품은 2층에 전시되어 있었다. 전시 작가마다 가벽을 세워 독자적인 공간을 만들고 있는데 그의 작품 전시관은 계단에서 가까웠다. 큰 강의실 두 칸은 될 만한 공간에 들어섰을 때 나는 작품들의 색채에 압도당했다. 전시관이 통째로 불타는 듯이 빨갛게 보였다. 작품마다의 크기도, 오밀조밀한 로사 그림만 쳐다보고 사는 나로서는 난처할 정도로 컸다. 전부 60호 이상은 될 듯했다. 그렇게 큰 작품들은 일견 단순했다. 작품의 절반 이상을 차지한 꽃 한두 송이. 그에 따른 각기 다른 이미지들. 추상과 구상의 가운데쯤이지 싶은 그림들 한가운데서 나는 어느 작품 쪽으로도 발을 내딛지 못하고 맴만 돈다.

관람객은 제법 많았다. 제자들인가, 김 선생은 전시장을 관리하는 듯한 젊은 사람들과 한참 이야기를 나누다가 내 쪽으로 다가왔다.

「다 봤지요?」

「아직 못 봤는데요. 어떻게 봐야 할지를 몰라 난감해서 제자리 돌기만 하고 있는 중이에요.」

「그럼 다 본 거예요. 옆집으로 가봅시다. 어쨌든 나온 김에 두루 둘러봐요. 잘 알겠지만 해석하려고 애쓸 필요는 없어요. 느껴지는 게 있으면 한 번 더 쳐다보고 없으면 고개 한 번 끄덕이고 지나가면 돼요. 자, 이리 와요.」

그를 따라 이웃 전시관을 둘러보고 그 옆 공간에 전시된 그림들도 보았다. 통로를 따라 2층 전시관을 다 둘러본 다음에는 3층으로 올라가서 똑같이 작품들을 살폈다. 3층엔 훨씬 작은 공간들에 전시된 조각 작품이 많았다. 내가 작품 앞에 우두커니 설 때마다 김 선생이 팔꿈치를 잡아당겨 다음 작품으로 이끌었으므로 나는 그 작품이 무엇을 형상화했는가에 대한 고민을 오래하지 않아도 되었다.

그만 나가자는 김세규 선생의 채근이 아니어도 다리가 많이 아프기는 했다. 휙휙 둘러봤는데 한 시간 반이나 지나 있었다. 심사가 복잡했다. 예술의 전당 안에 있으니 세상이 예술로만 채워진 것 같은데 이 많은 예술의 물결 속에서 로사 작품은 어디만큼의 자리에 있는 것일까. 인사동 화랑가를 수시로 들락거렸지만 해보지 않은 생각이었다. 로사 작품을 가지고 무얼 해야 한다는 의식 자체가 지금까지 없었기도 했다.

「로사 선생은 요즘 어떠세요?」

4층 그릴에 마주 앉자마자 로사의 안부를 물어 온다. 남쪽 지방에 있는 대학에서 강의하며 작품 활동을 하는 그는 서울에 들를 때면 으레 회랑을 찾아오는 단골손님이었다. 그는 로사 그림을 아주 좋아했다. 로사를 몹시 만나고 싶어하는 사람이기도 하다. 그가 어제, 서울에 도착했다며 자신의 그림을 보러 오지 않겠느냐는 전화를 해왔다. 따로 할 말이 있는 듯했다.

「그분이야 늘 그만그만하시죠.」

「내가 회랑에 들른 지 석 달은 된 것 같은데 새 작품들 걸었어요?」

「열댓 점 내리고 그만큼 다시 걸었어요.」

색색이 곱게 채색된 혼례 장면 '백년해로'며 송현과 학준임 직한 아이들이 그려진 '첫 만남' 등을 새로 걸었다. 수선화가 핀 작은 연못가에 나란히 앉아 물고기가 노는 물에다 발을 담그고 서로 바라보며 웃고 있는 어린 송현과 학준의 얼굴이 어린 날의 한선재·한선묵의 모습을 닮았다는 것을 그림을 고르면서 비로소 깨달았다. 타원형의 그 연못은 아래채 앞뜰에 있는, 큰어머니에 따르면 함지박만 한 연못이었다. 길이 7미터, 폭 5미터쯤으로 깊이는 고작해야 허리만큼인 임로사의 거울. 가능하다면, 로사의 그림이 그저 놀이가 아닌 어떤 것이어야 한다면, 로사는 사람을 만나야만 하는 것이다.

「선재 씨, 운전하고 왔소?」

「네. 저 아래 주차장에 세워 뒀어요. 왜요, 술 하시게요?」

「나는 아무래도 오래는 못 살 것 같소. 차 마실 자리에서 술 찾게 되는 거 보면. 선재 씨는 차 마셔요. 나는 맥주 뒤 병 마실 테니.」

「선생님, 저도 오래 못 살 것 같아요. 차 마실 자리에서, 밥 먹을 자리에서도 술 마시고 싶거든요. 저도 맥주 몇 잔 할래요. 깨고 출발하죠, 뭐.」

그가 호호, 웃으며 주문받으러 온 직원에게 맥주 세 병을 청한다. 그가 회랑에 오면 나는 늘 냉장고 안에 들어 있던 과일주를 따라다 주었다. 팔지는 않지만 이따금 친구 같은 손님들에게는 그들 취향에 따라 한두 잔씩 대접하는 술이었다. 그는 머그잔에 담겨 다른 손님들 모르게 전달되는 술을 재미있어했다. 그럴 때면 나도 입가심하듯 한 잔씩 하곤 했다. 지금은 맥주로 그를 대접해야 할 모양이다.

「어머님은 지금 댁에 계시지요?」

비밀인 양 나지막이 어머니에 대해 묻는 그가 로사 그림을 발견한 지 네 해쯤 되었다. 로사에 대해 궁금해하기 시작한 지도 그쯤 되었을 것이다. 김세규 선생이 '현대 작가 특집 시리즈'의 주인공으로 기사화되었던 미술 잡지인 '현대 미술' 제2의 탄생 코너에, 그다지 현대적이랄 수 없는 로사 그림이 신인 화가의 작품처럼 실렸던 때부터였다. 그 잡지를 들고 회랑까지 찾아온 그가 대뜸, 그대가 로사요? 했다. 그때 잡지에 실린 작품 '불꽃놀이'는 로사 것으로는 대작이라 할 수 있는 60호 크기였다. 언뜻 보면 단풍으로 짙게 물든 산과 들판을 배경으로 사람들이 춤을 추는 것 같지만 가만히 들여다보면 한 여자의 손에 들린 불씨에 의해 천지에 불이 붙었다는 걸 읽을 수 있는 그림. 좀 더 들여다보면 춤추는 사람들이 그 불길 속에서 다비식을 치르는 주검들이라는 것도 알 수 있는 '불꽃놀이' 앞에서 그는 오래도록 붙박여 있었다.

「대답 없는 그 웃음이 참 미묘합니다. 어머님 말씀만 나오면 그렇게 웃지. 미안해서 더는 말 못 붙이게. 선재 씨 그런 거 알아요? 어떤 사람을 보지 않고도 그 사람을 좋아할 수 있다는 거.」

「저는 잘 모르겠습니다. 그런 경험이 없거든요. 선생님이 로사 그림을 좋아하시는 까닭도 모르는걸요. 왜 로사 그림을 좋아하시나요? 로사 작품의 결함이랄까, 그런 것들을 누구보다도 잘 보실 텐데……. 회랑에 오시는 어떤 분이 그러시데요. 로사는 전문적인 그림 교육을 받은 적이 없거나 받았어도 아주 짧았을 거라고. 고뇌의 흔적이 없다든가, 작가로서의 자의식이 없다는 말씀도 들었어요. 물론 그분은 로사 그림을 좋아한다면서 좋은 의미로 하신 말씀이었지만 제 입장에서는 꽤 아프더라고요.」

유장건이 스승을 빌려서 그렇게 말했을 때 어머니 그림의 이면을 볼 사람은 다 본다는 데 약간 충격을 받았다. 그래서인지 요즘 유장건을 이따끔 생각한다. 그가 했던 말이 아니라 그가 간 뒤 관통상 같다고 느꼈던 통증에 대해. 그런 옴씰한 느낌을 남긴 남자를.

「여태 내가 그런 말 안 했소?」

「좋다고만 하셨지, 왜 좋은지에 대해서는 말씀 안 해주셨어요. 저는 수줍어서 여쭤 보지 못했고요. 선생님께는 처음 여쭙는 거지만 로사 그림을 좋아하시는 손님을 뵈면 저, 꼭 묻잖아요. 왜 로사 그림을 좋아하는지.」

그가 담배 연기를 내뿜고 나서 클클클, 웃었다. 맥주를 차처럼 몇 모금 마시고 잔을 내려놓는다. 나도 똑같이 그를 따라 하고는 웃는다. 이럴 즈음이 로사의 대리인 노릇을 하고 나서 크게 덕을 봤다고 느낄 때였다. 임로사의 대리인이 되지 않았다면 사회적인 이력이나 나이나 공통 관심사 따위에서 친구가 되기는커녕 만나지도 못할 사람들과 친구처럼 마주 앉아 이야기를 나누지 못했을 것 아닌가.

「로사가 그림 그리는 교육을 받았건 말았건 그런 건 아무 상관 없어요. 화가로서 로사는 천재예요. 왜냐! 사랑 때문이지. 어떤 작품이든 로사 그림을 가만 보고 있으면 제일 먼저 일어나는 감정이 그거예요. 사랑. 지극함. 사무침. 그다음은 궁금함이지. 어떤 이야기, 사람의 이야기가 담겨 있으니까. 그렇지만 또, 이야기를 몰라도 괜찮아요. 사랑은 구성이 필요치 않은 정서니까. 선재 씨는 아직 사랑 안 해본 게 틀림없네요. 그러니 로사 그림에 담긴 사랑을 못 보고 나 같은 작자들이 로사 그림에 담긴 사랑에 빠지는 것을 이해 못하는 거지. 로사는, 항상 이렇게 이름만 부르는 걸 용서해요, 로사 그림의 가장 큰 특징은 언제나 사람이 등장한다는 거죠. 인물이 크게 그려졌건 작게 그려졌건 어떤 모습이건, 그들의 표정을 읽을 수가 있고. 그건 로사가 사람을 사랑하고, 그 사랑을 아는 화가라는 뜻이죠. 아무 계산 없이 자신이 아는 사랑을 그림으로 나타낼 줄 아는 작가고. 같은 맥락에서 로사는 예술의 본질을 타고난 것처럼 깨닫고 있고 그걸 유지하면서 작업하는 드문 작가이기도 해요. 놀이로서의 예술 말이오. 예술의 근본 기능은 놀이고 즐거움이잖소. 한데 조금 전에 실컷 봤을 거요. 자의식으로 칠갑된 대개의 난해한 작품들. 나부터도 그렇지만 요즘 그림들은 인물을 많이들 생략하잖소. 로사처럼 단순할 수가 없으니까. 누가 그랬다면서요? 로사가 작가로서의 자의식이 없는 것 같고 고뇌의 흔적이 없는 거 같다고. 누군지, 제대로 잘 본 거예요. 다른 작가들은 그게 잘 안 되거든. 작품보다 자의식이 깊으니까 어쩔 수 없이 자기 탐색에 빠져 버린다, 이거지. 표현해야 할 것들, 그 표현의 방법들이 수없이 많은 과정을 거치고 거치면서 난해해지고 세련되어지다가 종내에는 그렇게 되는 거예요. 그런데 나는 그렇게 세련된 내 그림도 사랑하지는 않아요. 내 인식의 표현이고 일일 뿐이지 사랑은 아니거든. 로사는 안 그래요. 로사 그림은 사랑이고 놀이지. 그런 작가가 그린 그림이라 사랑에 고픈, 사랑을 믿는 사람들은 로사 그림에 빠져드는 겁니다. 그리고 이건 비밀인데 말이오, 나는 로사 그림을 통해서 영감을 많이 얻어요. 누워서 천장 쳐다보고 있으면, 학교 뒷산에 산책 나섰다가 하늘을 올려다볼 때도, 로사 그림이 눈앞에 아른거릴 때가 있어요. 그러면 내가 그리고 싶은 게 뭔지 떠올라. 한마디로 자극을 받는 거지. 이러니 내가 로사 작품을 안 좋아할 수가 없잖아요. 중독이 안 될 수 없고. 나는 로사 중독인 셈이오. 약발 떨어질 때마다 한 번씩 로사를 만나야 하는.」

말을 하고 보니 스스로 우스운지 그가 허허 소리를 내며 길게 웃는다. 여태 내심으로, 제정신 아닌 사람이 그린 그림이라 이따금 눈 밝은 사람들의 눈에 띄는가 보다고만 여겼지 로사 그림을 발견한 사람들이 사랑을 읽고 있는 줄은 몰랐다. 게다가 알려질 만큼 알려진 작가가 영감을 얻기까지 한다니. 꽉 막혀 있던 뭔가가 툭 터지는 것만 같았다. 아픈 것도 같고 시원한 것도 같다. 맥주 몇 모금을 다시 마신다. 반 잔 남짓 마신 술이 조화를 일으켰는가, 속에서 일어난 어떤 기운과 더불어 밖으로 나오고 싶어했다. 그에게 무슨 말이든 하고 싶어지는 것이다. 그 조화를 부추기듯 또 두어 모금의 술을 삼키는데 기분이 좋아 웃음이 난다. 사랑을 깨달은 여자가 된 것 같지 않은가.

「왜 또 그렇게 웃어요? 기껏 물어 놓고선?」

「말이 하고 싶어져서요. 근데 무슨 말이 하고 싶은지 몰라 애매하게 웃고 있는 거죠.」

「아무 말이라도 해요. 그러다 보면 무슨 말이 하고 싶었는지 알게 될 거예요. 나도 가끔 그렇거든.」

「음, 여태 다른 사람들한테는 하지 않았던 이야긴데, 로사 이야기요. 해도 될까요? 편한 이야기는 아닙니다.」

「해봐요. 다른 사람들한테 하지 않았던 이야기라는 것을 기억하면서 듣겠소. 앞으로도 내내 기억하고.」

회랑도 아니건만 주변의 눈치를 살피는 내 조심스러움에 그도 함께 주변을 살피다가 괜찮을 것 같다는 듯 고개를 끄덕인다.

「선생님도 진작, 어쩌면 첨부터 느끼셨겠지만 로사는 정상이 아니세요. 여태 저는, 저희 식구는 로사를 이런 식으로 표현해 보지 않았어요. 다른 사람들한테 말을 하자면 결국 이런 식일 수밖에 없기 때문에 입을 다물었던 거고요. 아무튼 엄마는 보통 사람들과 섞일 수가 없으세요. 백여 년 전의 당신 증조할머니와 당신이 같은 사람이라고 수시로 착각하시는 분이거든요. 과거와 현재와 미래, 그런 일정한 시간 개념이 거의 없으세요. 신기하게도 사람들은, 엄마가 혼자 서 있는 모습만 보고도 금세 알더군요. 낯선 동물 발견한 듯이 재미있어하고요. 그러면 엄마는 겁먹고 그들이 바라는 대로 행동해요. 미친……. 사람들 앞에 어머니를 내세울 수 없는 건 그 때문이에요. 드물지만 우리가 보기에 아무 자극이 없을 때도 증세를 보이세요. 놀라서 숨거나 괴성을 지르다 기절하고 심할 때는 손에 잡히는 거 아무거나 집어 던지고……. 드물게 한 번씩 어떤 끌림에 의해서인지 혼자 대문 밖으로 나서기도 하시는데, 그럴 때 저희 집은 비상이 걸려요. 대문 앞에서도 길을 잃으시거든요.」

그는 담배도 안 피우고 나를 바라만 보고 있다가 고개를 무겁게 끄덕인다. 시작한 김에 더 하라는, 다 하라는 것 같아 잔에 남은 술을 마저 마시고 잔을 채운 다음 다시 입을 연다.

「로사가 잘할 수 있는 유일한 일은 그림 그리며 노시는 거예요. 저희 식구들은 그렇게 표현해요. 엄마가 그렇게 놀아 주는 걸 감사하게 여기고요. 그나마 그림을 그리지 않으셨다면 어땠을지 상상하고 싶어하지도 않죠. 그래서, 로사 그림을 세상에 내놓을 생각으로 회랑에다 걸었던 건 아니었어요. 어쨌든 나날이 쌓이는 게 그림인데다 어머니 그림이니 함부로 못하겠고, 어머니 때문에 이사는 생각도 못하는 처지라 그냥 그 집에서 살아야 하고, 공간이 없지는 않고요. 그래서 장식품으로 걸고 제가 찻집을 시작한 거예요. 잘 아시겠지만 그림 수발에도 비용이 만만찮게 들잖아요. 아무튼 회랑 밖으로 그림을 내가지 못하는 것은 그 때문이에요. 혹시라도 로사가 유명해질까 봐 무서워서요. 사람들이 그림 아닌 작가한테 호기심을 가지게 되고, 그러다 엄마가 다치는 일이 일어날까 봐. 이해하시겠지요?」

「감히, 어떻게 이해한다는 말을 하겠소. 선재 씨가 힘들었겠어요. 어머님은 언제부터 안에만 그렇게 계시게 된 거요?」

임로사가 집 안에만 있게 된 건 그의 남편이 떠난 이후지만 그의 병이 시작된 건 그보다 훨씬 이른 어느 때부터였다. 아버지가 송촌의 모든 것을 정리해 서울로 합치기로 결정했을 때 집을 그렇게 공들여 고쳤던 건 임로사의 몸속에 잠들어 있는 그 검은 기운이 발동을 시작했다는 걸 알았기 때문이었다. 임로사와 한집에서 태어나고 자라 혼인했던 그는 다만 아내의 병이 아주 천천히 진행되기를, 자신이 살아 있는 동안 함께 살다가 함께 나이 들어 죽을 수 있을 때까지 느리게 진행되기를 바랐다. 하여 그는 바람을 덜 타 오래 고요할 수 있는 집을 만들었다. 엔간한 바깥바람은 미치려다가 사그라져 버릴 것처럼 깊이 들어앉은 집. 그렇지만 그 집은 이제 끊임없이 손보지 않으면 금세 좀이 슬고 곰팡이가 피어난다.

「저 낳고 나서부터 천천히……. 제가 애물이죠, 뭐.」

「그런 말 마요. 지금 잘 모시고 있는 거예요. 아버님은? 미안해요. 너무 깊이 들어가는 것 같네요.」

「아버지는 건축 설계를 하셨는데, 저 초등학교 사학년 때 현장 다녀오시다가 교통사고로 돌아가셨어요. 엄마 시간 개념에 혼란이 생긴 건 그 뒤부터였던 것 같아요. 엄마랑 아버지, 금슬이 아주 좋으셨거든요. 한 번도 싸운 일 없으시고. 사실 싸울 수도 없었죠. 누가 로사랑 싸우겠어요.」

내가 웃자 그도 무슨 뜻인지 알겠다는 듯 웃는다. 비정상인 여자가 아니라 어린아이 같은 로사를 이해한 것이다.

「회랑 운영으로는 생계가 안 될 것같이 보이던데, 들어가 보지는 못했지만 오래된 데다 꽤 넓은 집인 것 같던데, 그림을 파는 것도 아니고, 돈은 누가 벌어요? 미안해요. 에둘러 묻는 게 오히려 실례가 될 것 같아 그냥 묻는 거예요. 식구가 어떻게 됩니까?」

「할머니, 외할머니가 같이 살았는데 저 중학교, 고등학교 때 한 분씩 돌아가셨고, 지금은 어머니하고 큰어머니, 오빠 내외, 저까지 다섯 식구예요. 저랑 같이 일하는 친구가 반식구는 되고요. 아버지 돌아가신 뒤에는 보험금이랑 아버지가 약간 남기신 거 아껴 쓰면서 살았어요. 벌 수 있는 사람이 없었거든요. 지금은 오빠가 식구들 살 만하게 벌어 줘요. 제가 회랑에서 버는 거야 선생님 보셨다시피 얼마 안 되지요. 그야말로 어머니 그림을 수발할 수 있는 정도예요. 그림 간수도 하고.」

「다행이네요. 사실 회랑 드나들면서 오지랖 넓게도 은근히 그걸 걱정했어요. 왜 그런지는 모르겠는데 꼭 선재 씨가 가장처럼 보였거든요. 언제나 지쳐 있는 것 같아서, 언제 나동그라질지 모르겠다 싶고. 어느 날 들렀더니 회랑 자리에 회랑이 아닌 다른 번들번들한 음식점이 들어서 있고 로사 그림은 간데없고, 혹시나 그런 사태가 벌어질까 봐서 늘 조마조마했어요. 혼자 다 지고 있는 게 아니라면 다행이오. 이제 그런 염려는 안 해도 되겠어요. 아무튼 오늘 내가 선재 씨를 여기서 만나자고 한 것은 회랑하고 다른 분위기에서 이야기를 해보고 싶어서요. 선재 씨 어머님은 그대로 계시게 하더라도, 로사 그림은 좀 멀리 내보낼 방법을 찾아보자는 말을 하고 싶어서.」

「어떻게요?」

「방법을 찾아보면 있을 것도 같다는 생각이 들었거든. 사실 작가야 결국 작품으로 말하는 거잖소. 작가 자신이 기획물이 안 돼도 무방하다 이거지. 그 방법으로 생각한 건데 로사 화첩을 만들어 보면 어떻겠소?」

「화첩요? 그게 소용이 있을까요? 로사가 알려진 작가도 아니고 작품들을 정식으로 발표한 처지도 아닌데요.」

「십일월 말에 내가 뉴욕에 갈 겁니다. 십이월에 뉴욕 근대 미술관에서 한 달 전시를 하는데 그 기간 동안 거기 머무를 작정이에요. 그때 로사 작품 몇 점하고 화첩을 포트폴리오 삼아서 가지고 가봤으면 싶어요. 그쪽 사람들한테 보여 볼까 하고요. 사실은 로사라는 숨은 화가를 자랑하고 싶은 거예요. 그들이 로사 작품을 어떻게 볼지도 궁금하고. 결과는 어떨지 잘 모르지만 지금도 어쨌건 전시를 하고는 있잖아요. 그렇다면 더 많은 사람이 볼 수 있는 기회를 만들어 보는 게 좋을 것 같아서. 어떻게 생각해요?」

뜻밖의 제안이어서 말문이 막힌다. 사진에 찍혀 기사화되기는 했을지라도 아직 화랑 밖으로 나와 본 적이 없는 그림들이었다. 그런데 뉴욕이라니.

「그런 일로 로사가 상처 입게 될지도 모를 상황, 선재 씨가 두려워하는 게 뭔지 이제 잘 아니까 나도 나름대로 조심할 거요. 내가 무엇보다 로사 안전을 중요시한다는 걸 선재 씨도 알 테니 걱정 마요.」

어머니를 위해서든 나를 위해서든 큰 기회일 터였다. 하지만 어머니에겐 지금 상태가 제일 낫다고 분명히 선언했던 한선묵이 어떻게 나올까.

「얼떨떨해서, 당장은 무슨 말씀을 드려야 할지 모르겠어요. 심장이 두근두근하는 걸 보니 설레는 것 같기도 하고요. 말미를 조금만 주시겠어요? 제가 나름대로, 어느 정도 궁리해 본 다음에 선생님께 도움 청할게요. 죄송합니다.」

「죄송해하지 않아도 돼요. 아직 시간 많으니까 우선 화첩 만드는 일부터 차분하게 생각해 봐요. 대신 긍정적으로 결정이 나기 바라요. 아, 그리고, 며칠 새에 '미술 경향'에서 취재를 하고 싶다는 연락이 갈 거예요. 그 잡지 발행인이 친구예요. 어젯밤에 꼭지가 돌게 같이 술을 마시다가 로사 작품에 대한 이야기를 나눴지. 내가 권한 게 아니고 그 친구가 생각한 거예요. 아마도 특집으로 기획되지 않을까 싶기는 한데 잘 모르겠어요.」

「그럼 작년, 재작년에 한 번씩 로사 작품이 '미술 경향'에 실린 것도 선생님 덕분이었네요?」

「나는 내가 좋아하는 그림에 대한 이야기만 할 뿐이에요. 그 인종들이 누가 권한다고 들을 사람들도 아니고. 내가 유일하게 좋아하는 작가가 로사니 나도 어쩔 수가 없잖소.」

그가 어머니 그림을 그토록 좋아하는 까닭은 솔직히 아직 다 납득되지 않았지만 그가 내 편인 것 같은 든든함이 기분 좋아 소리 내어 웃는다. 드문드문했지만 여일하게 쌓여 온 몇 년의 시간이, 그 비중이 어떤 것인지 느껴졌다. 배반의 요소가 내재되어 있지 않은, 집 밖에 있는 내 편.

4

　　……하림 마을의 무들은 손아래 누이를 시집보낸 뒤 어미와 단둘이 살았
다. 무들 아비는 약초꾼이었는데 산삼 세 뿌리로 무들 어미를 면천시켜 각시
로 삼은 전적이 있는 터라 노상 산삼 꿈을 꾸던 사내였다. 어느 봄에 꿈에서
심을 봤다는 말을 아내한테 속삭인 그가 행장을 꾸려 집을 나섰다. 이번엔 금
방 올 거라더니 웬걸, 몇 달이 지나도록 종무소식이었다. 이 삼시랑이 산삼을
잔뜩 캐어 새 각시라도 찾아 나섰는가, 무들 어미는 차라리 그렇기라도 했으
면 싶은 심정으로 날마다 사립문 밖을 내다봤다. 날마다 꿈자리가 뒤숭숭한
게 불안했던 것이다. 그가 돌아온 건 늦은 가을이었다. 사람이 온 게 아니라
지고 나갔던 걸망이었다. 무들 어미가 흰 산삼을 수놓아 묶어 준 붉은 명주
조각이 색이 바랜 채 해진 걸망에 매달려 있었다. 산에서 그걸 주워 들고 온
약초꾼이 무들 아비가 깊은 산 절벽에서 떨어져 죽은 뒤 짐승들에게 뒤짐질
을 당한 것 같더라는, 그래서 흩어진 뼈들을 주워 모아 무덤을 써주고 왔다는
말을 전했다. 무들이 여섯 살, 무들 누이 두리가 세 살 때였다.
　　무들은 그 뒤 아버지를 찾는다고 인근 산을 혼자 드나드는 버릇이 생겼는

데 아홉 살 무렵 산비탈에서 굴러 나뭇가지에 눈이 찔려 오른 눈을 영 잃어버렸다. 나이가 들었으나 내보일 재물이 없는 데다 눈이 하나뿐인 병신이라서 시집을 오겠다는 처녀가 없었다. 처녀뿐인가, 과수댁이며 주막집 드난꾼조차 눈이 있어야 할 자리에 움푹 팬 검은 흉터뿐인 무들을 호들갑스럽게 마다했다. 사실 처지가 처지인지라 표 내지 않았을 뿐 무들 스스로 마다하는 경우도 없지 않았다. 어미와 동네 아낙들이 그에게 들이미는 색싯감들을 먼발치에서 살피곤 외면하기도 했던 것이다. 이래저래 눈이 하나 없을 뿐 사대육신이 멀쩡했던 그는 서른 살에도 어른이 되지 못하고 반거충이 병신으로만 지낼 수밖에 없었다.

봐요, 하는 소리에 삽짝 안에 나뭇짐을 부리고 어깨를 털던 무들이 깜짝 놀라 돌아섰다. 산 밑에서 부딪쳤던 처자가 졸래졸래 따라왔다는 걸 몰랐다. 그림자처럼 소리 없이 뒤를 밟아 오는가. 무들은 사립문 밖에 서서 집 안을 기웃거리는 처자를 어째야 할 줄 몰라 서성이다가 처자가 허기져 있다는 걸 깨달았다. 그래서 따라왔던 것이다. 그건 그들 나름의 방편일 거라는 짐작이 비로소 생겼다. 매인 데 없으니 먹을 데도 없을 그들 아닌가.

무들은 오전 품앗이 끝에 남겨 온 밀기울 개떡 한 쪽을 내다가 처자한테 건네주었다. 시든 구절초꽃을 쥐고 있던 손이 그 떡을 덥석 받는 것을 본 무들은 잠깐 기다리라 하고는 물을 떠와서 천천히 먹으라고, 다 먹으면 또 주겠다고 달랬다. 떡 한입 베어 먹으면 물 한 모금 건네고. 한입 먹으면 물 한 모금 먹이고. 무들은 선 채로 처자한테 떡을 두 쪽 더 먹였다. 세 쪽의 떡과 물 한 보시기를 다 먹은 뒤, 처자는 돌아가는 대신 그의 사립문 안으로 냉큼 들어서더니 마루에 걸터앉았다. 해가 기울고 있는 참이어서, 바람이 금방 차가워질 것 같아서, 기우는 햇빛을 받은 처자가 사뭇 편하고 고와 보여서 무들은 처자를 내쫓을 수가 없었다. 그는 마루 기둥에 기대어 해 지는 쪽을 쳐다보며 알아들을 수 없는 말을 노래처럼 읊조리는 처자를 두고, 일에 지친 10리 길을 돌아올 어미를 생각해 저녁을 짓기 시작했다.

　마님이 열일곱에 한양에서 송촌으로 시집오실 때 일곱 살 어린 계집종으로 얹혀 와 마님 수발을 들며 나이가 찼던 어미는 산삼을 구해 와 마님께 바쳤던 약초꾼한테 시집가게 되면서 종살이에서는 풀려났으나 여전히 마님 댁 침모였다. 바느질거리를 가져다 집에서 할 때가 많았지만 규원 아가씨 혼사가 정해진 요새는 대개 마님 댁에 가서 일했다. 마님 쓸쓸하실까 싶은 염려 때문이었다. 2대 독자인 진사 양반에게 시집와 두 아드님과 세 따님을 낳으셨던 마님은 작은아드님을 제 어릴 때 잃었고 두 따님은 진작 출가시켰다. 역시 독자가 돼버린 서방님은 한양에 계셨다. 과거 급제를 하지 못했는데 벼슬을 하고 싶어서 해마다 집에서 재물을 가져가시는가 보았다. 서방님 따라 한양에 갔던 아씨는 배가 부른 채 돌아와서 4대 독자인 병약한 아드님 하나 떨어뜨리면서 산고를 이겨 내지 못한 채 세상을 떠났다. 이태 전이었다. 서방님은 아씨를 묻고 아기를 어머님께 맡기고 떠난 뒤 한 번도 다녀가지 않았다. 요즈막엔 개화 바람이 들어 사람이 못쓰게 되어 간다는 말이 들리기도 했다. 규원 아가씨가 시집가고 나면 넓고 깊은 그 집에 남을 사람은 마님과 세 살 난 도련님뿐이었다. 도련님의 젖어미며 종복들, 객식구들까지 집 안에 수십 명이 있지만 마님의 말벗은 주로 무들 어미였다.

　해가 다 기울어 촛불 심지에 불을 댕겼을 때에야 송촌 일을 접어 놓고 혼자 있을 아들을 위해 집에 돌아온 무들 어미는 뜻밖의 처자 때문에 놀라다가 사연을 듣고는 삽짝 밖을 살피며 숨을 죽였다. 누가 볼세라, 행여 누가 채갈세라 겁이 났던 것이다. 얼굴이며 손발을 씻기고 자신의 옷으로 갈아입히는 사이 어미는 처자가, 미친년이 아니라면 넘볼 수 없는 귀티를 타고났거니와 가을에 시집을 가게 될 규원 아가씨보다 인물이 곱다는 걸 알게 되었다. 뜯어보니 스무 살 남짓이나 됐겠고 말을 할 줄도 알았다. 지기금지원위대강(至氣今至願爲大降) 시천주조화정(侍天主造化定) 영세불망만사지(永世不忘萬事知).

계집은 배불러 고분고분한 얼굴로 알아들을 수 없는 말을 자꾸만 시부렁거렸지만 어미는 그나마도 고마웠다. 벙어리라도 고마울 판에 말을 하지 않는가. 미친년을 주저앉혀 사람 만들었다는 소리를 평생 한 번도 못 들었음에도 어미는 욕심을 자꾸 부렸다. 길게 못 가면 어떤가. 사흘 살고 말더라도 아들을 몽달귀신은 면하게 하고 싶었다. 아비 잃고 한 눈을 잃은 뒤 산짐승처럼 혼자 자라고 지내 온 아들이었다. 계집질은 고사하고 술 먹고 분탕질을 칠 줄도 몰랐고 화낼 줄도 몰랐다. 마실을 다니지도 않았다. 산으로 들로 다니며 그저 묵묵히 일만 했다. 그런 아들이 산에서 내려오다 발견하고 데려왔다는 계집 때문에 낯빛이 달라져 있지 않은가. 그건 계집이 첫눈에 마음으로 들어섰다는 뜻이었다.

서른 해 전 즈음, 무들 어미가 되기 전의 이레도 그랬다. 정월 초이레에 바느질하던 어미 손끝에서 태어나는 바람에 이름이 이레가 된 지 스물세 해 만이었다. 침모의 딸로 태어나 아기 때부터 반짇고리 주변에서만 놀았고 어미·아비와 함께 마님의 머나먼 시집을 따라와서도 노상 바느질에서 헤어나지 못한 채 나이가 스물셋에 이른 참이었다. 집안에 병자가 끊이지 않는지라 근동의 의원이며 약초꾼들이 수시로 드나들었기 때문에 무들 아비 연수는 이전에도 몇 번 보았다. 눈길 한 번 제대로 건네 보지 못했으나 그가 집 안에 들어섰다는 말이 들리면 골무 낀 이레의 손끝이 떨리곤 했다. 어쩌다 곁을 지나쳤던 약초꾼 연수한테서는 바람 냄새가 났다. 산바람 냄새, 솔바람 냄새. 가 본 적 없는 바다 냄새일 것 같은 땀내. 그랬는데, 연수가 작은 도련님 구완에 쓸 산삼을 들고 나타났다 했다. 작은 도련님 목숨이 경각에 달해 온 집안이 숨도 못 쉬는 때였음에도 이레는 가슴이 벌떡벌떡 뛰었다. 산삼값으로 얼마를 원하느냐는 마님 말씀에 연수가 이레를 쳐다보며 말했다. 허락해 주신다면 저 처자를 안사람으로 맞고 싶습니다. 그 한마디로 이레는 평생을 살고도 남아 자식한테 물려줘야 할 종살이에서 풀려나 보통 계집이 될 수 있었다. 바느질을 하든 논밭을 훑든 혹은 굶어 죽든 내 뜻대로 할 수 있는 세상. 아들이 지금 그 지경, 그 맘에 닿아 있었다.

무엇을 해야 할까. 새는 새는 낭게 자고 쥐는 쥐는 궁게 자고 닭은 닭은 홰에 자고 소는 소는 마구 자고 이쁜 처자 우리 아긴 내 품에서 잠을 잔다…….어미는 아랫목에 잠든 처자를 하염없이 다독이며 무엇을 해야 할지를 궁리하다가 옷을 채비해 건넌방에서 찍소리도 없는 아들을 불러냈다. 모자가 먼저 간 곳은 개울이었다. 밖에서, 그것도 밤에 멱을 감을 수 있는 시절이 한참 지났음에도 어미는 윗물에서, 아들은 아랫물에서 몸을 씻고 옷을 갈아입었다. 별빛이 밝은 그믐밤이었다. 어미는 아들을 데리고 마을 어귀 당산나무로 나갔다. 당산나무에 둘러쳐진 금줄이며 가지들에 묶인 색색의 헝겊들이 초가을 밤바람에 설렁설렁 나부꼈다. 날이면 날마다 지나다니면서 두 손 모아 아들 짝을 점지해 달라고 빌었던 당산님에게 무들 어미는 절을 올리면서 또 빌었다. 어디서 왔는지 내 집에 든 저 아이를 거두어 살게 합소사. 길이 고이 살게 합소사. 저 고운 애가 부디, 부디 온정신 말고 반정신만 들게 해줍소사. 당산님한테 두 손 모아 머리를 조아리며 어미는 소리 내어 기원했다. 무들은 어미가 시키는 대로 절을 올리며 저 고운이와 지금 그대로라도 오래, 함께 살 수 있게 해달라고, 행여 그 사람이 온 듯이 떠나거든 간 듯이 되돌아올 수 있게, 몇 번이고 몇 번이고 되돌아올 수 있게 해달라고 빌었다.

사흘 뒤 한무들은 마을 사람들 앞에서 소반에 정화수 떠놓고 고운이와 혼례를 올렸다. 원삼, 족두리에 사모관대는 안 차렸을망정 어미가 평생 옷을 지어 온 솜씨로 사흘 만에 만들어 낸 치마저고리에 흰 두루마기 입은 신랑·각시로 서로를 향해 절을 했다. 송촌 마님이 섬곡식을 내놓으신 데다가 몸소 납시기까지 하는 바람에 마을 사람들은 놀라 입을 다물지 못한 채 그 느닷없는 혼인을 아주 재미나게 지켜보았다. 마님께 들리지 않는 소리들로 속닥이긴 했다. 미친년이 혼례 치르는 꼴은 처음 본다든가, 미친년이 몇 날이나 살다

도망을 칠까 보냐는 둥의 시샘 난 말이었다. 아무도 미친년을 믿지 않았던 것이다. 하지만 고운이는 순했다. 무엇보다도 다른 사람들은 눈 마주치기조차 꺼리는 제 서방을 좋아해서 강아지같이 졸졸 따라다녔다. 마침 추수철이 닥쳐서 말도 못하게 바빠진 무들을 따라가 그 언저리에서 놀았고 무들이 밥 먹는 곳에서 함께 먹었다. 하림 사람들은 추수철이 끝나기도 전에 무들을 놉 살 때는 고운이 먹을 것까지 장만하는 걸 당연하게 여겼다.

고운이가 달아나고 싶지 않도록, 멀리 떠돌지 않도록 무들과 어미는 정성을 다했다. 억지로는 아무것도 시키지 않았고 가르치려 들지도 않았다. 저 좋다는 대로, 저 하고 싶은 일만 할 수 있게 했다. 고운이는 늘 무들의 눈길이 미칠 만한 곳에서 잘 웃고 잘 놀았다. 혼자 놀다가도 때 되면 밥 먹으러 집으로 들어왔고 밤이면 무들에게 안겨서 잘 잤다. 무들 모자가 워낙 애지중지하는 데다 마님이 납시기까지 하신 혼인을 치른 고운이인지라 마을에서는 장난으로라도 아무도 건드리지 않았다. 어떤 마님이시던가. 백 석지기 전답을 이고 서울에서 여기까지 시집을 오셨다고 했다. 시아버님은 안 계셨고 시어머님은 큰살림 살피실 만한 요량이 없으신 데다 서방님이 몸 약해지는 만큼 마음도 약해진 바람에 마구잡이로 흔들리던 집안을 붙들었거니와 당신 서른두 살에 서방님 돌아가신 뒤에는 살림을 열 곱도 넘게 늘려 온 여장부셨다. 서울 친정 살림을 당신이 물려받으신 덕분이었다. 송촌, 윗말, 중림, 하림, 구곡, 밤실……. 삼동네가 온통 마님 땅이었다. 읍내 곳곳에도 마님 손길이 미친 물건들이 있다 하거니와 서울에는 친정집도 그대로 있어 아드님이 가 살고 있지 않은가. 그렇게 살림을 키워 놓으시고도 당신 땅에 들어 있는 수많은 작인들에게 인색하지 않으셔서 인심을 잃은 법이 없었다. 하지만 때로 엄하기가 늦여름 서릿발 같았다. 당신이 정하신 일에 거역하는 자는 마님 땅에서 살아갈 수가 없었다. 해서 아이들조차 고운이와 같이 놀기는 할망정 놀리거나 짓궂게 굴지 않았다. 아무도 건드리지 않으니 고운이 저 하는 짓도 예뻤다. 워낙 몸에 일이 배어 있지 않았던지 천지에 널린 일을 어느 것 하나 따라 할 줄은 몰랐지만 어미나 서방이 시키는 대로 인사도 잘하고 먹는 모습도 고왔다. 이듬해 초봄에는 고운이에게 태기가 생겼다.

고운이가 종이며 붓을 좋아한다는 걸 처음 알아차린 사람은 마님이셨다. 고운이에게 아기가 실린 뒤 무들 어미가 그걸 고하느라 며느리를 데리고 마님 댁에 갔던 차였다. 서울 서방님 댁에서 인편이 왔다가 나간 참이라더니 마님 낯빛이 어두워서 며느리의 태기를 고하는 무들 어미 또한 조심스러웠다. 그 며칠 전에는 안방 윗간에서 바느질하는 무들 어미한테 들릴 만하게, 그렇지만 마님 혼잣말인 듯이 왜국과 영국과 로서아와 청국 따위들이 조선을 차지하기 위해 눈이 벌게져서 달려들고 있다는 뜬금없는 말씀을 하셨다. 작년 정월에 일어난 난리는 녹두 장군이 관에 잡히면서 잦아들었지만, 개화 바람이 불어닥쳐 나라가 못쓰게 되어 간다는 알아듣지 못할 말씀도 하셨다. 첩첩한 지붕 아래 앉아서도 천 리를 보는 분이셨다. 아드님 문제만 제외한다면 못하는 일도 없으셨다. 무들 어미는 마님 말씀을 들으며 바느질하면서도 그 난리통에 서방님은 뭘 하느라 안 돌아오시는지 모르겠다는 생각이 들었지만 어찌 감히 대꾸를 하랴. 평생, 마님이 말씀하시면 듣고 그러는가 보다 했고, 반대로 아랫것들 이야기며 무들 어미 자신에 관한 말씀도 그냥 아뢰기만 했다. 묻는 말씀에만 대답해 왔지 그냥 하시는 말씀에 생각을 말씀드려 보지는 않았던 것이다.

그런데, 고운이의 태기를 아뢰는 무들 어미의 말에 마님이, 그으래? 잘됐구나? 하고 반가워하며 산달 날짜를 짚어 보기까지 하셨다. 어른들이 그러는 새에 어미가 시키는 대로 마님께 나붓이 절하고 앉았던 고운이 눈은 마님 경상에 머무른 채 움직일 줄을 몰랐다. 기어이 먹고 싶은 떡을 앞에 둔 아이 같은 모습이었는데, 경상에는 책과 종이 두루마리가 얹혀 있었다. 고운이 눈초리를 따라가 보신 마님이, 자네 아이가 글을 읽는가 보네? 하셨을 때 무들 어미는 하도 뜻밖의 말씀인지라 대꾸를 못했다. 며느리를 쳐다만 보고 있는데 고운이는 마님이 경상에서 내려 방바닥에 놓고 짚어 보인 책 겉장의 글자를 보더니, 법화삼부경이라고 외는 게 아닌가. 순간 무들 어미의 가슴이 철렁 내려앉았다. 그러잖아도 제 깐에는 잘 먹고 잘 놀다가 애를 배면서 자태가 자꾸 고와지는 게 겁이 나던 참이었다. 마님이 책을 반쯤 한꺼번에 넘겨 거기 나온 글자를 또 짚으며, 아가, 이것도 읽어 보련? 하시자 고운이가, 분별공덕품, 했다. 그쯤 마님은 재미가 나서 종이를 한 장 펴시더니 고운이에게 벼루에 걸쳐져 있던 붓을 쥐여 주고는, 하고 싶은 걸 한번 해보려무나, 하셨다. 고운이가 붓을 들고 종이에 글자를 그리는 모습이 자랑스럽고 예쁜 대신 무들 어미 가슴에는 먹물 풀어 놓은 것 같은 구름이 슬금슬금 끼어들었다. 마님이, 옳지, 그래, 제법 해본 솜씨로구나, 하셨을 때는 더 그랬다. 시천주조화정 영세불망만사지, 하고 마님이 고운이가 써놓은 것을 읽으셨을 때는 놀랐다. 그건 고운이가 기분 좋을 때 외는 노래가 아닌가.

그런데 고운이가 쓴 글자를 읽고 난 마님도 사뭇 놀란 눈치셨다. 아가, 그 붓 이리 다오. 앞으로 네 어미한테 종이하고 붓을 사달래서 글자를 쓰는 대신 그림을 그리려무나. 고운이에게 그렇게 이른 마님이 무들 어미를 쳐다보고는 나지막이 말씀하셨다. 자네 아이가 동학당 집안에서 자랐던 것 같으이. 동학당이 뭔지는 자네도 알지? 그 동패가 난을 일으켜 작년내 온 나라가 시끄러웠지 않은가. 아무튼 작년에 거기 참가한 사내들이 있는 집들은 많이들 절단이 났다고 하지 않아. 계집아이가 이 정도로 식자가 들자면 그 집안이 동학당이 된 지가 오래됐다는 것이고, 우두머리에 가까운 집안이기도 했을 터. 이 아이가 이리 됐을 때는 그 집안에 말로는 다 못할 우환이 있었던 거지. 이래저래 계집들 살기가 참말 힘들어. 이리 된 아이 때문에 자네 집에 새로운 우환이야 생기겠는가만 잘 보살펴야겠네그려. 아, 그리고 글을 읽는 사람은 대개 글씨 쓰는 것도 좋아하기 마련이네. 여력이 생기거든 종이를 좀 사 안겨

줘보아. 사방을 쏘다니는 일이 훨씬 줄어들지도 몰라. 그리고 이 종이뭉치는 자네 아이한테 놀잇감 삼아 줄 터이니 갈 때 가지고 가게. 지금은 눈이 번잡할 테니 여기 두고. 내 생각에는 자네 아이가 읽고 쓸 줄 안다는 소문이 안 나는 게 좋을 것 같아.

며느리 손을 끌고 마님 방을 나서던 무들 어미 속이 벌벌 떨렸다. 고운이가 동학당이라는 게 문제가 아니었다. 소문을 듣자 하면 동학당은 좋은 세상 만들자고 집 나서서 관가에 쳐들어간 사람들이라 했다. 그들이 꿈꾼 좋은 세상이 어떤 세상인지는 몰라도 그들에 대한 이야기를 귀엣말같이 소곤거리는 사람들은 다 같이 잠깐씩 꿈에 잠긴 듯한 얼굴들이 되지 않았던가. 면천이 되었다는 것을 실감했을 때의 기분 같은 것, 그걸 위한 일일지도 모른다고, 혼자 짐작해 보기도 했었다. 그러니 고운이가 짠하기는 할망정 동학당이었다는 게 걸리지는 않았다. 다만 제 이름이 뭔지 어디서 태어나 어떻게 흘러왔는지도 모른 채 강아지처럼 놀 줄만 아는, 묻는 말에는 딴소리만 해서 제가 어떤 사람이라는 걸 잊지 못하게 하는, 그래서 한시도 눈을 뗄 수가 없는 이 아이가 글을 읽고 글씨를 쓰다니.

어미는 그길로 며느리를 데려다 남의 집 밭일을 하는 아들에게 맡겨 놓고는 마님 댁으로 돌아와 일감을 잡았다. 그리고 하루 종일 수백 가지 생각을 했다. 눈이 침침해 더 이상 일하기가 어려워져 집으로 돌아오던 길에서야 하는 수 없는 일이라고, 저 하고 싶은 대로 하고 살게 해주는 수밖에는 길이 없다고 마음을 먹었다. 강아지처럼 순하게 살고 있고 아기가 실리기도 했지만 어떻게 장담하랴. 언제 바람을 타고 날아갈지 모르는 아이. 뭔 일을 겪어서야만 저리 되겠는가. 원래 그런 피를 가졌기에 저리 됐을 거고 그건 누구라도 어떻게 할 수 있는 일이 아니었다. 어디에 가도 하나씩은 있다는 미친년들. 온갖 잡놈들에게 수시로 들먹임을 당하면서도 흘러 흘러 다닐 수밖에 없는 그 바람 섞인 피를 누구라서 붙잡을 수 있을 것인가. 저 하고 싶은 대로만, 내

62

가 해줄 수 있는 대로만 놔둘밖에. 하루 새에 10리 길을 몇 번이나 오간 무들 어미가 늦은 밤 자신의 사립문 앞에 이르러 먹은 마음이 그랬다.

고운이는 그래서 수시로 비싼 종이에다 글씨를 쓰거나 그림을 그리고 놀았다. 배가 불러 오는 동안 고운이가 마을과 집 안에서 잘 놀고 마을 사람들에게 인사도 하게 될 만치 잘 살아 준 것은 마님 말씀마따나 종이와 붓 덕분이었던 것 같았다. 마님은 글씨를 쓰는 대신 그림을 그리라고 했지만 어미가 봐하니 고운이는 그림보다 글씨 쓰는 걸 더 좋아하는 성싶었다. 무들을 따라 장에 나가 제가 집어 들었다는 작은 붓으로 검은 콩알만 한 글자들을 빼곡히 적어 놓고는 했는데, 어미가 어느 날 슬쩍 그걸 가져다 마님께 보이고 뭐라고 돼 있는 거냐고 여쭙자 마님이 그건 언문으로 된 교리, 제가 배운 좋은 말씀 같다고 설명해 주셨다. 무들 어미는 고운이가 글자를 써놓고는 잊어버리는 종이들을 꼬박꼬박 주워서 잘 접어 보자기에 싼 뒤 자신의 방에 있는 반닫이에 모았다…….

로사 화첩을 만들기로 작정한 뒤 알고 있는 이야기들을 그러모아 줄거리를 만들어 보는 참이었다. 줄거리 순서대로 편집해 보려고 시작했지만 내 깐엔 어머니 그림을 이해해 보려는 시도이기도 했다. 하지만 어렵잖을 거라 여겼던 작업은 뜻밖에도 어려웠다. 다섯 살에 글자를 익혔던 송현은 평생 일기를 썼다고 했다. 진예가 물려받은 그 일기들은 루다의 불꽃놀이로 남김없이 사라졌다. 송현의 일기뿐만 아니라 송촌 집의 서고가 통째로 잿더미가 되어 버린 탓에 자료로 삼을 만한 변변한 기록이 없었다. 집 안에 남아 있는 거라곤 송현이 만들어 쓰던 달력 몇 권과 진예가 적었던 가계부 몇 권 정도뿐이었다. 그래서 줄거리를 만드는 일은, 구전되어 온 일화들을 큰어머니의 기억과 어머니의 그림 속에서 찾아내는 숨바꼭질 같았다.

「이봐요, 저 좀 보시죠.」

기습하듯 나타난 유장건이 환히 웃고 있다. 지난 4월 초였으니 두 달쯤 됐는가. 그동안 손님이 들어서지 않을 때도 가끔 문간을 내다보곤 했다. 금세 누군가 들어올 것 같아서였고 그 누구는 유장건이었다. 그 막연한 기다림이라니.

「진하게 우린 녹차 한잔 주세요. 그리고 여기, 선재 씨 사진이 잘 나왔던데요.」

그가 손에 든 책자를 슬쩍 들어 보이며 바 가까운 자리로 가 앉는다. 그가 들고 온 건 이달 치 '미술 경향'이었다. 김세규 선생의 친구가 발행인으로 있는 '미술 경향' 기자가 로사 기사가 실린 잡지 열 권을 가져다 준 건 며칠 전이었다. 로사 작품 넉 점과 회랑과 내 모습이 실려 있었다.

물을 끓이고 찻잎과 다기들을 준비해 그와 마주 앉는다. 로사의 기사를 읽고 있던 그가 책자를 접으며 빙긋 웃더니 나지막이 말했다.

「어제 은행에 갔다가 눈에 띄어서 슬쩍 집어 왔어요.」

「눈에 띄어서 슬쩍! 형사가 그래도 되는 건가요?」

「물론 안 되죠. 그렇지만, 선재 씨 사진이 실려 있기에. 여기 많이 있는 줄 알았으면 다른 사람들 더 많이 읽게 그냥 두고 올걸 그랬네요.」

어느새 잡지꽂이까지 훑어본 것일까. 그에게 묻는 대신 그의 잔에 차를 따른다. 내 잔에다 따르려는데 그가 손을 내밀었다. 술도 아닌데 주고받기를 하고 싶은가. 웃음이 나와 그에게 다관을 건네준다.

「일요일 아침인데 어떻게 오셨어요?」

「밤새우고 지금 퇴근하는 길이에요. 언제 또 호출당할지 모르지만요.」

「그럼 댁으로 가시지 그러셨어요. 댁에서 기다리실 텐데.」

찻잔을 들고서 향기를 맡던 그가 뜨겁다는 표정으로 잔을 내려놓는다.

「그, 댁에 기다리는 댁이 없습니다.」

「일요일인데 댁에 왜 아무도 없어요? 부인이랑, 식구들이 어디 가셨어요?」

뒤늦게, 지나친 질문이었다는 게 느껴진다. 쑥스러워 웃자니 내심 변명이 뒤따르기도 했다. 그가 아무도 없는 집 운운한 건 질문을 유도하는 발언이 아니었겠냐고.

「민망해하실 거 없어요. 그렇게 물어 달라고 털어놓은 거니까. 그래도 한선재 씨 뜻밖에 고지식하십니다. 이 나이쯤의 사내들은 으레 아내와 애들이 있어야 합니까? 일요일요? 이런 시각에 벌써 술 마시고 손님도 없는 가게에 혼자 나앉아 있는 선재 씨는 남편하고 아이들이 있어요?」

「아니, 그런 뜻이 아니라……」

우연히 형사일 거라 짐작해 잔뜩 경계하고 있을 때 스스로 직업을 밝혀 그 긴장을 허물어뜨리더니 그림 이야기를 줄줄이 늘어놓아 주눅이 들게 했다. 그리고 두 달 만에 다시 나타나 사람을 어쩔 줄 모르게 하고 있지 않은가. 게다가 매실주 두 잔 마신 걸 눈치 채다니. 아침 설거지를 하면서 한 잔 마셨고 회랑에 나와 다시 한 잔을 마셨다.

「나는 부모가 계시고 형제도 있습니다만 아내는 없습니다. 있었는데 없어졌죠. 덕분에 아이도 없어요. 결혼한 지 삼 년 일 개월째 될 무렵이었는데 아직 아이는 없었어요. 근데 집사람이 교통사고를 당했다는 연락이 왔더라고요. 제주도로 출장 가 있었는데 출장지에서 사고가 난 거예요. 내가 가서 확인한 건, 그 사고로 죽은 사람

중 한 명이 내 아내고, 아내가 운전하던 렌터카 옆자리의 사람이 아내의 직장 상사고, 그 두 사람이 다 사고 당시에 아주 많이 취해 있었다는 사실이었죠. 그리고 그들이 출장이 아니라 여행을 갔다는 사실하고요. 음주 운전에, 과속에, 중앙선 침범에, 추락, 아내는 온갖 것을 다 범하면서 저 세상을 향해 돌진을 했더군요. 졸지에 제 입장이 아주 우스워졌어요. 미련하게도 내가 그렇게 형편없는 남편인 줄 그때에야 알았으니까요. 한 팔 년쯤 됐네요.」

남 얘기 전하듯 담담하게 말하는 그의 표정에 그늘이 서렸다가 걷혔다. 미간과 눈초리에 잡히던 주름. 정면으로 바라보기도, 외면하기도 미안한 이야기를 듣는 내 표정은 어땠을까. 그가 나를 쳐다보며 찡그리듯 웃었다.

「놀라신 모양입니다. 나도 선재 씨한테 왜 이런 못난 이야기를 술술 하고 있는지는 잘 모르겠어요. 어쩌면 지금 내가 바보이긴 할망정 반도덕적이라거나 비합법적인 일을 하고 있지는 않다는 것을 강조하고 있는 것 같기는 합니다. 선재 씨하고 이야기 나누고 싶어서…… 아니, 솔직히 선재 씨한테 접근하고 있는 거예요. 소위 말하는 작업을 하고 있는 거죠. 솔직함이야말로 최고의 계략이라고 하지 않습니까.」

그가 그런 이야기를 거리낌없이 하는 것에 나는 더 놀랐다. 사고 이야기며 여자한테 접근하는 방법들. 어디선가 많이 들은 듯한 내용이었지만 가까운 데서 그런 이야기를 들은 적은 없었다. 더구나 자신에 대해 이런 식으로 말하는 남자를 만나게 될 줄이야.

「왜요? 그렇게까지 하시는 까닭이 뭔데요?」

「허 참, 사내가 여자한테 접근하는 까닭이 뭐겠어요? 마음에 들어서죠. 사람이 마음에 드는 데도 이유가 있어야 한다면 그에 대해서는 당장 할 말 없지만 나는 선재 씨가 마음에 들어요. 나도 선재 씨 마음에 들어갔으면 싶어요.」

장난기가 가득한 말인데도 내 속에서 꿈틀, 어떤 기류가 움직였다. 아주 오랜만에, 느껴 본 지가 너무 오래되어서 잊어버린 설렘이었다.

「저한테 남편이 있을 수도 있잖아요. 반도덕, 비합법 될 수도 있는, 아니에요?」

「선재 씨한테 남편이 있다면, 그래서 비합법이 된다면 글쎄요, 어떡한다? 그건 우선 감당할 수밖에 없겠네요. 자꾸 쏠리는데 어쩔 수 없잖아요, 상황 따라 대처해야지. 지난번에 말씀드렸잖습니까. 좋아하는 게 생기면 뿌리까지 뽑으려고 드는 못된 성격이라고.」

아직도 뜨거울 차 한 잔을 다 마신 그가 다관 뚜껑을 열어 보고는 차를 따른다. 2인용의 다관이 그의 손에 잡혀 있으니 무척 앙증맞아 보인다.

「일하실 때도 그러세요?」

「일할 때는 더하죠.」

「어떻게요?」

「그게 궁금해요?」

「네.」

「음, 직업의 특성상 언제나 그럴듯한 명분이 있으니까, 거기 듬뿍 취해서 가끔 독해지는 거예요. 필요할 때마다 만들어지는 일종의 정당성인 거죠. 그래서 진짜 질 나쁜 놈 만나면 잔인해져요. 넌 강도야, 그것도 강간범. 가정을 파괴시킨 극악무도한 놈, 넌 죽어야 돼. 법이 뭣 같아 널 무기 징역 살게 해도 원칙으로는 넌 죽어야 할 놈이야. 그러니 나는 널 가혹하게 다뤄도 돼. 그건 피해자의 분노와 슬픔을, 사회 일반의 진실을 대변하는 거니까. 뭐, 그러면서 잔인해질 때의 내 죄의식을 희석시키는 거죠. 그렇지만 솔직히 그 내면의 진실 혹은 정당성이라는 게, 그런 걸 빌미로 한 내 가학성, 또는 잠재된 콤플렉스의 해소, 그런 거라는 걸 인정해요. 나한테 약점 잡혀서 쥐구멍에 몰린 그놈을 완전히 벗겨서 승리를 맛보고 싶은 야비한 성취욕이라고나 할까, 그런 게 작용한다는 것을요. 나한테 그게 좀 유난한가 봐요. 사무실 안에서 내 별명이 독종이거든요, 유독종. 원체 질기게 파고드는 성격이라 그런 모양이에요. 그런데, 아침부터 녹차 마시면서 본색 다 드러내고 있네요. 어쩌자고 지금 내가 이런 잘난 척을 하고 있지? 무슨 자랑거리라고?」

그가 탄식처럼 내뱉고 찻잔을 들어 올렸다. 그러게, 어쩌자고 그런 것을 물었을까. 표적의 뿌리까지 파고드는 집요함은 몰라도 좋았을 텐데.

「그냥 뵙기에는 서글서글하고 좋은 사람 같은데.」

「선재 씨한테는 그런 사람으로 비쳤으면 좋겠어요. 그나저나 선재 씨 남편, 있어요?」

목적한 바를 잊는 법이 없는지 멀리 갔는가 싶었더니 금세 제자리로 돌아온다.

「저도 없어요. 지금은.」

「거봐요. 내 눈이 얼마나 밝은데. 양쪽 시력 합치면 육 점은 될걸요? 그런데 선재 씨는, 이혼했어요?」

「스물네 살 때요.」

대답이라고 하고 보니 예도 아니고 아니요도 아닌 애매함이다. 혼인 신고도 못했으니 이혼이라는 말이 안 맞기는 할 터이다.

「원인이 뭐였던 것 같습니까? 헤어진 원인 말이에요.」

글쎄. 오민경이라는 친구가 있었다. 대학 동아리에서 만난 친구였

68

다. 동아리 활동은 금세 그만뒀지만 그 친구와는 졸업 무렵까지 친하게 지냈다. 늘 무언가를 해주고 싶었던, 그러면서도 그 때문에 자주 가슴이 아팠던 친구였다. 함께 걷노라면 민경에게 쏠리는 시선 때문에 내 눈이 부셨던 친구. 그 찬탄의 시선을 즐길 줄 알던 여자. 남편이었던 김성태는 다른 남자 여럿이 그랬듯이 오민경을 오래 사랑했던 동아리 선배였다. 민경에게 버림받고 이따금 나를 찾아와 울던 남자 김성태는 졸업 즈음 밤에 집 근처에 와 있다고 전화를 해왔다. 카페로 나가 마주 앉자마자 그가 자못 허무에 빠진 어조로, 나랑 결혼할래? 했다. 내가 업둥이였다는 사실을 알게 된 즈음이었고 무슨 짓이라도 하고 싶었던 때였다. 그에게 결혼하자는 말을 들으니 결혼이하고 싶었다. 한선묵한테 그보다 나은 보복은 없을 것도 같았다.

「그 사람이 저를 좋아하지 않았어요. 저도 그랬고요. 그랬는데도 너무 쉽게 결혼하고 그래서 그보다 더 쉽게 헤어진 것 같아요. 너무 경솔했죠.」

「지난 시간들은 대개 그렇게 여겨지기 마련이죠. 예전에 여긴 어떤 용도의 집이었어요?」

양쪽 잔에 차를 따르고 다관에 물을 다시 부으면서 그가 화제를 돌린다.

「여긴 사랑채였어요. 큰 방하고 작은 방 두 칸, 문간까지 다 털어서 이렇게 한 공간으로 바꾼 거예요.」

「창호지에 여과돼 들어온 햇빛이 차분하고 맑았겠는데. 뜰이 고적하게 내다보였을 것 같고. 올 때마다 느끼는 건데, 여긴 뜰이 참 좋아요. 차분하고 맑아요.」

공치사가 아니라는 듯 그의 시선이 안쪽 뜰로 향한다. 회랑과 어머니 작업실인 아래채 사이에는 언덕이 쌓였고 거기엔 수목이 우거졌다. 아버지가 아래채와 사랑채 사이의 마당에 작은 연못을 파고 그 너머에다 언덕을 쌓고 나무를 심은 건 어머니를 위해서였다. 상록수인 금식나무와 사스레피나무, 호랑가시나무와 백서향이 몇 그루씩 무리 지어 있었고 그 앞에는 능금나무와 대추나무들이 잔뜩 매달렸던 꽃을 떨어뜨리면서 열매를 맺는 중이었다. 언덕 밑에 뒤늦게 핀 철쭉들도 아직 환했다. 울타리 삼아 만들어진 그 언덕을 넘어가 안쪽을 들여다본 타인은 많지 않았다. 봄이면 다른 데로 시선 돌릴 겨를도 없을 만큼 꽃들이 피어났으므로 굳이 작은 숲 저 너머까지 궁금해하는 사람도 그다지 없었다.

「집이 넓고 깊을 것 같은데 식구가 많아요?」

푹 누그러들어 있던 긴장감이 순식간에 고개를 세우고 일어난다. 거의 두 달 만에 왔다고는 하지만, 앞서는 보름쯤 만에 들렀다. 로사 작품을 좋아해 들르는 단골손님들은 그보다 훨씬 띄엄띄엄 오는 게 보통이었다. 그리고 그들은 내 식구들에 대해 특별한 관심을 가지지 않았다. 로사에 대해서조차 묻지 않았다. 본인이 나타나지 않는 것에는 그만한 까닭이 있으려니 해주지 않는가. 김세규 선생이 내 식구들에 대해 묻기까지는 4년이 넘게 걸렸다.

「저희 집은, 지금은 다섯 식구예요. 그쪽 분은요?」

「그쪽요? 재미있는 호칭이네요. 저는 혼자 삽니다. 교문리에 부모님이 계시고요. 형이 둘, 동생이 둘 있는데 여기저기 흩어져 살죠. 저는 다섯 형제의 가운데예요. 아들만 다섯이다 보니 어릴 때 집이 난장판 정도가 아니라 전쟁판이었어요. 하루도 조용할 날이 없이 누군가의 코피가 터지고 뭔가가 날아다니고 그러다 줄줄이 엎드려 뻗쳐 아버지한테 몽둥이를 맞고요. 날마다 백병전 아니면 게릴라전이었죠. 지금은 다 같이 만나기가 일 년에 한 번도 어렵지만 어릴 때 워낙 치고 받아선지 만나면 대체로 조용하죠. 선재 씨는 형제가 어떻게 돼요?」

「저는 둘이에요. 제 위로 오빠가 있어요. 같이 살고요.」

「오빠는 뭘 하시는데요?」

「오빠는, 장사해요.」

무슨 장사를 하는지에 대해서는 묻지 않는다. 다행이다 싶은데 불쑥 의혹이 생긴다. 집 한 귀퉁이에 세워진 제이엠 건물을 그가 못 봤을 까닭이 없지 않은가.

「요 아래에 가게 내서 혼자 일해요. 혼자 일하는 게 적성에 맞나 봐요.」

「선재 씨네 담장에 연결돼 있는 그 단층 건물요?」

「네.」

「제이엠이라는 간판이 붙어 있던데, 무슨 뜻입니까? 언뜻, 이니셜이 조합된 건가 싶기는 했는데.」

「맞아요. 제 이름하고 오빠 이름이 조합된 거예요.」

솔직함이야말로 최고의 계략이라고 조금 전의 그가 그랬다. 그가 계략이라고 했는데, 나도 같은 방법을 쓰고 있는 것 같다. 왜 이런 기분이 드는 걸까. 그를 기다렸지 않은가. 그 기다림과 이 계략에는 어떤 관계가 있는 것일까.

「오늘 종일 여기 있어야 하는 겁니까? 일요일인데 나갔다 올 틈은 없어요?」

「저랑 같이 일하는 친구가 오늘 쉬는 날이라 자리를 비울 수가 없어요..」

「그 친구는 쉬는데 선재 씨는 왜 안 쉬어요?」

「제가 쉴 때도 있죠. 오늘은 그 친구가 쉬는 날이에요. 마침 할 일도 있고요. 로사 화첩을 만들어 볼까 해요. 화첩 제목은 '로사 이야기'예요. 언제 만들어질지는 모르지만 완성되면 드릴게요.」

「기대할게요. 어쨌든 오늘 나하고 데이트할 시간은 없다 이거죠?」

「데이트요?」

데이트라는 말이 어쩌면 이렇게 낯설까. 반문하고 나니 우습기까지 하다.

「그래요, 데이트. 사실은 들어가서 잠을 자는 대신 선재 씨한테 데이트하자고 청해 보려고 했죠. 안 된다고 하니 집에 가서 잠이나 자야겠네요. 차도 다 마셨는데 갈게요. 찻값은 안 낼 거예요. 그냥 대접하겠다고 했던 말 기억하죠?」

「그럼요. 그쪽 분 말고도 오시면 차 대접하는 분들 몇 더 계세요.」

안 해도 좋을 말을 일부러 하는 까닭이 뭘까 자책하는데 그도 느꼈는지 눈을 치뜨다가 웃어 버린다.

「나만 특별 대접 받는 줄 알고 좋아했더니만. 아무튼 갑니다. 또 올게요.」

완자무늬에 유리가 입혀진 실내 문을 열고 나서면 3미터 길이의 대나무 터널이 회랑 바깥문에 이어져 있었다. 그 오죽 그늘 새로 그가 걸어 나간다. 배웅은 하지 않는다. 문간에 선 채로, 그가 열려 있는 바깥문 밖으로 사라지는 걸 지켜보는데 반소매 아래로 드러난 팔뚝에 소름이 돋는다.

5

……아기는 한가위 즈음에 태어났다. 을미년 팔월 스무날 새벽이었다. 고운이를 쏙 빼닮은 딸이었다. 무들 어미는 어느새 젖이 도는 고운이에게 첫 미역국을 먹여 놓고는 그길로 마님에게 가 계집아이가 태어났음을 고했다. 마님께선 그날 저녁에 무들 어미를 불러들여 두 글자가 쓰인 종이를 건네주며 아기 이름이라고 일러 주셨다. 소나무처럼 씨 떨어진 자리에서 오래 푸르게 빛나라는 뜻을 담은 이름이라는 말씀도 덧붙이셨는데, 무들 어미가 뭐라고 쓰신 거냐고 여쭙자 빙긋이 웃고는, 어멈한테 가서 읽어 보라 하게, 하셨다. 무들 어미는 손녀 이름이 담긴 종이를 품에 넣고 소나무처럼 씨 떨어진 자리에서 오래, 푸르게 빛나라 하시던 말씀을 되뇌며 숨차게 집으로 돌아왔다. 애어멈은 갓난애한테 젖을 물리고 애아범은 각시하고 아이를 들여다보고 있다가 어미를 맞았다. 어미는 다짜고짜, 애기 이름이라 하신다 읽어 봐라, 하고는 애어멈한테 종이를 들이밀었다. 애어멈이 활짝 웃으며 송현, 했다. 무들 어미는 어안이 벙벙해 며느리와 아기를 번갈아 들여다보았다. 간난이, 언년이, 딸막이, 사월이, 두리, 달래, 분례, 순이……. 그이가 아는 계집아이들의

이름은 대개 그랬다. 미원, 혜원, 규원은 아가씨들 이름이었다. 그런데 송현이라니! 귀신도 모르게 숨기고 싶은 아기였다. 모두들 그래서 애 이름 안 붙이고 돌을 넘기기도 하지 않는가. 동네에 개똥이라는 이름을 가진 아이가 다섯은 될 터였다. 개똥만큼 천한 아이니 부디 귀신들이여, 욕심내지 마시라. 그런데 송현이라니, 당키나 한가. 무들 어미가 그러거나 말거나 고운이는 제 젖을 숨차게 빨고 있는 아기를 어루만지며 우리 애기, 송현이, 이쁜 송현이…… 하는 중이었다. 아기는 벌써 송현이 되고 만 것이다.

송현이 돌이 되었을 때 어멈 몸속에는 벌써 둘째 아이가 생겼다. 할미는 돌잡이를 업고 온 동네로 다니며 며느리가 복덩이라는 자랑과 함께 손녀의 돌떡을 돌렸다. 돌봐야 할 식구가 생기면서 무들과 그의 어미는 그동안 정말이지 밤낮 모르고 일을 했다. 모자는 두 해 남짓한 새에 마님 댁 산자락에 열 때기나 되는 밭을 일구었다. 밭을 일구라는 허락을 내렸던 마님은 물론 그걸 그냥 갈아먹게 해주었고 열 마지기의 논까지 소작을 부치게 해주었다. 무들 어미는 마님 댁 일 틈틈이 밤이 새는 줄도 모르고 모시를 삼았고 베를 짜고 바느질을 했다. 무들은 내남 가릴 거 없는 논밭일 새새에 고운이를 데리고 산으로 가서 나무를 해 장에 내다 팔고 고운이한테 떡을 사 먹이거나 고운이가 좋아하는 종이를 사주었다. 고운이한테 종이를 사주고 어린것에게 맛난 것을 먹이기 위해 무들 모자가 얼마나 악착을 떨었던지 송현의 돌에는 한가위 지낸 지 나흘 만임에도 백설기를 만들 수 있게 되었던 것이다.

송현이 세 살이 되기 전에 태어난 고운이의 둘째 아이 개똥이는 날 때부터 태열기가 있더니 황달이 심해지는가 싶다가 석 달을 넘기지 못했다. 어멈은 퍼렇게 변한 개똥이의 작은 몸뚱이를 이틀이나 끌어안고 젖을 물리고 또 물리다가 내려놓고는 울다가 지쳐 잠에 빠져 버렸다. 그 틈에 아범과 할미는 개똥이를 제가 누웠던 이불보에 말아서 작은 항아리에 넣어 애장터에 묻었다. 묻으면서 좋은 곳에서 건강하게 다시 태어나라고 오래 비손질을 해주었다.

며칠 전 마을 안 다른 집에서도 난 지 열흘 된 아기를 그 골짜기에다 묻었다. 흔한 일이었다. 마님의 작은아드님은 산삼으로도 그 작은 목숨을 붙들지 못했지 않은가. 작은 도령은 무들 어미가 면천되어 시집을 간 지 녁 달도 채 못 되어 숨을 놓았다. 그때 갓 태기를 느꼈던 무들 어미는 더욱이나 몸 둘 바를 찾지 못했다. 그러니 귀하건 천하건 누구나 타고난 만큼만 살다 가는 것이었다. 다른 건 다 몰라도 그건 귀천 없이 똑같았다. 자식이 죽어도 어미가 따라 죽지 못한다는 것도 같았다. 그래서 어멈 걱정을 많이 하지는 않았다. 다른 아낙들처럼 집안일을 해내지 못했지만 송현에게 젖을 물려 키웠거니와 같이 노는 것만으로도 제 몫을 충분히 해왔다. 하루 전의 일도 곧잘 잊어버리는 사람이니 자고 나면 개똥이를 잊고 새 아이를 갖게 될 터였다. 그렇게 빌었다.

하지만 모자가 개똥이를 묻고 집에 돌아왔을 때 집에는 송현뿐이었다. 가슴이 덜컥 내려앉은 할미가, 네 어미는? 하고 묻자 똑똑 부러지게 말 잘하게 된 송현이, 엄마는 저어기 갔어, 개똥이 찾으러, 했다. 그예 사단이 났구나 싶어 할미가 털썩 주저앉았다. 아범이 온 동네를 속속들이 찾아다녔지만, 들어와서 한 번도 동네를 벗어난 적이 없던 고운이 자취는 어디에도 없었다. 장날이 아님에도 읍내에 다녀오던 마을 사람과 마주쳤을 때, 그럼 그 아낙이 현이네가 맞았는가 봐? 하며 쫓아가 붙들어 오지 않은 것을 미안해했다. 그 비슷한 아낙이 참말이지 바람처럼 빨리 걸어가는데, 현이네가 동네를 벗어날 거라는 상상을 못한 그는 닮은 아낙이구나 하고 말았다는 것이다. 그 말을 들은 아범은 장터 쪽으로 가지 않고 집으로 돌아와 지게에다 곡괭이를 얹어 지고는 밭으로 나갔다.

1년하고도 넉 달이나 지난 뒤 고운이가 항아리만큼 배가 불러 돌아올 때까지 그는 보통 남정네가 할 수 있는 열 배의 일을 해댔을 뿐 한 번도 찾아 나서지 않았다. 고운이는 아침에 밭에 나갔다가 낮에 돌아온 여편네처럼 불쑥 들어와 더러운 옷을 훌렁훌렁 벗어 던지고 어미가 철철이 푸새해 놨던 제 옷으로 갈아입더니 잠에 빠졌다. 그리고 보름이 지나지 않아 사내아이를 낳았다. 그즈음 송현은 다섯 살이 돼 있었다. 아기 때부터 제 어멈 노는 양을 보고 배웠던지 제 손으로 숟가락을 잡을 때부터 방바닥에 먹 칠갑을 하고 놀더니만 혼자 글자와 그림을 그렸다. 어미가 나가건 들어오건 송현은 고뿔 한 번 앓는 법 없이 잘 놀고 잘 컸다. 어멈이 돌아와 몸을 푼 지 한 달 만에 송현 할미는 손녀를 데리고 마님 댁에 가서 인사를 올리게 하고 아이가 하는 짓에 대한 말씀을 올렸다. 마침 마님의 유일한 혈손인 학준이 안방 아랫간에서 엎드린 채 책을 읽고 있던 참이었다. 워낙 허약한 학준이 고뿔에 걸리는 바람에 사랑채에서 안채로 옮겨 와 있었던 것이다.

여덟 살, 다섯 살이 된 두 아이의 첫 만남이었는데, 할미가 시키는 대로 마님께 절을 올리고 난 송현이 학준을 발견하고는 건너가더니 벌써 놀라 일어나 앉은 도련님 무릎이 방석이나 되는 양 냉큼 올라앉았다. 할미는 몸 둘 바를 모르고 손녀를 끌어내고자 했으나 마님께서 내버려 두라며 말리셨다. 덕분에 송현은 도련님 무릎 앞에서 책을 들여다보며 이게 뭐야, 이게 뭐야, 하는 질문을 해댈 수 있었다. 도련님은 송현이 묻는 대로 꼬박꼬박 손으로 짚어가며 글자를 읽어 주었다. 마님이 두 아이를 찬찬히 뜯어보시다간 말씀하셨다. 자네 올 때 데리고 와서 내 방에다 들여놔 보게. 봐서 내가 데리고 놀든지 학준이 공부할 때 옆에 붙여서 놀게 하든지 그래 보게. 계집이 글자 배워 써먹을 일이야 있겠는가만 세상 이치가 글로 쓰인 게 책이니 눈을 좀 틔워 놓으면 밝아지지 않겠는가? 학준이나 나도 심심찮아 좋고. 마님 말씀을 들으면서도 송현 할미는 자신이 뭘 바랐는지를 모르겠다는 생각을 했다. 계집아이 노는 꼴이 심란하고 눈에 밟혀 의논 삼아 아뢰기는 했으되, 이리 되기를 바랐던 것인지, 단박에 계집애 글 배워서 제 어미 꼴밖에 더 나느냐는 호통을 듣기를 바랐던 것인지 분별이 되지 않았다.

어쨌든 평생 한 번도 뜻 거슬러 볼 엄두를 내보지 못한 어른이 말씀하셨으니 할미는 머리를 조아렸는데 나가 보라고 할 줄 알았던 마님이, 어멈은 좀 잦아들었는가? 하고 물으셨다. 그만그만합니다, 하며 할미는 고개를 푹 숙였다. 그 마음을 읽었던지 마님이 고개를 끄덕이셨다. 그래, 자네 맘고생이 심하겠네만 송현이한테 어멈이 돌아왔으니 다행 아닌가? 이제 와서 보니 내 자식 남의 자식 가릴 것도 없으이. 나도 다섯이나 낳았건만 보아, 내 곁에 누가 있어. 내 자식이라고 내 것이 아니고 남의 자식이라도 남의 것도 아니란 걸 이제야 알겠어. 어멈 보는 자네 눈이 내 자식, 내 딸 보는 눈이지 남의 자식, 며느리 보는 눈인가? 말씀을 듣고 보니 딱 그랬다. 집 나갔던 딸이 살아 돌아와 반갑고 좋은 것 같지, 씨도 모르는 새끼를 배어 돌아온 며느리 같지 않았다. 무사히 몸을 푼 것도 아이가 멀쩡한 것도 다행이었다. 아범도 그랬다. 고운이가 집 나갔던 적이 없는 듯, 손 모아 기다렸던 둘째 아이를 낳은 듯 당연하게 받아들이며 여전히 고운이를 섬겼고 아이에게 용이라는 이름도 붙여 주었다. 아범 말수가 한결 줄기는 했지만 워낙 떠벌리던 사람도 아니어서 크게 눈에 띌 정도는 아니었다.

그날 이후 송현은 할미가 송촌에 갈 때마다 따라붙게 되었고 하루 종일 도련님과 더불어 공부하고 논 다음 집에 돌아오게 되었다. 할미 일이 늦어지는 날에는 마님 처소에서 그냥 자게도 되었다. 용이가 태어난 지 넉 달이나 되었을까, 설을 막 지내 송현이 여섯 살이 된 정월대보름날 밤에 벌써 태기가 있던 고운이가 또 사라졌다. 젖먹이가 배고프다고 보채기 시작했을 때에야 잠에서 깬 무들은 곁에 있어야 할 아내가 없어졌다는 것을 비로소 알게 되었다. 측간에 간 게 아니라는 걸 단박에 느낄 수 있는 썰렁함이 아내의 이부자리에 달빛처럼 고인 채였다. 그는 고운이를 부르거나 찾는 대신 손녀를 끼고 주무시는 어미를 불러내 암죽을 끓이게 했다. 아침에 밭에 나갈 때는 어미에게 애보개로 쓸 계집아이를 하나 구하는 게 좋잖겠냐는 말을 지나가는 듯이 했다.

그로부터 여덟 달이 지난 늦가을 해 질 녘에 고운이가 돌아왔다. 용이가 저를 봐주는 하님이나 누이 손을 붙들지 않고도 걸음마를 뗄 수 있게 된 때였으나 송현 어멈은 마당에서 놀고 있던 용이도 송현도 기억하지 못했다. 제 방, 무들의 방으로 들어가 부른 배를 모로 뉘고 곧장 잠에 빠졌다. 이틀이나 자고 일어나더니 시어미가 저를 위해 차려 놓은 밥상을 말끔히 비웠다. 마님 댁에 가지 않고 제 어멈를 지키고 있던 송현이, 엄마 배불러? 하며 물었을 때에야 고운이 정신이 송현 어멈으로 돌아왔다. 아이! 이쁜 우리 송현이, 하며 두 팔을 벌렸던 것이다. 송현이 제가 가 안기는 대신 용이를 그 품속으로 밀어 넣었다. 누이 힘에 떠밀려 낯선 어미 품에 안기게 된 용이가 소리 내어 울기 시작했는데 송현 어멈은 우는 아들을 버러지나 되는 양 거칠게 밀어제쳤다. 용이가 방바닥에 패대기쳐지며 자지러졌다.

방바닥에 엎드려 출력해 온 활자를 들여다보다가 멀리서 들리는 낯익은 기척에 불부터 끈다. 낮에 한선묵과 함께 카드를 떼면서, 카드를 뗀 날 밤의 그를 뒤쫓아 보면 어떨까 하는 생각이 문득 났다. 석장을 떼어 그가 말하는 거래의 성공 여부를 짚어 봤을 때 별 카드가 나왔다. 거래라는 것을 해도 무방하다는 의미였다. 그가 오늘 밤 움직이리라는 뜻이기도 했다. 밤에 그는 무슨 거래를 어떻게 하는 걸까. 한번 그렇게 생각이 미치니 여태 그를 따라 움직여 보지 않았다는 게 이상했다. 항상 그가 언제 움직일지를 알고 있었지 않은가.

밤에 집에 들어온 한선묵은 파수꾼처럼 집 안 여기저기를 살핀다. 빼야 할 코드들이 빼어져 있는지, 닫혀 있어야 할 문들이 제대로 닫혀 있는지 빠짐없이 확인하고 정리한다. 그다음은 문안을 겸해 안방에 들른다. 잠결의 큰어머니가 한두 마디 할 것이고 그는 주무세요, 하고 나올 터이다. 그가 지금 안방을 들여다보고 나왔다. 마루를 건너면서 다시 문을 살피는 모양이다. 겨울에는 잘 닫혀 있는지, 여름에는 알맞게 열려 있는지를 살피고 나면 사진을 볼 것이다. 카펫을 깔아 거실로 사용하는 대청마루 안쪽 벽에는 빛 바랜 가족사진이 걸려 있었다. 내가 아홉 살이었던 초가을날, 할머니 정간난의 생일이었다. 햇살이 좋았다. 아버지가 사진사를 데려와 가족사진을 찍었다. 두 할머니가 나란히 앉고 큰어머니가 외할머니 곁에, 남옥 언니가 할머니 곁에 앉았다. 그들의 뒤에 아버지와 어머니와 나, 한선묵이 섰다. 자아, 가운데 두 어르신들, 좀 웃으십시오. 환하게 웃는 얼굴 남겨 놓으시면 자손들한테 덕 베푸시는 겁니다. 사진사가 그렇게 할머니들을 얼렀던 덕에 할머니들은 사진 속에서 여태도 웃고 계셨다.

한선묵은 마루에 혼자 있을 때면 창을 여미는 것처럼 그 사진을 들여다보고 먼지가 앉았다면 수건을 찾아서라도 닦는다. 금고를 선택하지 않았다면 사진 작가 되었을지도 모를 어린 날의 그에게 카메라는 특별한 어떤 것이었다. 덕분에 나는 숱한 날 그의 렌즈 앞에서 놀았다. 식구들도 일기를 쓰듯 그의 카메라 속으로 들어앉았던 시절이었다. 아버지가 돌아간 뒤 그는 사진을 찍지 않았다. 그가 다시 사진을 찍기 시작한 건 혼자 여행을 다니기 시작한 뒤였고 그 여행에서 그가 찍어 온 사진에는 온통 길뿐이었다. 찻길, 사람 길, 동물의 길. 아무도 없는 길. 너무 많은 사람들로 넘쳐 보이지 않는 길……. 가족사진을 보았을 그가 이번엔 아내만의 방이 되어 버린 자신들의 방으로 들어간다. 그의 진도에 맞춰 소리 나지 않게 옷장 문을 열고 준비해 둔 옷들을 꺼낸다. 소리 내지 않고 움직이느라 행장을 차리는 데 시간이 제법 걸린다.

방에서 나온 한선묵이 뒤뜰로 난 문으로 나간다. 제이엠 기획으로 갈 것이다. 그가 부엌 뒤쪽에 이르렀다 싶을 즈음 나도 살그머니 방에서 나왔다. 초여름 밤 공기가 서늘하다. 대문을 열기 위해 다가가는데 걸음이 떨렸다. 안채에 나 있는 대문을 나서면서 안쪽에서 암호를 누르고 문을 닫으면 빗장이 걸리는 동시에 담장 전체에 보안 장치가 드리워진다. 침입자가 나타나면 경비 회사에서 출동하게 되어 있었다. 한선묵은 좀도둑을 예방하기 위한 장치라고 했지만 나한테는 그것이 탈출을 방지하는 쇠창살처럼 느껴질 때가 많았다. 지금 내가 탈옥수 같다. 그렇지만 떨리기는 해도 두렵지는 않다. 때때로 그를 말릴 수 없는 것에 절망은 할지라도 그를 두려워하지는 않았다. 앞으로도 그럴 터이다. 둘 사이의 금기가 존재하는 동안은. 아브라카다브라, 말한 대로 될지어다. 한선묵의 지하 작업실 벽에 주문처럼 새겨져 있는 문구를 소리 내어 중얼거리며 뛰다시피 제이엠 건너편에 도착했다. 제이엠은 어두웠지만 그의 차는 아직 가게 앞에 있었다. 오토바이가 안 보이는 걸 보니 차로 움직이려는 게 틀림없었다. 일단 택시를 잡고 들어앉았다. 어디로 가느냐고 백미러를 통해 행선지를 묻는 운전 기사는 나이가 제법 들어 보인다. 일이 잘되려나 보다고 턱없이 나 자신을 위로한다.

「제가 차를 대절하고 싶은데요, 시간이 얼마큼 걸릴지는 모르겠어요. 미터 요금에 삼만 원 더 얹어 드릴게요. 가능하시겠어요?」

「안 될 까닭이 없지요. 어디든지 모셔다 드리겠습니다. 그런데, 어디로 가십니까?」

「아직 모르겠어요. 애들 아빠가 바람을 피우는 거 같아서요. 이제 금방 저쪽에 나타날 거예요. 건너편에, 보세요, 저기 가게 앞에 세워진 차 있죠? 저 차가 움직이면 따라가 주세요.」

「저기 저 회색 밴 말입니까?」

「네. 여기까지 쫓아왔는데, 갑자기 남의 가게 앞에다 차를 세워 놓고 한참 동안 뭘 하는지 모르겠어요.」

「소변을 보는 모양이지요. 전화도 하고. 아, 누가 차로 다가드네요. 보세요, 저 사람이 바깥양반 맞아요?」

「맞네요. 그런데 아저씨, 차를 쫓는 일 해보셨어요? 저 사람은 운전을 아주, 아주 잘하는데요.」

「나도 삼십 년째 하는 일입니다. 뭔 손님은 안 겪었겠어요? 손님같이 남편 뒤를 쫓아 달라는 부인들도 꽤 겪어 봤지요. 그나저나 아까 축구 경기는 못 보셨겠습니다.」

월드컵 대회 16강전이 있는 날이라 했다. 16강에 들기만을 바랐다가 8강의 가능성이 보이면서 전국이 벌겋게 달아오르고 있다던가. 회랑에 손님이 거의 들지 않았고 들어선 몇 명의 손님들도 텔레비전이 있는지부터 살폈다. 없다고 하면 급한 일을 앞둔 사람들처럼 달아났다. 덕분에 일찌감치 회랑 문을 닫았다. 은영도 문을 닫자마자 친구들과 텔레비전으로 우리나라가 8강에 진출하는 것을 보겠다며 뛰어나갔다. 나는 경기 결과조차 아직 모른다. 그렇지만 지금 택시 기사한테 묻는 건 이상해 보일 것 같아 입을 다문다. 그도 흥분이 가라앉지 않아 괜한 이야길 꺼내기는 했어도 상황에 어울리지 않는다는 걸 느꼈는지 재우쳐 묻지는 않는다. 택시 기사의 기색으로 봐 이기긴 한 모양이다.

「출발하시는군. 그럼 어디, 우리도 가봅시다. 어디까지 가시는지.」

택시 기사는 이래저래 재미있는 모양이었다. 다행히 말은 많지 않았다. 앞차가 어떻게 움직일지에 대해서만 이따금 예측하는 말을 설명처럼 해주었다. 남산으로 올라가네요. 한남 대교 쪽으로 나가려나. 논현동입니다. 그냥 지나치는군요. 잠원동이라. 바깥양반이 우리가 뒤따르는 걸 눈치 챘는지도 모르겠는데요. 어쩐지 그냥 돌고 있는 거 같잖아요? 길을 못 찾는 거 같지는 않고……. 그런데 혹시 손님 뒤를 쫓을 만한 사람도 있습니까? 출발할 때부터 계속 같은 차가 따라다니는 것 같은데요? 무심코 듣고만 있다가 퍼뜩 뒤를 돌아본다. 그래 봐야 내가 볼 수 있는 건 뒤차들의 전조등 불빛뿐이었다. 어떤 찬데요? 하릴없이 물었더니, 은색 아니면 회색 승용차인 것 같은데 지금은 또 안 보인다며 말꼬리를 흐린다. 차를 쫓아 달렸더니 드라마를 만들고 싶은 모양이다. 다시 한참 뒤 그가 서초동이라고 했다. 목적지가 이 동넨가 봅니다?

한 시간이 넘게 차 안에 앉아 내다본 밤거리는 꼭 거친 꿈길 같았다. 한선묵의 차가 멈춰 선 곳은 불빛이 휘황한 술집 앞이었다. 그는 제사 때 음복하는 것 외에는 술을 마시지 않는 사람이므로 술집이 목적지는 아닐 터였다. 택시 기사는 그 술집 건너편에 차를 세웠다. 기다려 주겠다는 기사의 제의를 사양하고 돈을 건네고는 택시에서 내린다. 한선묵은 그사이 술집 주차원에게 차 열쇠를 건네주고는 안으로 들어갔다. 택시가 멀어지는 것을 확인하고는 횡단보도를 통해 길을 건넌다. 술집 앞에는 드나드는 차들과 사람들로 북적거렸으므로 특별히 조심하지 않아도 될 것 같다.

한선묵이 들어간 술집의 오른쪽 건물 앞 벤치에 걸터앉는다. 옆 벤치에 빨간 티셔츠를 입은 여자가 취해 앉은 채 엎드려 있고 그 곁에 비슷하게 취한 젊은 남자가 역시 빨간 셔츠 차림으로 여자를 일으켜 세우기 위해 애쓰고 있다. 붉은 악마를 상징한다는 문양이 젊은 남자 가슴에 하얗게 웅크리고 있다. 야아, 일어나. 집에 가야지. 여기서 자면 우리 얼어 죽어. 6월 중순에, 새빨간 반소매 차림새로 얼어 죽지 말자고 여자 친구를 달래는 취한 남자 말에, 아닌 게 아니라 얼어 죽겠다 싶어 쓴웃음이 난다. 20대 중반쯤이나 되려나. 택시라도 잡아 주겠다고 말해 볼까 속으로 망설이고 있는데 여자가 상체를 무겁게 일으키며, 나 배고파, 한다. 둘이 나이가 비슷하겠다. 춥고 배고픈 붉은 악마들이 어깨를 끼고는 비척비척 큰길가로 걸어간다. 저러다 넘어지면 어쩌나 싶은데 다행히 택시가 와 멈추더니 그들을 태우고 멀어졌다.

한선묵이 나온 건 반 시간 남짓이나 지났을 때였다. 청바지에 얇은 여름 점퍼 차림, 어깨에 노트북 가방을 맸다. 평소 식구들 입에 풀칠해 주기도 겨워 보이는 데다 실제보다 열 살쯤은 더 나이 들어 뵈는 행색을 하고 다니더니 지금은 젊고 말끔하다. 가볍게 취한 사람처럼 보였고 그 거리에서 흐느적흐느적 움직이는 남자들 틈에서 조금도 도드라지지 않았다. 그는 차가 왔던 방향으로 걷고 있었다. 한 블록을 지나고 또 한 블록을 지났다. 방향을 꺾는다. 문이 닫힌 백화점 앞이었다. 설마 백화점을? 싶어서 빠른 걸음으로 그가 꺾어 들어간 골목 앞에 당도했을 때 그는 사라지고 없었다. 서둘러 그가 들어간 골목으로 들어갔다. 어두운 골목이 아니었다. 왼쪽은 널따란 백화점 주차장이었다. 드문드문 차들이 주차되어 있었고 간간이 불이 밝은 가로등이 서 있었다. 오른쪽은 큰길가보다 자그만 가게들이 밀집된 골목이 블록을 이룬 듯했다. 아직 문을 닫지 않은 가게들이 많았다. 죽걸어 들어가 백화점 주차장이 끝나는 지점에 이르렀더니 다시 2차선 도로가 나 있었다. 도로 건너쪽은 주택가였다. 높고 긴 담들에 드문드문 대문과 주차장이 달리고 걸어다니는 사람들은 별반 없는 넓은 골목이 끝도 없이 이어져 있을 것 같았다. 길을 건너갈 자신이 없어서 도로 이쪽에서 방향을 잃은 나그네처럼 길을 따라 걸었다. 길은 길을 따라 이어지고 걸음은 길을 따라 걸렸다. 내가 돌아온 곳은 다시 백화점 앞이었다. 문 닫힌 백화점 쇼윈도에서 내비치는 불빛들 덕에 화려하게 빛나는 광장. 조경수들이 있고 그 둘레엔 벤치들이 있다. 사람들은 새벽 두시가 넘은 시각과는 아무 상관이 없는가 보다.
나는 광장 가운데에서 망연히 선 채로 얼어붙었다. 한여름 밤의 악몽
속에 갇혀 있는 것 같다.

6

……송현이 열네 살 되었을 때 어멈은 두 해가 넘도록 집에 돌아오지 않고 있는 상태였다. 수없이 나갔다 들어오기를 반복했지만 그렇게 오래 걸리기는 처음이었다. 송현 밑으로 용이와 순이와 든이까지, 아이 일곱을 낳고 셋을 잃는 동안 고운이는 그 횟수만큼 집을 나갔다가 되돌아왔다. 아이를 배면 집을 나가고 몸을 풀 즈음 돌아와서 몸을 푼 뒤 또 아이를 배어 집을 나가는 식이었다. 고운이는 그래서 송현 외에 제가 낳은 아이들을 기억하지 못했다. 죽은 아이들은 물론이고 살아 있는 아이도 고운이 의식 속에는 없었다. 몸이 커가는 송현을 볼 때마다 낯설어하지 않고 받아들이면서도 다른 아이들은 벌 떼나 되는 양 피했으므로 아이들도 당연히 어미를 무서워했다.

막내를 낳고 달포 만에 집을 나간 어멈이 여느 때와 달리 두 해가 넘도록 돌아오지 않고 있던 정월 열나흘 밤에 아범은 잠을 자다가 벌떡 일어나 오래도록 비어 있는 이부자리를 매만졌다. 그가 잠들 때는 함께 펴고 그가 일어날 때는 함께 개는 이부자리와 베개였다. 꿈에서 고운이를 보았던 것이다. 꿈속의 고운이는 아직도 스무 살이었다. 잘 웃고 잘 놀던 그 곱던 사람. 둘만 있을 때면 봐요, 하며 구절초처럼 웃던 사람이 한 번도 들어 보지 못한 차분한 목소리로 말했다. 봐요. 나 여기 있어요. 이제 나를 데려가 줘요. 참으로 오래도록 예감하고 살았던 일이 비로소 닥친 것이다. 그가 한 눈을 잃은 뒤 처음으로 깊이, 빈 이부자리를 끌어안고 울었다. 아직 첫닭이 울기도 전이었다.

고운이의 이부자리를 따뜻하게 여며 놓고 방을 나온 아범이 아이들 할미를 깨워 어멈을 찾으러 나간다는 말을 전하고 있을 때 마님 댁에서 자던 송현이 행랑아범과 함께 새벽 달빛을 달고 숨이 차 들어섰다. 송현도 어미 꿈을 꾸었던 것이다. 함께 지낸 세월보다 떨어져 보낸 세월이 훨씬 더 많은 어미가 딸의 꿈에 나타나 환하게 웃는 얼굴로 팔을 벌리며 연방 속삭였다. 내 예쁜 아기, 송현이. 열네 살이 되는 동안 늘 그리워하며 살았던 어미였다. 어미를 붙잡을 수 없다는 것을 세 살 때 벌써 알았다. 곁에 없어도 없지 않았고 곁에 있어도 있지 않았던 그 어미가 처음으로 꿈에 나타나 슬프게 웃는 게 아닌가. 웃는 어미 때문에 가슴이 미어져 울다가 꿈에서 깼다. 눈이 어두워진 대신 귀는 더 밝아지신 마님이 안방에서 그 기척을 들었던지 부르셔서 건너갔다. 송현이 눈물을 채 거두지 못한 채 꿈을 아뢰자 마님이 아마도 네 어미가 돌아온 모양이라며 네 집으로 건너가 보라 이르셨다. 마님 말씀을 송현은 비로소 알아들었고 새벽길을 달려온 참이었다. 아비가 달구지에 소를 채우고 나자 송현이 따라나섰다. 길을 가는 동안 달이 이울기 시작했다.

멀리 가지 않아도 되었다. 무들은 꿈속 아내의 등 뒤에 서 있던 나무가 어느 동네에 있는 어떤 나무인지를 알았다. 아무도 모르지만 그동안 고운이가 나가고 잠이 안 오는 밤이면 그는 무수히 걸어다녔다. 바람에 휩쓸린 듯이 걷다 보면 3, 40리 길이었고, 그쯤에서 그는 고운이를 찾으러 다니지 않겠고, 억지로는 붙들지 않겠다고 했던 맹세를 떠올리고 돌아서곤 했다. 고운이가 있을 거라고 짐작되는 곳은 그가 늘 돌아서곤 했던 밤실 마을 입구였다. 어디로 갈까 망설이지 않은 채 당도해 보니 과연 고운이는 거기 있었다. 아마도 몸을 풀기 위해 집을 향해 돌아오는 길이었던 듯했다.

밤실에서도 대보름 새벽에 당산나무 옆 당집에서 발견한, 애까지 담긴 주검이 삼동네가 다 아는 애꾸 각시, 송현 어멈이라는 것을 알고 소식을 전하려던 참에 딱 알고 나타난 부녀를 보고는 놀라워했다. 아범은 주검 위에 걸쳐진 거적을 걷고 두루마기를 벗어 싸고는 안아 올려 달구지에 싣고 제 어미 곁에 송현을 태웠다. 주검 곁에 올라앉은 송현은 제 두루마기를 벗어 미처 덮이지 못한 어미의 얼어 터진 맨발을 감쌌다. 그 광경을 지켜보던 여남은 사람들은 일을 거들거나 말을 붙이려 나서지 못했다. 송현 때문이었다. 애꾸와 미친년의 딸. 송촌 마님이 이름을 지어 주시는 바람에 함부로 이름을 부를 수도 없었던 송현이. 그래 봐야 제가 애꾸와 미친년의 딸인데 별수 있으랴, 혹시 만나게 되면 눈여겨보리라 작정했지만 소문만 무성할 뿐 얼굴을 볼 수는 없던 처자. 사람들은 소문덩어리를 눈앞에 두고도 수군대지 못하고 약간 내리깐 눈으로 지켜보기만 했다. 솜을 둔 무명 치마저고리를 입었음에도 아무도 범접 못할 위엄을 갖추지 않은가. 겨우 열네 살이라는데. 울지도 않고 말도 없이 아비가 시키는 대로 달구지에 올라앉아 제 두루마기로 어미 발을 감싸는 품이 너무나 어엿해서 사람들은 숨죽인 채 해 뜨는 쪽으로 향해 가는 식구를 배웅했다.

집에 돌아와 주검을 방에다 누인 송현 아범은 일체의 접근을 금했다. 혼자서 물을 데워 구석구석 주검을 씻기고 닦아 매만진 뒤 혼인할 때 입었던 옷을 입힌 뒤에야 방에서 나왔다. 그리고 오늘로 쳐서 삼일장을 치르겠노라고 식구들과 집 안팎을 서성이는 동네 사람들에게 알렸다. 보통 초상집과 똑같은 풍경이 비로소 벌어졌는데, 이틀 뒤 고운이의 장례엔 하림 사람들이 놀란 입을 다물지 못할 정도의 일이 벌어졌다. 삼동네 사람이 다 모여드는 성싶었다. 애꾸 무들이와 미친년 고운이. 노상 떠났다가 돌아오는 고운이와 한 번도 고운이를 찾아 나서지 않으면서도 돌아올 때마다 왕비마마처럼 떠받든다는 무들이네 식구들을 구경하고 싶은 사람들이 그렇게나 많았다. 게다가 사람들이 구경하고 싶은 또 하나의 인물이 송현이었다.

언젠가부터 하림이 아닌 송촌 송현이로 불렸던 애꾸와 미친년의 딸. 송현이 왕비 상호를 타고났다거나 정경부인 사주를 가졌다는 희한한 말이 은밀히 돌았다. 10여 년 전 송현이 태어나던 시각에 중전마마가 왜놈들 손에 해를 당하고 죽었는데 어쩌면 그 불에 타버렸다는 주검의 원혼이 이 아랫녘까지 와서 송현한테 실렸는지 모른다든가 하는 따위의 해괴한 말들이었다. 학준 도령이 송현하고 혼인하지 못하면 목을 매겠다고 했다는 둥, 굶어 죽겠다고 했다는 둥 따위의 소문은 공공연한 비밀이었다. 송현이 천자문을 다섯 살에 떼고 사서삼경까지 다 읽어 독선생이 가르칠 게 없어 물러났다는 소문도 들렸다. 해서 송현이 학준 도령과 혼인하게 될 것인지 아닌지가 감질나게 궁금한 사람들은 둘의 혼인 여부에 내기를 걸 정도였다. 그 말도 안 되는 소문들이 퍼질 수밖에 없는 원인에는 송촌 마님도 한몫하고 계셨다. 신분이야 어떻든 허구한 날 붙어 지내는 청춘들이 정분나기야 봄날 꽃피듯 당연한 것 아닌가. 그런데도 마님이 송현을 그냥 데리고 계실뿐더러 손녀딸 키우듯 고이 가꾼다는 것이다. 마님 댁에서 송현은 험한 일은커녕 시비까지 따로 두고 안채 건넌방에 앉아 글 읽고 그림 그리고 수놓으며 지낸다는 소문이었다. 송현을 곁에 두시기 위해 애꾸네에 사람을 셋이나 내려 살림을 돕게 한다고도 했다.

소문이 으레 그렇듯이 반 정도는 부풀려진 것이었다. 송현의 사주를 따져 본 사람은 마님 당신뿐이셨으니 다른 사람들이 운운할 계제는 없었다. 다섯 살에 언문, 천자문 다 떼고 난 뒤 사서삼경에 온갖 진서를 읽는 것도 맞지만 송현에게 독선생이 붙은 적은 없었다. 학준 도령 곁에서 배웠을 뿐이었다. 마님 댁에서 사람을 보내 준 적도 없었다. 아이들은 자꾸 느는데 그 어미 자리는 늘 비었으므로 애보개를 들이게 되었고 애들이 느는 만큼 가세가 피어 손이 필요했던 아범이 살림해 줄 아낙과 머슴을 두게 되었을 뿐이다. 송현이 거의 머무는 마님 댁에서 시비를 두고 있다는 말도 틀린 것은 아니었다. 마님 눈이 어두워지면서 마님의 눈 노릇을 하게 되었으므로 안팎의 살림이 송현을 통하게 되었고, 그러다 보니 그 댁의 하인들이 송현을 상전 대하듯 하게 되었다. 송현이 하림과 송촌을 오갈 때 시종이 붙는 것은 그래서였다. 송현은 아직 어렸고 학준은 몸이 약했으므로 두 사람의 혼인 여부에 대해서 거론된 적도 없었다.

상 위에 차려진 반찬을 구분하기 힘들 만큼 눈이 어두워지신 마님의 그즈음 속내가 그래서 복잡하기는 했다. 종가에서 나와 살림을 내셨던 시조부, 시아버님, 진사 양반에 아들까지, 이 집안 남정네들에게는 요절의 피가 흐르는 게 분명해진 마당이었다. 씨도 약해서 한양살이하던 아들은 서출 하나도 더 남기지 못한 채 돌아와 피를 토하다가 말라 죽었다. 남은 손이라고는 오직 하나 학준뿐인데 저렇게 가다간 서른은 고사하고 스무 살이나 넘길 수 있을까 하는 불길한 생각이 때때로 들었다. 날 때부터 온갖 병을 달고 산 학준의 주된 병증은 제 윗대들이 한결같이 앓았던 폐창이었다. 허구한 날 기침을 달고 살았고 하루에도 몇 번씩 숨쉬기를 힘들어했다. 고뿔이라도 드는 날에는 온 집안이 벌벌 떨며 숨을 죽여야 했다. 그런 학준을 장가들인 뒤 송현을 학준의 첩실로 삼을 작정을 한 게 송현 열 살 무렵부터였다. 다른 데로 시집보낼 생각은 애당초 해본 적 없었다. 머리에서 발끝까지 버릴 데라곤 없는 아이였다. 목이 마르랴 치면 벌써 물을 들여온 참이었고 그 물은 숭늉이거나 찬물이거나 꿀물이거나 때에 따라 입맛에 딱딱 맞았다. 전부 저보다 위인 집안사람들을 부리는 데도 거슬림이 없어서 종복들은 하나같이 송현을 귀애하면서도 그 말을 잘 따랐다. 성정이 순하면서도 명민하기 때문 아닌가. 자태는 말할 것도 없고 고뿔 한 번 걸리지 않고 나이가 찼으니 몸도 실했다. 무엇보다도 당신 말년을 송현 키우고 보는 재미로 살고 있으니 그만한 아이가 없었다. 그럼에도 차츰 피어나는 송현을 정실로 맞아들일 생각을 하기엔 당신 살아온 세월이 있는지라 쉽지 않았다. 문중의 반대를 무릅쓸 자신도 없었다. 대종가에서 아직 아무 말 없는 건 거론할 필요조차 없는 일이기 때문인데, 송현을 들인다는 말을 어떻게 꺼내랴. 그건 파문을 각오하고나 벌일 수 있는 일이었다.

파문을 각오한다? 세상은 분명히 변해 가고 있었다. 나라는 왜국에 넘어갔고 흙벽에 물 스미듯 느슨해져 가는 반상의 위계는 머지않아 완전히 무너질 터였다. 남정네들이 상투를 마구 잘라 대는 세상이 아닌가. 이제 열일곱의 창창한 나이임에도 학준은 서책이나 뒤적이다 자리보전하는 걸로 세월을 채워 가고 있으니 변하는 시절을 따라가긴 글렀다. 허우대 멀쩡하게 자라서 어른이 된 뒤 속이 곯아 단명한 제 윗대들에 비해서도 학준은 한결 약했다. 아기 때부터 시난고난 도무지 눈을 뗄 수가 없었다. 그나마 몸이 커가는 게 신기할 지경이었다. 그러니 세월이 다 변하기 전에 대가 끊길 위험도 없지 않았다. 학준에게서 대가 끊기기 전에 양자를 들일 수도 있을 것이다. 하지만 무엇 때문에? 누구를 위해서? 나 죽어 젯밥을 얻어먹기 위해? 거기서 마님의 생각은 맴을 돌았다.

전화벨이 자지러진다. 술과 밥을 팔지 않는 회랑엔 저녁나절이면 손님이 들지 않았고 화실 동료 두엇과 작업실을 차리고 있는 은영은 손님이 끊기면 퇴근했다. 은영이 나가고 난 뒤 가게 문을 닫고 손으로 써났던 이야기를 컴퓨터에 옮기던 참이었다. 저녁 먹으러 들어오라는 전화일 터여서 손을 털고는 수화기를 집어 든다.

「아기씨, 얼른 들어와요. 엄마가 지금.」

엄마가 지금, 다음에 차마 잇지 못한 올케의 말은 발작을 일으켰다는 말이었다. 수화기를 내동댕이치다시피 내려놓다가 한선묵의 휴대전화 번호를 누른다. 남편에게 전화하는 습관이 들어 있지 않은 올케는 급할 때는 시누이부터 찾는 여자였으므로 연락 안 했을 게 뻔했다. 한선묵이 저쪽에서 전화기를 여는 것에 맞춰 빨리 들어오라고 소리치고는 회랑을 뛰쳐나온다. 아래채인 줄 알았는데 아니다. 사단은 부엌에서 난 것 같았다. 숨 가쁘게 뛰어왔지만 선뜻 부엌으로 들어가지 못하고 문 앞에 멈춰 선다. 자기 몸 가누기도 힘든 올케가 휠체어에 앉은 채 어머니 허리를 껴안고 있고 큰어머니는 어머니 팔을 붙들어 치켜세운 상태로 어르고 있었다.

저 손에 칼이 어떻게 잡혔을까. 밥상을 차리다 말고 큰어머니와 올케가 부엌을 비웠던 건가. 그 손에 들린 식칼이 파란 독기를 내뿜으며 흔들렸다. 죽여야 돼, 저걸 죽여야 돼. 아이, 로사야, 정신 차려라, 암것도 없다, 눈을 떠봐, 그 칼 놓고 제발 눈을 좀 떠라. 어머니, 아무것도 없어요, 우리 집이에요, 칼 내려놓으세요. 뒤엉킨 언어들, 뒤엉킨 세 사람. 늘 쪽 찌듯이 말아 올리는 어머니의 긴 머리카락은 산발이고 흰 원피스는 캔버스인 양 덜 마른 물감 자국이 낭자하다. 손에 들린 식칼은 어머니 눈빛만큼이나 서슬 푸른 독기를 내뿜는다. 저럴 때 엄마는 무엇을 노려보고 겨누고 있는 것일까. 한 해에 두어 번 나타나는 광포한 발작은 매번 밖으로 분출되는 것이었다. 그동안 어머니 손에 의해 흉기로 돌변한 물건들은 다양했다. 홍두깨, 그릇들, 부서진 캔버스, 이젤, 붓, 그리고 과도와 식칼……. 어떨 때는 너무 쉽게 수그러들어 어이없을 때도 있는 발작이지만 지금 두 여인에게 잡혀 있는 그 손이 어떻게 움직일지는 아무도 예상할 수 없었다. 저 기운이 발동한 상태에서는 그 손에 잡힌 모든 것이 칼이었고 그 칼은 임로사에게만 보이는 대상에게 겨누어지는 것이었다.

지금 임로사의 광포함을 단번에 제압하거나 누그러뜨릴 수 있는 행동이나 대사는 어떤 걸까. 분명한 것은 지금 내가 나서야 한다는 것뿐이었다. 부르르 진저리를 치며 시린 예감을 떨궈 낸다. 대학 입학식을 하고 돌아왔던 날은 홍두깨에 맞아 머리가 터졌다. 그다음 해 여름에는 깨진 캔버스의 틀에 등이 찢겨 여덟 바늘을 꿰맸다. 상흔은 허벅지와 손목과 엉덩이에도 있었다. 어둠에 대항하는 임로사의 무기 앞에서 나는 번번이 과녁이 되어 왔다. 마녀는 보름달이 뜨면 주술이 발동한다지만 임로사는 마녀가 아니어서 주기도 없었다. 엄마한테서 영원히 도망친다면 모를까 피할 방법이 없는 것이다. 피해 가지 못할 일이므로 조심스레 문지방을 넘어선다. 찬방 쪽으로 놓인 식탁은 아직 흐트러지지 않은 채였다. 다섯 쌍의 수저가 가지런하고 배추김치와 나박김치, 두부조림과 마른 미역 튀김이 얌전히 올라앉았다. 세 여인은 싱크대 앞쪽에서 얼크러져 있었다.

엄마! 문지방을 넘어서기는 했으되 다가서지는 못하고 엄마를 부른 순간 어머니 시선이 퍼뜩 들리면서 나에게 꽂힌다. 저 맹렬한 적의는 나를 향한 것이 아니라고 스스로 다독이면서도 얼어붙어 있는데, 어머니 팔이 큰어머니 손에서 벗어났다. 밀쳐진 큰어머니가 푹 주저앉은 찰나, 어머니 손에 들린 칼이 날았다. 칼이 날아올 걸 예감하면서도 어쩌지 못하는 순간이었다. 안 돼요! 올케가 지르는 비명에 맞춰 내던져진 칼이 그걸 피하느라 순간적으로 몸을 뒤튼 내 왼쪽 어깨를 날카롭게 찍고는 바닥으로 떨어졌다. 어머니! 비명을 지른 올케가 어머니를 붙든 채 휠체어에서 무너져 내린다. 넘어졌던 큰어머니가 두 여자 위로 다시 올라갔다. 나는 칼을 주워 마당으로 내던지고 세 여자 위로 엎어졌다. 올케가 하체를, 큰어머니가 어깨를 누르고 있었으므로 나는 비어 있는 어머니의 배 위로 올라앉을 수밖에. 어머니를 타고 앉아 짓누르면서야 내가 흘리는 피가 팔레트에서 쏟아진 붉은 물감처럼 어머니 몸에 번지고 있는 게 보였다. 세 사람이 갖은 용을 쓰며 눌러도 솟구치는 임로사의 검은 힘을 감당하기에는 역부족이었다. 엄마, 제발 정신 좀 차려요, 엄마. 아이, 로사야, 에미야, 눈을 떠라, 제발 덕분에 정신 좀 차려. 각자 속삭이거나 외치고 있는 말들이 피처럼 난무했다. 영원히 헤어나지 못할 지옥이 있다면 이런 모습일 테지. 어릿어릿 힘이 빠졌다. 되는 대로 내버려 두고 싶다. 단번에 끝장날 수도 있지 않은가. 그 끝이 어떤 것이든 지금 이보다는 나으리라. 유혹은 마약 기운처럼 번져 어머니를 짓누르는 내 몸을 가볍게 했다. 이대로 엄마를 타고 솟구쳐 올라도 좋을 거야. 증발할 수 있다면. 이 집과 함께…….

몽롱하게 번지던 사념이 뚝 끊겼다. 느닷없는 물벼락이었다. 네 여자 위에 물이 왈칵 끼얹힌 것이다. 써늘하고 얼떨떨한 고요가 찾아왔다. 서늘한 적막이 피비린내처럼 짙게 차올랐다. 한선묵이 마당에서 들고 들어와 네 여자를 향해 물을 쏟아 부었을 빈 양동이를 텅 소리가 나게 내려놓는다. 자기 남편이 등장한 것을 깨달은 유금희 몸이 푹 넘어진다. 아이고, 엄니! 제발 덕분에 이 늙은 것들을 데려가시오. 한탄을 터뜨린 큰어머니가 눈물과 함께 나를 돌아보며, 아가, 괜찮냐, 하고 몸을 일으키다 무너진다. 괜찮아요. 나도 어머니 몸 밑으로 미끄러져 내렸다. 일어날 힘은 없었다. 어머니는 누운 채 얼굴의 물기를 훔치며 어리둥절한 눈을 뜨고 있다. 백일몽을 꾸고 난 사람처럼 막연한 눈빛이다.

「어머니, 일어나세요. 제가 방에 모셔다 드릴게요. 좀 쉬시고 저녁 드셔야죠.」

한선묵에게 부축되어 일어나던 어머니가 아이처럼 훌쩍훌쩍 흐느끼기 시작했다. 늘 그랬다. 어찌 된 영문인지는 이해가 안 되지만 당신이 저지른 일이라는 걸 깨닫고는 우는 것이다. 임로사의 울음은 한차례의 광풍이 지나갔음을 알리는 신호이기도 했다. 큰어머니가 당신이 데려가겠다며 어머니 손을 잡고 부엌에서 나간다. 그들이 나간 발자국을 따라 벌건 물기가 번졌다. 창망하게 널브러져 있던 나도 일어났다.

「오빠, 언니 데려다가 욕조에 넣어 줘요. 감기 걸리겠어요.」

어깨 부위의 옷이 손가락 길이만큼 찢긴 것 같은데 살이 얼마만큼 베였는지는 알 수 없었다. 핏지 물인지가 팬티까지 파고들고 있다는 감각만 느껴졌다.

「여보, 아기씨 지혈 먼저 해줘. 병원엘 가더라도 우선 피나 좀 멈추게 해야지. 왜 매번 아기씨만 이렇게 되는지 몰라.」

어머니야 이제 울어 가며 씻고 옷 갈아입고 잠들면 그만이지만 시누이 먼저 챙기는 올케는 숨을 쉬기도 힘들 것이다.

「지혈이 되어 가고 있는 것 같아요. 오빠, 얼른 언니 데리고 가서 따뜻한 물 좀 틀어 줘요. 나도 좀 씻고 나서 병원을 가도 가야죠.」

한선묵이 유금희를 안고 자신들의 방으로 들어갔다. 그들 방 욕실에는 환자를 위한 욕조가 마련되어 있었다. 나는 내 방과 구석방 사이에 난 작은 화장실로 들어가 피와 물에 질펀해진 옷을 벗는다. 거울이 없는 게 다행이었다. 뜨거운 물을 틀어놓고 수건으로 피가 나는 부위를 누르면서 분사되는 물줄기 아래로 들어선다. 엄마! 부를 수 있는 존재가 엄마밖에 없다는 사실 때문에 뜨거운 물처럼 뒤늦게 울음이 터져 나온다. 딸의 심장을 향해 칼을 날릴망정 부정할 수는 없는 어머니. 광풍이 몰아쳐도 병원에 데려다 놓을 수는 없는. 얼마나 숱하게, 엄마를 끌어다 병원에 가두는 상상을 해왔는지, 엄마를 병원으로 데려가려 않는 한선묵을 얼마나 저주했는지, 아무도 모르리라.

7

흰색 테이블과 의자 위에 주황색으로 대비되는 쿠션의 색상이 강렬하다. 천장에는 모형 비행기가 빙빙 돌고 실내 벽 곳곳에는 영화 포스터와 그림들이 걸려 있는데 언뜻 보아도 익살스러운 장면들만 모아 놓은 것 같았다. 실내 장식은 일관성이라고는 없어 뵈는데 재미있다. 자유롭지 않은가. 카페 주인이 꽤 엉뚱한 사람이겠다는 짐작을 해보며 실내를 뜯어보고 있는데 전화벨이 울렸다. 덕진이다. 길거리가 아닌지, 도착했느냐고 묻는 목소리가 차분하다.

「지금 막 들어왔어. 너는 어디니?」

「나는 퇴근길에 효미 집에 와 있어.」

「그럼 그리 오라고 하지 않고 왜 이리 나오라고 해? 너, 혹시 또?」

「맞아. 우리가 또 모의를 했거든. 더위를 물리치는 한 방법으로 말이지. 조금 있으면 남자가 갈 거야. 이번에는 우리가 빠질까 해.」

원당 사는 덕진은 마포 쪽에 있는 사립 고등학교 국어 선생이었다. 마포 사는 효미는 종로에 있는 논술 학원에 강사로 나다녔다. 두 사람이 스물여섯, 스물여덟 살에 결혼하고 번갈아 아이들을 낳으면서부터는 셋이 한꺼번에 만나기가 가뭄에 싹 나기만큼이나 어려워졌다. 그럼에도 나를 위해 두 사람이 끌어 온 남자가 열이 넘었다. 대개 한두 번, 많아야 세 번 만났을 뿐이다. 거절하거나 거절당하거나 결과는 같았다. 찜찜하고 개운찮은 앙금이 남았다.

「주변에 있는 남자들을 그렇게 써먹고 나서 나중에 만나면, 덕진아, 껄끄럽지 않니? 그만들 해둬. 별로 재미있지 않아.」

「껄끄럽기는 뭐가. 제힘으로 머리 깎을 재주 없는 사람들 머리 깎아 주는 셈인데 인연이 안 됐더라도 고마워해야지. 너도 그러지 마. 만나 보고 좋은 관계로 발전할 수 있다면 더할 나위 없지만 한번 만나고 말더라도 무슨 상관이야. 만날 집구석에서만 어질어질 돌면서 아무 일도 일어나지 않는 것보다는 낫지. 바람 쐬고 맛있는 것도 먹고, 맘이 맞으면 잠도 같이 자고 그러면 좋잖아.」

「잠은커녕 같이 밥 먹고 싶은 남자 만나기도 얼마나 어려운지 아니? 실현될 가능성도 없는데 거듭하기에는 힘들단 말이야. 안 하고 싶어.」

「힘들긴 뭐가 힘들어? 그렇게 몸 아끼고 마음 아꼈다가 죽을 때 싸가지고 가서 염라대왕한테 바칠래?」

「그게 무슨 억지니?」

「도대체가 신기한 거, 낯선 거라고는 없는 나이가 돼버렸잖아. 아낄 것도 없는 나이라 이 말씀이야. 싫은데도 참을 필요는 절대 없지만, 그렇지 않다면 몸이든 마음이든 사리지 말고 좀 풀어놔 봐. 그냥 놀라고. 재미있는 일이 남자하고만 있으란 법 없고 우리끼리 놀아도 재미있지만 그건 그거고. 우리가 솔직히, 남자 아니면 또 무슨 재미가 있냐? 옛날 남자 거론하기 지겨워서 더는 안 한다만 헤어진 남자라도 씹어야 살맛 나는 게 사실이잖아?」

말해 놓고는 우스운지 깔깔거린다. 곁에서 효미의 웃음소리가 스며 들어왔다. 나는 우습지 않았지만 전염된 듯 실소가 나온다. 덕진의 말발을 무슨 수로 당하랴. 그렇게 잘난 척하면서 10년 전에는 어떻게 그리 쉽게 시집을 갔냐는 말이 나올 차례기도 해서 덕진 앞에 있는 듯이 고개를 끄덕인다.

「만나 보면 알겠지만 딱 보통 남자야. 직업은 일간지 기자고 요즘은 사회면 기사 쓴다더라. 젠체하는 구석은 없어서 그건 봐줄 만해. 결혼한 적도 없고.」

「그럼 이번에도 내가 처녀 행세를 해야 하는 거잖아. 지난번에도 처녀 행세를 하게 만들더니, 그건 이제 싫어. 그때 온몸에 두드러기가 나는 것 같았어.」

「그러잖아도 네가 연기를 너무 잘했는가 싶긴 했어. 그때 김 선생, 그 남자 말이야, 네가 여태도 처녀로 남은 까닭을 알 것도 같았다고 했거든. 네가 틀림없이 보사부가 인정하는 처녀일 것 같더라고 해서 내가 기절할 뻔했잖니.」

「피장파장의 감상이었다만 전해 주지는 마라. 아무튼 오늘도 처녀 행세 해야 하는 거라면 나는 지금 나갈 거야.」

「아니, 그렇게 속일 수 있는 사람이 아니어서 사실대로 말했어. 결혼한 적은 있지만 호적에 빨간 줄 그어진 적은 없는 애매한 이혼녀라고. 사실은 지참금을 다 바치지 못해서 그 집 호적에 못 들어갔다는 말까지 하려다가 참았다. 네 포지션이 너무 안 잡힐 것 같아서 말이야.」

「너 그렇게 생각하고 있었니?」

「뭐, 아! 지참금하고 호적 문제? 그럼 그거 아니었니?」

「그 정도는 아니었다.」

내가 볼멘소리를 하자 덕진이, 아니기는 뭐가 아냐? 하며 곧장 치고 들어왔다.

「하긴 뭐, 결과적으로 나쁠 것도 좋을 것도 없지. 돈은 돈대로 다 갖다 바치고 그 호적에 들어간 뒤에 다시 나오려고 발버둥을 쳤으면 그 꼴은 더 우스웠을 거니까. 안 나오고 그대로 살았으면, 그 꼴은 아예 상상도 하기 싫고.」

「적나라하구나. 여태 입 간지러워 어떻게 그 말을 참고 살았어?」

「별로 좋은 일도 아닌데 싶어 참았는데, 참다 보니 잊어버렸지. 지금 생각난 거고.」

「그건 그렇다 치고, 오늘 나올 남자는 그럼에도 나하고 선을 본다고 해?」

「만나 보고 싶다고 하더라.」

「내가 뭐 한다고 했는데?」

「큐레이터 겸 카페 주인이라고 했지. 돈이 썩 잘 벌리는 카페는 아니지만 집안에 돈이 궁하지는 않다고 분 좀 발랐어. 어머니가 꽤 유명한 화가고, 덕분에 너나 네 가게가 이따금 기사화된다는 말도 했고. 어쨌든 우리가 약간의 분장을 해야 할 나이이기는 하잖니? 요즘은 너 별로 안 궁해 보이는 것도 사실이고. 학교 다닐 때 바지 두 장 가지고 일 년씩 버티던 거에 비한다면 지금이야 패션모델 수준이잖아. 지금 복장이 어떤지 모르겠다만 그냥 너 있는 그대로 보여 줘. 요새, 아니 나이 들면서 너 분위기가 점점 더 괜찮아지고 있거든. 그게 희한해. 우린 점점 더 속되어지고 주책스러워지는데, 너는 안 그래. 애매한 이혼녀라서 그런가?」

「계집애, 말끝마다 애매한. 이혼녀가 무슨 훈장이니?」

「해도 되는 처녀 행세, 한사코 싫다는 사람은 너다. 아무튼 기다려 봐. 아, 미리 해둘 마지막 말이 있다. 너도 약간은 아는 사람이야. 끊는다. 혹시 괜찮다 싶으면 이따 우리 불러. 너희가 우리 쪽으로 와도 좋고. 안녕.」

쏟아지려는 내 질문을 무시하며 덕진이 서둘러 전화를 끊어 버렸다. 약간 아는 사람 누구냐고 묻기 위해 다시 전화를 걸었지만 받지 않는다. 하기는 누구든 무슨 상관이랴. 싫으면 참을 필요는 없다고 했겠다? 손을 들어 주인을 부른 뒤 맥주 두 병을 주문했다. 점심을 걸렀지만 밥을 먹고 싶지는 않았다. 어깨를 다친 뒤 보름 남짓 자제한 술이었다. 상처 자리는 아직 덜 아물었지만 오는 길에 목이 마르자 기갈 든 것처럼 술 생각이 났다. 가방을 뒤져 '로사 이야기'를 꺼낸다. 현직 국어 선생이고 글짓기 선생이니 나보다는 낫겠지 싶어 친구들을 만나면 써놓은 데까지 읽혀 볼 생각으로 출력해 왔는데 곰팡스러운 바람을 맞았다.

「한선재 씨?」

남자의 은테 안경이 먼저 눈에 띄었다. 안경 속에서 웃고 있는 가느스름한 눈매, 외짝 쌍꺼풀이다. 새로 이발한 듯 산뜻한 고수머리. 보통 체구의 세련된 인상을 가진 남자. 덕진은 약간 아는 사람일 거라고 했는데 앉아서 올려다보는 남자는 낯이 설다. 내가 자신을 못 알아보는 걸 알겠는지 그가 맞은편에 털썩 앉는다. 겨잣빛 반소매 셔츠의 단추가 두 개 풀린 채 쇄골 부위에서 약간 접혀 있다. 탁자 위에 펼쳐 놓았던 종이들을 그러모아 봉투에 담는 나를 그가 물끄러미 바라보고 있다.

「나는 대번에 알겠는데, 선재 씨는 나를 전혀 못 알아보네. 선재 씨 기억력이 나쁜가, 내가 원래 그렇게 희미한 인물이었나? 어쩐지 자존이 훼손되는 기분이네.」

10여 분이나 늦은 주제에 대뜸 반말까지 하면서도 제가 누군지 선뜻 가르쳐 주지는 않는다. 대신 내가 잔에 남겨 놓았던 술을 가져다 마시곤, 이 보오, 주인장, 빈 잔 좀 가져오오, 한다. 카페 주인을 아는지 빈 잔을 청하는 남자 말투가 는질는질하다.

빈 잔과 맥주 세 병과 오징어를 구워 쟁반에 얹어 온 주인이 쟁반째 남자 앞에 놓고는 그 곁에 앉아 이제 처음 본 듯이 나에게 고개를 수그렸다가 드는데 꼭 어린 날 봤던 외삼촌 같다. 자신의 어머니한테서도 스님이라 불리던 사람. 가을에도 까까머리가 몹시 추워 뵈던 그를 어떤 호칭으로도 불러 보지 못했다. 어미고 집이고 다 버리고 들어가셨으니, 버린 거 다시 돌아보지 말고 성불하시구려, 스님. 그가 깊은 합장을 바치고 떠난 뒤 외할머니는 뒤란 은행나무 밑에서 좀처럼 안 드시던 술을 여러 잔 마셨다. 할머니의 굽은 어깨며 흰 술잔 위로 잔물잔물 내리던 그 샛노란 은행잎들.

「보세요, 달봉 씨. 술이나 한 잔씩 따라 주고 물러나 주시지요. 제 일생일대의 중요한 시기란 말입니다.」

「그래서 여태 몇 번이나 훔쳐보던 중이야. 네가 잔뜩 허세를 부리면서까지 만나려는 여성이 어떤 분인가 싶어서. 가뜩이나 그림자가 많이 매달린 분이신데 그늘을 찾아 앉으시더군. 그게 마음 쓰여서 말이지. 지금 다시 보니 그림자에 치여 살지는 않으실 거 같고, 몸은 자그마해도 뭐든 다 품어 안고 다독거리면서 사실 수 있을 만큼 품이 넓어 보이시는군. 개마고원처럼. 그림자가 보호하사 잘 사시리다.」

개마고원? 비아냥거림일 리는 없을 거고 축원일 텐데, 속에 그림자

100

매달렸다는 말 때문인지 마주 웃을 수가 없다. 그가 말하는 그림자가 날마다 불러내 사잣밥을 먹이는 집안의 귀신들을 가리키는 것 같지 않은가.

「사이비 땡중 주제에 지금 뭐 하는 거요?」

땡중 옆의 남자가 상황을 농담으로 몰기 위해 애쓰는데 당황한 기색이 역력하다.

「저는 땡중이 아니라 달봉이라고 합니다. 술 한 잔 따라 드리겠습니다. 드시던 거니까 한 잔은 더 받으실 수 있지요?」

얼떨결에 술을 받으면서도 여전히 웃어지지가 않는다. 그들이 무례해 보여서가 아니라 달봉이라 자칭하는 남자에게 속을 다 들여다뵈는 것 같지 않은가. 내 잔에 술을 채우고 일어선 달봉 씨가 고개를 숙여 인사를 바치더니 옆의 남자에겐, 너 알아서 퍼마셔라, 하고는 가 버린다.

「미안해, 선재 씨. 저 날라리 도사 말에는 신경 쓸 거 하나도 없어.」

「미안해할 것 없어. 잘 살겠다고 해주셨는데, 뭐.」

누군지 모르지만 상대가 반말로 나오니 나도 덩달아 반말이 된다. 또래 남자들과 반말을 하던 때, 친했던 남자 동기들은 없었지만 서슴없이 말을 놓을 수 있는 남자라면 대학 시절의 기억을 뒤적여 봐야 할 것이다. 마흔 명가량의 과 동기 중에 남자가 열댓 명 정도 되었다. 함께 강의를 듣던 복학생들까지 쳐도 비율은 늘 그만큼이었다. 그들 속에서 앞의 남자를 끄집어 오기는 쉽지가 않다. 맥주 한 잔을 다 마시고 다시 잔을 채운 남자가 크음, 목을 가다듬었다.

「태양보다도 이쁘지 못한 시. 태양일 수가 없는 서러운 나의 시를 어두운 병실에 켜놓고 태양아, 네가 오기를 나는 이 밤을 새워 가며 기다린다. 〈태양의 풍속〉, 김기림…… 이래도 기억 안 나?」

대학 입학식 직전, 선배들에 따르면 올림픽 꿈나무라던 88학번들의 과 오리엔테이션이 있었다. 학교 앞, 허름하고 넓은 방 안에 마흔 명가량의 꿈나무들이 벽을 지고 둘러앉았다. 학교에서 곧장 선배들에게 이끌려 나가 막 정해졌다는 학번 순서대로 앉은 참이었다. 우선 재량껏 각자 소개를 해봅시다. 그렇게 말한 학회장이라는 선배가 주저앉자 내 오른쪽의 남학생이 느닷없이 일어났다. 그때에야 그가 1번이고 내가 끝 번이라는 걸 깨달았다. '태양아 다만 한 번이라도 좋다. 너를 부르기 위하야 나는 두루미의 목통을 빌어 오마……. 서러운 나의 시를 어두운 병실에 켜놓고 태양아, 네가 오기를 나는 이 밤을 새워 가며 기다린다.' 그가 짧지도 않은 시를 고저 장단 맞춰 줄줄이 읊을 때 나는 왠지 면구스러워서 아무도 바라보지 못하고 노란 방바닥에다 손가락으로 그림만 그렸다. 난세의 영웅 김기림의 시 〈태양의 풍속〉입니다. 제 이름도 김기림이고요. 기억하십시오. 김기림. 자기 소개를 그렇게 마치던 그를 시작으로 한 바퀴를 다 돈 뒤에 내 차례가 오게 되어 있었지만 나는 일어나 낯선 동기들 앞에 설 일이 난감했다. 김기림이 그렇게 시작해서 그랬던지 자기 차례에 맞닥뜨린 동기들의 언변이며 행위들이 퍼포먼스라도 벌이는 것처럼 점점 더 커져 갔던 것이다. 제 이름 풀이를 하거나 노래를 부르거나 소설이나 시를 쓰겠다는 꿈을 밝히거나. 자작시를 읊는 친구도 있었다.

「이제 기억 나. 팔팔공일공공일번 김기림. 안 끼던 안경을 낀 데다 너무 달라져서 못 알아봤어. 옛날에 안경 안 썼지?」

「맞아. 안 썼어.」

「어떻게 여기까지 왔어?」

「월드컵 기간 중에 남효미를, 아니지 차동욱 선배를 만났거든. 선수 취재하러 나갔던 호텔 홍보 팀장이더라구. 나 군 입대하고 처음 만났으니까 십 년도 넘었지? 서로 근황 이야기를 하는데 차 선배가 남효미하고 산다고 하잖아. 그래서 효미는 어떻게 지내느냐고 물었더니 염덕진, 한선재라는 이름이 나왔어. 뭔 할 말이 그리 많은지 만나지 않을 때에는 셋이서 번갈아 가며 전화기 붙들고 한 시간씩은 예사로 통화를 하는데, 그때마다 자기 흉 보는 거 같아 뒤통수가 뜨뜻하다면서 선배가 웃더라고. 그런데 그 모습이 뜻밖에도 따뜻해 보이는 거야. 샘도 나고.」

「덕진이나 효미는 저희들 결혼한 뒤부터 나 재혼시키는 게 무슨 사명인 줄 알아 허구한 날 나를 여기다 붙여 보고 저기 붙여 보고 그러거든. 그렇지만 기림 씨는 어떻게 이런 자리에 나올 생각이 들었냐고. 내가 결혼 상대로는 별로라는 걸 이미 알고 있다면서.」

「결혼 상대로 어떤지를 따져 보지는 않았지만 선재 씨가 독신이 분명하다는 말에 나온 건 사실이야. 아무리 좋아했던 여자라 해도 남편 있다고 했으면 자리 만들어 달라고 효미 씨를 조르지는 않았을 테니까. 저런! 내가 좋아했던 것도 까맣게 몰랐던 얼굴이네.」

「날 좋아했었어? 언제? 나는 기림 씨가 어느 순간부터 학교에서 안 보였는지도 모르는걸?」

「일학년 마치고 엘에이로 도망쳤으니 그럴 수도 있겠지. 왜, 무엇에서 도망을 쳤냐고 물을 참이지?」

억박지르듯 뱉어 놓고 웃은 그가 술을 마시더니 담배를 꺼내며 피우겠냐는 듯 권한다. 내가 고개를 젓자 그가 담배 개비를 뽑아 물고 불을 붙여 길게 흡입하더니 공중을 향해 내뱉었다. 자그만 모형 비행기가 여전히 맴을 돌고 있다.

「〈태양의 풍속〉을 읊으면서 만만한 치기를 살포했던 오리엔테이션 자리에서부터 선배들한테 투사의 재목으로 찍혔어. 아직 해금도 안 됐던 김기림의 시를 이름이 같답시고 줄줄 읊어 댔으니 당연하겠지. 주체 사상의 전도사쯤으로 보였던 모양이야. 사실 아무도 알아주지 않는 잘난 척을 하느라고 고등학교 때부터 외고 다녔던 건데 말이야. 오리엔테이션 끝난 밤부터 선배들하고 밤새 술 퍼마시면서 세뇌를 받았어. 입학한 지 한 달도 안 돼서 시위 대열에 끼여날뛰게 됐지. 공부? 못했어. 강의 들어가 본 적도 많지 않은걸. 학과 공부 안 하는데도 왜 그리 바쁘던지. 사회 과학 서적 들입다 파먹고 술은 그보다 더 퍼마시고 짬짬이 가두 투쟁 나가고……. 아버지한테 걸린 게 겨울 방학 시작될 무렵이었어. 합숙을 다녀와 열흘 만에 집에 들어갔는데 몽둥이 준비해 기다리고 계시는 거야. 엎드려뻗쳐서 다리며 엉덩이에 피가 터지도록 맞았어. 안 맞겠다고 대들어도 되고 그냥 내빼도 됐을 텐데 얌전히 맞았지. 시원했어. 나는 나한테 제동을 걸 뭔가를 기다렸나 봐. 저녁에 큰누나가 비행기표를 구해 왔더라고. 일주일 뒤에 타는 엘에이행으로. 거기 고모가 계시거든. 나는 몰랐는데 그동안 집에서는 준비를 다 해놨던 거지. 덕분에 팔십 년대 학번을 가지고 구십 년대 학교를 다녔지. 아주 안전하게.」

덕진은 약간 아는 사람이라고 했지만 전혀 모르는 사람이라 해야 맞을 것 같다. 그의 이름이 김기림이라는 것을 제외하고는 아는 게 없지 않은가. 그와 나는 같은 시절을 살았다고 할 수도 없다. 나는 김기림이 스스로는 제동을 걸 수조차 없이 몰입했던 무렵의 시대 상황들에 관심을 가져 본 적이 없었다. 하다못해 그해의 올림픽이 언제 시작되고 끝났는지도 제대로 몰랐다. 올림픽 중간 즈음에 어머니를 찾아 온 동네를 헤맨 기억만 선명하다. 수백 번, 이런 여자 못 봤냐고 묻고 또 물어 가회동 동사무소 앞에서 네 시간 만에 어머니를 찾아냈을 때 늦여름 햇살이 얼마나 뜨거웠던지 눈물을 펑펑 흘렸다.

「일 년 지내다 돌아와 복학했어. 동기들은 삼학년이 돼 있더군. 남아 있던 선배들은 나를 본 척도 안 했고 나는 이학년 마치고 입대했어. 제대하고 돌아온 학교에는 선배들도 동기생들도 하나 없었어. 그때 비로소 공부를 열심히 해봤지. 방학이면 엘에이로 건너가서 미국 내를 싸돌아다니기도 하고.」

「나는 몰랐지만 꽤 화려했네. 근데 나를 좋아했다는 객쩍은 소리는 왜 해? 남자들 만날 때마다 제일 싫은 게 그거더라. 괜한 소리 하거나 허풍 치는 거. 남자인 게 무슨 벼슬이라고 젠체하는 거. 서른이 반이나 넘어 가지고도 그러고 싶어? 학교 동기인 것만 가지고도 이렇게 옛날이야기하면서 웃을 수 있잖아.」

그런가? 선선히 수긍을 하는 그가 비로소 동기처럼 친구처럼 느껴진다.

「괜한 소리였지만 전혀 아니었다고는 할 수 없어. 팔팔공일공사이번 한선재. 오리엔테이션 때 내 옆에 앉아 있었잖아. 노란 비닐 장판을 검지손가락으로 뽀득뽀득 문지르면서. 그러다가 한선재가 자기 차례가 돼 일어나서 자기소개로 했던 말, 아직 기억하고 있어. '한선재입니다. 저는 태어나서 지금까지 이사를 다녀 본 적이 없는데요, 지금 꼭 이사해서 짐을 풀어놓고 있는 기분입니다. 어색하고 설레요. 음, 잘 부탁합니다.' 그리고 엉거주춤 앉는데 얼굴이 빨개져 있었어. 나부터도 그랬지만 다들 어떻게든 튀어 보려고 안달 난 자리인데 얘는 튀기는커녕 숨고 싶은 얼굴이네 싶었어. 그런데 다음 순간에, 태어나서 지금까지 이사를 다녀 본 적이 없다는 말이 가슴에 맺히더라고. 그때부터 선재 씨를 기회만 되면 쳐다보게 됐지. 기회가 많았다고는 할 수 없지만 선재 씨를 눈여겨봤던 건 사실이야. 그리고 있잖아, 그때 엘에이로 가기 전날 저녁 참에 학교 중앙 도서관 근방에서 착잡한 심사로 어슬렁거리다가 선재 씨를 봤어. 덕진이, 효미랑 나오고 있더라고. 다가가 섞이기도 저어하고 보고만 있자니 울적해서 괜히 뒤를 따라 걸었잖아. 버스 정류장에서 셋이 각기 다른 버스를 타는데 선재 씨가 맨 나중이었어. 얼간이같이 내가 그 버스 따라 탔잖아. 두세 정거장이나 갔나, 금세 내리더니만 차 탄 거리보다 많이 걷데. 삼거리에서부터 높은 축대가 점점 낮아지다가 평지에 닿는, 한 블록에 걸쳐 있는 그 집 회색 담, 꽤 길더구면. 담장 따라 걷다가 골목에서 꺾더니 첫번째 집으로 쏙 들어가 버리더라고, 선재 씨가. 그 기와를 인 나무 대문 앞에서 마님 땜에 상사병 난 머슴놈처럼 한참이나 서 있었어. 이사 안 해봤다는 선재 씨 말을 떠올리면서. 요새 세상에 무슨 집이 이렇게 생겼냐, 이사하기 힘들기는 하겠다, 하고 중얼거렸을 거야.」

「그게 다야? 참 못났었네.」

「그러게. 나도 그 점이 이해가 안 돼. 왜 다른 데서는 청산유수로 나오는 말이 한선재 앞에서는 안 됐는지. 엘에이 가서도 그 생각 여러 번 했어. 당연히 선재 씨 생각도 같이 했고. 그러니 이 정도면 순애보 아냐?」

「그때 말 좀 걸어 주지 그랬어. 그랬으면 한 인생 구제했을지도 모르는데.」

「누구, 선재 씨? 왜?」

「음, 나 최소한 지금보다 나았을지도 모르잖아. 스무 살이나 됐는데 나한테 관심 보이는 남자가 없더라고. 내가 얼마나 열등감에 시달렸겠어? 그렇게 사 년을 내리 지내다가 졸업하려는 마당에 어떤 남자가 결혼하자는 바람에 덜컥 결혼했지. 남자에 대한 면역성이 없었단 말이야, 내가. 기림 씨가 그때 말 걸어 왔더라면 자신감 펑펑 생겨서 졸업하자마자 결혼하는 일 따위는 없었을 거잖아.」

진짜! 탄식인지 감탄사인지 모호하게 터뜨린 그가 웃었다. 나도 따라 웃는다. 젊어지는 기분이다.

「진짜 그래 볼걸 그랬어. 엔간한 건 내 뜻대로 했는데 그 부분에만 걸리면 터덕거렸던 것 때문에 내내 낯이 뜨거웠거든. 그때 한 번만이 아니었어요. 선재 씨 졸업할 때까지, 간간이 봤어도 말 한 번을 못 붙여 봤잖아.」

「그나저나 진짜, 왜 여태 결혼을 안 하고 이런 자리에 나다녀?」

「이런 자리? 아, 맞선 자리! 지금 하는 게 맞선이라면 나, 맞선은 처음 보는 거야. 재미있네. 이럴 줄 알았으면 진작 맞선도 보고 그럴걸. 해보지도 않고 재미없는 일로 치부해 왔어. 어쨌든 그, 한 인생 구제에 대한 사안인데 말이야. 우리 맞선 본 김에 서로 구제해 볼까? 뭐 특별히 재미난 일도 없고 이 나이까지 살아 보니 목숨 걸 만한 일은 더욱이나 없고, 그런 의미에서 서로 구제해 같이 살아 보는 게 어떻겠냐고.」

「덕진이가 기림 씨 오기 전에 기림 씨를 젠체는 안 하는 사람이라고 그랬는데, 덕진이가 잘못 봤네. 지금 잘난 척하고 있잖아. 아주 염세적이고. 내가 한 번 그런 결혼 해봤으면 됐지, 또 그렇게 하겠어?」

「싫다고?」

「우스운 소리 그만 해. 아, 이 집 주인, 달봉이라는 이름이 본명은 아니지?」

그에게 면박을 안기고 다른 손님의 시중을 들고 있는 주인에게 들릴세라 낮게 묻자 김기림도 달봉을 힐긋 건너다보고는 히죽 웃었다.

「그게 말이지, 저 형한테는 말 안 했는데 말이야, 선재 씨도 말하지 말아 줘. 어쩐지 그래야 할 것 같아.」

「그렇게 애써야 하는 거라면 나한테 말할 필요 없어. 나는 그냥 물어본 거야.」

「애쓰는 게 아니라, 저 형의 이름이 선재 씨랑 같아서 그래. 고선재 거든.」

「그래? 근데 그게 뭐 어때서. 전화번호부 열면 선재라는 이름, 성씨마다 몇백 명씩 실려 있는데.」

「그건 그렇지만, 이름이 같은 사람들끼리 서로한테 느낄 수 있는 친연성이 걱정스러워. 한선재가 나보다 고선재를 좋아하게 될까봐. 저 사람한테 원래 여자들이 따르기도 하고. 평소 했던 대로 아무 생각 없이 여기로 약속 장소 정해 놓고 나오다가 그 생각이 들더라고. 우습지?」

「우습네, 진짜.」

「우스운 거 아는데도 내가 이러고 있네. 저 사람 신기가 있거든. 영기라고 하나. 고등학교 다니다가 절로 들어가 머리 깎고 행자가 됐는데, 스님이 되지 못했어. 몇 해 동안이나 절집 머슴처럼 지내고 나서 중이 아니라 무당이 될 놈이라는 말을 들었는데. 중도 속도 아닌 상태로 떠돌면서 이십 대를 보내다가 속세에 내려앉기는 했는데 여전히 중도 속도 아니야. 근데 다른 사람보다 사람 보는 눈이 매서워. 그건 느껴지지?」

「약간은. 매섭다기보다 깊어 보이지만 어쨌든 그런 눈을 가진 사람은 나도 무서워. 난 지은 죄가 아주, 몹시 많거든. 여기서 그만 나가. 맥주 마셔서 배가 부르기도 하고.」

「그럼 나가서 죄 많은 여자하고 그보다 죄가 적지는 않을 남자하고 본격적으로 데이트를 해볼까?」

　데이트라는 말 때문인지 유장건이 불쑥 떠올랐다. 일로 밤을 새우고 찾아와 내 마음속으로 들어오고 싶다고 했던 남자.

「술 그만 마시고 나가는 건 찬성인데 기림 씨하고 데이트하는 건 싫어.」

「내가 곰보딱지도 아니고 주정뱅이도 아니고, 신검에서 갑종 받아 입대해 개월 수 다 채우고 예비역 병장으로 제대한 멀쩡한 남잔데, 나하고 데이트하는 게 왜 싫어?」

「너무 멀쩡해서 싫어. 너무 멀쩡한 남자하고 다니면 괜히 내가 꿀리는 것 같거든. 자격지심 같은 건데 스무 살에 만났던 동기라고 해도 그게 사라질 거 같지 않아.」

「참 희한한 자격지심이네. 그렇더라도 오늘은 나랑 놀아.」

「학교 동기로, 친구로 놀자는 거면 그렇게 할게. 앞으로도 그럴 거라면.」

「그건 그렇게 단정 지을 사안은 아니지만 오늘은 약속할게. 동기, 친구로. 그런 의미에서 악수나 한번 할까?」

　손이 쑥 건너왔다. 큼직하고 깔끔한 손이다. 길쭘한 손톱이 참 단정하다. 마주 잡는다면 부드러운 감촉이 느껴질 것 같은 그 손을, 객쩍은 짓 하지 마, 하며 툭 쳤다. 기림이, 허 참, 하며 밀려난 자신의 손을 들어 뒤집어 본다.

8

 매미 소리가 꽉 찬 적막이다. 소나기 쏟아지듯 맹렬한 노래가 끓는
데, 고요하다. 살갖처럼 익숙하지만 가끔은 새로 핀 피부병처럼 껄끄
럽고 이물스러운 고요다. 나는 어쩌면 전생에도 이 집에서 매미 소리
를 들었을 것이다. 하여 다른 데서 태어났음에도 이 집으로 들어와
떠나지 못하고 묶여 사는 건지도 모른다. 살 만큼 살다 죽지를 못해
서. 이 집에 맺힌 것이 많아서. 그렇다면 전생의 나는 이 집에서 어떻
게 살았을까. 혹 매미였을까? 실수로 인간으로 부화된? 낮잠에서 깨
어나 몽롱하고 나른한 상태로 전생에 대한 생각을 하다가 실소와 함
께 일어난다.
 주렴을 드리운 방 안에서 올케는 창백한 얼굴로 침대에 모로 누워
잡지를 읽는 중이다. 그가 읽는 '함께 사는 우리'는 복지 단체 연합 법
인에서 발행하는 월간지로 회랑에서 정기 구독 하는 중이었다. 로사
가 활자화되면서 회랑 전화번호를 어떻게 알았는지 구독해 달라는
요청 전화가 왔다. 한선재 선생님 댁이지요? 난데없는 선생님이 된

데다 거의 강매였지만 장애인들과 함께 사는 처지라 물리치지 못했다. 그즈음부터 매달 들어오기 시작한 잡지를 꼼꼼히 읽는 사람은 올케뿐이었다. 침대 머리에는 한 뭉치의 오늘 신문들이 쌓여 있다. 날마다 네 가지나 되는 일간지를 신문 사이에 끼여 들어온 광고 전단까지 촘촘히 다 읽고, 다달이 사다 주는 여성지의 표지에 박힌 기사 제목부터 광고와 차례, 편집 후기까지 읽는 게 그이 낙이었다. 회랑에서 정기 구독 하는 몇 가지 잡지들도 그에게 이르러서야 제대로 읽혔다. 그러고 보니 벌써 출간됐을 다음 달 치 여성지들을 사다 주는 걸 잊었다.

협탁처럼 놓인 휠체어를 살짝 밀며 침대로 다가들어 이불 속에 손을 넣어 본다. 모시로 덧씌워진 매트가 아직 까실까실하다. 앙상하게 마른 몸피 밑에서도 땀 흘린 흔적은 느껴지지 않는다.

「아까는 아기씨, 금방 쓰러질 얼굴이더니 이제 괜찮아 보이네요. 역시 잠이 보약이야. 어머니는 그래서 건강하신가 봐요. 많이 주무셔서.」

혼자 자기 몸을 제대로 못 가누는 사람이라 식구들 낯빛 살피는 데는 이골이 났다. 미용사였던 유금희가 손님으로 찾아온 한선묵을 만난 건 스물일곱 살 때였다. 만난 지 몇 달 만에 스물네 살의 한선묵과 결혼해 시집을 왔다. 제대한 한선묵이 입대 전 다니던 회사에 복직한 지 반년 남짓이나 됐을 때였고 내가 여고 3학년이던 봄이었다. 서글서글하고 어른스럽고 예쁜 새댁이었다. 낯가림이 심한 시어머니에게 금방 다가서고 큰어머니에게는 든든한 조력자가 되었다. 집 안에 완연 활기가 돌았다. 아유, 이 곰팡이들! 제가 애를 많이 낳아야겠어요. 그래야 집에 곰팡이가 덜 피죠? 하며 웃던 그는 결혼 이태째 되던 해, 임신 6개월 만에 무릎이 꺾이면서 발병했다. 급작스럽게 임신 부

종이 찾아들면서 평생을 지고 갈 병이 시작되었던 것이다. 아기는 사산했다. 그때부터 그이 몸의 관절들은 물에 잠겨 가는 나무처럼 야금야금 병이 깊어졌다. 아기도 더 이상 찾아들지 않았다. 바깥일을 거뒀고 약간씩이나마 돕던 집안일을 못하게 되었고 결국은 혼자서 움직이기도 힘들게 되었다. 병원에서는 아무런 희망적인 말도 해주지 않았다. 매번 치료를 받고 처방전을 받으며 여느 때와 다름없는 이야기를 의사에게 듣다가 올 뿐이다.

「좀 주무시지 않고요.」

「약에 내성이 생기다 못해 인이 박였는지 잠 오는 게 점점 더뎌요.」

「아침 신문들은 다 읽으셨어요? 이따 새 책들 사다 드릴게요. 미리미리 챙기지 못해서 죄송해요.」

「아기씨가 그렇게 말하면 나는 어떡해. 그러지 마요. 음, 잠깐만 앉아 볼래요? 아기씨한테 할 말이 있어.」

신문 기사나 여성지에 난 화젯거리를 말해 주려는 투는 아니다. 신문도 잡지도 유심히 읽지 않는 나한테 재미난 이야기를 해주려 할 때 그의 얼굴은 입 안에 알사탕이라도 문 것처럼 웃음부터 서리기 마련이었다. 내가 침대에 걸터앉으니 그가 땀이 나지도 않는 이마를 훔치고는 힘없는 두 손을 맞잡는다.

「사실은 아기씨 오빠하고 하고 싶은 말인데 오빠는 나한테 시간을 내주지 않잖아.」

혼자서는 아내 데리고 병원에 가지 않는 한선묵은 언제부턴가 아내 곁에 눕지도 않는다. 남편과 얼굴 마주할 기회가 없는 유금희는 남편에게 할 말이 있으면 나를 통하기 마련이었다. 얼른 입이 떨어지지 않는 말인가. 그에게 다가앉아 두 손을 붙들고 주물러 준다. 일류 헤어스타일리스트가 꿈이었던 길고 강했던 손. 그래서 아름다웠던 손은 이제 관절들이 상하면서 뒤틀려 종잇장이나 넘길 수 있을 뿐이다. 상한 관절들이 염증을 일으킬 때마다 풍선에 물이 차듯 붓는다. 병원에 다녀온 날이라 손의 부기가 빠져 가고 있지만 아직 물렁물렁하다.

「무슨 말이든 편하게 하세요. 우리가 한집에 산 지도 십육 년이에요. 못할 말이 뭐 있어요.」

그이 나이가 한참 위지만 내 쪽에서 보살폈던 시간이 훨씬 많은 탓인지 겉으로는 윗사람이라기보다는 손아래같이 느껴질 때가 있었다. 그가 내 손에서 자기 손을 빼가더니 마음을 다잡으려는 것처럼 두 손을 깍지 낀다. 그 손을 내려다보면서 한참 만에야 입을 연다.

「조금 전에 약 먹다가 든 생각이고, 이미 수백 번 해본 생각이기도 해요. 나 아기씨 오빠하고 이혼하고 싶어. 아니, 그럴까 해요.」

이건 또 어떤 종류의 복병일까. 워낙 뜻밖의 말이라 대꾸가 안 나와 가만히 있으려니 그이는 내 얼굴을 찬찬히 쳐다보다가 낮은 한숨을 쉰다.

「그냥 해보는 소리가 아니라 정말 많이 생각하고 하는 말이야. 금방 죽을 수 있을 것 같지도 않고 이런 상태로, 이보다 나빠지면서 죽을 때까지 계속 살아야 하는데, 아기씨 오빠가 가엾잖아. 아기씨한테는 미안하고. 가엾고 미안해도 내가 혼자서 살 수 있는 형편이 아니니까 당분간은 이대로 살 수밖에 없는데, 서류로라도 아기씨 오빠를 자유롭게 해주고 싶어. 그러면 혹시 여자를 만나더라도, 재혼할 수 있잖아. 아기를 낳을 수도 있고. 이 집에는 아기가 필요해. ……오빠가 혹시 재혼하게 된다면 그때 아기씨가 나한테 작은 방하나 얻어서 내보내 주고, 부양해 주는 사람 없이 혼자 있게 되면 구청에서 보조금도 나온다고 하잖아. 나는 일급 장애인이니까. 그

러면 나, 지금보다는 훨씬 더 나을 거 같아. 내가 버러지 같다는 생
각도 덜할 거 같고.」

설움에서 비롯된 오기이든 한탄이든 그로서는 진심일 터이다. 그
러나 한선묵은 다른 여자를 만나도 아이를 낳지 못한다. 아니, 낳지
않는다. 그는 자신에게 세대 잇기에 대한 본능이 없음을 깨달았다고
했다. 그리고, 우리 집에 보존해야 할 혈통이 있는 것도 아니잖니?
했다. 올케에게 그 사실을 알려주는 게 나았을까. 한선묵이 예비군
훈련을 받으러 다니던 즈음 어느 때에 피임 수술을 해버렸다는 것을.
남편이 자신에게서 모든 희망을 걸어 가버린 걸로 여길까 봐, 기분
좋은 얘기도 아닌데 싶어 말았는데 올케의 자책을 가중시켰던가.

「할 말, 더 남았어요? 다 하세요.」

「아기씨 오빠, 처음 만났을 때 잘 웃고 따뜻하고 든든한 남자였어.
지금은 안 웃어. 웃는 걸 본 게 십 년은 된 것 같아. 나를 만나지 않
았으면 그렇게 됐겠어요? 아기씨가 오빠한테 말을 해줘요. 그렇게
하자고. 아기씨 오빠는 아기씨 말이라면 뭐든지 다 듣잖아. 뭐든지
다 해주고 싶어하고.」

「오빠가 내 말을 다 들어요? 그렇게 생각하세요?」

「그럼. 아기씨 오빠처럼 동생 말을 잘 듣는 사람이 어디 있겠어. 아
기씨한테 필요하다면 심장도 빼줄걸.」

웃을 상황이 아닌데 웃는, 그의 눈자위에 서린 웃음기가 묘하다. 속
에다 뭔가를 감춰 놓고 그 감춤을 암시하는 듯한. 꼭 시비를 걸고 있
는 것 같지 않은가. 이혼하겠다는 말을 꺼낼 정도의 심사인데 오죽하
랴 싶기는 하지만 새퉁스럽기도 하다.

「말도 안 되는 말을 자꾸 하는 걸 보니 오빠하고 저한테 많이 섭섭
한 모양이네요. 그렇지만 미안해요. 이혼 이야기는 안 들은 걸로

할게요. 언니가 오빠한테 섭섭한 맘, 충분히 알겠고 저한테 미안해하는 맘도 고맙게 여길게요. 그런 말도 안 되는 생각은 더 이상 마세요. 오빠나 저나 언니 때문에 못하거나 안 하는 일 한 가지도 없어요. 저는 언니가 우리 집에 들어왔기 때문에 아픈 게 아닐까 자주 생각하고 그때마다 미안한데 언니가 그런 말씀 하시면 저는, 이 집 식구들은 뭐가 되겠어요? 혹시 한선묵이 정말 싫어서 그렇다고 해도 지내 온 정리를 봐서, 저를 봐서라도 참아 주시기 바라요. 좀 쉬세요. 아, 필요한 거, 드시고 싶은 거 있으면 말씀하시고요.」

여전히 쓸쓸하면서도 맺혔던 게 약간 풀리는 얼굴이다. 확인이 필요했던 모양이다.

「아니, 먹고 싶은 거 없어. 잡지 뭐 권하고 생리대 사다 줄래요? 오늘내일 중에 시작될 텐데 몇 개 안 남았어요. 쓸모도…….」

쓸모도 없는 몸뚱이에 생리는 다달이 빠지지 않고 찾아든다는 말을 삼킨 그가 쑥스럽다는 듯이 웃는다. 다시는 그런 투의 말을 입에 담지 않기로 손가락까지 걸고 약속을 했는데도 이따금 어쩔 수 없이 한 번씩 입에 고이는 모양이었다. 그렇게 쌓인 말들이 이혼까지 이른 것이다.

「알았어요, 생리대. 한 무더기 사올게요. 잡지도.」

방에서 나서는데 머릿속이 꼭 한차례 울고 난 것 같다. 밥을 먹으려고 부엌으로 왔건만 먹힐 것 같지 않다. 한 사람도 모자라서 이젠 안팎이 돌아가면서 내 밥맛 떨어뜨리기로 작정을 했는가, 부아가 일기도 한다. 부엌 창 선반에 얹힌 술잔을 털어 마시고 사잣밥을 밥솥에 넣고 설거지하고 나니 목이 마르다. 냉장고에서 매실주병을 꺼내 밥그릇 가득 따라 들이켠다. 허기가 가시지는 않아도 숨쉬기가 편해진다.

「큰엄마, 저, 나가요.」

창으로 고개를 내밀고 뒤란의 큰어머니를 향해 아이같이 소리친다. 큰어머니는 제일 작은 가마솥을 들여다보며 젓고 있다가 허리를 펴고 돌아보며 고개를 끄덕인다. 아무도 보지 않을 때면 등이 굽어지는 그이는 아직도 아궁이에 불을 지펴 두부를 만들거나 묵을 쑤었다. 소줏고리를 얹어 술을 내리고 김장 때 찹쌀 풀도 거기서 쑨다. 조청을 고고, 콩을 삶아 메주를 만들고, 제사 때면 아궁이 속에서 밑불을 만들어 긁어내 다독거린 뒤 제수로 올릴 생선을 구웠다. 그 모든 일에 필요한 불을 지필 때 사용하는 건 집 안에서 나오는 나뭇잎들이며 가지치기를 당한 마른 가지들, 버려진 종이며 책자 따위들이었다. 그래서 한선묵은 별수 없이 이따금 장작을 마련해 들여와 뒤뜰로 난 툇마루 밑에 쌓았다.

「이 염천에 대체 뭐 하시는 거예요?」

「한천 곤다. 저 사람들 입맛 없어하는데 우무나 만들어 주려고.」

「안 더우세요?」

「그늘이 닿아 시원하기만 하다. 이따 비 오신단다. 비설거지할 거 있으면 미리미리 해라. 그리고 해 질 녘에 경동 시장에 갈란다.」

시장 갈 테니 시간 맞춰 차 대령하라는 말을 그렇게 한 그이가 부뚜막에 올려 뒀던 간장 종지를 가져다 간장 맛을 보듯 살짝 입에 댔다가 내려놓는다. 술이다. 철철이 술을 담그고 그 술을 날마다 귀신들과 함께 몇 잔씩 하는 것은 그이의 호사이자 의무였다. 덕분에 나도 그이처럼 수시로 보약인 양 술을 마셨다.

「제이엠에서 좀 오시래요. 방금 전화 왔어요.」

회랑에 들어서자마자 은영이 한선묵이 찾는다고 일러 주었다. 아

116

까 병원 다녀와 작업실로 나가면서 좀 보자 했는데 까맣게 잊었다. 그때 대답하지 않았으므로 이번에도 뜻 없이 고개만 끄덕이고 멍하게 있는데 은영이, 제이엠 안 가세요? 했다. 제이엠. 한선묵. 언제부턴가 오빠라는 호칭을 깍듯이 생략해 버린 심은영은 언제나 한선묵을 바라보고 있다. 자신이 그를 바라본다는 사실을 아무도 모를 거라고 스스로 다독이면서 한 발도 그를 향해 내딛지 못하고 그저 서성이며 바라만 본다.

은영의 어머니는 어린 날 진예의 서울 집에서 살았다. 그의 부모가 진예의 서울 집을 지키던 이들이었기 때문이다. 주인네가 시골에 살면서 왔다 갔다 하는 바람에 진예의 서울 집은 그들 식구의 집이기도 했다. 그 집에서 태어나 자란 뒤 결혼한 그이는 아들 둘과 딸 둘을 낳아 키우며 대체로 평범하게 살았다. 잃은 아이도 없고 남편과 일찌감치 사별하지도 않았으며 아이들 학비를 댈 수 있을 만큼은 여유 있었고 자식들은 잘 커서 나름대로 살게 되었다. 자신의 삶이 평온했던 만큼 그이는 친정인 로사네를 염려했고 때 없이 찾아다니며 일을 거들어 주었다. 은영은 그의 막내딸이었다.

은영이 잘 다닌다 싶던 회사를 그만두게 됐다고, 갈 데가 없으니 받아 달라고 왔을 때 기이하게 여겼다. 엄마가, 저 갈 데 없으면 언니하고 로사 아줌마한테 빌붙으라고 하시데요. 그림 그리는 거도 좀 배우려고요. 계면쩍게 웃으며 말할 때 은영은 스물여덟 살이었다. 학교 졸업하면서 대기업 공채 시험을 통과해 입사했지 않은가. 세상이 떠들썩할 만큼 시끄럽게 부도가 나긴 했지만 그 회사는 아직도 버젓이 같은 이름을 걸고 있었다. 그 과정에 어려움이 있다 해도 비슷한 계통에서 얼마든지 취직할 수 있을 것 같은데 봉쇄 수도원 같은 이 집으로 들어올 것을 자청하다니. 어릴 때부터 제 어머니를 노상 따라다녀 이 집 분위기를 알 만큼 알고 있을 텐데. 임로사에게 그림을 배울 수 없다는 걸 누구보다도 제가 잘 알지 않는가. 은영의 마음속에 한선묵이 들어 있음을 그즈음 깨달았다. 열 살이나 많은 한선묵을 마주 바라보지도 못하고 떨던 그 시선. 여전히 은영은 한선묵의 눈길을 맞받지 못한다.

「언니! 제이엠 안 가시냐고요. 무슨 일이 있으신가 보던데.」

무슨 일이 있겠지. 다만 나는 지금 그에게 가서 맞장구를 쳐주기 싫을 뿐이다. 요즘 느낀 거지만 한선묵은 내 반응이나 움직임조차 어떤 단계에 포함시키는 듯했다. 그 단계의 최종 행위가 무엇인지 아직 확인해 보지 못했고 확인하고 싶지도 않지만, 내가 순순히 따르지 않으면 상황이 어긋나는 것이어서 다음 단계로 나아가지 않는 것만은 분명했다. 왜 그걸 진작 몰랐을까. 천장 화재 탐지기 속에 숨은 카메라 렌즈를 향해 고개를 젓는다. 그가 이쪽에서 보낸 거부의 신호를 못 본다 해도 상관없다. 가지 않으면 알아들을 사람이었다. 내가 동조할 때만 움직인다고 약속한 바 없지만 이제껏 그건 불문율처럼 지켜져 왔다. 앞으로도 지켜질 터였다.

「나 지금 바빠. 필요하면 자기가 건너오겠지.」

한선묵과 한선재 사이의 냉각 기류를 느낀 듯 은영이 돌아서서 설거지를 시작했다. 컴퓨터를 켜며 책상 앞에 앉는다. 어느 세월에 로사 이야기의 끝을 맺을 수 있을지 의문이었다. 고운이에서 한선재까지 현재 진행형인데 끝이 있기나 할까 싶어 틈틈이 몇 줄씩 긁적여 보지만 이제는 진력이 났다. 로사가 그려 내는 그림 속 이야기들의 순서를 알고 있으니 대강 꿰어 맞춰 화첩을 만들어 버릴까 싶기도 했다. 그럴 수가 없는 건 뭔가, 누군가가 그러지 말라고 막는 것 같아서였다. 안 돼, 괜찮아. 계속해. 괜찮아. 이명처럼 느껴지는 속삭임들.

118

그 소리들은 기다리라 말하기도 한다. 그래서 뭘 기다려야 하는지 모른 채 계속하면서 기다려야 할 것 같았다. 끝이 나고 시작이 될 그 무언가를.

 ……예순아홉 해를 살아왔다. 열여섯에 어머님을 따라간 절에서 역시나 어머님을 따라왔다는 윤 도령을 만났다. 절집이 내려다보이는 이른 아침 산등성이에서였다. 어제 낮에 절에 들어 내내 어머님 곁에서 자리를 지켜야 했던 설연은 새벽 예불을 마치고 돌아와 잠이 드신 어머님 곁을 빠져나온 참이었고 양환 도령도 비슷했다. 친정에 오셨다가 절에 들러 귀향하자는 어머님을 모시고 어제 저녁때 절에 들어 좁다란 방에 갇혀 잠을 설치고 난 참이었다. 일출을 볼 수 있다는 말에 종자를 앞세워 그 등성이에 이른 것이다. 남녀칠세부동석의 엄혹한 규율을 속세를 한 걸음 벗어난 절에서라고 어길 수 있었을까만 각자의 시비와 종자를 거느린 열여섯 동갑내기 규수와 도령은 크게 애끓지 않고 그걸 넘어섰다. 삼월 초사흗날이었다. 등성이에 먼저 이른 쪽은 설연이었다. 인사는 양환이 먼저 해왔다. 제가 다른 데로 옮기는 게 아가씨께 편하시겠습니까? 설연은 예절 바르게 허리를 숙이는 도령을 한참이나 건너다보았다. 양반 댁 도령인 게 분명했다. 설연네는 양반 행세를 하고 있으나 장사로 치부를 한 집안이었다. 수없는 종복들과 객식구들 틈에서 도령 같은 인물을 만나 볼 기회는 없었다. 그렇게 말을 걸어 오는 도령은 더구나 없었다. 훤칠한 체구에 반듯한 이목구비, 공손한 말투, 맑게 반짝이는 눈빛. 설연의 가슴이 철없이 마구 뛰었다. 제 땅도 제 해도 아닌데 불편할 까닭이 없습니다, 하고 설연은 떨리는 목소리로 도령에게 옆자리를 허락했다.
 나란히 서서 해가 떠오르길 기다리고 떠오르는 해를 함께 보는 동안 그들은 통성명을 하고 집안의 내력에 대한 이야기들을 나누었다. 산에서 내려올 때는 벌써 수줍음을 떨친 동갑내기 동무가 되어 있었다. 그 절에서 그렇게 사흘을 지내는 동안 두 사람은 시시때때로 만났다. 만나는 동안 각자에게 혼삿 말이 오가는 상대가 이미 있다는 걸 알게 되었고 정혼자들을 물리고 둘이 혼 인하자 약속도 하게 되었다. 서울과 전라도 김제라는 먼 거리도 젊은 그들은 무시했다. 절을 먼저 떠난 쪽은 양환 도령네였다. 설연네는 열흘 작정으로 절 에 들었기 때문이었다. 열흘을 다 채우고 난 설연 모녀가 집에 돌아와 반년가 량 지났을 때 김제 양환 도령 집에서 매파가 왔다. 그새 양환은 서울까지 두 번이나 설연을 찾아와 만났고 설연은 부친에게 그 사실을 전부 고하고 덧붙 였다. 다른 데로는 시집 못 갑니다. 한번 부린 고집은 꺾어 본 적이 없는 설연 이었다. 부친은 여태 딸아이가 부리는 고집이 도리에 어긋난 걸 보지 못했고 당연히 나무란 적이 없었다. 재물에서는 양환 쪽이 대잘 것도 없이 많이 기울 었으나 흠잡을 것 없는 가문이었고 설연 부친의 입장에서는 무엇보다도 설연 의 의중이 중요했다. 계집으로는 대가 세다 넘쳐 부러지게 생긴 아이였으나 자신에게는 눈에 넣어 다니고 싶은 무남독녀였던 것이다.

이듬해 봄에 혼인하고 친정에서 1년을 더 살다가 머나먼 김제까지 내려왔 다. 백 년을 해로하고도 모자랄 것 같은 서방님을 서른두 살에 잃었다. 그 이 후는 집안을 다스리고 재물을 모으는 재미로만 살았다. 땅을 사고팔아 돈을 버는 일이 천한 짓임을 모르지 않았건만, 내놓고 말하지 못할 그 짓도 해왔 다. 도지를 받는 것은 더뎠고 하늘이 어떻게 하는지에 따라 달라야 했다. 조 금만 야박해도 원성이 돌아왔고 원성을 들을 정도면 체면을 지킬 수가 없었 다. 땅을 사고파는 일은 그렇지 않았다. 돈이 필요한 자는 제 알아 땅문서, 집 문서를 가지고 왔고, 그 땅과 집이 필요한 자는 돈을 가지고 왔다. 처음에는 사정을 봐주느라 했던 일이었는데, 읍내에 사람이 많아질수록 땅을 사고파는 일이 잦아진다는 건 저절로 알아졌다. 읍내에 기차가 지나다니게 되면서부터 는 그 흐름이 물살처럼 빨라지기까지 했다. 게다가 그 기차를 타고 왜인들이 들어와 땅을 차지하기 시작했다. 이래저래 농사를 짓기보다 장사하려는 사람들이 점점 많아져 가고 있는 세상인 것이다. 경성은 이미 다른 세상이었다.

　그렇게 숨차게 달라지는 세상 속에서 두 아들에 며느리까지 앞세우고 오래오래 살았다. 한날한시 편한 적이 없었다. 아낙의 몸으로 재물을 늘리고 사람 부리는 재미를 맛보았지만 대가 끊길지도 모른다는 생각을 했더라면 그렇게 살지 못했을 것이다. 친정의 대도 이미 끊긴 마당이었다. 양쪽의 대를 한꺼번에 잇게 하려 했던 학준 아비가 그 기대를 못 채우며 살다 돌아간 뒤 너르나너른 친정 집을 청지기 식구들한테 맡겨 놓고 학준을 키워 올려 보내려니, 때를 보며 살아왔다. 학준에게서 대가 끊기면 칠십 평생 동안 쌓아 온 이 모든 게 아무것도 아니게 된다. 살림이 기울어 가는 대종가에서 옳다구나 몰려와 허수아비 양자를 대신 들여놓고 알뜰하게 발라 먹을 터이다. 일찌감치 학준을 혼인시켜 운 좋게 손을 두게 된다면? 하여 변하는 세월에 맞춰 나아가게 된다면?

　그보다 좋은 일은 없을 터이나 학준이 문제였다. 새해 들면서 학준에게 처음으로, 혼인하고 후사를 본 뒤에 송현을 첩실로 들여 주겠다는 말을 했던 적이 있었다. 아직 어린 티를 다 벗지 못했으나 청년 꼴이 박혀 가는 학준이 어이가 없다는 듯 할머니를 말갛게 쳐다보다가 말했다. 제가 아파 잠 못 드는 밤이면 송현이 옆에 있습니다. 제 머리를 짚어 주고 따뜻한 물수건을 대주고 책을 읽어 줍니다. 그래도 제가 잠이 못 들면 이불 속으로 들어와 줍니다. 그 따뜻한 몸을 안고 맑은 냄새를 맡으면 숨쉬기가 편해지면서 잠이 듭니다. 그렇게, 제 여덟 살 때부터 지금까지 송현의 숨결이 제 가슴을 키우고 채웠습니다. 그래서 저는 제가 벌써 장가든 것으로 알고 컸습니다. 장가를 든다는 것, 부부가 된다는 건 그런 것 아닙니까. 이따금 다른 몸이 내 몸처럼 느껴지는 그런 거요. 저희들 아직 어려 깊은 속살까지 섞어 보지는 않았지만 속속들이 알아 가며 같이 커오면서 송현이가 제 몸처럼 느껴질 때가 숱하게 많았습니다. 따로 장가들라 하시니 뜻밖이세요. 여기다 한 사람, 서울 집에다 한 사람씩을 두고, 그렇게 살기를 바라십니까? 아니요. 저는 안 합니다. 이제 와서 송현이를 두고 따로 장가들지는 않겠습니다. 두 여자를 거느릴 생각 없고, 그럴 만한 자신도 없습니다. 아시지 않습니까.

　못한다가 아니라 안 한다고, 학준은 단호했다. 그래도 억지로 혼인시킬 수는 있을 터이나 거기서 손을 볼 수는 없으리라. 멀쩡한 처자를 데려다 불쌍한 여인으로 평생을 살게 할 것이 불 보듯 했다. 학준은 송현을 데리고 서울로 갈 것이고 여기 남은 사람은 생과부로 살게 되리라. 오래 살기나 하랴. 아무리 궁리해도 희망이 없었다. 세상도 집안도 학준 대에서 바뀌거나 절단이 나게 생긴 판이라면 저 좋은 아이와 더불어 사는 날까지 살게 하는 게 제일 낫다는 결론이 나왔다. 천출의 피와 섞이는 모험을 감행하는 길밖에 달리 방법이 없지 않은가. 그쯤에서 마님 생각은 다시 한 번 맴돌았다. 아무것도 생각 않고 송현을 고이 맞아들여 그 아이한테 다 물려준다? 파문을 각오해?

　아무리 옛날이라고 열 몇 살짜리들에게 그런 정서가 가능했을까. 설연과 양환, 무들과 고운이, 학준과 송현. 그들에 관한 이야기를 아무리 여러 번 들었다 한들 그건 결국 상상으로 부풀려지거나 깊어진, 나의 희망 사항들이 아닐까. 송현이 마님의 손자며느리가 되었다는 사실을 기반으로 빚어낸 사랑 말이다. 어쩌면 이야기를 전해 주던 이들의 바람이었는지도 모르고. 마님 입장에서 송현을 고스란히 받아들였다는 게 도저히 불가능해 보이는데, 거기에 누군가의 검은 의도가 끼어들지 않았다면 절대 일어날 수 없는 일인데, 그렇게 생각하기 싫으니까. 만약 검은 의도가 있었다면 그건 어떻게 작용한 누구의 의도였을까? 송현이? 마님?

「봐요, 언니, 손님이 보자고 하시잖아요.」

　뒤를 돌아보니 바깥쪽에 유장건이 와 있다. 눈이 마주치자 짐짓 크게 고개를 숙여 보이고 나서 미소를 짓는다.

「바쁘세요?」

「네.」

「그래도 저 좀 보시죠.」

웃으며 억지 쓰듯 말한 그가 비어 있는 좌석으로 가지 않고 밖으로 나간다. 은영이 무슨 일이냐는 듯 눈을 동그랗게 떴다.

「난들 아니? 잠깐 나가 보고 올 테니까 저거 좀 읽어 보든지 닫아 놓든지 그래.」

「읽어 보고 있을게요.」

밖으로 나서자 무더위가 혹 끼친다. 햇빛은 없어도 불길하게 느껴질 만큼 더운 날이었다. 회랑 모퉁이의 차 앞에서 기다리고 있던 유장건이 내가 다가가자 차 문을 열고는 들어가 앉으라는 시늉을 해보인다.

「왜요?」

「더우니 우선 타세요.」

「금방 비 오실 건데요?」

그가 멀뚱한 표정으로 하늘 한 번 올려다보고 나 한 번 쳐다보다가 어이가 없다는 듯이 웃었다. 비가 오든 안 오든 무슨 상관이라고 헛소리를 했을까 싶은 난감함에, 무슨 조화 속인지 알 수 없는 채 떠밀리듯 그의 차 안으로 들어앉는다. 시동을 켜놓고 들어왔던지 차 안이 서늘하다. 유장건이 뒤를 돌아와 운전석에 앉자마자 주변을 살피는 기색도 없이 차를 뱅글 돌려 아래쪽으로 내려갔다. 삼거리, 제이엠 기획 쪽에서도 또 불법 우회전을 한다. 차량 통행이 많은 길은 아니라 해도 얄미울 정도로 거침이 없다.

「형사는 교통 질서 같은 거 안 지켜도 되나 봐요?」

「무슨 말씀을요. 업무상 급할 때가 아니면 민간인보다 훨씬 잘 지켜야 합니다.」

「일 분 사이에 두 번이나 불법 회전을 하고서도 그러세요?」

「업무상 과실쯤으로 해두죠.」

「지금 업무 중이세요?」

「업무 때문에, 이따금 온 서울 시내를 쑤시고 다니는 야릇한 도둑 놈 때문에 점심을 놓쳤거든요.」

허방을 짚은 것처럼 아찔하다. 그 아찔함이 드러날까 봐 가만있으려니 그도 말이 없다. 내가 물어야 얘길 하겠다는 투다.

「그래서, 점심까지 놓치고서 쫓던 도둑을 잡기는 하셨어요?」

「꿩 대신 닭만 연방 잡아 대는 중이에요. 덕분에 훈장받게 생기기는 했는데, 그 위인이 꼭 나를 알고 피해 다니는 것 같아서 약 올라요. 나는 상대를 모르는데 상대는 나를 알고 있는 것 같고.」

「근데 도둑이면 그냥 도둑이지 왜 야릇하다고 해요? 이상한 짓을 하는 건가요?」

「이상한 짓을 하죠. 머리가 아플 만큼요. 음, 어쨌든 그러니 맞잖아요. 이제야 밥 먹으러 가는 길이니까. 선재 씨도 점심 식사 안 했지요?」

도둑이 하는 야릇한 짓에 대해서는 더 말하지 않아야 하는 건가. 화제를 돌리는 데에 선수다.

「저 밥 안 먹은 걸 어떻게 아세요?」

「한선재 씨 이마에, 나 배고프다고 쓰였어요. 배가 고파서 이상한 소리도 했겠죠? 금방 비 오실 건데요?」

바보처럼 웃으며 내가 했던 헛소리를 흉내 낸 그가 불쑥 차를 세웠다. 시멘트로 만들어진 기둥에 기와를 얹어 대문 흉내를 낸 식당 앞이었다. 대문 현판 자리에 가로 궁체로 쓰인 '북촌 한정식'이라는 간판이 붙어 있다. 지나친 적은 있지만 들어가 본 적은 없는 식당이다. 송촌이라는 지명을 떠올리게 하는 북촌 식당은 끼니때가 한참 지나서인지 괴괴하게 느껴질 정도로 한가하다. 손님이 들어 있는 방은 문들이 닫혀 있어서 그런 것 같았다. 유장건은 큰 방으로 성큼성큼 들어선다. 무례하게 느껴질 법한데 뭘 결정하라고 요구하지 않는 그가 외려 편해져서 순순히 뒤를 따른다. 탁자가 열두 개쯤 놓인 큰 방은 주방과 연결되어 있었다. 아무도 없는 방의 창가 쪽 탁자에 숟가락이며 밑반찬이 가지런히 놓였다.

「앉으세요. 배고파서 예약하면서 왔어요. 오다가 선재 씨 생각나서 화랑에 들렀던 거고요.」

「제가 밥 먹었으면 어떻게 하시려고 했는데요?」

「그래도 태우고 와서 한 번 더 먹으라고 할 작정이었어요. 여기 와서 밥 먹고 싶어진 순간부터 선재 씨만 생각났으니까 책임을 지라고 할 참이었고요.」

억지가 지나치니 장난처럼 느껴져 재미있다. 마주 앉자마자 그가 주방을 향해 소리쳤다. 아저씨! 밥 안 줘요? 아저씨라 불린 이가 주방에서 커다란 쟁반을 들고 나오는 참이었다. 흰 가운에 흰 주방 모자를 쓴 덩치 큰 남자다. 쉰 살은 넘었을 것 같고 예순 살은 못 되어 보이는 남자가 탁자로 다가오더니 쟁반을 방바닥에 내려놓고는 주머니에서 수건을 꺼내 땀을 닦는다. 나한테 눈인사하고는 유장건을 노려본다.

「이 염천에, 밥 때도 아닌 때에, 한정식 집에 와서 육개장을 해달라는 심보는 뭐냐. 만날 밥값도 안 내는 놈이.」

「밥값 내고 먹으려면 사무실에서 시켜 먹으면 되지, 기름 때가면서

이 더운 날에 여기까지 왜 옵니까? 선재 씨, 인사하세요. 제 외삼촌이세요.」

엉거주춤 몸을 일으켜 허리를 숙인다. 외삼촌이라는 말을 들어서인지 뚝배기를 놓아 주는 이가 유장건과 많이 닮은 것 같다. 모자에서 비어져 나온 곱슬머리며 숱이 많음에도 짙어 보이지는 않는 눈썹이며 뭐든지 큼직큼직해 보이는 체구며.

「편하게 앉아요. 저놈이 짝사랑하는 사람을 모시고 온대서 내가 열심히 음식을 준비했어요. 이열치열이라고 하니 맛있게 잡숴 봐요.」

주 메뉴가 육개장이면 밑반찬이 간소할 법한데 밑반찬은 물론이고 숙주나물이며 생미역무침, 회무침, 편육, 수란에 구운 김까지 칠첩반상은 될 법한 푸짐한 상이다.

「고맙습니다, 잘 먹겠습니다.」

「더위를 타시는가, 안색이 파리한 게 좀 많이 드시기는 해야겠소.」

내가 다시 한 번 고개를 숙이는데 숟가락을 들려던 유장건이, 삼촌 안 바쁘세요? 한다. 하나도 안 바쁘다. 외삼촌이 시치미를 뚝 뗀 얼굴로 유장건을 외면하고는 내 숟가락을 집어 포장을 벗겨 주었다. 어서 먹어요, 어서. 음식을 권하는 외삼촌의 어투가 아이를 어르듯 다정하다. 문득 아버지가 떠올라 목이 멘다. 소리 내어 부르기만 해도 코끝이 매워지는 아버지가 아직 살아 계시다면 어땠을까. 최소한 편식하는 버릇은 없어졌을지도 모른다. 편식이 심한 딸에게 한 가지 음식이라도 더 먹이기 위해 아버지는 밥상머리에서 장난을 곧잘 쳤다. 이걸 엄마 주나, 오빠 주나? 아니, 아니지, 우리 딸 줘야지! 아버지가 든 젓가락을 쫓아다니다 보면 나물은 어느새 내 입속에 들어와 있곤 했다. 아버지가 그렇게 공을 들였음에도 나는 아직도 가려 먹는 음식이 많았다. 집에서 먹어 보지 않은 음식은 밖에서도 맛을 못 느끼는

126

편이었다. 북촌 식당, 유장건의 외삼촌이 차린 상은 집에서 먹는 음
식들과 비슷하다.

밖에서 무슨 기척인가가 났다. 두두두두. 거대한 바퀴가 굴러가는
것 같은 울림이었다. 산 그림자가 덮친 듯 삽시간에 어두워진 바깥에
우박 같은 소나기가 쏟아져 내린다. 아니, 우박이다. 아이코, 장독을
열어 뒀는데! 아주머니, 장수야! 외삼촌이 성급하게 사람들을 불러
대며 밖으로 내달았다. 조용했던 식당 여기저기서 문이 닫히고 열리
고 웅성이는 소리들이 부산하게 일었다. 큰어머니는 우무를 다 고셨
을 것이다. 진작 비설거지해 들어가셨을 것이고. 빗줄기에 섞인 우박
이 세상을 우그러뜨릴 듯이 자동차며 땅에 내리꽂히다가 튄다. 주변
공기가 서늘하게 식었다.

창밖을 내다보다가 너무 챙겨 주는 유장건의 외삼촌 때문에 못 먹
었던 밥을 먹기 시작한다. 유장건이 부지런하던 숟가락질도 잊은 채,
금방 비 오실 거라는 말을 들었을 때처럼 나를 쳐다보는 게 느껴졌
다. 상대는 나를 아는데 나는 상대를 모르는 것 같은 기분이라고 조
금 전의 그가 말했다. 그가 나를 쳐다볼 때면 나도 그런 느낌이 들 때
가 있다.

9

제이엠 기획은 밖에서 보면 옥상 담이 높은 붉은색의 단층이지만 집 안에서 보면 반지하 건물에 담을 얹은 형상이었다. 그래서 집 안에서 제이엠 기획으로 들어가려면 입구에서 가파른 계단을 서른 개나 내려딛어야 했다. 이 계단을 디딜 때마다 지옥 입구가 이처럼 생겼을 거라고 상상한다. 깊은 어둠 속으로 하염없이 뻗어 내린 계단…… 돌아보면 돌기둥이 될 테지. 자물쇠를 여는 여덟 자리 숫자는 서른네 해 전에 세상을 떠난 아기 선재의 생년월일이었고 서른다섯 살인 한선재의 생년월일이기도 했다. 서른다섯 살 한선재의 생애 중 반년 남짓은 아기 선재가 가지고 세상을 떠났다. 앞으로 얼마를 더 살든 반년이 헐려 나간 나의 나머지 생애는 이 문만큼의 견고함으로 갇혀 지내게 되리라.

1층 가게에 있을 거라 여겼던 한선묵은 뜻밖에도 지하 작업실에 있었다. 바닥에서 천장까지 두 벽면에는 빼곡히 책이 쌓이고 가운데는 기계들이며 작업대가 정연하게 도열해 있는 곳. 그는 무엇이건 아무렇게나 놓는 법이 없었고 어디에 뭐가 있는지 언제나 정확하게 알았다. 낮이건 밤이건 불을 켜지 않으면 완벽하게 어두운 공간에서 그는 한 점의 그늘도 만들어지지 않을 만큼 불을 환하게 밝혀 놓고 캐비닛 모양으로 생긴 금고를 마주한 채 서 있었다. 위층 가게에 진열된 금고들은 대개가 공장에서 대량 생산된 일반 금고였고 지하 작업실을 은폐하기 위한 전시용이었다. 예전에 다니던 회사와 연결되어 이따금 하는 은행 금고 일도 일종의 연막이다. 그의 주된 돈벌이는 은밀하게 주문받은 이런 금고의 주인들에게서 나왔다. 일이 끊이지 않는 걸 보면 비밀 금고를 필요로 하는 인간들은 많기만 한 것 같았다.

한선묵은 내 등장에도 아랑곳없다. 양손에 흰빛의 얇은 고무장갑을 낀 채 금고 안쪽을 계속 살필 뿐 돌아보지 않는다. 다 만든 금고를 확인하는 모양이다. 한동안 꽁꽁 닫힌 이 지하 작업실에서 저걸 만드느라 밖에서는 들리지 않는 굉음을 내며 시간을 보냈을 것이다.

「그건, 오빠하고 주인 아닌 사람은 절대 못 여는 거겠지?」

느닷없는 내 질문에 새까맣게 도장된 금고 내부를 살피던 그가 비로소 허리를 세웠다. 무슨 일인가 싶은지 가느스름하게 열린 눈동자에 의문 부호가 가득하다. 지금까지 그가 이곳에서 만들어 내는 금고로 돈을 벌어 줘 살았지만 그가 만든 금고에 대해 물은 적이 없었다. 묻기 싫었다. 그에게서 나올 답이 두려웠던 것이다. 내가 마주친 눈길을 피하지 않자 그가 시선을 다시 금고 쪽으로 돌리며 말했다.

「네가 연다고 묻는 건, 폭탄으로 터뜨리거나 도끼로 부수거나 하는 게 아니라 흔적 없이 그림자처럼 스며들어 목적을 이루고 바람처럼 빠져나가는 것을 의미하겠지?」

「그럴 거야.」

「그렇더라도 세상에 절대 못 여는 금고는 없다. 사람 손으로 만들어진 건 사람 손으로 열리게 돼 있지.」

「그럼 금고가 무슨 소용이야?」

「잽싸게 흔적 없이 열 수 있느냐, 그렇게는 못하게 하느냐, 창과 방패의 고사 같은 모순된 게임인 셈이지. 여는 사람과 잠그는 사람의 줄다리기 같은 거. 절대로 만나서는 안 될, 만나지도 않을 상대와의 두뇌 싸움이기도 하고.」

「그런데?」

「그런데? 음, 이 금고는 보석 컬렉션용이야. 넓은 빌라 방 한 칸이 드레스 룸으로 개조되면서 화장대 옆의 벽 속으로 들어갈 거고. 금고 앞에는 지문 인식 버튼에 따라 움직이는 벽거울이 설치될 거다. 그 집 주인, 이 물건의 의뢰인이 아주 아름다운 손을 가진 여성이거든. 광적인 보석 컬렉터이기도 하고. 벽거울이 그렇듯이 벽 안에 든 이 금고도 주인의 지문에 따라서 열리게 돼 있어. 문이 열리면 불이 켜지고 검은 진열장에서 조명을 받아 반짝이는 보석이 나타나는 거지. 아무튼 어떤 작자는 내 의뢰인한테 보석이 많다는 걸 알아. 그 작자는 내가 이 금고를 만들어 설치한다는 것도 알고 있어. 그 정도 정보도 없는 놈은 이 정도 규모의 금고에는 안 덤비니까. 그럴 경우 그 작자는 내가 이걸 만드는 과정부터 생각해 볼 거야. 내가 어떤 머리를 썼는지 거기서부터 시작해야 작자한테 해답이 생길 거니까. 나도 작자를 상상해야 해. 그래서 심리전도 없지는 않지. 누가 상대의 의도를 더 많이 꿰뚫어 보는지가 문제니까.」

모처럼 자신의 작업에 대해 설명하는 게 재미있는가 본데 나는 비위가 상한다.

「그런 걸 주문할 때 의뢰인이 금고 속에 뭘 넣을지도 말한단 말이야?」

「다섯에 한 사람은 용도를 분명하고도 소상하게 말하지. 거기에 맞게 만들라는 뜻으로. 숨기고 싶은 욕구와 과시하고 싶은 욕구가 비등한 경우에 그러는 것 같더라. 나는 그 두 가지 욕구를 다 충족시켜야 되고.」

어머니 그림에 대한 한선묵의 욕구와 같은 양상이다. 내걸어 자랑은 하되 팔지는 않는다.

「그 여자는 몇 살쯤 됐고 뭘 하는데 이런 금고에다 보석을 컬렉션할 만큼 돈이 많데? 재벌 딸이라도 돼? 아니면 왕족이래?」

「재벌 딸인지 왕족인지 그건 모르겠다만 그 비슷한 사람들이 소리 없이 드나드는 식당 주인이기는 해. 한 탁자의 한 끼 식사가 네 한 달 수입만큼 되는 식당. 그 식당 주인 방에 있는 금고도 내가 만들었으니까 알지. 나이는 마흔 중반이나 될까?」

「그 여자는 오빠를 어떻게 믿지? 오빠가 그 보석을 털러 가지 말라는 법이 어딨어?」

말 잇기 놀이처럼 이어지던 대화가 뚝 끊기면서 정밀한 고요가 차오른다. 예전에는 그의 침묵의 의미를 다 읽을 수 있다고 생각했다. 반대로 그도 내가 드리운 침묵의 의미를 해독한다고 여겼다. 이제는, 언제부턴가는 아니었다. 숨 막히는 긴장이 느껴질 뿐 그는 읽히지 않았다. 내가 긴장하고 있을 때 그는 아무 생각도 하지 않거나 다른 생각을 하기 때문이었다. 같은 생각을 하지 않으니 소통의 가능성은 없었다. 서로가 내건 침묵의 의미를 해득하지 못한 시선들이 적막을 거스르지 않겠다는 듯이 소리 없이 서로를 비켜 나갔다.

「내가 그런 재미없는 짓을 뭣 하러 하겠냐?」

「그 금고에 든 게 털리는 순간 오빠가 제일 먼저 의심받으니까?」

「그런 점도 없지는 않겠지만 그냥 재미없어 안 하지.」

「주인이 어떤 번호, 어떤 손가락을 사용할지는 오빠도 모르잖아. 아니, 지문을 어떻게 구해?」

「사람은 누구나 항상, 어디에나 지문을 찍어 남기고 다닌다. 발자 국보다 많이. 특별한 목적 아래 움직이는 사람들을 제외한다면 말 이다. 의도만 있다면 지문을 채취하는 건 어렵지 않아.」

그가 끼고 있던 장갑을 차례로 벗으며 미소를 짓는다. 장갑을 낀 왼손으로 오른쪽 장갑을 새끼손가락부터 잡아당겨 한 번에 뽑아내고 장갑을 벗은 오른손으로 왼손의 장갑들을 같은 순서로 벗겨 냈다. 생 략 없이 빠르고 소리도 없다. 땀에 푹 젖어 있을 것 같던 그의 손은 덜 거칠어 보일 뿐 멀쩡하다.

「근데 그 주인은 지문 인식 장치로 금고를 지키고 싶어해? 아무리 손이 아름다워도 그렇지 그런 바보가 어딨어?」

「그런 의미라면 세상에 바보는 뜻밖에도 많다. 그리고 그 바보들은 자신이 지키고 싶어하는 걸 잃어도 크게 상관없는 사람들이기 쉽 고, 잃으면 잃은 만큼 예전보다 더 많이 채우고 싶어하지. 그래서 털리면 다시 털어다 달라고 하는 사람들도 있어. 그 비용을 보석 값만큼 지불하면서라도. 그 바보들을 대신해서, 예를 든다면 나 같 은 작자들이, 그들이 지키고자 하는 걸 지키기 위해 머리를 써야 하 는 거다. 그러라고 거금을 주는 거니까. 그들로서는 강력한 쾌감을 유발하는 놀이인 거지. 그래서 경찰이 개입하는 경우는 사실 거의 없어. 도둑맞았다고 신고할 정도로 상식적인 사람들은 그런 값비 싼 놀이 좋아하지 않으니까.」

「이해가 안 되네.」

「이해 안 될 것도 없지. 방법이 다를 뿐 누구나 어떤 식이든, 한 가 지 이상의 바보 같은 짓을 하고 사는 거 아니냐? 배가 고플 때 밥으로 배를 채우기보다 술로 그걸 메우려고 하는 너와 비슷한 거지.」

「그게 어떻게 같아?」

「다르다고 생각되면 하는 수 없는 거고. 어차피 우리가 이해할 수 없는 일은 세상에 얼마든지 있다. 이해할 필요도 없고, 이해하려고 노력하지 않아도 돼. 우리가 이해하든 안 하든 세상은 굴러가니까.」

「그래 어쨌든, 그렇담 금고를 만든 오빠 쪽에서 그걸 여는 데, 흔적 없이 빠르게 해치우는 데 생기는 문제는, 예를 들어 도둑하고 똑같은 입장 아냐? 물론 약간 빠를 수는 있겠지만.」

「질문이 꼬인 것 같은데, 그러니까 내가 만든 금고를 내가 턴다고 가정했을 때를 말하는 거지?」

「그래.」

「내가 만든 금고가 들어가는 집의 보안 체계는 전체적으로 내 설계에 따라 설치돼. 경비 회사 시스템이 내 체계에 따라 움직인다는 거지. 거기서 나는 방어 쪽이지 공격 쪽이 아니야. 내가 만든 방어망을 내가 허무는 게 무슨 재미가 있겠냐. 그런 짓을 왜.」

「도둑질을 재미로 하나?」

「재미라! 재미가 많겠지. 처음 시작됐을 때에야 누구든 각자의 특별한 동기나 이유들이 있었겠지만, 그중에는 나름대로 절박한 어떤 상황들도 있었고, 그래서 할 말들도 있겠지만, 결국엔 양상이 비슷해져 가는 거 아니겠냐? 중독이 되는 것이니까. 자신과의 게임이 되어 버리거든. 언제나 이길 거라는 자신만만함 속에서, 이기기 위해 온갖 준비를 하는 과정 자체를 즐기게 되기도 하고. 어느 단계를 지나면 말이지.」

「어느 단계?」

「음, 스스로 전문가라고, 프로라는 자부심이 생기는? 먹고 살기 위해서 하는 짓의 단계를 뛰어넘어 예술가 행세까지 하는. 중독이라는 게 그렇지 않니?」

「도둑들의, 나름대로의 절박한 상황? 그래서 생긴 변명 혹은 할 말? 그게 뭐야? 아니, 어떤 거라고 생각해? 절박하다고 다 도둑이 되는 거 아니잖아?」

「물론 그렇지. 그랬다간 도둑놈만 판치는 세상이 되게? 그런 일 안 겪고 사는 사람이 없을 테니까.」

「그럼 뭐냐고?」

「내가 어떻게 알겠니?」

내가 어떻게 알겠냐고? 시비 걸 듯 그를 노려본다. 내 눈길에 붙잡힌 그가 하는 수 없다는 듯 후, 숨을 내뱉고 말했다.

「그래, 한 사람 경우 정도는 안다. 그 작자도 물론 제 상황에서 탈출하기 위해 시작했는데 하다 보니 순전히 취미처럼 돼버린 경우야. 아까 말한, 어떤 상대와 두뇌 혹은 기술을 겨루는 재미로 하는 거니까. 부수적으로는, 가졌다고 위세 부리는 바보들을 제 식으로 가지고 놀면서 자기만족을 채우기도 하고.」

「그 작자는 뭘 주로 훔치는데? 정보? 돈? 골동품? 그림? 보석?」

「표적에 따라 다르지. 어떤 사람, 혹은 어디를 겨냥할지가 먼저니까. 표적이 어디에 집착하고 어느 분야에서 바보인지도 알아야 하고. 그런 과정을 즐기는 거지.」

「그런 건 어떻게 아는데?」

「인간은 누구든 자기 분야 안에서 살기 마련이잖니. 내 눈엔 어디에 금고가 있는지, 금고를 어디에 들여야 할지만 보이듯, 그 작자한테는 그런 게 잘 보이겠지. 돈이 돈을 따라다니고 일이 일을 따라 오듯이. 여하튼 그 작자는 물건에는, 돈이나 보석이나 골동품 같은 것에는 별다른 재미를 못 느끼는 모양이야. 욕심이 안 난대. 표적이 펼쳐 놓은 경계망을 흐트러뜨리는 일 자체를 즐기는 거지. 누군가는 단단하다고 믿는 벽을 허물어 보고 그게 허물렸다는 걸 알게 하는 일 자체를.」

「무슨 뜻인지 모르겠네. 도둑이 도둑질 안 하려면 경계망을 뭐 하려고 허물어?」

「이 금고 주인이 보석을 모아 숨겨 놓고 바라보는 걸 즐기는 것과 비슷한 것이겠지?」

「그렇다면, 순전히 잘난 척이네? 저 잘난 맛에 혼자 설치는, 별것도 아닌 작자고.」

「왜 이렇게 열을 내는 거냐? 그 작자의 취향에 대해 궁금해한 사람은 너야.」

「아까워서 그래. 잘난 척하고 싶겠다, 귀신같은 재주 있겠다, 영웅이 될 수도 있잖아?」

「영웅?」

「왜, 한번 말해 보지 그랬어? 부잣집에서 훔쳐다 가난한 집 마당에다 던져 주라고. 듣고 보니 원하는 데는 다 드나들 수 있는가 본데, 그렇다면 어디에 돈이 있는지 누구보다도 잘 알 테고, 얼마나 좋은 일이야? 그러다 잡혀도 동정표는 받겠네. 정상 참작이라는 게 있다며!」

「듣고 보니 것도 재미있겠구나. 동화에 나오는 영웅처럼 이쪽에서 훔쳐다 저쪽에다 가져다 주는 것도. 어차피 욕심 안 나는 거라면 말이지. 잡혀도 동정표는 받는다고? 영웅이 되면 그런 건가?」

오만이 지나쳐 천장을 뚫을 지경이다. 저답지 않게 유들거리는 꼴을 더 이상 보기가 싫어 작업대 위에 흩어져 있던 도안 용지들을 와락 밀쳐 냈다. 8절 크기의 종잇장들이 작업대 아래 바닥으로 설렁설렁 내려앉는다. 그런 나를 그는 재미나다는 듯이 바라보았다.

「오빠가 만든 금고가 털린 적은 있대?」

「그런 말은 못 들어 봤다. 이따금 애프터서비스도 다니지만 무슨 불만을 가진 사람은 없었어. 내가 용의 선상에 올랐다고 찾아오는 형사도 없었지 않냐?」

그랬다. 아직까지는. 그를 외면하고 깨끗이 비어 있는 작업대 위에다 카드 주머니를 올려놓는다.

「나는 나중에 읽기만 할 테니까 배열은 직접 해. 주머니에서 스프레드 천 꺼내 먼저 깔고, 카드 꺼내 섞어 아홉 장을 뽑아. 일번부터 육번 카드까지 맨 윗줄에다 나란히 놓고 칠번하고 팔번 카드는 이번, 오번 카드 밑에다 놓고. 구번 카드는 셋째 줄 가운데 지점에 놓고. 어떤 일을 하기 전에, 할지 말지를 결정하는 배열법인데, 행위에 대한 직접적인 결과라기보다는 그 행위에서 느낄 수 있는 마음을 보는 것이니까 카드 섞기 전에 먼저 마음을 가라앉히고. 오빠 속에서 생길 어떤 소리에 귀를 기울이듯이, 정신을 모으면서.」

탁자 앞으로 다가든 그가 왼손을 뻗어 주머니 주둥이를 묶은 끈을 풀더니 오른손으로 받치고 왼손을 넣어 카드 뭉치를 꺼낸다. 꺼낸 카드가 오른손으로 옮겨지면서 왼손이 그걸 펼치기 위해 다가든다. 카드를 배열하는 그에게서 돌아서 버린다. 바라보고 있으면 두 사람의 기가 함께 작용하기 때문이었다. 그가 혼자 다 하게 하고 싶었다.

건너편 빈 벽에는 구리판 조각을 잘라 붙인 알파벳 열세 자가 아무도 해독할 수 없는 암호인 양 붙어 있다. Habracadabrah. 한선묵의 설명에 따르면 아브라카다브라는 히브리 어이고, 말한 대로 될지어 다라는 뜻이 담긴 주문이었다. 말한 대로 될지어다, 아브라카다브라. 소리 내어 읽는 것만으로도 주문이 되어 버리는 단어. 나는 벽을 향해서도 눈을 감아 버린다. 눈을 감으니 소리가 들렸다. 느리게 뒤섞이는 카드들의 미세한 마찰음. 책상 위에서 혼자 움직이고 있는 컴퓨터 소음. 몇천 와트 밝기로 쏟아지고 있는 전등 빛의 파장음. 환풍기 돌아가는 소리. 한선묵의 들숨과 날숨 소리. 그리고 내 심장 박동 소리. 심장이 벌떡벌떡 뛰고 있었다. 카드를 먼저 떼어 보지 않고 결과를 막연히 기다리기는 이번이 처음이었다. 손끝이 저리는 것 같아 두 손을 맞잡아 주무른다. 이윽고 다 됐다는 말이 들렸다. 검은 천 위에 아홉 장의 카드가 역삼각형으로 자리를 잡고 있다.

「하나하나 설명하기를 바라, 결과만 듣고 싶어?」

「결과만.」

작업대 앞으로 다가가 아홉 장의 카드를 차례차례 다 뒤집어 놓는다. 1번은 펜터클 3이고 정방향이다. 자신의 직업에서 일류가 되고 싶어하는 사람. 육체적인 노동이지만 전문적인 일이라는 뜻. 2번 카드는 완즈 에이스고 정방향이다. 당신의 샘솟는 의지와 창의력이 세상을 움직이게 하는 에너지의 근원이 되리라. 행운의 별. 3번은 소즈 4 역방향이었다. 모든 것이 안전하게 이루어질 수 있도록 준비했으니 자신이 가진 능력을 어떻게 사용할 것인지 문서로 만들어도 좋으리. 그 세 카드의 결과인 7번 카드는 컵스 10번에 정방향이다. 더 욕심을 부리지 않아도 좋을 만족이 있으리라. 단 당신이 쉬고 있는 사이에 당신을 공격할 상대에 주의하라. 한선묵이 지금 계획한 일을 하지 않았을 경우를 묻는 4, 5, 6번 카드와 그 결과인 8번도 평온했다. 6번 카드가 한선묵의 그림자 카드인 은둔자이니 오늘 움직이지 않는다면 지금 상태를 그대로 유지한다는 뜻이다. 그러니까 움직이지 않을 경우는 아무 일도 안 일어나고, 지금 계획한 일을 했을 경우 어떤 일이 벌어질 것인가에 대한 답은 거의 최상으로 나온 것이다. 마지막 9번 카드는 좀처럼 나오지 않는 메이저 아르카나 0번의 풀(fool)이었다. 일명 광대 카드. 어떤 일을 하기 전에 그가 알아야 할 건 지금 하려는 일이 자기과시나 제멋대로 선택한 일이 아닌가 숙고하라는 것이다. 훈련은 충분히 받았는가. 너무 열중해 있는 건 아닌가 스스로 되돌아봐야 한다는 것.

그를 말리자면 지금 거짓말하면 된다. 내가 거짓말한다는 걸 눈치채고도 그는 움직이지 않을 것이다. 하지만 이제 와서 새삼 카드를 왜곡할 필요가 있으랴. 열 달 남짓했던 결혼 생활의 무료함을, 우연히 알게 된 타로 카드의 점괘를 외는 걸로 달랬다. 장난으로라도 하루 이상의 내 미래를 점쳐 보지는 못했다. 마찬가지로 다른 누구의 미래에 대해서도 호기심을 갖지 않았다. 수시로 나타나는 메이저 카드 14번 절제(temperance)가 내 그림자 카드라는 것만 알게 되었을 뿐이다. 절제하고 순응하라. 지나치지 않으면 손해 볼 일도 없으리라. 그런데 지나침의 경계가 어디일까. 범할 건 다 범하고 살았지 않았는가. 경계를 범하는 순간에 그걸 느끼지도 못하는데. 지금 이 행위가 지나친 것인지 아닌지도 모르는데.

카드를 뒤섞어 접으며 카드에서 읽은 것들을 그대로 말한다. 한마디 덧붙인 건 그동안의 습관 때문이었을 터이다.

「절제한다면 미래로, 절제하지 못한다면 나락이라고 말하고 있기도 해. 근데 오라버니, 한선묵 씨! 당신이 절제해야 하는 건 뭐야?」

대답을 들을 거라는 기대로 물은 건 아니었다. 바쁠 텐데 그만 가보라고 말한 그는 허리를 굽혀 조금 전에 내가 떨어뜨린 도안지들을 주워 귀를 맞추고 있을 뿐이다.

「아까 오빠가 말한 그 작자가, 어떤 집에 들어가서 거기 설치된 경
비 시스템을 무력화시키면서 놀다가 맨손으로 나오면, 그 집 주인
은 정신이 번쩍 나서, 더 견고한 벽을 쌓기 위해 오빠 같은 사람을
찾게 되는 거겠지?」

「그런 일이 없지도 않겠지. 어쩌다 한 번이지만.」

「혹시 그 작자, 오빠하고 파트너 아냐? 아님 본인이든가?」

그의 얼굴에 서려 있던 웃음기가 가신다. 유장건이 야릇한 도둑이
라고 했던 뜻은 이것이었던 것이다. 이제껏 나는 아무것도 모른다며
한사코 외면해 왔던 한선묵의 실체.

「그 작자가 배고파서 하는 짓이 아니라면, 그 작자는 대체 그 짓을
언제까지 할 거래? 무슨 계기가 생겨야 그 짓을 그만둘 수 있을 것
같다는 말은 못 들어 봤어? 감옥에라도 가서 예술가연하는 자존심
이 무너지기라도 해야 그만둘 수 있대?」

한선묵이 유장건이 말한 도둑이라는 걸 이미 인정했는데도 나는
아직 한선묵과 정면 대결을 하지 못한다. 다 내뱉고 난 다음의 일을
감당할 자신이 없는 것이다. 그는 잠자코 나를 쳐다만 본다. 생각해
보지 않은 질문이었던지 골똘해진 것 같기는 하다.

「내가 요새 어떤 남자랑 연애를 시작했어. 알고 있지? 그 남자가
형사라는 것도?」

한껏 날 벼린 창을 들이미는데도 그게 무슨 말인 줄 몰라 상관 않
는다는 듯이 손에 쥔 도안지들을 작업대 위에 펼치면서 대답이 없다.

「그 세계에서 통하는 그 사람 별명이 독종이래. 한번 잡기로 마음
먹은 도둑은 절대 안 놓친대. 그 사람도 방금 오빠가 말한 작자하
고 비슷한 성향이 있는 것 같더라. 범인 잡는 일을 게임으로 즐기

는 것 같더라고. 지난번에 그 사람이 자기가 쫓는, 야릇한 도둑에 대해 말해 줬어. 둘이 겨루면 아주 볼 만하겠네? 어떻게 생각해?」

내가 지금 내놓을 수 있는 패는 다 내놓았다. 물론 대답을 들을 수 있을 거라고 생각해 내놓은 패는 아니었다.

「그래, 대답하지 마. 오늘 너무 많은 것들을 들어서 그것만으로도 머리가 터질 지경이니까. 그렇지만 그 돈 욕심 안 난다는, 최소한 도둑질로 식구를 먹여 살리지는 않는다는 자부심으로 잘난 척하는 그 작자 만나면 물어는 보고 싶네. 자기 식구들을 어떤 얼굴로 마주 보면서 사는지. 그 사람한테도 사랑했거나, 하는 사람이 있는지. 자기 자신만 사랑하는 건 아닌지. 세상을 왜 사는지.」

그는 아무 감각이 없는 정물을 대하고 있는 듯이 나를 바라볼 뿐이다. 그에게서 타인의 정서를 느끼는 감각이 사라진 게 아닌가 싶었던 의혹은 맞는 것이다.

「오늘이 마지막이야. 앞으로 한선묵을 대신해 카드를 떼는 일, 엄마와 아버지를 걸고 맹세하는데 더 이상은 안 할 거야. 거래라고 했지? 그 거래, 앞으로도 계속하려거든 내 핑계는 대지 마. 나를 거기다 끼워 맞추지 말라고, 절대 다시는.」

한선묵을 외면한 채 카드 주머니를 챙기고는 쌩하니 돌아선다. 물건을 욕심내지는 않는다고? 스스로 부여하는 면죄부라 이건가? 가증스러워. 들어왔던 문으로 나와서 계단을 소리 내어 세며 오른다. 스물, 스물하나, 스물둘…… 스물아홉에 이르렀을 때 다리에 힘이 풀린다. 서른 번째 계단에 앉는다.

정녀인 보선 교무를 처음 만난 건 10년 전 회랑을 열고 한 달쯤 된 늦봄 한낮이었다. 손님이 하루 열 명도 들지 않을 때였고 나는 혼자 있는 시간이면 언제나 뭔가를 정리하고 쓸고 닦았다. 그때도, 지금은 '고운이'가 된 작품을 새로 들고 나와 이 그림을 어디에 놓으면 좋을까 궁리하던 중이었다. 너무 달라진 공간이 아직 낯설어 오래 서성였을 것이다. 문득 서늘하고 고요한 기운을 느꼈다. 새로 낸 문간 쪽에 그이가 혼자 불쑥, 소리 없이 들어와 있었다. 꼭 아주 오래전부터 거기 서 있었던 사람 같았다. 서로 뭘 해야 좋을지 모르는 사람들처럼 한참이나 마주 보고 서 있는데 그이가 속삭이듯, 들어와도 되나 모르겠네, 했다. 벌써 들어오셨잖아요. 비로소 웃어 보이며 그를 맞았다. 그날 이후 잊지 않을 만하게 한 번씩 들르는 단골손님이 된 보선 교무가 와 있다. 늘 혼자이더니 오늘은 일행이 있다.

「저 양반 언제 오셨어?」

「한 시간쯤?」

「그럼 드시던 걸로 한 잔씩하고 입맛 다실 수 있는 것 좀 내줘 봐.」

카드를 두러 안에 들어갔다가 심란할 때마다 그렇듯이 어머니 작업실 정리를 했다. 작업실에서 나오려는데 교대하려는 듯이 들어온 어머니가 나를 향해 차 조심 해라, 했다. 차 조심 하라 일러 주는 엄마가 좋아서 약간 더 지체했다. 뭘 그리시는 거예요? 아직 형체가 불분명한 캔버스를 가리키며 묻자 어머니는 네 할머니들을 그리는 중이라고 대답했다. 장독 틈새에 나란히 박혀 있는 몽돌 두 개를 봤는데 생각해 보니 내가 아주 어렸을 때도 그 자리에 있던 거였어. 그것들을 가지고 소꿉장난을 하기도 했거든. 근데 다시 보니 결이 고운게 꼭 네 할머니들 같지 뭐니? 해서 네 할머니들을 몽돌 모양으로 그려 보려고 한다. 내가 몽돌 모양의 할머니들을 떠올리며 소리 내어 웃었더니 어머니도 맑은 소리로 웃었다.

「자요, 내가세요.」

은영이 보선 교무에게 가져가라며 내민 쟁반에는 식혜 두 보시기와 흑임자강정 한 접시가 올려져 있다. 그들이 마신 건 차가 아니라 식혜였던 모양이다. 내가 다가가자 보선 교무가 가만히 고개를 숙이며 인사를 해온다. 안경 속 그의 시선이 흔들리다가 평정을 되찾는 것 같다는 생각을 만날 때마다 한다. 저이는 혹시 얼굴만 보고도 마음을 들여다보는 건 아닌가. 그래서 내 안에 깃든 어둠을 보고 뒷걸음질을 치는 것인가. 혹은 연민이거나. 자격지심 때문일지도 모른다. 그들 앞에 식혜 보시기와 강정 접시를 놓아 주고 오랜만에 오셨다는 말과 함께 허리 숙여 인사한다.

　「어쩌다 보니 그리 되었소. 선재 씨, 인사하시려오? 이쪽은 진화 전무이시오. 나하고 같이 일하고 살기도 하는 동무예요. 아마 선재 씨하고 나이가 비슷할걸? 다니다 보면 또래 동무도 되고, 그러면 좋겠다 싶어 내 같이 왔어요. 전무님, 이쪽은 한선재 씨. 이 집 주인이시고, 아, 저 그림들을 그리신 선생님의 따님이기도 하답니다. 어머님을 대리해서 그림을 잘 간수하고 계시지. 종종 들러서 좋은 그림도 보시고 차도 마시고 그러세요.」

　보선 교무 말끝에 내가 장난스레 합장을 하니 그들도 웃는 얼굴로 합장을 했다. 보선 교무의 합장은 이제 따라 할 수 있을 만큼 익숙했다. 보선 교무에게서 숨죽인 듯한 따스함이 피어난다. 여느 손님들과 그이는 그런 점에서 달랐다. 함께 어떤 특별한 일을 하거나 별다른 이야기를 나누어 본 적이 없는데 그와 마주하고 있으면 나른한 허기 같은 게 느껴졌다. 아니, 허기가 채워졌다. 그를 만남으로 해서 결핍이 느껴지는 동시에 그게 채워지는 듯한 그득함이 느껴지는 것이다. 좋은 시간 가지시라 하고 물러나려는 나를 진화 전무가 붙잡았다.

　「교무님 뒤에 걸려 있는 작품 '손가락에 핀 꽃'에 대해서 좀 여쭤 보려고요.」

진화 전무의 말에 보선 교무가 뒤를 돌아보았다. 나도 고개를 돌려 보았다. 한 여자가 합장한 자세로 동쪽 하늘을 우러르고 있다. 그가 우러르는 푸른 새벽 하늘엔 흰 샛별이 박혔다. 회색조의 기와집을 배경으로 합상하듯 선 여자는 한송현이었다. 합장한 그의 손가락들에는 흰 무명이 감겨 있었다.

「그림은 해석하는 게 아니라 느끼는 거라는 말을 들은 것 같아서 여쭤 보는 것도 부끄럽긴 한데요, 궁금해서요. 그림 속 인물의 손가락 끝에 희게 감긴 게 뭔지, 그게 무슨 의미인지, 밤새 잠을 안 잤을 것 같은 저이의 저 간절함은 어떤 것인지, 제목과 어떤 관련이 있는지. 우담바라 같은 뜻일까요?」

한꺼번에 질문을 쏟아 놓은 진화 전무가 쑥스럽다는 듯 미소를 짓는다. 말간 얼굴에 드문드문 박인 주근깨가 귀엽다. 보선 교무는 지금까지 그림의 내용에 대해 물어 온 적이 없었다. 이따금 들를 때마다 유난히 오래 보는 작품이 있기는 해도 질문은 하지 않았다. 진화 전무의 질문에 보선 교무는 아무 단서도 달지 않고 나만 바라보고 있다. 대답을 기다린다기보다 그저 하염없이 바라보는 눈길이라 어쩐지 수줍어 나는 시선을 슬쩍 비킨다.

뭐라고 대답해야 할까. 제목은 늘 생각나는 대로 어렵잖게 붙였다. '손가락에 핀 꽃'이라는 작품도 그랬다. 손가락에 핀 꽃이라는 제목이 송현의 의지나 욕망 같은 것과 연결될 수 있겠다고 여겼던 건 '로사 이야기'를 쓰면서였다. 제 열 손가락을 다 벨 수 있을 만큼 단순하고도 깊은 의지, 혹은 어쩌면 그 자신도 몰랐을 욕망. 나는 고작해야 송현의 의지나 욕망을 떠올렸는데 진화 전무는 송현의 손에다 우담바라를 투영한다. 3천 년에 한 번 핀다는 상상의 상서로운 꽃. 깨달음의 꽃이라던가.

「제가 우담바라의 의미에 대해 잘 몰라 뭐라고 말씀드릴 수는 없습니다만, 그림 속 인물의 손가락에 감겨 있는 건 무명천이라고 하시더군요. 제 어머니가요. 천에 감긴 손가락들이 모두 피를 흘렸다는 의미기도 하고요. 그냥 다친 게 아니라 누군가를 살리기 위해, 요즘 식으로 말하자면 수혈을 한 거지요. 그러고 난 다음에 그림에서는 보이지 않지만 집 안에 든 누군가가 살아나기를 기도하고 있는 거고요.」

아는 만큼 볼 수 있다더니……라고 말한 진화 전무가 가볍게 합장하며 웃는다.

「훨씬 더 넓고 깊은 의미로 봐주셨잖아요. 감사드려요.」

나도 따라 합장하며 웃는다.

「그나저나 그림에 욕심이 생겨서 어떻게 해요, 이 노릇을?」

「지금 화첩을 만들고 있는 중입니다. 다음번에 들러 주시면 그때 드리겠습니다.」

「그래요? 언제 올까요?」

명랑한 소녀 같은 진화의 말투에 보선 교무가 모처럼 소리 내어 웃는다.

「다음 달 중순쯤에는 나와 있을 겁니다. 그때 꼭 들르세요. 나가실 때 주소를 적어 주셔도 좋고요. 로사 그림 좋아하시는 분들한테 드리려고 만드는 거니까요.」

그들에게서 물러나 바로 왔더니 은영이 내 휴대 전화를 집어 준다. 부재중 전화 한 통. 유장건이었다. 전화 안 해봐요? 은영이 곁에서 거드는데도 선뜻 통화 단추가 눌러지지 않는다. 그와 만날 때마다 나한테 생기는 불순함 때문이었다. 그 또한 어떤 의도가 있지 않을까

144

싶은 의심을 버릴 수도 없다. 그러면서도 자주 그를 기다리는 나를 느낄 때마다 어지러웠다. 낯설고 익숙한 것들이 마구 뒤섞인 듯한 혼란이었다.

전화기를 들고 안뜰로 나선다. 뜰을 바장거리다 보니 보선 교무가 앉은 창 건너편이다. 언뜻 그와 눈길이 이어졌다. 가만히 나를 바라보는 오롯한 시선. 눈길이 이어질 때마다 어쩐지 수줍어지는 그에게 고개를 숙여 보이고 돌아서서 전화기를 연다. 유장건은 금세 전화를 받았다.

「목소리나 들어 보려고 전화했어요. 어떻게, 잘 지내요?」

시커먼 하늘에서 비와 우박이 쏟아지던 날, 우박이 멈추고 비가 그칠 때까지 식당에 갇혀서 목이 미어질 만큼 밥을 먹고 나온 게 다였다. 소주 한 병을 반주로 나눠 마시긴 했다. 거센 비가 부드러워진 뒤 회랑 앞에 나를 내려 주고 그가 돌아가기까지 한 시간가량 걸렸을까. 또 오겠다는 말을 남기고 사라진 뒤 벌써 보름 정도 흘렀다.

「잘 지내요. 여전히 바쁘신가 봐요?」

「혹시 나를, 내 전화를 기다리기도 합니까?」

「네.」

솔직하게 응했더니 가만하다. 그에 대한 의혹을 걷어 버리고 나면 일순간 나는 편해진다. 편해진 내가 그에게 여자로 순하게 안겨드는 듯한 녹녹함을 느낀다.

「이제, 그렇다면서 왜 전화도 안 하냐고 하실 참이죠?」

유장건이 저편에서 으하하, 웃는다. 그의 웃음소리를 들으면 내 불순함이 미안해진다. 그는 어쩌면 한 남자로서만 다가오고 있을 뿐인지도 모르는데 내 과민함이 그를 밀어내고 있는 건 아닐까 싶어서. 전화기를 귀에 댄 채 돌아서니 회랑 안의 보선 교무와 진화 전무가 자리에서 일어서고 있다. 보선 교무와 다시 눈길이 닿는다. 혹시 오늘 나랑 데이트할 시간 있어요? 유장건이 전화기 속에서 서근서근하게 물었다. 보선 교무에게 고개를 숙여 인사를 보내니 그이가 고개를 끄덕이고는 사라진다.

「몇 시쯤이냐에 달렸죠. 항상 바쁘시다면서요.」

「그러게 그걸 지금 말할 수가 없는 게 안타깝네요. 사실 지금 미행하다가 잠복 중이에요. 용의자가 어디 들어가서 나오지를 않아요.」

「낮에도 잠복을 해요?」

내 물음에 그가 또 큰 소리로 한참 웃는다.

「낮에도 밥 먹느냐고 묻는 거 같네요. 잠복 근무는 필요하면 언제라도 해요. 내 옆에 있는 젊은 친구가 지금 눈 부라리고 건물 입구를 쳐다보면서도 내가 부러운 모양이에요.」

「뭐가요?」

「잠복하면서 통화할 만한 여자가 있다는 걸 부러워하는 거죠.」

「그런 투로 말씀하실 때면 그쪽 분, 전혀 독한 사람 같지 않아요. 장난꾸러기 청소년 같아요. 지금 정말 일하고 계신 거 맞아요?」

또 웃음소리가 들린다. 야, 지 형사, 이 양반이 나한테 청소년 같다고 하신다, 하며 중계방송을 하는 소리, 청소년이 다 얼어 죽겠소, 투박하게 응대하는 소리가 들린다. 진짜 사나이 유장건 묘하게 찌그러진다, 외치는 소리. 우리 반장님 좋아하지 마세요, 멋없는 사람이에요, 하는 말은 전화 가까이 다가들어 하는 소리 같다.

「지금 뭐 하시는 거예요?」

「미안해요. 옆에서 궁금하다고 해서요. 마지막 들린 소리들은 잊어버리세요. 샘내 한 소리니까. 당신 목소리 들었으니까 됐어요. 솔직히 오늘 안에 언제 데이트하자는 말은 못하겠어요. 또 전화할게요. 술만 마시지 말고 밥 잘 먹고 지내세요. 시간 나면 갈게요.」

　통화가 끊겼다는 신호음을 끝으로 아무 소리도 안 나는 전화기를 그대로 든 채 귀를 기울여 본다. 뜰에서 일렁이는 바람 소린가. 이 막막한 설렘은. 멀미가 나는 것 같아 전화기를 접어 들고 주저앉는다.

10

……열세 살, 허우대가 제 아비를 따라잡을 듯이 크던 용이가 암소 두 마리를 끌고 나가 돌아오지 않았다. 꼴 베고 여물 쑤고 들로 산으로 소를 끌고 나가 풀 뜯기는 일을 보통 든이가 했는데, 그날은 아침나절부터 형님이 끌고 나갔다고 아이가 일렀다. 다음날도 그다음 날도 용이는 기척이 없었는데 무슨 까닭인지 무들은 나흘째 되는 날에야 큰아들을 수소문했다. 용이가 소를 끌고 나간 날은 장날이었고 겨우내 반들반들 윤기 나게 먹였던 두 마리의 암소는 그날 쇠장에서 제값을 단단히 받고 팔렸다는 것이 밝혀졌다. 한 마리는 새끼를 배고 있던 터라 반 마리 값은 더 쳐서 받은 뒤에 용이가 사라졌던 것이다. 열일곱 살이 된 송현이 보름 뒤에 혼례를 올리기로 되어 있던 신해년 봄이었다.

마님이 송현을 맞아들이기로 결정했다는 소문이 삼동네에 돈 것은 지난 초겨울이었다. 그럴 줄 알았다, 설마 그러랴, 반신반의하던 동네 사람들의 입방아를 일시에 숙어들게 한 이야기는 나중에 돌았다. 송현이 단지를 해 마님을 살렸다는 것이었다. 일흔이 넘은 데다 진작부터 눈이 어두웠던 마님이 낙상해 몸져누우셨고 의원들이 붙어 살아도 일어나시지를 못했다. 미음은커녕 탕약도 넘기지 못할 정도로 숨이 잦아들던 한밤중에 곁을 지키던 송현이 제 손가락을 베었다. 혼미했던 마님이 닷새 만에 정신이 드셨을 때 송현의 열 손가락은 낱낱이 흰 천에 감겨 있었다. 주변에서 시중을 들던 몇 사람은 입을 다물라는 송현의 말에 그 사실을 밖으로 내보내지 않았고 마님께도 말씀드리지 않았다. 이틀 뒤 마님은 일어나 앉으실 만큼 기운을 차렸다. 송현의 손가락에 감긴 무명과, 밭아서 혀를 움직일 수도 없던 당신 입 안으로 흘러들던 맑은 피를 기억해 내신 건 그때였다. 많이 아팠겠구나. 마님은 송현의 손을 잡고 앞을 잘 못 보는 눈으로 눈물을 흘리며 중얼거리셨다. 그 일이 있고 난 며칠 뒤에 혼사가 결정되었다고 했다.

송현의 혼례는 송촌리 마님 댁 안마당에서 치러졌다. 햇살은 화사했고 바람은 따뜻했다. 고모들조차 참석치 않았으므로 학준의 일가붙이라곤 눈 씻고도 찾을 길이 없는 혼례였지만 구경꾼은 발 디딜 틈 없을 만치 넘쳤다. 수군수군 숙덕숙덕 이야기도 만발했다. 고운이가 혼례를 올릴 때부터 이런 일이 생길 줄 알았다느니 앞으로 송현이를 어떻게 불러야 하는지 모르겠다느니. 새서방님이 송현이를 데리고 서울로 옮겨 갈 거라느니. 소를 끌고 나가 사라진 용이는 일본으로 갔을 거라는 둥. 안중근이라는 양반이 하얼빈이라는 곳에서 왜국 대장을 죽이고 감옥소에 갇혔다가 작년에 사형당했는데 나라는 결국 왜국에 넘어가고 말았다는 둥……. 천지가 눈앞에서 개벽을 하는 바람에 보릿고개를 앞두고 욕심껏 배를 채우면서도 마을 사람들은 앞날을 걱정하고 기대도 했다.

송현과 학준이 그렇게 혼례를 올렸지만 송촌리가 한꺼번에 크게 달라질 건 없었다. 학준과 송현은 기차를 타고 서울 집에 다니러 갔고 송촌에는 다투어 나뭇잎이 돋고 꽃이 피고 제비가 날아들고 농사가 시작되었다. 여름이 지날 무렵 서울에서 학준 내외가 돌아왔다. 가을걷이가 시작되었을 때는 학준이 잦은 나들이를 했다. 제 영토를 돌아보기 시작했던 것이다. 그가 이 동네 저 동네의 마름들과 정식으로 대면하기도 처음이었다. 가을 농사가 끝나 갈 즈음엔 처가 나들이도 잦았다. 송현의 할머니가 편찮았기 때문에 문안을 다녔던 것이다. 그해 겨울 송현의 할머니 이레가 할 일을 다 마친 듯 자다가 세상을 떴다. 그리고 반년 뒤 마님이 일흔세 해의 생을 마치고 힘겹게 눈을 감았다. 단오가 사흘 지난 날이었다.

송현이 첫아기를 낳은 것은 마님 돌아가신 이듬해 계해년 여름이었다. 아들이었고 순산이었다. 학준은 아들에게 진산이라는 이름을 지어 주었다. 학준의 일생을 통틀어 제일 건강했던 때가 그즈음이었다. 서울과 송촌을 수시로 오가는지라 세상이 어떻게 돌아가는지 잘 알았지만 그는 먼 곳으로 눈을 돌리지 않았다. 신학문을 하고 싶지는 않은지, 외국으로 유학을 나가고 싶지는 않은지, 그의 마음을 헤아려 묻는 송현에게 학준은 그런 욕심이 없음을 분명히 밝혔다. 젊고 건강한 가장으로서 그는 아내와 함께 집안의 대소사를 관장하는 즐거움을 누렸다.

할머니가 돌아가신 뒤 학준은 송현이 내놓은 문서들을 보고 놀랐다. 그동안 그는 집안이 어떻게 유지되어 왔는지 몰랐다. 여기저기의 땅들, 그 땅에 속한 사람들. 어느 마을에 몇 명의 작인이 있으며 그 작인에게 식구는 몇인지, 그 마을의 마름은 누구인지, 그동안 도지는 어떻게 받아 왔는지, 가뭄이나 홍수가 심한 해에는 어떻게 했는지, 세금은 어떻게 냈는지, 읍내 어느 어름의 땅을 언제 사고팔아 왔는지, 집안 식솔들은 언제 들어왔으며 언제 나갔고 품값을 어떻게 쳐왔는지, 서울 집이 어떻게 윤학준의 소유가 되었는지 다 정리되어 있지 않은가. 모든 건 그냥 굴러가는 게 아니라 치밀하게 이끌어 가는 손이 있어야만 가능했던 것이다. 그걸 할머니가 했고 어린 송현이 해왔다. 이제 그런 일을 배우면서 송현과 함께 해나갈 생각으로 뿌듯했다. 그가 무엇보다도 좋아한 것은 송현이 아기에게 젖을 먹이는 걸 지켜보는 것이었다. 아기가 배불리 먹고 잠들면 그 자리에서 아내를 품고 살내를 맡을 때마다 그는 자신의 젊음이 뻐근히 자라는 것을 느낄 수 있었다. 그는 그것으로 족했다.

송현은 스물한 살에 둘째 진경을 낳고 스물네 살에는 셋째 아들 진효를 낳았다. 그해 송현의 친정에서는 든이가 첫아이를 낳았고 순이가 시집을 갔다. 그리고 아비가 동짓달 스무하룻날 밤의 매서운 바람을 헤치고 송촌 딸네 집에 들렀다. 순이가 시집간 지 한 달 뒤였다. 송현이 혼례를 치른 뒤에는 송촌에 발걸음도 안 하던 그였는데 그날은 대문을 들어서서, 진산아, 할애비 왔다, 하는 외침으로 인기척을 냈다. 온 집안이 놀라고도 남은 출현이었다. 학준이 장인을 안채로 맞아들여 절을 올리고 아이들에게도 절을 시켰다. 절을 받고 난 무들이 진산과 진경에게 괴춤에서 꺼낸 돈을 세뱃돈이라며 쥐여 주는 바람에 송현이 놀라 무슨 일이 있는지를 여쭈었다. 생전 없던 일이었던 것이다. 무들이 아무 일도 없다며 술이나 한잔 내오라 했을 때는 더 놀랐지만 아비가 처음 청한 일인지라 송현은 서둘러 술상을 차렸다.

처음으로 딸자식 집에 찾아오고 외손들에게 세뱃돈을 건네고 술을 청해 사위와 대작한 그것들이 모두 무들이 이승에서 마지막으로 했던 일이었음은 다음날 밝혀졌다. 든이는 간밤에 송촌 가신다던 아버지가 누이 집에서 주무시는 줄로 여겼다. 다음날 동이 트고 새참 때가 되어도 돌아오시지 않아 찾아나섰다가 누이 집에 이르렀고 간밤의 아버지가 누이네의 상머슴을 달고 집 앞까지 왔다는 걸 알게 되었다. 열여덟 살의 상머슴은 어르신이 집 안으로 들어가시는 걸 분명히 보고 송촌으로 단걸음에 뛰어와 상전들에게 고하고 잠이 들었던 것이다. 새파랗게 질린 송현이 젖먹이를 떼어 내며 어머니 산소로 가보라고 소리쳤다. 무들은 거기, 고운이의 봉분 위에 엎드려 잠든 듯 뻣뻣하게 얼어 있었다. 무들은 고운이와 합장되었다.

기미년은 만세 소리로 온 나라가 시끄러웠다. 학준이 만세 부르는 군중에 휩싸였던 건 우연이었다. 마침 서울 집에 가 있다가 나들이를 했던 차에 만세

행렬에 휩쓸렸는데 순사들이 출동했고 달아날 까닭이 없었던 학준은 붙들려 주재소로 끌려갔다. 그리고 어이없게도 주모자로 지목되어 주재소에 엿새나 갇혔다가 나왔다. 주재소에서 나온 뒤 송촌으로 돌아온 그는 석 달을 앓았다. 혼인하고 사라진 병이 되돌아왔던 것이다. 앓고 나서 간신히 기운을 차렸을 때 가을 밤기운과 함께 두 명의 손님이 찾아왔다. 어떻게 김제까지 찾아왔는지 모르지만 그중 한 사람은 학준이 주재소에서 잠깐 낯을 익힌 임상만이라는 사람이었다. 학준과 함께 붙들렸으나 하룻밤 새우고 나갔던 임상만은 동행자와 자신이 임시 정부 연통원이라고 소개했다. 송현은 거기까지 듣고 그들에게 술상을 차려 내기 위해 물러 나왔다.

손님들은 그날 밤을 사랑채에서 묵고 새벽에 떠났는데, 사흘 뒤에 학준이 서울에 다녀오겠다며 시중꾼을 데려가라는 송현의 권유를 물리치고는 혼자 집을 나섰다. 그가 돌아온 것은 열엿새째 되던 날이었다. 그는 상투를 자르고 돌아와 식구들을 놀라게 했다. 남정네들의 단발은 벌써 흔한 일이었지만 학준의 단발에는 온 동네가 놀랐다. 돌아온 지 한 달 뒤 임상만이라는 사내가 다시 찾아왔다. 그는 김제 사람으로 처자는 서울에 있다고 했다. 하룻밤을 묵고 새벽길을 재촉해 나가는 그의 수중에는 논 스무 마지기에 해당하는 돈이 들어 있었다. 그렇게 시작된 학준의 서울 나들이는 한 해에 몇 차례씩, 다음 해 그다음 해에도 반복되었다. 그가 길을 한 번씩 떠날 때마다 읍내에 있던 그의 이름의 땅이나 건물이 뭉텅뭉텅 사라졌다.

학준이 서울 집에 들여놨던 임상만의 처자식들을 밖에 놔뒀던 식구인 양 데리고 송촌 집으로 돌아온 것은 신유년 섣달이었다. 임상만이 국경을 넘다가 일경에게 잡혀 감옥에 들어갔다고 했다. 그러고 다녔던 그가 처자 돌볼 틈이 있었으랴. 일가친척이 김제 근방에 살았으나 그의 처자가 깃들일 곳은 없었다. 그래서 학준이 서울 집에 들여놨던 임상만의 처와 두 아들은 함께 폐병이 들어 얼마나 살까 싶게 피폐해 있었다. 아니나 다를까, 아무런 약도 받아들이지 못하고 피를 쏟아 내던 임상만의 처는 겨울을 다 나지 못하고 숨을 놓았다. 다행히 두 아들 영보와 영석은 병을 이겨 냈고 봄이 되면서 열한 살, 일곱 살다운 낮빛을 되찾았다. 송현은 그 봄에 딸 진예를 낳았다. 그리고 임상만이 옥사했다는 소식을 들었다.

학준은 더 이상 여행을 떠나지 않았다. 대신 김제읍에다 송촌중학교를 세웠다. 터를 닦고 교사를 짓고 선생들을 초빙하는 데에 한 해를 꼬박 보냈다. 그의 나이 서른두 살에 문을 연 송촌중학교의 첫 학생은 윤진산과 임영보였다. 소학교를 졸업했으나 중학교 진학을 포기했던 군내의 십수 명의 아이들도 입학했다. 그 뒤 세 해에 걸쳐 학생이 비약적으로 늘었다. 교실을 더 짓고 학생들 숙사를 짓고 선생을 그만큼 더 불러왔다. 그러는 동안 학준은 앓아 눕는 일이 잦아졌고 김제읍에 있던 그의 재산은 거의 사라졌다. 하루 종일 걷고도 남을 그의 땅도 송촌을 중심으로 야금야금 깎여 들어왔다. 학생들의 학비를 다른 중학교의 절반밖에 받지 않는 데다가 무상으로 다니는 학생이 반수나 되기 때문이었다. 집에 들어 사는 식솔도 워낙 많았다.

송촌중학교를 졸업한 진산과 영보는 나란히 서울로 갔다. 순종 임금이 서거한 병인년이었다. 송현은 서울 나들이를 철철이 하게 되었다. 그때에야 서울은 송현에게 새로운 의미로 다가들었다. 학준이 만든 학교는, 메우기 위해 흙을 한없이 들이부어야 하는 늪과 같았다. 몇 년 새에 그 늪 속으로 들어간 흙이 얼마인지, 앞으로 들어가야 할 자금이 얼마인지를 생각하면 송현은 잠이 오지 않았다. 애들 아버지 모르게 묻어 둘 셈으로 다시 몇 군데에 몇 필지씩의 땅을 사두기는 했다. 하지만 그깟 것. 그사이 나은 막내딸까지 아이는 다섯, 아니 영보 형제까지 일곱이나 되었고 앞으로 또 태어날지도 모를 터였다. 아이들을 위해서도 학교를 위해서도 마련이 있어야 했다. 송현은 서울 집을 중심으로 서울을 살피기 시작했다.

소 두 마리를 끌고 나간 뒤 무소식이었던 용이가 홀몸으로 송촌에 나타났다. 진산과 영보의 서울살이가 3년 째 접어든 무진년이었고 둘째 진경이 그들에게 합류하려던 때였다. 정월 열나흗날, 어머니 젯날을 기억하고 처음으로 돌아온 용이는 양복을 떨쳐입은 신식 사람이 되어 있었다. 경성에 살고 있으며 극장 간판을 그리는 그림쟁이가 되었노라고 했다. 송현과 용이, 든이와 순이까지 18년 만에 4남매가 모인 것이다……

술이 든 잔을 가지고 다가갔을 때 김세규 선생이 내려놓은 원고는 18년 만에 만난 4남매에 관한 페이지가 펼쳐져 있었다. 3분의 1쯤 읽은 것이다. 이야기를 모으는 데는 몇 달이 걸렸는데 모은 이야기를 읽는 데는 두 시간도 안 걸린다. 내가 술잔을 바꿔 놔주자 김세규 선생이 다른 손님들을 살피며 짓궂은 미소를 지었다.

「이거 마저 읽고 나서 얘기합시다. 내 진도 봐가면서 술 한잔 다시 줘요.」

그에게 웃어 보이곤 돌아선다. 18년 만에 송촌에 나타나 한 달가량 머물렀던 한용이가 떠난 날, 윤진산과 임영보가 감쪽같이 없어졌다고 했다. 며칠 뒤에 둘째 진경과 더불어 서울로 돌아가기로 돼 있던 아이들 둘이 흔적도 없이 사라졌던 것이다. 세 아들과 두 딸을 낳은 한송현의 비극은 그때부터 시작되었다. 진산이 사라진 그해 셋째 아들 진효가 홍역을 앓다가 숨을 거뒀다. 이태 뒤에는 남편 학준이 싸늘하게 식은 몸으로 돌아왔다. 폐창에 시달리던 학준이 서울에 있었던 것은 진산과 영보의 흔적을 찾기 위함이었다. 아이들이 외삼촌을 따라 서울로 왔을 것이라 여겼던 그는 서울에서 많은 시간을 보내던 참이었다. 몇 달 전 광주에서 학생 만세 사건이 터져 그 기운이 전국을 뒤흔들고 있을 무렵이었고 일경은 한껏 예민해져 있던 즈음이었다. 여기저기 수소문하고 다니던 학준은 광주 학생 사건을 항일 투쟁

154

으로 부추기던 신간회 회원으로 의심받고 일경에 붙들렸고 송현에게
는 시신을 수습해 가라는 고지서가 날아들었다. 사인은 폐창과 호흡
곤란으로 인한 급사라는 통지서였다.

「나는 무섭던데 선생님은 재미있으신가 봐요.」

은영이 원고를 읽고 있는 김세규 선생을 건너다보며 속삭였다. 그
가 원고를 다 읽고 난 뒤 화첩에 들어갈 작품들을 같이 의논해 볼 참
이었다. 서울에 올라왔다는 전화를 주었을 때, 그 뜻을 비치자 그는
단걸음에 달려왔다.

「그냥 줄거리만 있는 이야기가 뭣 땜에 무서워?」

김세규 선생한테 주려고 냉장고에서 꺼내 놨던 술병을 기울여 잔
을 채우는데 은영이, 나도 좀 주세요, 한다.

「로사 이야기가 왜 무섭냐고?」

술 한 잔을 더 따라 은영에게 건네고 앉으며 채근하듯 물어본다.
술잔을 받아 든 은영이 의자를 끌어다 앉는다.

「고운이가 한무들을 만난 순간부터 시작된, 아니 그 몇십 년 전 설
연이 양환을 만나면서도 준비된 것 같은…… 그들을 그렇게 엮어
버린 게 뭘까 싶어서요. 그런 거 생각하면 떨려요. 우리 보통 때 그
런 엮임이나 인연 같은 거 깊이 못 느끼잖아요. 못 느껴도 사는 데
불편 없고요. ‘로사 이야기’를 보고 나서, 아름답다고만 여겼던 로
사 아줌마 작품들이 어떤 의미인지 새삼스레 깨닫고 나니까 인연
이라는 걸 생각해 보게 되데요. 아줌마가 그리시는 건 그림이 아니
라 운명이구나, 싶어 가슴이 철렁했어요. 내가 그리려는 건, 그리고
싶은 건 뭔가 자꾸 회의하게 되고요.」

그거였던가, 운명. 은영이 카드를 뒤집어 보이듯 간단하게 펼쳐 보
인 패에 전율이 인다.

「가볍게 사랑하고 헤어지고 다시 다른 사람을 만나 사랑하고……
그게 요즘 세태잖아요. 하지만 로사 이야기에 나오는, 안 나와도 그
속에 끼여 있는 사람들은 전부 안 그렇잖아요. 한 번의 만남은 다
른 만남들과 계속 이어지고……. 세 할머니나 엄마 같은 사람들,
나조차 로사 이야기의 한 귀퉁이 어딘가에 끼여 있다는 생각이 들
면 무서워요. 다 정해져 굴러가는 것 같아서요.」

로사 이야기를 모으기가 그렇게 힘들고 더뎠던 까닭은 자료 부족
탓이 아니라 운명 때문이었던가. 손에 들고 있던 술을 다 마시고 다
시 한 잔을 따른다. 은영도 목이 마른 듯 나를 따라 한다.

「심은영.」

무슨 말인가 해야 할 것 같아 막연히 은영을 부른다. 은영이, 왜요?
하는 눈으로 바라본다. 가느스름한 눈언저리에 어느새 붉은 기운이
돈다. 술이 들어가면 금세 붉어지는가 싶다가 마실수록 점점 얼굴이
하얘지는 게 은영의 취였다.

「지금 할 말 아니고, 당장 어떻게 하자는 것도 아니지만, 한번 물어
나 보려고. 언제까지 여기 있을 거야?」

「왜요? 다른 직원 구하고 싶으세요?」

「그런 뜻 아니란 거 알잖아.」

한선묵에 대한 제 시선을 내가 안다는 걸 은영도 안다. 내놓고 할
말이 아니므로 서로 모르는 체하고 있을 뿐이다.

「언니 말뜻이야 알죠. 그건 아는데 제가 어떻게 하고 싶은지는 정
말, 모르겠어요.」

「큰어머니가 자주 그러시잖아. 우리 앞날이 구만리라고. 내 앞날은
구만리 같지 않은데 심은영 네 앞날은 구만리 같아. 로사 이야기,
내가 들은 이야기들을 묶은 거라고는 해도 솔직히 내 상상으로 꾸

156

며진 게 대부분이야. 첫눈에 마음에 들인 상대하고 평생…… 그런 이야기들은 특히 내 이상일 거고. 그러니 거기 끼인 것 같은 네 운명 무시해 버려. 개척하라고. 나랑 같이 일하는 건 좋지만 로사 이야기 같은 것에 함께 묶여 가지는 말았으면 좋겠다는 뜻이야. 너도 무섭다며. 그러니까 맞선도 보고 그래. 친구들 많잖아.」

내가 무슨 말을 하고 있는지 알겠는 모양이다. 한선묵을 놓아 버리라는 나의 에두른 말에 은영의 눈에 엷은 습기가 어린다.

「대학 합격했다고 엄마 따라 인사 왔을 때였어요. 눈이 펄펄 내렸죠. 엄마가 자고 가자고 그랬어요. 언니 결혼한다고 그 준비할 때였고요. 언니는 형부 될 이 만나러 나간 뒤 아직 안 들어왔고, 안방에서 큰어머니랑 엄마랑 새언니랑, 언니 혼수 이불 꾸미시는데 나는 눈 구경하러 뜰로 나섰어요. 아줌마 작업실에 불이 켜져 있더라고요. 살며시 문을 열어 봤더니 오빠가 거기서 캔버스를 만들고 있데요. 오빠가, 심심하면 이리 들어와 놀럼, 그러는데 가슴이 얼마나 저리던지. 힘이 쭉 빠지고. 안에 들어가서 오빠가 일하는 거 지켜봤던 그날 밤에 마음이 흐른다는 걸 처음 깨달았어요. 사춘기 즈음부터 제 마음이 오빠한테로 흐르고 있었다는 걸. 그러고는 지금까지 그 흐름이 바뀌질 않아요. 바꾸고 싶은 생각도 없고. 그러니 조금만 더 이대로 가볼게요. 순전히 나 혼자 이러고 있으니 뭔가, 빛이 아니라면 바닥이라도 보일 날이 오겠죠. 그때까지만 언니가 그냥 봐주세요.」

하기야 서른한 살이나 된 여자한테 무슨 말을 더 하랴. 사람은 변할 수 있는 존재가 아닌 것 같은데. 가는 데까지 가볼 수밖에.

김세규 선생은 담배를 물고 가까이 걸린 그림 '나그네'를 올려다보는 중이었다. '나그네'의 주인공은 진예의 여동생인 진숙이었다. 그림 속 진숙은 공중에 구름처럼 떠 있었다. 진숙의 흰 치맛자락 밑에는 가을 산 그림자를 품어 안은 가을 강이 펼쳐져 있고 강가에는 집들이 아주 작게 그려져 있었다. 현실을 살아 보지 못한 진숙이 깃들일 수 없는 집들이었다.

「다 읽으셨어요?」

김세규 선생이 시선을 주지 않은 채 고개를 끄덕이며 허공을 향해 길게 연기를 내뿜었다. 담배 연기가, 공중에서 내려앉을 데를 찾아 헤매는 진숙에게 닿았다가 흩어진다.

「그러니, 이 집이 학준의 할머님 대에서부터 물려 온 집이라 이거요?」

「그보다 오십 년은 더 됐을걸요. 그렇지만 아주 많이 달라졌죠. 송현이 대대적으로 보수했고 제가 태어날 무렵 제 아버지가 크게 손을 봤고요, 십여 년 전 사랑채를 이 회랑으로 바꿀 무렵에 제 오빠가 또 한 번 손을 댔거든요.」

「사람 사는 집이 당연히 그렇기 마련이지. 그건 그렇고, 진작부터 궁금했던 건데 지금 물어봐야겠소. '로사 이야기'에 안 나왔으니까. 로사라는 어머님 함자 말이에요. 영세명이실까? 아니면 예명이신가?」

거두절미한 질문이긴 하지만 로사에게 닿으려는 그의 마음이기도 할 것이다.

「실제 이름이세요. 물론 영세명이시기도 하고요. 할머니가, 로사 이야기에 진예로 나온 분이 처녀 적에 성당엘 다니셨대요. 혼인하고도 계속 다니셨고요. 그래서 할머니가 낳으신 아이들 이름이 전부 영세명이자 실명이 된 거래요. 한나, 로사, 루다, 요섭.」

158

영세명이 마리아였던 윤진예가 자신의 집안에 저주처럼 흐르는 요절과 횡액의 기운에 대항하기 위해 한 시절 신의 품에 의탁했던 흔적이라는 말은 차마 못한다. 다섯 남매의 넷째였던 진예가 열아홉 살에 임상만의 둘째 아들 임영석과 혼인할 당시 곁에 남은 형제라고는 정신이 온전치 못했던 여동생 진숙뿐이었다. 한날한시에 사라진 뒤 종무소식이 되었던 진산과 영보는 그 이태 전에 만들어진 저수지에서 얼음을 지치다가 얼음장 밑으로 가라앉은 걸로 추정되었다. 그들의 아버지 학준이 감옥에서 죽어 돌아온 이듬해 봄, 가뭄이 심해 저수지가 바닥까지 말라붙었을 때 거기 진흙탕에 깊이 박혀 있던 두 구의 유골이 나왔던 탓에 알게 된 행방이었다. 송현의 하나 남은 아들 진경은 유학을 떠났던 일본에서 죽어 돌아왔다. 아니, 송현이 동경까지 가서 주검을 찾아다 묻었다. 진예가 혼인할 무렵 한송현은 마흔여섯 살이었는데 머리카락이 한 오라기도 남김없이 하얗게 세었다고 했다. 진산이 사라진 뒤부터 10년 남짓한 새에 남편과 아들들을 전부 잃은 그는 큰딸 진예를, 아들 삼아 키운 임영석과 혼인시킨 뒤 두어 달 만에 자신의 방에서 기도하듯 엎드린 모습으로 세상을 등졌다.

「집안 분위기로 보면 가톨릭은 낯설었을 텐데 낯선 신의 힘이라도 빌려 보고자 했다! 이해가 되기도 하네요.」

김세규 선생이 침통하게 고개를 끄덕인다. 윤진예가 신에게서 돌아선 것은 전쟁 때였다. 전쟁통에 남편과 큰딸 하나를 잃었던 것이다. 남편은 인민군에게 동조하던 세력에게 잃고 그 와중에 열병이 난 딸은 손쓸 새도 없이 저 세상으로 날아갔다. 그런데 독신의 죄가 만만찮았던가. 고운이처럼 집과 밖을 드나들던 셋째 루다는 아비 없는 아이를 낳고 어머니에 의해 골방에 갇혔다가 자신과 집을 태웠다. 멀쩡하게 잘 자라 서울에서 학교를 다니던 막내 요섭은 스님이 되어 모친 곁을 떠났다. 그 이야기들을 지금 어떻게 무슨 수로 다 하랴.

「선생님 비행기 시간이 몇 시라고 하셨어요?」

「네시데 벌써 늦었소. 아직 이야기도 나누지 못했잖소. 지금 가봐야 그 시간에 닿기도 힘들 테고 이따가 느지막이 터미널로 가서 버스 타고 잠자 가면서 돌아갈까 해요. 선재 씨가 나하고 길게 놀아준다면 밤차로 가도 되고.」

「그렇다면 저랑 술 더 하시겠어요? 송엽주가 있는데요.」

「좋은 일이지.」

「그럼 안으로 들어가시겠어요? 못 보신 그림들도 보셔야 이야길 제대로 나누죠. 어머니의 작품들을 풀어놓은 게 '로사 이야기'잖아요.」

의자 등받이에 느긋이 기대어 있던 그의 등이 느닷없는 광경을 목격한 사람처럼 곧추서더니 가까이 다가왔다.

「나야 더할 수 없이 바라던 일이지만, 괜찮겠소?」

「그래서 선생님이 선택을 하셔야 돼요. 아무 일 없이 저 안에 계신 양반들 보시면서 저랑 술 몇 잔 더 하시고 난 뒤에 그림을 보실 수도 있고 그럴 확률이 높지만, 좋지 않은 장면을 보시거나 당하실 수도 있어요. 지난번에 말씀드렸잖아요.」

「갑시다.」

김세규 선생과 안으로 들어간다는 말에 은영의 눈이 휘둥그레졌다. 김세규 선생을 따르게 하고는 안뜰로 나서서 언덕 숲 구석으로 난 길을 걷는다. 언덕은 식구들이 드나드는 대문 맞은편을 지나 아래채 측면까지 감싸고 있었다.

「이 언덕 안쪽이 연못 딸린 로사 마당이고 그 안쪽 건물이 그 양반 작업실이에요. 일부러 넘어가지 않는 한 안을 들여다볼 수 없게 아

160

버지가 만들어 놓으셨어요. 그래서인지 엄마도 이쪽으로 나오시는 일은 거의 없으세요. 이쪽이 안마당이고요.」

내 설명에 그가 뒷짐 진 채 고개를 주억거렸다. 주무실 시간은 아닌데 엄마가 지금 어디 계시려나. 속으로 가늠하며 안마당으로 들어서는데 눈앞에 불현듯 임로사가 나타났다. 긴 머리를 쪽 찌듯이 올리고 옷고름이 하얗게 빛나는 연자줏빛 무명 저고리에 흰 무명 치마를 드리워 입은 임로사가 시월 볕에 서서히 색이 바래 가는 안마당의 잔디 위를 걷고 있었다. 손님이 온다는 걸 안 여인처럼 성장을 하고 있지만 차림새는 가을 햇살을 누리고 싶었을 큰어머니의 솜씨이고, 임로사 자신은 낮잠을 자고 일어나 물감이 심하게 튀었을 옷을 갈아입고 해바라기를 하고 있을 뿐이다.

가을볕 속에서 기분이 좋은지 임로사는 그림자를 길게 달고서 허밍처럼 노래를 흥얼거리고 있다. 〈Bridge Over Troubled Water〉인 것 같다. 험한 세상의 다리가 되어. 임로사는 지금, 남편이 살아 있을 당시로 회귀해 있는 모양이다. 그 노래가 사방에 떠다니던 그들의 젊은 시절. 남편과 함께 외국 노래를 따라 부르던 임로사는 채 마흔 살이 못 된 젊은 여자였고 병세는 아직 깊지 않았다. 내가 멈춰 서자 김세규 선생도 덩달아 붙박여 있는 채였다. 아니, 그는 홀린 듯이 임로사를 바라보는 중이다. 엄마의 흰 버선발이 하얀 치마 밑에서 보일 듯 말 듯 움직이는데 그 걸음을 따라 등 뒤로 돌려 깍지 낀 손이 박자를 맞추는지 까닥까닥 움직인다. 흰 치맛자락에 반사되어 한결 눈부신 햇빛. 이런 순간이면 나도 엄마한테 홀린다. 당신 그림 속에서 쏙 빠져나와 뜰을 거닐고 있는 듯한 저 모습, 예순세 살이라고 누가 믿을까. 엄마! 탄식처럼 속으로 불러 보는데 듣기라도 한 듯 어머니가 나를 알아챘다. 심장이 방망이질하는데 나와 눈이 마주친 어머니가 환하게 웃는다. 긴장이 푹 스러진다. 이쪽으로 다가오는 어머니를 향해 걷는데 긴장이 풀린 다리가 힘이 없어 떨렸다.

「이쁜 우리 딸, 어디 갔다 오니? 손님을 모시고 왔어?」

「사랑채에 있었어요. 일했거든요. 엄마는 뭐 하고 계셨어요?」

「노래 연습 한다. 저녁에 네 아빠 들어오시면 뽐내려고. 네 아빠는 엄마더러 만날 노래를 못한다고 하시지 않니. 햇빛이 좋아서 그런지 노래가 잘된다.」

「잘하셨어요. 아버지는 괜히 그러시는 거예요. 엄마, 인사하시겠어요? 저 가르쳐 주시는 김세규 선생님이세요. 선생님, 제 어머니세요.」

어머니가 나붓이 허리를 굽히며 인사를 하자 김세규 선생도 허둥거리듯 허리를 숙였다. 두 사람이 동시에 고개를 든다. 인사말은 어머니가 먼저 꺼냈다.

「어서 오세요, 선생님. 와주셔서 고맙습니다.」

「갑작스레 찾아뵙게 돼 실례가 되지 않는지요.」

「실례라니요. 손님이 오시면 저희는 좋아요. 특히 애들 아버지가 좋아하는데. 애, 한선재. 선생님 오신다고 미리 알려주지 그랬니. 뭐라도 준비를 하게. 아버지한테 일찍 오시라고 전화해야겠다. 선생님, 우선 안으로 들어오시겠어요?」

김세규 선생을 청하고 몸을 돌린 어머니가 서둘러 걸으며 안채를 향해 작게 외쳤다. 아이, 남옥아, 다과상 준비해야겠다. 언니, 선재 담임 선생님 오셨소. 좀 나와 보시구려. 세심한 안주인처럼 예의를 차리고 마루로 올라서며 풀물 든 버선발에 슬리퍼를 꿰는 임로사의 뒷모습을 지켜보다 나와 김세규 선생은 마주 미소를 짓는다. 스물 몇 해의 시간이 뒤섞이긴 했지만 그는 임로사에게 무사히 받아들여진 것이다.

「아름다우시네요, 선재 씨 어머님은. 선재 씨는 어머님을 많이 닮
았군요.」

마루로 들어서기 전에 그가 나지막이 말했다. 무심코 고개를 끄덕
이다 어머니와 닮았다는 말에 멈칫하는데 안방에서, 누가 오셨다고?
하며 큰어머니가 나왔다. 몇십 년 전 옷을 꺼내 씻고 푸새해 햇살에
말려 임로사에게 입힌 그이 또한 초가을 석양빛으로 물든 한복 차림
이었다.

11

「언제부터 입원해요?」

병원 서쪽 문을 벗어나려는데 조수석에 앉은 올케가 혼잣말처럼 물었다. 당장도 아닌데 입원할 일이 태산 넘을 일처럼 느껴지는가 보다. 병원에서 세 시간이나 머물다 나온 참이었다. 언제나 예약하고 가지만 진료하기까지는 기다리는 시간이 생겼다. 진료가 끝난 뒤에는 처치실과 물리 치료실과 약국을 오가며 진을 빼야 했다. 오늘은 특히 물리 치료실에서 시간을 많이 보냈다. 겨울로 접어드는 환절기가 되면 올케의 증세가 악화됐다. 겨울에는 몸이 발목부터 목까지 통나무같이 굳었다. 병세가 악화되는 만큼 처치가 강해져야 하는 겨울에 입원하는 것도 그래서였다.

「십이월 십이일부터요.」

월요일 한낮인데도 길이 꽉 막혀 있어서 내 앞의 차는 도로로 진입을 못하고 찌근찌근 신경질만 부리고 있다. 뒷자리에 할머니를 태운 젊은 여자다.

「선거도 못하겠네.」

「응, 뭐라고요?」

「선거를 코앞에 두고 입원을 하면, 선거하러 가겠다고 할 때 아기씨는 나를 잡아먹으려 할 거고 아기씨 오빠는 한심하게 쳐다보면서, 잠이나 자, 그럴 거 아냐. 이번 선거 꼭 하고 싶은데. 저번 총선 때도 못했잖아.」

입 안에 보글보글 괴는 말을 삼켜 버리고 앞차가 언제 움직일지를 살핀다. 앞차의 뒷자리에 탄 할머니가 뭐라고 하는지 운전석의 여자가 뒤를 돌아보며 말하고 있는데 짜증이 조랑조랑 매달린 몸짓이다.

「나는 여태 창경원, 아니 창경궁에도 못 가봤네.」

선거에 대한 이야기가 이어지려나 했더니 이번엔 느닷없는 창경궁 타령이다. 우회전해 나가면 홍화문이 나올 참이기는 하다. 10년 가까이 일주일에 한 번씩 궁 앞을 지나다니면서도 하지 않던 말을 지금 하는 심정이 이해가 되기는 했다. 이해는 하는데 지금이라도 창경궁에 들어가 보자는 말은 나오지 않는다. 집에서는 은영이 도와줘서 차에 오르고 병원에서는 경비원에게 도움을 청해 휠체어로 옮겼다. 둘이서 궁궐을 구경하자면 어떤 과정을 치러야 할지 자신이 없었다. 게다가 10월 말이다. 궁궐 안은 단풍 구경꾼들로 미어질 것이다.

간신히 도로에 진입한 차가 창경궁 홍화문 건너편에 이르러 또 신호 대기에 걸린다. 화창한 날은 아니지만 가을에 물든 궁궐을 거닐고들 싶은지 횡단보도를 건너는 사람들이 많다. 홍화문 앞 매표소 근방에는 불이라도 난 것처럼 소란스럽다. 아버지가 살아 있을 때 식구들은 여러 궁궐을 몇 번씩 구경했다. 차 한 대에 다 탈 수 없는 식구였기 때문에 나와 한선묵은 남옥 언니와 함께 버스를 타고 먼저 출발하곤 했다. 궁궐 문 앞에 도착해 셋이 놀고 있으면 반 시간쯤 뒤에 한껏 단장한 어른들이 왔다. 두 할머니와 큰어머니와 어머니와 아버지. 창덕궁, 경복궁, 덕수궁. 제일 많이 간 곳은 비원이었다. 창경원은 한 번 가고 말았다.

그날은 토요일인데도 가을 나들이를 나온 사람이 너무나 많았다. 편히 앉을 곳을 찾아 돌아다니던 식구들이 거대한 새장 앞에 이르렀다. 어떤 소리에 반응하는 새들이 있었다. 끼이욱. 끼이욱. 검은빛을 띤 수십 마리의 새들이 한쪽에 옹기종기 모여 있었는데, 사람이 휘파람을 길게 불면 그 새가 퍼덕퍼덕 날갯짓을 하며 자지러들 듯이 울었다. 끼이욱. 한 마리가 계속 반응하는 게 아니라 여러 새가 번갈아, 잘못 건드려진 건반처럼 소리를 냈다. 사람들은 그게 재미있어 이쪽 저쪽에서 연방 금속성의 휘파람을 불어 댔고 새들은 그에 따라 계속 끼이욱끼이욱 울었다. 그리고 엄마가 느닷없이 끼이욱 소리를 냈다. 콧소리와 헛소리가 섞인 듯한. 입술을 모은 채 눈물까지 흘리며. 엄마 소리는 날카로운 비명 같았고 새장 안에서 우는 새소리 같았다. 사람들 시선은 바람처럼 일시에, 비명처럼 우는 엄마 쪽으로 쏠렸다. 낌새를 눈치 채기라도 한 듯 엄마를 겨냥해 휘파람을 날리기까지 하는 사람들도 있었다. 엄마 왜 그래, 그러지 마. 내가 엄마를 말리는데 엄마는 멈추지 못했다. 아버지가 급히 어머니를 안고 먼저 집으로 가겠다며 그 자리를 벗어났다. 식구들도 자리를 옮겼지만 더 이상은 아무 재미도 없었다. 싸가지고 간 도시락은 풀지도 못한 채 나오고 말았다. 여기는 나중에 다시 오자꾸나, 할머니가 나를 달래는 말처럼 외할머니를 달랬던 것 같지만 아무도 다시는 창경원을 거론하지 않았으므로 두 번은 못 와보았다. 그래도, 그 무렵은 식구들에게 궁궐만큼이나 눈부시던 시절이었다.

궁궐이 동물원으로 격하되고도 굳건히 존재했던 시절을 지나 다시 궁궐이 되었으니, 동물원에 갇혀 매 맞는 여자처럼 비명을 지르던 그 새는 이제 없을 터이다. 그때 실패한 소풍, 그 실패의 기억 때문에 애써 외면하고 다녔던지도 모를 소풍을 지금 환자를 데리고서라도 가 볼까. 신호 대기가 풀려 나아가는 앞차를 따라 움직이면서도 망설임은 이어진다. 대학로 쪽으로 돌아 다시 병원으로 들어가 차를 세우고 휠체어를 밀고 오면 그리 어렵잖을 것 같기는 하다. 휠체어를 타고 국토 종단을 하는 사람들도 있지 않던가. 아픈 사람을 생각해 준다는 핑계로, 사정이 여의치 않다는 핑계까지 달아서, 만날 지나다니는 길목인데 한번 들러 볼 생각도 하지 못했다.

「그럼 지금부터 가을 창경궁으로 소풍 가요. 아직 따뜻하니 무릎 덮개만 가지고도 괜찮겠죠?」

「소풍? 갑자기 무슨 소풍?」

「조금 전에 창경궁에도 못 들어가 봤다고 했잖아요. 지금 들어가 보자고요.」

「내가 그랬어? 언제?」

「언니!」

내 비명에 그는 비로소 깨어난 얼굴이다. 뻐딱하게 가라앉아 있던 신경질이 움질움질 피어났다. 서둘러 다스리지 않으면 폭발할 것이다. 차를 로터리 오른쪽의 모텔 앞으로 끌고 들어가 세우고는 창을 전부 연다.

「추운데 문은 왜 열어?」

「언니 머리가 어지러운 것 같아서요. 나도 어지럽고. 둘 다 정신을 차리고 소풍을 갈지 말지 결정합시다.」

「그냥 혼잣말처럼 나온 말이었나 봐. 내가 그 말을 입 밖으로 내뱉은 것도 몰랐어. 쓸데없는 소리 해서 미안해. 얼른 집에 가. 나 지

도둑의 누이　167

금 춥고 쑤셔. 따뜻한 데 눕고 싶은 맘뿐이야. 너무너무 피곤해. 아기씨도 알잖아요.」

「내가 언니 아픈 걸 어떻게 다 알아요. 여태껏 지척에 둔 창경궁 한 번 데리고 들어갈 생각도 못했는데, 뭘 알아요. 사람은 입장 바꿔 생각하기가 잘 안 돼요. 그러니까 참지 말고 미리미리 얘길 해줘야 한단 말이에요. 자꾸 모진 사람 만들지 말고요.」

셋이 다닐 때는 이런 일이 없다. 한선묵이 운전하면 뒷자리에서 두 사람은 짧은 수다나 떨고 있으면 되었다. 어쩌다 한 번씩 이런 말이 오갈 때는 꼭 둘이서 힘겹게 일을 치르고 나온 뒤였다. 환자의 남편이란 사람은 오토바이 타고 옷깃 휘날리며 일하러 나가 버리거나 여행을 떠나 버리고 환자의 시누이란 여자가 제 몸보다 큰 환자 수발을 혼자 들어야 할 때. 환자는 자기가 힘들고 아픈 만큼 미안해하고 나는 그를 달래면서 넌더리가 났다. 월요일마다 병원에 다닌 게 벌써 몇 년째인가 싶으면 몸서리가 쳐지기도 했다. 죽을 때까지 이렇게 살아야 한단 말인가. 내가 왜. 엄마도 모자라서 올케 수발까지. 자기 친정 형제들도 돌아다보지 않는데, 왜 내가. 자기 남편도 나 몰라라 하는데, 내가 왜!

「미안해. 아기씨.」

「뭐가 항상 미안해요? 언니가 왜 미안해요? 나 골탕 먹이려고 아팠어요? 나 힘들게 하려고 일부러 안 낫는 거예요? 아니잖아요. 근데 왜 미안해!」

가까운 도쿄로 간다더니 교토로 이동했다는 전화 한 통을 해온 한선묵은 여드레째 안 돌아오고 있었다. 한선묵에게 쌓였던 미움까지 더해져 결국 폭발하고 말았다. 이러면 안 되는데 싶은 생각은 늘 큰소리가 나간 다음에야 찾아든다.

가끔 제어가 안 되는 스스로에게 화가 나 거칠게 차창을 올리는데 은행잎 하나가 미끄러져 내려와 와이퍼 위에서 멈춘다. 어떤 때는 문명이 덜 닿은 오지를 돌고 어떤 때는 첨단의 도시 속을 그렇게 헤매는 한선묵은 지금쯤 바람에 휩쓸린 낙엽처럼 낯선 땅을 쏘다니며 길을 찾고 있을 것이다. 길이 어디 있나, 어느 길로 가야 할까 궁리하면서 카메라를 들이대고 있겠지. 그가 그러고 다닐 때, 그에 대한 미움이 치받치면 나는 그가 낯선 그 어딘가에서 혼자 죽어 버렸으면 싶었다. 영원히 안 보인다면 지금보다 나을 것 같았다. 또 한 장의 은행잎이 날아와 범퍼 위에 내려앉는다. 궁궐 안까지 들어가지 않아도 천지가 가을이었다. 집에도 가을은 주체하기 어려울 만큼 넘쳐나 날마다 쓸어 내기 바빴다. 한참을 말없이 은행잎만 쳐다보고 있던 올케가 입을 열었다.
　「머더 테레사 수녀님이 그러셨대. 멀리 있는 사람들을 사랑하는 것은 오히려 쉽다고. 가까이 있는 사람들을 항상 사랑하기가 어렵다고.」
　「그래서 지금 멀리 있는 한선묵은 사랑하고 가까이 있는 나는 못 사랑하겠다 그 말이에요?」
　내 볼멘 억지에 그가 웃는다. 둘 사이에 이런 상황이 벌어질 때 먼저 추스르는 사람은 언제나 그였다. 이럴 때면 가끔 나는 그의 조종에 따라 춤추는 줄 달린 인형 같은 무력감이 생겼다.
　「어쩌자고 오빠 같은 사람을 사랑했어요?」
　분위기를 바꾸자 싶어 꺼낸 말인데 얼른 못 알아듣고, 응? 한다.
　「오빠같이 정 없는 사람을 어쩌자고 따라와 이 고생이냐고요.」
　「내 고생이 아기씨 오빠 탓인가, 뭐.」
　「모르죠. 한선묵하고 안 살았으면 안 아팠을지도.」

「아기씨 오빠하고 안 살았으면 나는 벌써 죽었을지도 모르지. 진작에 버려졌을 테고 나는 살기 싫었을 테니까. 하기는 이나마 호강이라도 하고 사는 건 오빠가 아니라 아기씨 덕분이지.」

「아직도 오빠가 좋아요? 그렇게 오래 겪고도?」

한껏 비꼬았는데도 아련한 표정이다. 먼 데를 바라보며 꿈꾸는 듯 배시시 미소가 물리기까지 한다.

「아기씨는 오빠가 얼마나 섹시한지 모르지? 지금도 그렇지만 옛날에 얼마나 자극적인 남자였다고. 눈길만으로도 나를 흔들어 놨는걸. 그때 미용실로 아기씨 오빠가 쑥 들어와서 의자에 앉았어. 마침 내가 손이 비어 있어서 오빠한테 가서, 어떻게 해드릴까요, 하고 거울을 통해 묻는데 눈이 딱 마주쳤다? 나 그때까지 처녀였거든. 섹스가 뭔지 아직 몰랐어. 눈이 마주쳤는데 몸속에서 뭐가 쿵 하고 무너지는 것 같지 뭐야. 가슴이 벌떡벌떡 뛰고. 알아서 해주세요, 아기씨 오빠가 그러는데 몸속이, 몸 가운데가 막 저렸어. 오그라드는 것 같고. 오빠 만날 때마다 그랬던 그게 섹스하고 싶은 욕구라는 걸 오빠하고 결혼해서 살 섞으면서 알았어. 아기씨하고 이런 말 하는 거 이상하지만 오빠는 그걸 진짜 잘해. 첨부터 그랬어. 속속들이 다 채워 주고. 힘이 있으면서도 부드럽고. 나를 거칠게 대한 적이 없어. 그러면서도 대충이 없고. 나 다른 남자 몸은 모르지만 아기씨 오빠하고 살 섞을 때마다 너무 좋아서 불안했어. 어떻게 이런 남자가 나한테 왔을까. 어떻게 나하고 결혼하자고 했을까. 그 불안이, 그렇게 좋은 걸 오래 누리지 못할 것에 대한 예감이 있었는데, 그때는 그것도 모르고…… 어떤 여자가 그런 걸 누리고 있을까, 요즘은. 솔직히 그거 생각하면 가슴이, 많이, 저려. 눈물도 나고. 그렇지만 나는 아기씨 오빠를 사랑해. 고맙고. 잡지나 신문

보면 흔히 나와. 어떤 여자들은 그런 느낌, 모르고 평생 지나가기도 한다고. 나는 잘 알잖아. 그리고 몸은 안 섞어도, 아니 못 섞어도 아기씨 오빠가 아직 나를 사랑한다는 걸 느껴. 고마운 일이지. 내가 더 바라면 그건 죄악이야. 염치없는 일이고.」

결혼이라는 제도의 힘, 참 세다. 목이 메어 미안한 듯 말하지만 얼마나 당당한가. 한선묵은 누굴 사랑할 줄 모르게 된 사람이라고 여겼다. 그는 자신조차 사랑하지 않는 사람이라고. 지금은 알 수가 없다. 사랑이라는 건 어떤 한 사람에게는 말하지 않아도 느껴지는 것 아니던가. 더구나 어쨌든 그들은 부부로 17년째이다. 내가 무슨 말을 보태랴.

「그렇다면 다행이네요. 그리고 화내서 미안해요. 앞으로 언니, 나한테 미안해하지 말아요. 언니가 너무 참고 너무 미안해하면 내가 성질 한 번 부릴 수도 없잖아요. 우린 머더 테레사 과가 아니니까 우리 식으로 살아요. 언니는 아프다고 비명 막 지르고 나는 신경질 부리고 그러면서 거충거충 살자고요.」

「아기씨, 요즘 만나는 남자 있지?」

별안간 남자라니, 도대체 종잡을 수가 없다.

「앉아서 천 리네요. 있어요. 만난다기보다 보는 정도지만.」

「어떤 사람이에요? 뭐 하는 사람인데? 잘생겼어요? 성격은? 아기씨한테 잘해 줘요?」

「정신없어라. 그냥 직장 다니고 보통으로 생겼고 나한테 친절한 편이지만 고집이 센 사람처럼 보여요. 아직 잘 몰라요.」

「그 사람 좋아해요?」

「아마 그럴 거예요.」

「그런 대답이 어딨어?」

「그러게요. 나는 내가 뭘 좋아하는지도 모르겠고, 뭘 싫어하는지도 모르겠어요. 더 살아 보면 알아지려나.」

얼마나 더 살아 봐야 알지 나는 모른다. 그러니 앞에 닥친 일이나 해가면서 그냥 사는 수밖에.

「얼마 전에 어떤 잡지에서 봤는데 십칠 세기에 프랑스에 살았던, 이름은 잊었는데 모럴리스트라나 하는 어떤 사람이 그랬대. 근데 모럴리스트가 정확하게 뭘 하는 사람인지 모르겠어.」

또 무슨 외틀어진 말을 하려고 뜸을 들이는가. 모텔 입구의 어두운 창 안에서 사람이 얼찐거리며 내다보는 게 보였다. 주차를 너무 오래 하고 있는 것이다. 뭐라고 그랬대요? 차를 움직이며 추임새를 넣는다. 그 모럴리스트가?

「남자는 자기 비밀보다 남의 비밀을 더 굳게 지키고 여자는 남의 비밀보다 자기 비밀을 더 잘 지킨다고.」

모텔 앞을 빠져나가려다가 다시 선다. 비밀? 그런 말이 지금 왜 나오는 거지? 아무리 갈피 없는 말을 잘한다고 해도 상황에 전혀 안 맞는 말을 하는 사람은 아니지 않은가.

「그런데요?」

「응?」

「지금 그 말을 왜 하냐고요.」

「그냥 생각이 났어. 아기씨 비밀은 뭘까 싶어서.」

「내 비밀요?」

「누구나 비밀이 있는 거잖아. 비밀이 있어야 인생이 풍요롭다며. 그래서 사람은 비밀을 가지려는 속성이 있대.」

뭘 알고 있는 걸까. 내가 업둥이라는 걸 알 리 없다. 식구들조차 잊어버린 사실이다. 잊지 않았던 사람은 한선묵뿐이었다. 덕분에 나도 알게 되었다. 그런데 이 여자는 지금 이런 말을 왜 꺼냈을까. 한때 내가 치렀던 열병을 눈치 채기라도 했단 말인가? 치명적으로 당한 그 배반을? 그럴 리는 없다. 한 번도 내색하지 않았다. 내색할 기운까지 다 앗기며 당한 배신이었으니까. 대꾸하기는 싫다. 거짓말하기는 더 싫으니까. 더구나 유금희가 기론한 나의 비밀은 유금희는 몰라야 좋을 내용이었다.

「나 죽으면 아기씨, 아주 착하고 건강한 귀신 돼서 아기씨 도와줄게. 예쁜 아기도 많이 많이 낳을 수 있게, 그 아기들이 절대 안 아프고 똑똑하고 잘 크게 도와줄게. 살아 있는 동안은 아기씨한테 이렇게 업혀 지낼 수밖에 없을 것 같으니까.」

금세 말투가 달라졌다. 자신이 무슨 말을 했는지를 충분히 의식하고 난 뒤 분위기를 바꿔야겠다고 생각한 듯이 어조가 높아졌다.

「그러면 나더러 아이를 언제 낳으라는 거예요? 언니가 귀신 됐을 때도 내가 앨 낳을 수 있을까 봐 그래요?」

「진짜!」

「귀신 돼서 도와주려 말고 살아서 도와줘요. 내가 아기 낳으면 이야기도 해주고. 언니는 이야기 재미있게 잘하잖아요. 귀신 어쩌고 하는 말도 마세요. 언니 아니라도 제 주변에 귀신 많아요. 그 귀신들은 전부 저를 도와주고 있어요. 지금도 옆에서 소곤소곤하는걸요. 괜찮아, 다 잘될 거야, 하면서요. 그러니 언니는 될수록 덜 아프고 덜 속상해하고 속상하면 금방 잊고, 그런 방법이나 찾으면서 살아요.」

「아기씨 옆에 귀신이 있어? 정말이야? 보여?」

눈을 동그랗게 뜨고 묻는 품이 영락없는 푼수다. 가끔 도려빠진 소리 해서 이쪽에서 무슨 이야기를 하려던 건지 잊어 먹게 하는 푼수.

「정말이에요. 제 주변의 귀신들을 가끔 느끼는걸요. 무슨 힘이 있는 귀신들은 아닌 것 같아요. 언니를 낫게 해주지는 못하잖아요. 엄마도 그렇고. 오빠도 그렇고. 그렇지만 제 마음을 도와줘요. 사실은 제가 그냥 그렇게 여기는 거예요. 그럼 힘이 나니까. 누가 나를 살망살망 도와준다고 생각해 봐요. 지금보다 훨씬 나쁠 수 있는데 이만큼인 건 누가 나를 도와줘서 그렇다 생각하면 얼마나 위로가 되는데요. 언니도 그렇게 생각하세요. 그럼 지금보다 분명히 훨씬 좋아질 거예요.」

「신비해라.」

신기하다가 아니라 신비하다고 할 줄 아는 푼수. 차를 출발시킨다. 집으로 돌아가 점심 먹이고 쉬게 해야 할 때였다.

「아기씨 요즘 나타난 신비한 사람에 대해 들어 본 일 있어?」

잡지나 신문에서 발견했을 화젯거리를 생각해 낸 걸 보니 병원에서 몇 대나 맞은 주사가 이제야 효과를 발휘하나 보다. 뭐 하는 사람인데요? 그가 계속 종알거리게 하려고 무심히 응대한다.

「지난주 월요일 신문에서 읽은 기산데, 구리였던가? 그 동네에 '선린 재활원'이라는 데가 있대. 중증 장애인들이 백 명도 넘게 모여 사는 덴가 봐. 거기 오만 달러가 아무도 모르게 들어왔대. 백 달러짜리가 백 장씩 묶인 돈 다섯 뭉치가 거기 원장 책상에 놓여 있었대. 나 아직 미국 돈 구경한 적 없잖아. 그래도 내가 오만 달러를 우리 돈으로 계산해 봤다? 세상에, 칠천만 원이 넘는 돈이더라. 아무튼 그 돈을 아무도 모르게 어떤 사람이 들어와서 놓고 갔다나봐. 신비한 일이지? 재활원 측에서는 바보같이 그 돈을 경찰에 신고했대. 다행히 경찰에서는 익명의 기부금으로 단정하고 재활원에 넘겨줬고. 잘됐지? 근데 그 사흘 뒤에 다른 신문에서도 그 기사를

174

다뤘다? 아니, 같은 기사가 아니라 선린 재활원에 돈이 들어오기 사흘 전에 '아름다운 집'이라는 시설에 선린하고 아주 비슷한 경로로 돈이 들어왔다는 거였어. 거기서도 경찰에 신고를 했던가 봐. 두 사건이 동일 인물에 의해 일어났을 거라고 경찰이 추정하고 있다고 했어. 좋은 일을 하면서 도둑같이, 살짝 어떻게 그럴 수가 있을까? 진짜 신비한 일이지.」

그렇네요, 하고 대답은 하는데 등골이 서늘하다. 일주일 전 기사라면 한선묵이 여행 떠나기 직전의 일들이다. 그렇지만 그게 한선묵의 짓이라는 증거는 없었다. 그의 모든 밤 외출이 거래 때문은 아니었다. 그에겐 여자가 있었다. 한 여자를 오래 만나는 건지 여러 여자를 번갈아 만나는지, 아무도 만난 적 없고 이야기를 들은 적도 없으므로 모르지만, 오래전부터 밖에 여자가 있는 건 확실했다. 그런데 왜 기분이 이럴까. 당신의 샘솟는 의지와 창의력이 세상을 움직이게 하는 근원이 되리라고, 최상이랄 수 있는 패가 나왔던 지난달 초에 소리소리 지르며 한선묵을 자극했다. 형사하고 연애하고 있다고 떠벌리기도 했다. 둘이 겨루면 볼 만하겠네. 영웅이 되겠어. 동정표는 받을 거잖아!

「아기씨 우회전 깜빡이 안 넣어?」

운전은커녕 혼자 차에 오르지도 못하면서 길눈은 훤한 사람이 곁에서 나를 일깨웠다. 우회전 깜빡이 신호를 올려놓고 혼자 도리질을 한다. 설마 유장건과 겨루며 영웅이 되겠다고 나섰을까. 그날 나온 패에는, 당신이 쉬고 있는 사이에 당신을 공격할 상대를 주의하라는 경고도 분명히 섞여 있었다. 나는 그 말을 분명히 덧붙였다.

화첩의 규모는 처음 생각했던 것보다 훨씬 커졌다. 나는 어머니 나이만큼의 작품을 실어 자그맣게 만들어 볼까 했는데 김세규 선생은 작가 나이가 무슨 상관이냐며 욕심을 부렸다. 그가 로사 작업실과 창고에서 골라낸 작품은 백일흔 점이나 됐다. 논의 끝에 백스물세 점으로 결정했다. 좋은 날을 받아 회랑 뜰에서 이루어진 사진 작가의 작업만도 꼬박 하루가 걸렸다. 편집은 김세규 선생이 전시회를 할 때마다 도록이며 포스터를 만드는 기획사에 맡겼다. 모든 일이 이달 말에 뉴욕으로 가게 될 김세규 선생의 출국 일정에 맞추어 일이 진행돼 왔다. 그는 그 화첩과 로사 작품 일곱 점을 가지고 가겠노라고 했다.

「오셨어요?」

화첩 두 권을 들고 가 인사하자 보선 교무와 마주 앉은 진화 전무가 반갑다는 말과 함께 안쪽으로 옮겨 앉으며 자리를 권했다. 다녀간 지 두 달도 안 돼 보선 교무가 찾아온 것은 의외였다.

「일이 있어서 자리를 비웠는데 조금 더 늦었으면 못 뵐 뻔했어요. 두 분을 기다렸는데. 화첩이 나왔거든요.」

「어쩐지 오늘 여기 오고 싶더라니까요. 그러고 보면 제가 공짜를 참 좋아하나 봐요?」

진화 전무가 농담을 하며 자기 앞의 책자를 들더니 넘겨 본다. 표지에 '불꽃놀이'를 가득히 싣고 하단에다 검은 바탕에 흰 글자로 '로사 이야기'라는 제목을 박았다. 안쪽의 작품 외 공간에는 그림의 여백처럼 내가 엮었던 로사 이야기가 연하게 쓰였다. 자세히 보지 않으면 눈에 띄지 않게 연회색 바탕에 흰 활자로 쓰인 이야기는 읽지 않아도 무방하게 장치된 그림의 배경이었다.

진화 전무가 화첩을 들여다보는 사이 보선 교무는 나를 건너다보고 있다. 화장기라고는 닳아 본 일이 없는 듯한 얼굴. 언제나 힘들게 열리는 핏기 없는 입술. 10여 년을 보는 새에 차츰 처진 눈꺼풀 밑의 깊은 눈동자. 눈길이 어떻게 저리도 슬플까 싶은데 그이가 금세 다붓해진 얼굴이 된다.

「나는 한동안, 못 오겠소. 내일부터 저 아랫녘, 본당으로 가게 됐거든. 그래서 인사하러 왔어요.」

「본당이라면 익산요? 김제 옆에 있는?」

보일 듯 말 듯 고개를 끄덕이는데 그의 시선은 나를 떠나지 않는다. 한동안이 아닌 작별을 말하는 눈길이다.

「그럼 이쪽 교당을 아주 떠나시는 건가요?」

「돌고 도는 게 우리 일이니 언젠가 또 오게 되는 수도 있겠지. 어쩌면 못 올 수도 있고. 오랫동안 선재 씨한테서 맛있는 차 얻어 마시고 쉬어 가고 그랬는데, 나는 해준 게 하나도 없어서 염치없어요.」

「무슨 그런 말씀을요. 교무님 뵙는 것만으로도 제가 얻은 위안이 얼만데요.」

「그리 말해 주니 좋구려. 어쨌든 선재 씨한테 뭐든 선물하고 싶어서 가지고 온 게 있는데 받아 주면 고맙겠소.」

그이가 바랑 속을 뒤적거리더니 흰 상자를 꺼내 뚜껑을 열고는 얇게 접힌 검은 헝겊을 탁자에다 내놓았다. 내가 손을 대지 않자 그이가 상자를 밀쳐 놓고 헝겊을 풀었다. 지름이 한 뼘쯤 될 노랗고 가느다란 동그라미다. 18금인가, 팔찌로는 너무 크고 목걸이로는 작은 물건. 저 동그라미에다 악마와 뱀과 스핑크스를 그려 붙이면 운명의 수레바퀴가 되겠다. 인간의 삶에 걸림돌이 되는 지식과 본능과 탐욕! 헝겊의 네 귀에다 천사와 독수리와, 사자와 소를 그려 넣으면 메이저 아르카나 10번 카드 '운명의 바퀴'가 되겠고. 오는 것이 있으면 가는 것이 있고 오르막이 있으면 내리막이 있으리라. 저 동그라미를 지금 막 떼어 본 카드 패로 치환해 읽는다면 전혀 예상치 못한 새로운 기회에도 마음을 열라는 뜻이 된다. 운명의 수레바퀴를 앞에 두고 말없이 들여다만 보고 있는 두 사람이 안돼 보였던지 진화 전무가 화첩을 든 채 입을 열었다.

「우리들 세계에서는 그 원형을 일원상이라고 불러요. 존재하는 모든 것들의 고향이고 모든 생명체의 본래 마음이고, 우리가 도달하고자 하는 궁극의 원리와 지혜의 상징물이기도 하지요. 교무님께서 선재 씨한테 마음을 많이 주고 계셨던가 봐요.」

정말 의외의 선물이지만 오늘 마음을 열어 받아들여야 할 것이 일원상이고 보선 교무의 마음이라면 받아야 하리라. 운명의 지배를 받기 싫으면 스스로의 삶과 일에 책임을 져야 하리라는 뜻의 카드를 뒤집은 셈이니까.

「아름답네요. 고맙게 받겠습니다. 저도 뭔가 드리고 싶은데……두 분 여기 걸린 그림 중에 마음에 드는 게 있으면 고르세요. 어떤 작품이라도 고르시면 드릴게요. 아, 진화 전무님께선 지난번에 '손가락에 핀 꽃'을 마음에 들어 하셨죠?」

진화 전무가 잔잔히 나를 보기만 하는 보선 교무의 눈치를 살피다가 가만히 입을 열었다.

「고맙습니다. 그렇게 할게요. 나중에 기회가 닿는다면요. 지금은 들어가서 예불 올리고 여행 준비를 해야겠습니다.」

「전무님도 함께 가시는 건가요?」

「그렇게 되었습니다. 혹시 선재 씨, 익산 쪽에 오실 일이 있으면 꼭 들러 주세요.」

「꼭 마지막인 것처럼 말씀하시네요? 섭섭해요. 두 분 앞에서 외람된 말이지만 자라 온 환경 탓인지 저는 인연, 그런 거 믿어요. 윤회도 믿고요. 전생의 인연들이 이생에 모닥모닥 모여 태어난다는 대

178

목이 마음에 들거든요. 이생에서 부대꼈던 인연들이 업을 해결하지 못하면 다음 생에 다시 만난다는 설정은 더 좋고요. 윤회설에 따르자면 두 분하고 저도 몇 생에 걸친 만만찮은 인연이 있는 것일 수도 있지 않겠어요? 그러니 두 분, 마지막인 듯이 말씀하지 마시고 아주 나중에라도 다시 들러 주세요. 저도 찾아뵙도록 노력할게요.」

「그래요. 그렇게 하십시다. 어머니 잘 모시고 선재 씨도 언제나 몸 보중해요.」

어머니를 잘 모시라는 말이 낯설어 무춤해 있는 동안 두 사람이 행장을 꾸리며 일어섰다. 그들을 문밖까지 배웅하는데 모퉁이를 돌기 전에 보선 교무가 다시 돌아보고 어서 들어가라고 손짓하며 웃는다. 안녕히 가세요, 인사를 하고 났더니 그들은 보이지 않는다. 그들이 사라진 자리를 한참이나 쳐다보고 있다가 안으로 들어와 방금 앉았던 자리에 털썩 몸을 부린다. 몸속에서 뭉텅, 뭔가가 빠진 것처럼 허전했다. 손을 뻗어 탁자 위에 그대로 있는 일원상을 만져 본다. 검은 바탕에 노란 원을 돋을새김 한 추상화 같다. 존재하는 모든 것들의 고향을 상징한다고 했던가. 모든 생명체의 본래 마음이라고도. 두고 두고 봐도 이해가 어려울 이 버거운 상징물을 액자로 만들어 벽에 걸어도 괜찮을 것이다. 그런데 그 액자는 어디다 걸까.

12

늘 선뜩하게만 느껴지던 한선묵의 공간에 커피 향이 찼다. 네 언니가 이상한 소리 하던데 좀 보자, 해서 건너왔다. 커피 향 때문인지 잔뜩 도사리고 온 마음이 누그러든다.

「목이 말라서 마시려던 참인데, 할래?」

「어.」

커피 잔을 소파에 앉은 나한테 건네준 한선묵이 자기 책상 앞에 가 앉는다. 둘이 이야기를 나눌 때의 구도가 대개 이런 식이었다. 약정이나 맺은 것처럼, 시선이 비켜 갈 수 있도록 마주 보고 앉지 않는다.

「그 유장건이라는 형사는 자주 만나냐?」

올케 이야기인 줄 알고 벼르고 있는데 허를 찌르듯 한선묵이 그렇게 물어 왔다. 예상했던 내용이 아니라서인지 대답할 의욕이 생기지 않았다. 그런데 언뜻, 유장건이라고? 싶어 몸을 곧추세운다. 흐릿했던 머릿속이 삽시간에 맑아졌다. 한선묵이 유장건이라는 이름을 어떻게 알까. 회랑에 와 있는 그를 화면을 통해 봤을지는 모르지만 이름을 알 까닭이 없지 않은가.

「유장건이라는 이름을 어떻게 알아?」

「널 찾아다니잖아.」

「이름을 어떻게 아느냐고. 난 분명히 말한 적이 없는데.」

담배를 뽑아 불을 붙일 뿐 대답을 않는다. 나는 피돌기가 뒤틀리기 시작한다. 뭔가를 집어 던지고 싶은 충동을 다스리느라 어깨에 걸쳤던 재킷을 거칠게 끌어올렸다. 주위에 그가 피우는 연기와 적막이 뒤섞여 어른거렸다.

「최소한 나한테 거짓말은 안 한다고 생각해 왔어. 혹시라도 거짓말할까 봐서, 그거 듣기 싫어서 묻지도 않아 왔으니까. 그러니 머리 굴리지 말고 말해. 유장건을 어떻게 알아?」

「기억이 맞는다면 같은 초등학교를 다녔을 거다. 육학년 때 그 친구가 어린이회장인가 그랬어.」

어떤 일들을 이해하려고 애써 본 적도 없었다. 이해하려고 애쓴다고 이해되는 일도 없었다. 그런가 보다 하는 수긍과 수긍 못한 채로 받아들여야 하는 일상이 있을 뿐이었다.

「그때 둘이 친했어?」

「오학년 때 같은 반이긴 했지만 어울린 기억은 없어. 나하고 워낙 다른 친구였으니까.」

「그럼 그 사람이 지금의 한선묵을 알아?」

「글쎄, 그건 내가 모르지.」

「그럼 그 사람이 형사가 된 건 어떻게 알았어?」

「네가 형사가 왔다고 했잖니. 그래서 유심히 보게 된 거고 기억을 해낸 거다.」

「그 사람이 형사라는 걸 알고, 같은 학교를 나왔다는 걸 기억해 냈는데도 계속한다, 이거네. 게임을 하는 모양이지? 그 사람이 한선묵을 의식했든 안 했든 말이지……. 자기가 원하는 게 뭔지, 뭘 하고 싶은지는 알고 살겠네. 심심치는 않겠어. 나는 심심해. 날마다 해야 할 일은 끝이 없고 그 일들이 다 내 몫이려니, 기꺼이 하는데도 가끔 심심해. 심지어는 머리가 깨지고 어깨가 찢기는 일을 겪고 살아도 심심할 때가 있는데, 한선묵은 안 그렇겠어. 최소한 심심하지는 않겠다고. 진짜, 원하는 게 뭐야?」

「그런 거 없다.」

머리 위 창밖에서 뜰을 휩쓸고 지나가는 융융한 바람 소리가 들렸다. 저 어두운 바람을 따라 어디까지 가야 끝이 보일까.

「그럼 뭘, 뭔가를 찾는 거야?」

「그런 것도 없어.」

「그럼 뭣 때문에 게임 같은 걸 하는데?」

「글쎄. 나도 너 같은 이유, 심심해서일 수도 있겠지. 가끔은 내가 왜 살아야 하는지를 몰라서 어리둥절할 때가 있는 걸 보면.」

왜 살아야 하는지 몰라서 어리둥절할 때가 있다는 말을 속으로 따라 하고 나니 명치께가 먹먹해진다. 화도 났다.

「자살은 않겠네? 다행이야. 살아야 할 이유를 모르니 죽을 이유도 모를 거잖아. 어쨌든 나한테 다 떠넘기고 사라지지는 말아 줘. 나 지금 감당하는 일만으로도 벅차거든. 효과가 있을지 모르지만 이건 협박인데, 오빠가 어떤 이유로든 내 앞에서 사라지면 나는 엄마를 정신 병원에다 모셔 놓을 거야. 한 발도 밖으로 나오시지 못할 곳, 두 번 다시 찾아다니지 않아도 되는 데다 돌아가실 때까지 가둬 둘 거라고. 엄마가 병원으로 가시면 당연히 큰엄마도 따라가시겠지? 그러면 언니도 내다 버릴 거고, 집은 팔 거야. 통째로 안 되면

조각조각 내서라도 팔아 치우고 혼자 훨훨 날아다니면서 살 거라고.」

「내가 예고 없이 사라지는 일은 일어나지 않을 거지만, 설사 그렇다고 해도 너는 그렇게 안 할 거다.」

「왜? 무슨 근거로 그렇게 자신만만한 건데?」

「너를 아니까. 너는 그렇게 못하는 게 아니라 그렇게 안 할 사람이야. 나한테 화내는 건 어쩔 수 없는데 네 스스로 맘 상할 어깃장은 부리지 마. 그리고 내가 너 보자고 한 건 네 언니 때문이야. 이혼하자고 하는데, 네 생각은 어떤가 싶어서.」

내 키로는 열 수 없게 높게 달린 창 밖에 나뭇잎들이 휩쓸려 다닌다. 바람이 점점 거세지나 보다. 몸속에 모래 섞인 바람이 휘몰아치는 것 같다.

「그럼 이혼하면 되지, 왜 나한테 물어? 이혼해. 잘됐네. 내다 버리는 수고 할 필요도 없겠잖아. 이혼하자고 나선 사람이 알아서 나가 줄 거 아냐? 아직 움직일 만할 때 나가 주겠다는 건가 본데, 진짜 고맙네.」

「진심이야?」

가끔은 한선묵이 죽어 버리기를 바랄 만큼 유금희가 넌더리 나는 순간이 있다. 반대로 그이가 친언니인 것처럼 살갑고 애틋해 대소변 받아 낼 일이 생긴다 해도 기꺼이 할 수 있을 것 같을 때도 있다. 진심이란 때에 따라 얼마든지 달라지는 것이었다.

「진심 같은 건 모르겠어. 따지고 싶지도 않고. 그렇지만 이 이야기 하자고 만났으니 물어볼게. 오빠 혹시 정해 놓고 오래 만나 온 여자 있어?」

「그건 네가 안 하는 질문 아니냐?」

터놓고 이야기해야 할 때에는 언제나 제대로 되지 않는다. 어떤 것이 건드려지면 마음을 다스려 이야기해야겠다는 생각이 들지도 않을 만큼 서로 어긋나는 것이다. 그는 한 방 날려 놓고 거늑한 얼굴로 뜨거운 커피를 잘도 마신다.

「오빠 여자에 관한 질문을 지금 하는 이유는 언니 이야기를 하기 위해서야. 내 올케가 아니라 한선묵의 아내에 관해서 말하려고. 언니가 왜 이혼하자는 말을 하는지 그 맘은 알지만 새삼스럽게 그런 말을 하는 원인이 어디 있을까 싶어서. 오빠한테 오래 만나 온 여자가 있고, 언니가 그걸 눈치 챈 게 아닌가 싶은 거지. 언니는 지금껏 남편이 밖에서 여자를 만나도 할 말이 없다고 여기는 처지잖아. 아무 말도 안 했을 게 뻔하고. 그래서 오빠 맘까지 밖에 있는 여자한테 가 있다면 자기가 물러서 줘야겠다고 여기는 거고. 그런 여자가 있어?」

「맘까지 주는 여자라!」

혼잣말처럼 중얼거린 그가 들고 있던 커피 잔을 탁 소리 나게 내려놓았다. 만날 흐릿하기만 하던 눈빛이 날카로워졌다.

「안에서도 그러더니…… 여자들은 그렇게 말하는 건가 보구나. 네 언니나 네가 말하는 방식대로라면 나한테 그런 여자 없다.」

어조에도 냉소가 스며 있다. 내친김에 그의 눈을 쏘아보며 물었다.

「그럼 정해 놓고 몸만 섞는 오래된 여자는 있어?」

「새삼스레 뭘 알고 싶어 그렇게 말을 돌리는 거냐?」

「돌리기는 뭘 돌려? 마음, 느낌에 대해 물었잖아. 자기 아내가 이혼하자 할 때, 상황을 그렇게 만든 남편으로서 어떤 맘인지. 나하고 그 이야기를 나누고자 했던 그 마음이 어떤 건지.」

「네 언니 말을 듣는 게 좋을지, 그걸 물어보려고 했던 것뿐이야. 네

184

가 나보다 그 사람에 대해 잘 아니까.」

「내가 뭘 알아? 둘이 이혼하는데 왜 나한테 물어? 그럼 그 맘은 뭐야? 어떤 거냐고.」

「어떤 맘, 느낌 같은 거 없어. 나는 아무래도 상관없으니까.」

「안에도 밖에도 줄 마음이 없다면, 대체 오빠 맘은 어디로 갔어? 옛날에는 분명히 있었던 그 맘이 어디로 간 거냐고. 여행 다닐 때마다 버리고 와? 아니면 남의 집 금고 만들어 줄 때 거기다 얹어 보내는 거야?」

과거에 금기가 되어 버린 대목임에도 어쩔 수 없이 현재로 이끌려 나온다. 그 금기 때문에 번번이 여울목에 휩쓸리듯 이야기가 얼크러지거나 끊겨 버리기 때문이다. 건드리지 않아야 할 대목을 건드려 놓고 난감해 외려 억지를 부리는 나를 한참이나 쳐다보던 그가 담배를 뽑아 들며 시선을 비켰다.

「옛날에 있었는데 지금 없다면 옛날에 그걸 가져간 사람한테 있겠지.」

그걸 가져간 사람이라니! 써늘하게 몸을 훑고 지나가는 기운에 진저리를 친다. 그를 향해 내던지지 않으려고 찻잔을 그러쥔 나의 두 손을 들여다본다. 손바닥이 뜨거워지다 못해 아프다. 도저히 더는 쥐고 있을 수가 없어 잔을 탁자에 내려놓고 그를 노려본다.

한선재가 다른 한선재를 덮어쓰고 사는 줄은 아직 꿈에도 몰랐던 때, 여고 2학년 여름 방학이 끝나 갈 무렵이었다. 태풍이 몰고 온 비가 천지를 삼킬 듯이 퍼붓던 날 한낮에 나는 공부하기 위해 사랑채에 혼자 나가 있다가 비바람에 갇혔다. 마루의 유리문들을 뒤흔드는 바람과 질정을 잡지 못하고 뒤흔들리는 나무들과 마구 날리는 퍼런 나뭇잎들을 바라보고 있는 내가 꼭 수인 같았다. 어제쯤 제대를 하고 돌아왔어야 할 한선묵이 아직 오지 않은 채였고 온 식구가 애타게 그를 기다리고 있는 참이었다. 나도 똑같이 애가 탔지만 기다림의 성분은 식구들과 달랐다. 내 기다림은 그에 대한 불온한 그리움이었다. 그가 휴가를 나올 때마다 달라지던 눈빛과 그 눈빛에 투영되던 내 눈빛이 체증처럼 맺혀서 안채에 어른들과 함께 있기 힘들어 나온 참이었다. 대문 흔들리는 소리가 어떻게 들렸는지 모를 일이다. 천둥이치고 비바람이 몰아칠 때 남의 집을 찾아올 사람이 누가 있으랴. 그가 돌아온 것이다. 마중은 나가지 못했다. 외려 책을 펼쳐 놓고 엎드렸다. 공부하다 잠이 든 체하며 안채로 들어간 그의 행동을 유추하다가 깜박 졸았던가, 이마에 닿는 한기 때문에 잠에서 깼다. 모로 누운 채 눈을 뜨지는 못했다. 닿을 듯 말 듯, 이마에서 미간을 지나 콧등에 머무는가 싶다가 목을 스친 그의 서늘한 손가락이 어깨에 멈춰져 있어서 마취당한 듯 꼼짝할 수 없었다. 한선재! 그가 가쁜 듯 쉰 목소리로 낮게 불렀다. 아주 오랫동안 참았던 숨을 나누어 뱉는 듯한 목소리였다. 대답 대신 손을 들어 어깨에 있는 그의 손을 잡고 눈을 뜨고 일어나니 책상다리하고 앉은 그와 무릎이 맞닿았다. 그는 새롭고 낯선 존재였다. 그가 오빠가 아닌 남자라는 새삼스러운 실감이 아득했다. 시간이 얼마나 걸렸던가. 어지러운 통증이 지나간 뒤 늘어진 그의 몸을 덮어쓰고 있는데 쾅쾅, 폭탄이 터지듯 천둥이 쳤다. 뒤이어 번개가 지나갔다. 내가 움찔하자 그도 움찔하더니 모로 누워 나를 끌어안았다. 다시 천둥이 울리고 어디선가 벼락이 쳤다. 둘 다 아무 말도 하지 못했다. 한참 뒤에야 그가, 눈 떠, 한선재, 했다. 눈을 뜨니 그의 눈동자가 바로 앞에 있었다. 그의 눈동자가 소리 내어 말했다. 여기가 끝이고, 시작이야. 환청 같았지만 여기가 끝이고 시작이라는 말을 알아들었다. 그리고 그 말을 어떤 약속처럼 가슴에다 심었다. 아주 긴 기다림이 미래로 드리워졌다는 걸 느꼈지만 그래도 그 순간에는 모든 게 분명했다.

그가 결혼하겠다고 나섰던 즈음까지는 그랬다. 반년쯤 지속됐을 것이다. 벼락 치는 소리와 함께 시작된 죄의식을 이부자리처럼 깔고 미친 듯이 서로 탐했던 시간은 외할머니가 돌아가시면서 끝났다. 상중이어서 그렇겠거니 했는데 그는 장례를 치르고 나서 한 달쯤 뒤, 결혼하겠다고 했다. 저 인간이 돌았나, 했더니 실제로 여자를 데려오고 결혼을 했다. 그 후는 혼란이었다. 금기를 어기며 생성된 약속에 대해 내내 합의하고 있다고 여겼지만 합의라고 느낄 때는 번번이 서로 어긋날 때였다. 어긋난 채 금기를 깨지 않고 그가 결혼했듯 그 금기를 깨지 않고 나 또한 결혼했었다. 어긋남으로 해서 금기는 더욱 견고해졌고 안으로 깊이 가라앉았다. 해서 금기는 유효하다고, 말라붙은 침전물 같을망정 유효하다고 여겼다.

그렇지만 아주 오래전에, 한선묵이 나한테 한선재가 업둥이였다는 사실을 알려주었을 때부터, 그는 거기서 풀려났는지도 모른다는 생각을 이따금은 했다. 둘 사이에 혈연을 걷어 내버린 그때 이후 약속 같은 건 아예 잊어버렸는지도 모른다고. 나도 자주 잊고 살지 않는가. 일상은 오래전에 품었던 정서를 그대로 갖고 살게 할 만큼 한가하지 않으니까. 그렇기를 바랐는지 아닌지는 알 수 없었다. 너무 오래되어서 그를 향해 품었던 내 감정이 실재했던 것인지조차 의심스러울 때가 있었다.

「지금까지 내내 물어보고 싶었어. 한 번쯤, 죽기 전에 한 번쯤은 물어봐야겠다고 작정하고 있었고. 더 늦기 전에, 말 나왔으니까 물어볼게. 그때 왜 결혼했어?」

무던하게 살겠다고 작정했으려니 했지만 궁금했다. 그 성격에, 변

도둑의 누이 187

하지 못할 상황 속에서 무던이라니. 도무지 어울리지 않았던 것이다.

「나는 우리가 그렇게 살 줄 알았어. 결혼 못할 거면 안 한 채로 결혼만 빼고 나머지는 다 하면서 같이 살 줄 알았다고. 그렇게 약속한 거라고 당연하게 여겼어. 그런데 아니었잖아. 왜 그랬어?」

뜸 들이듯 빤히 쳐다만 보고 있던 그가, 할머니가 하라고 하셨어, 했다. 할머니? 온갖 상상을 다 해봤지만 외할머니가 거론될 줄은 몰랐다. 말문이 막힌 나를 바라보며 한선묵이 말을 이었다.

「할머니가 우리 일을 알고 계셨어. 우리는 아무도 모를 거라고, 우리 둘만 아는 사실이라고 여겼지만 우린 어렸던 거지. 겨울이었어. 신제품 개발 때문에 퇴근이 많이 늦었던 밤이고. 열두시가 넘었을 때였지만 공부 봐주려는 것처럼 네 방으로 가는데 할머니가 가만히 손짓하시더라. 사랑채로 가셨어. 문을 꼭꼭 닫고 차디찬 바닥에 앉으시더니 한참 동안 나를 쳐다보시다가 당신 사실 날이 얼마 안 남았다고, 결혼하라고 하시더라. 선재는 그냥 그대로 두고, 선재는 그대로 두고, 하시며 같은 말씀을 두 번이나 덧붙이셨어. 이 할미가 오래 살 거라면 더 이상 겪지 못할 일도 없다만 아가 묵아, 선묵아, 이 할미는 죽을 일도 큰일이다. 토씨 하나 틀림없이 그렇게 말씀하셨어. 편히는 아니더라도 눈이나 감고 죽을 수 있게 해다오, 하시는 걸 아무 약속도 못 드렸다, 나는. 나는 그거 안 되는 놈이니까. 네가 송촌 집에 처음 들어온 때부터, 네가 오빠한테 시집갈 거라고 종알거릴 때도, 네가 나한테 시집오는 거, 네가 내 여자인 걸 당연하게 여겼으니까. 그런데 할머니가 그날로부터 십구 일 만에 돌아가셨어. 너도 알다시피 나는 임종도 못했지. 네 연락 받고 병원에 뛰어갔을 땐 이미 가신 뒤였으니까. 그래서, 결혼한 거야. 할머니 말씀대로 널 그냥 그대로 두고. 그게 맞는 말씀인 것 같아서.」

188

귀가 먹먹하다. 눈을 감으니 어지럽다. 내가 오래 살기는 했다만 네 생각 하면, 한 십 년만 더 살았으면 싶다. 미안하구나, 선재야, 미안해. 할머니는 임종 전날 밤, 눈이 짓무르게 눈물을 흘리며 미안하다는 말을 자꾸 되뇌시다 잠이 드셨다. 낙상으로 입원한 지 이틀밖에 되지 않았고 아직 검사 결과가 나오기도 전이었다. 다음날 아침에 일어나 보니 할머니는 흰 얼굴로 눈을 뜨고 천장을 올려다보고 계셨다. 자리에서 일어나실 때면 늘 쪽부터 찌는 희끗한 머리카락이 베개에 힘없이 흐트러져 있었다. 복도에 환자들의 아침 식판을 실은 수레가 오가는 기척이 나기 시작했을 때였다. 할머니, 일어나셔서 진지 잡수실래요? 머리 먼저 만져 드려요? 늦잠을 자버린 죄송함에 웃으며 장난처럼 할머니 이마를 쓸었다. 써늘했다. 땀이 났다 식었는가 싶어 할머니 이마를 한 번 더 살며시 쓸었다. 그때 할머니가 무슨 말씀인가 하시려는 듯이 입을 벌리다가 말았다. 그리고 나와 마주치고 있던 눈을 감았다. 잠결이셨나 싶어 물러나 병실로 들어온 아침 식사를 조용히 받아 놓고 창을 내다보며 기다렸다. 일어나시기를 한 시간은 기다렸을 터이다. 병실에 딸린 화장실에 세수하러 들어가 거울 속에서 파랗게 질린 내 얼굴을 보면서야 알았다. 할머니가 돌아가셨다는 걸 내가 벌써 알고 있음을.

할머니가 마지막으로 하시고 싶은 말씀이 뭐였을까. 모른다. 윤진예 일생의 마지막 고통이 한선재였다. 몰랐다. 모르는 것투성이었다. 한선묵이 그때 그쯤에서 굳어 스스로도 느끼지 못한 맘을 가지고 살게 된 줄도 몰랐고, 앞으로 무슨 일들이 더 벌어져야 하는지도 모른다. 그가 자기 맘이 어디 있는지 모르듯 나도 내 마음이 어디 있는지 모른다. 눈을 뜨니 눈이 아프다. 아픈 눈 속으로 내내 가져왔던 또 하나의 의혹이 이물질처럼 어른거렸다.

「그렇게 할머니 돌아가셨고 그래서 결혼했으면 됐지, 나한테 내가 업둥이라는 건 왜 말했어? 알려줄 거면 우리가 시작하기 전에 말해 줬어야지 끝내 버린 다음에, 그것도 한참이나 지나서 뭐 하려고 알려줘? 혼자 그렇게 가벼워지고 싶었어?」

「나는 가벼울 것도 무거울 것도 없었어. 지금도 마찬가지고.」

「그런데?」

「네가 어머니 닮아 가는 게 보여서, 네가 어머니 닮을 이유가 없다는 걸 알려줘야 할 것 같았어.」

할머니는 돌아가시기 전에 더 이상 못 겪을 일이 없다고 하셨다던가. 나도 더 이상 못 겪을 일은 없을 거 같다. 어머니를 닮아 가는 것. 루다, 진숙, 고운이와도 닮는 것. 언젠가 나도 그들처럼 현실에 한 발도 붙이지 못하고 바람처럼 떠돌아야 하는 건 아닐까 하고 무서웠던 적이 있었다. 어쩌면 그 무렵쯤의 나는 자주, 미쳐 있는 나를 상상했을 것이다.

「그건 보고 싶지 않았거든.」

혼잣말처럼 덧붙이고는 또 담뱃갑을 끌어당긴다. 맞다. 모두 지나간 일, 더 이상 따질 게 없으므로 할 말도 없다. 임로사를 닮지 않을지는 모르지만 앞이 안 보이기는 마찬가지였다. 심은영이 말한 대로 아직 덜 본 바닥이 있다면 그것이라도 기다려야 하는 것이다. 지금은 두 사람 사이에 엄연하게 존재하는 유금희라는 현실에 대해 이야기할 때였다.

「할머니 말씀이 맞는 것 같아 따랐다면, 그리고 오빠가 자기 맘도 모르겠다면 지금 그대로 살아. 유금희 남편으로. 대신 남편으로서 아내한테 시간을 조금 더 내줬으면 해. 어떻게 시작했건 오빠가 데리고 들어온 사람이니까. 그러잖아도 성치 않아 서러운 사람을 더 서럽게 해 움츠러들게 만들지 말고⋯⋯.」

머릿속의 생각이 마음까지 내려앉아 주지를 않아 말을 계속할 수가 없다. 처음으로 시작한 이야기, 좀 더 해야 하는 건지도 모른다. 하지만 뭘 어떻게 확인하기에는 지나온 시간이 너무 길지 않은가. 망설이는 사이에 자꾸 쌓이는 불안한 침묵을 그가 깼다.

「네 언니가 진심으로 원한다면?」

「내가 원하지 않아. 오빠가 이혼한다고 해서 달라질 게 없잖아. 이혼하고 내보낼 거야? 이제 우리랑 아무 상관 없으니 나가서 혼자 사시오, 해? 그거 안 되잖아. 그렇다면 나한테는 유금희가 한선묵의 아내인 게 나아. 그만 가볼게. 친구가 오기로 했어.」

소파에서 일어나 책상 옆을 지나려는데 한선묵이 배웅이라도 하려는 것처럼 일어났다. 그가 옆에 있으니 뭔가 치받쳐 돌아선다. 누군가 손을 뻗으면 닿을 거리였다. 한 걸음 다가들었다. 그는 담배 든 손을 치켜 올리고 엉거주춤, 나를 안지도 못하고 물러나지도 못한 채로 입상처럼 서 있다. 당황스러운지 안경 속 눈이 찌푸리듯 흔들린다. 한때는 그에 대해 모르는 게 한 가지도 없었다. 무릎의 흉터가 몇 개인지, 그의 몸 어디에 어느 정도 크기의 점들이 박혀 있는지, 내게 다가오는 그의 손길이 때에 따라서 무얼 원하고 무얼 해주고 싶어하는지. 그 시절에는 그의 눈을 들여다보는 게 좋았다. 눈싸움하듯이 쳐다보고 있노라면 그에게서 스며 나오는 뜨거움이 나에게 스며들었다. 나한테서 그에게로 건너가 스머드는 뜨거움도 느꼈다. 그때는. 지금은, 그저 보이기만 한다. 내 몸속 저 깊은 곳에 소금덩어리처럼 응결돼 가라앉은 그때 나의 뜨거움이. 그의 시선 저 깊은 곳에 바위처럼 싸늘하게 굳어 있는 그때 그의 슬픔이.

「유장건 그 사람하고의 게임은 그만둘 거지?」

「난 그 친구하고 게임 한 적 없어.」

한 걸음 물러선다. 그도 한 걸음 물러서서 담배 든 손을 내린다. 잔뜩 곤두섰던 신경들이 이완되지 않아 전신이 아프지만 한선묵이 제대로 보이긴 한다.

「빈말로라도, 그만두겠다고 말해 줄 줄 알았더니……. 둘 다 입 밖에 내본 적은 없지만, 예전에 우리가 서로 사랑했다고, 지금은 달라졌다고 해도 그때 사랑했던 힘으로 어쨌든 의지하고 있는 거라고, 그래서 서로 해가 되는 일은 안 하는 거라고 여겼는데…… 허망해. 하기는 왜 사는지도 모르는 사람한테 기대한 내가 바보지.」

제이엠 기획 밖으로 나서니 눈앞이 아득하다. 진눈깨비가 날리는가 싶어 눈을 부릅떴더니, 아니다. 그저 이내 낀 듯 흐린 날일 뿐이다.

「북한강이 보이는 곳까지 가는 데 오래 걸려? 강촌역 근방에, 춘천으로 들어가는 길목에 다리가 있었던 것 같은데.」

좀 멀리 나가 보자는 기림의 말에 누군가 내 귀에 대고 속삭이기나 한 것처럼 불쑥 떠오른 생각이었다.

「어떤 속도로 가느냐에 달렸지. 왜? 거기 가보고 싶어?」

「내가 말한 데가 어딘지는 알겠어?」

「알아. 막히지 않고 간대도 시간 반쯤 걸릴 거리야. 선재 씨 수준으로는 좀 먼 거리 아닌가 싶은데?」

「내 수준이 어때서?」

「늘 집 근처에서만 맴맴 도는 것 같아서 그러지. 안색도 안 좋고.」

「걱정 말고 운전이나 해.」

「그럼 모처럼 한번 쌩쌩 달려 볼까나.」

「서울 시내에서, 이 한낮에, 쌩쌩? 꿈도 야무지셔.」

그의 끌밋한 웃음소리와 함께 차가 출발했다. 시내를 빠져나가는데 시간이 꽤 걸렸지만 지루할 틈은 없다. 대통령 선거를 한 달 앞두고 언론들은 전시 체제라는 이야기를 시작으로 여당 후보와 야당 후보의 선거전, 어떤 후보가 당선될 것인지에 대한 진단까지 바빴다. 나는 투표장에 가본 게 현직 대통령 선거 때뿐이었을 정도로 정치에 관심 없었지만 경춘 가도로 들어섰을 즈음엔 어떤 후보를 찍을 것인지 정했다.

「기자들도 투표해?」

「뭐?」

기림이 어처구니없다는 듯이 고개를 돌리는 바람에 차가 기우뚱했다가 제자리를 잡는다.

「기림 씨 이야기 들으면서 내가 누굴 찍을 것인지 정했거든. 그러고 났더니 그게 궁금하네. 기자들도 투표를 하는지. 선거날 기사 쓰느라고 바쁠 거 아냐.」

「누가 들으면 선재 씨 산에서 내려온 사람인 줄 알겠다. 수도원 같은 데 갇혔다가 나왔거나. 나랑 같이 학교 다닌 거 맞아?」

「질문에 대답만 하면 되지 웬 사설이 그리 길어?」

「선생님도 똥 눠요? 하는 것 같잖아.」

「그러니까 투표하는 건 똥 누는 거하고 같은 거네?」

「무어?」

기가 막히다는 듯이 돌아보려던 기림이, 아니 저 자식이? 하더니 경적을 길게 울렸다. 옆 차로를 달리던 차가 끼어들었던 것이다. 그다지 화낼 만한 상황이 아닌데 불끈 달아올라서 또 경적을 두드린다. 이쪽에서 화를 내거나 말거나 휙휙 달려 나가는 앞차를 향해 기림이 들이박기라도 할 셈인지 속도를 높인다. 승부 욕구든 무례를 당한 것에 대한 화풀이든 이해가 안 되는 속성인데, 남자들 방식이 그런가 보다고 수긍할 나이가 되어서일까. 그만 일에 화를 내는 기림이 나름대로 귀엽다. 낮게 가라앉은 흐린 풍경들이 쓸쓸하고 빠르게 스쳐 갔다. 겨울을 향해 달려가고 있는 것이다. 몸이 으스스 떨려 진저리를 치는데 쌩쌩 달리던 차가 스르르 멈춰 섰다. 다리 약간 못 미친 갓길이었다.

「선재 씨 말한 데가 여기 맞지?」

「맞아. 비교적 빨리 왔네. 내려, 우리.」

「안개가 피어나고 있어서 공기가 꽤 찰걸. 옷이 얇아 뵈는데 선재 씨 괜찮을까?」

「괜찮아. 옷을 못 입었다 해도 여기까지 왔는데, 잠깐이라도 강을 구경해야지. 아깝잖아.」

「강이 어디로 도망가?」

「강은 몰라도 다리가 도망가는 일은 종종 있는 것 같던데?」

그의 웃음소리를 들으며 문을 열고 나선다. 몇 걸음 걷자 바로 다리였다. 다리 건너 저편 역사에서 기차가 섰다가 출발하는 모양이다. 기림이 차의 시동을 끄고는 따라 나오더니 커피를 빼오겠다며 다리를 건너갔다. 산과 강. 길과 기차역. 양쪽 강안을 잇는 다리. 그 모든 것을 엮어 내는 안개가 흔전흔전 움직여 다닌다.

고등학교 3학년 봄, 걸어서 10분이면 닿는 등굣길 도중에 걸음을 꺾어 이곳에 왔지만 흘러가는 강물이나 내려다보는 것 말고는 할 일이 없었다. 교복을 입은 채 다리 위를 서성이는 게 부끄러워 주변을 계속 걸어다녔던 그날 강물이, 강에서 피어난 아지랑이가 자꾸만 손짓했다. 그 유혹이 얼마나 강렬했던지 소스라쳐 돌아서서 걸어다니다가 또 와서 들여다보곤 했다. 한선묵이 죽어 없어졌으면. 그가 죽

194

지 않는다면 나라도 죽어 없어졌으면, 하는 격렬한 증오는 한선묵이
결혼하겠다고 나서면서 생긴 것이었다. 사흘 뒤에 결혼할 그가 죽어
없어질 것 같지는 않았으므로 그날 나는 내가 죽어 없어질 수 있기를
바랐다. 하지만 강물을 향해 뛰어내리지 못했다. 뿐만 아니라 교복
차림으로 다리 위를 서성이는 내가 부끄러웠고 그런 스스로를 더 부
끄러워하다가 피로와 배고픔에 지쳐서 해 질 녘에 집으로 향하는 기
차를 탔다.

「자아.」

종이컵에 담긴 커피가 내밀어졌다. 커피를 쥐여 준 기림이 난간에
기대선 내 옆으로 바싹 다가와 재킷 앞섶으로 고개를 숙여 담뱃불을
붙인다.

「기림 씨는 왜 살아?」

「어, 뭐?」

「왜 사느냐고.」

「초겨울 안개 속에서 덜덜 떨면서 왜 사느냐고 물으면 대답을 어떻
게 해야 하나? 미안하지만 난 몰라. 아마 다른 사람도 모를걸? '왜
사느냐고 묻거든 그냥 웃지요'라는 시 있잖아. 왜 웃겠어? 왜 사는
지 몰라서 웃는 거지. 그런 질문 받으면 나도 웃는 수밖엔 없는데
웃음은 안 나네. 어쨌든 있잖아, 요 위 산 이름이 삼악산인데 가파
른 길을 조금 올라가면 순 시멘트로만 된 낡은 산장이 있어. 일학
년 때, 우리 과 첫 엠티를 거기로 갔어. 선재 씨는 그때 안 왔으니
모를 거야. 밤새워 잘 놀았지. 엠티날로부터 이 주일 뒤에 나는, 이
른바 조직들하고 다시 왔어. 그땐 이층에 들었는데 밤새워 토론했
지. 두 팀이 각기 다른 방에서 죽어라 말싸움하다가 자정 넘어 합
쳐서 다시 논쟁을 한 거야. 스무 명쯤의 이십 대 청년들이 죽 둘러

앉아서 죽어라 담배 피워 가면서. 새벽녘에는 라면 안주로 소주를 푸기 시작했네. 내가 마신 건 두 병쯤 되었을까. 산장 이층 발코니가 꽤 넓어 그리로 나갔는데 연기가 자욱하더라고. 제기랄, 연기가 아예 온 산을 메웠군, 그랬어. 내가 그 시끄러운 오소리 굴에서도 굳건히 담배를 안 피우고 버텼거든. 무슨 고집이었는지, 고등학교 다닐 때 꽤 불량하게 놀았는데도 담배는 안 배웠어. 암튼 발코니 아래로 오줌을 척척 갈기고 흐늘쩍흐늘쩍 돌아서는데 말이지, 연기가 아니고 안개더라고 그게. 강에서 피어나 산을 채우고 올라온 안개 속에서 날이 부옇게 밝아 오고 있었던 거지. 만만히 취한 가슴이 느닷없이 텅 비는 거야. 화! 그 기분이라니. 산만 한 구멍이 내 몸에 생긴 것 같달까. 뭔가 끝을 다 봐버린 것 같은 그 아찔한 허망함을 그렇게밖에는 표현 못하겠어. 서러운 것도 같고. 울고 싶은데 눈물은 안 나고 털퍼덕 주저앉아서, 염병할, 개 같네! 하고 안개를 향해, 허공을 향해 입에 붙지 않았던 욕을 연방 하고 있는데 어떤 놈이 나오데. 봤더니 놈이 아니라 선배였어. 선배가 내 옆에 나처럼 앉아서는 뭔가를 슥 내미는데 담배더라고. 절로 나가려는 손을 뭔가가 막았어. 선배가, 자식 고집 되게 세네, 하더니 혼자 날이 다 밝을 때까지 줄창 담배만 피우더라고. 그 담배를 엘에이 가서 피웠다는 것 아냐. 지금은 하루 두 갑도 모자라지. 그래도 왜 사는지는 모르겠고. 그때 생긴 구멍 때문일까?」

축축한 바람이 배고픈 짐승의 아우성 같은 소리를 내며 다리 밑을 통과하는 중이었다. 아직 따뜻한 컵을 손에 쥐고도 덜덜 떨고 있는데 강물에 담배를 내던진 기림이 내 손에서 컵을 빼 난간에 놓고는 잡아접으며 등 뒤에서 안아 왔다. 그의 두 손이 내 가슴과 배를 얽자 등에 두터운 담요가 덮인 듯이 몸이 싸였다. 스무 살에 자기 몸속에 생긴

196

산만 한 구멍을 구경한 남자임에도 품은 따뜻하기만 하다. 그가 귓불 언저리에서 재밌다는 듯이 말했다.

「이제 보니 선재 씨 아주 순하네. 원래 이랬어?」

「옛날엔 순했지. 지금은 아닐 거야. 지금은 남자한테 안겨 있는 게 좋아서 이러고 있는 거야. 편안하고 따뜻해.」

「내가 남자여서 다행이군.」

「효미 덕에 내가 호강이야.」

「이게 왜 효미 덕이야. 내가 싣고 와서 내가 안아 주는 거니 내 덕이지.」

「그래, 그럼. 아무튼 좋네, 지금이. 기림 씨는 안 추워?」

「참 나, 여자 안고 있는데 왜 추워? 그나저나 여긴 왜 와보고 싶었어? 이 삭막한 데를, 이 살벌한 때에.」

「음, 내 첫사랑이 여기서 자살을 시도했거든. 내 고등학교 삼학년 봄에. 그때 나도 내 몸속에 생긴, 강만 한 구멍을 봤어. 그 강만 한 구멍에 빠져 죽고 싶었어.」

「시도했다는 걸 보니 성공한 것 같지는 않네. 근데 자살하고 싶을 만큼 첫사랑을 되게 했어?」

「음, 미쳤었어. 그 첫사랑의 아이를 백 명쯤 낳고 싶을 정도였어.」

「화! 스무 살도 안 돼서? 교복 입고 애를?」

「그때는 그랬어. 백은커녕 하나도 못 낳고 말았지만.」

「아직도 그 첫사랑이 생각나?」

「자주.」

「자주? 첫사랑 감정 그대로? 설마!」

「첫사랑 그대로는 아니지. 아냐, 모르겠어. 감정은 모르겠는데 기억은 선명해. 그리고 그 기억을 믿을 수가 없어. 꿈같아. 영원히 깨지 못할 것 같은 아주 긴 꿈.」

「그 꿈에서 깨고 싶어, 안 깨고 싶어?」

「것도 잘 모르겠어.」

「그럼 이야길 해봐. 믿을 수 없는, 긴 꿈 같은 그 기억에 대한 이야기. 이야기를 하다 보면 자기 감정을 알게 되잖아.」

「남자한테 안겨서 첫사랑 이야기를 해? 내가 그렇게 바본가?」

「싫으면 관두고. 할 말은 다 해놓고선.」

기림이 토라진 투로 안고 있던 나를 억세게 끌어당겼다가 느슨하게 풀어 안았다.

「그만 가. 가다가 따뜻한 차 한잔 해. 내가 살게. 안아 준 보답으로.」

가슴과 배를 얽고 있던 기림의 팔이 풀리자마자 바람이 몰아쳐 왔다. 눈물나게 고맙군. 기림이 내 손을 잡고는 차로 이끌었다.

13

　유장건의 출현이 아니었더라면 밤늦도록 여기 앉아 책이라도 읽었을 것이다. 한선묵이 잠들어 있는 평화로운 밤이었다. 토요일과 일요일에 걸쳐 은행 금고를 설치하는 일판에 다녀왔던 그는 내내 잠을 못자고 줄담배를 물고 집 안을 배회하다가 오늘 해 질 녘이 되어서야 기절하듯 잠이 들었다. 술을 마시지 않는 그는 몸에 잠이 찾아들 때까지 늘 그런 식으로 기다리는 사람이었다. 그리고 그가 잠들면 집 안은 시간의 흐름이 멈춘 듯한 정적에 싸인다.

　「문 닫고 들어가려 했다니 선재 씨, 괜찮다면 나가서 술 한잔 안 할래요? 며칠 만에, 아무도 없는 집에 들어가려니 기분이 눅눅해서 들렀거든요.」

　「서울 시내를 설치고 다닌다는 도둑을 잡으셨나 보네요?」

　이런 식의 조바심을 언제까지 내야 하는 건지 싶어 그를 바로 못보고 그의 손을 본다. 바에 기댄 채 엉버틈하게 깍지 낀 그의 손등에 뼈가 툭툭 불거져 있다.

「못 잡았어요. 그 작자인가 싶어 확인해 보면 아니고. 또 아니고, 그래요. 다른 사건들이 연이어 터지니까.」

「안되셨네요. 나가서 기다려 주시겠어요? 아! 잠깐만요.」

그에게 '로사 이야기'를 주기로 했던 게 생각났던 것이다. 김세규 선생은 닷새 전에 뉴욕행 비행기를 탔다. 도착했다고 전화도 왔다. 카운터 밑 수납장을 가득 채우고 있는 로사의 화첩을 꺼내 그에게 내민다.

「'고운이'가 맨 앞에 실렸어요. '고운이'를 좋아하시잖아요.」

「고마워요. 잘 볼게요. 그런데 파는 거 아닙니까?」

「로사를 아는 사람이 몇이나 된다고 로사 화첩을 팔겠어요. 책 만든 데서 형식으로 값을 매겨 놓기는 했지만 저는 그냥 기록의 의미로 만들었어요. 그쪽 분처럼 로사 작품 좋아하시는 분들한테 드리려고요.」

「아직도 그쪽이에요? 내 이름을 아예 그쪽으로 바꿔야겠네요. 아무튼 고마워요. 고마운데, 이왕이면 한 권 더 주세요.」

「뭐 하시게요?」

「스승 드리려고요. 말씀드린 적 있잖아요. 여기 모셔 왔었다고.」

화첩 한 권을 더 꺼내 그에게 내민다. 그는 이번에도 두 손으로 받는다.

「감사해요. 잘 전해 드릴게요. 나가서 책 보며 기다리고 있을 테니 천천히 나와도 돼요.」

대청마루에서는 큰어머니와 올케가 카펫에다 간 전기요 위에서 담요 한 장씩을 덮고 다른 방향으로 조는 듯 누워 드라마를 보고 있다가 몸을 일으켰다. 올케 발치에선 가스난로가 발갛게 달아 있다. 자기 남편이 깊은 잠을 잘 때면 외려 잠을 잘 못 자는 올케에게 불면의

밤이 시작되었다는 것을 알리는 광경이지만 초겨울 밤 풍경이 평화
로워 보이기는 한다.

「엄마는, 주무세요?」

「아래채에 불 켜진 거 안 봤냐? 날궂이 하는 걸 보니 오늘 밤에 비
오시겠다.」

이 시각에 어머니가 작업실에 나가 있을 거라는 생각을 못했지만
마음이 바빠 작업실 쪽으로 눈 돌릴 여력이 없었기도 했다.

「뭐가 내린다면 비가 아니라 눈이겠죠. 큰엄마도 엄마 따라가세
요?」

「비나 눈이나. 저녁이 시늉뿐이던데, 뭐 좀 먹으려느냐?」

「아니요. 저 지금 좀 나갔다 오려고요. 오래 걸리지는 않을 거지만
혹시 늦더라도 걱정 마시고 주무세요. 그 말 하러 들어왔어요.」

「오밤중에 어딜 나가? 누굴 만나려고?」

「아직 오밤중 아니에요. 차 안 가지고 나가고 근처에 있을 거니까
걱정 안 하셔도 돼요. 먼저들 주무시고요.」

내 방에서 재킷을 꺼내 걸치고 나오는 동안 두 사람의 시선은 나
만 좇아다닌다. 아이들 떼놓고 밤도망을 치려는 어미가 된 것처럼
마음이 조급했다. 다녀오겠습니다. 더 이상 눈치를 살피기 싫어 선
언하다시피 내뱉고는 뜰로 나섰더니 어머니 작업실에 불이 환하다.
작업실 문을 열어 보려다 진저리를 치고는 돌아선다. 대문 밖으로
나섰더니 어깨에 떠메고 있던 커다란 짐을 벗은 듯한 턱없는 자유로
움이 밀어닥쳐 기분이 묘하다. 저만치 회랑 문 앞에 세워진 승용차
에 기대서 담배를 피우고 있던 유장건이 나를 발견하고는 담배꽁
초를 버리고 조수석의 문을 열었다. 급작스레 밀려온 가벼움이 날아
갈 것 같은 조바심에 천천히 걸어 유장건에게 닿는다. 그가 타라는

듯이 손을 펼쳤다.

「갑자기 술집으로 들어가기가 아까워졌어요. 요 뒤 숲길 한번 돌아볼까 하고요. 술은 그 뒤에 마셔도 되잖아요. 내가 무뢰한으로 뵈지 않는다면 타세요.」

「비 오실 건데 괜찮을까요?」

「또요?」

또요? 하는 그의 말을 알아듣지 못해 쳐다보려니 유장건이 바싹 다가와 구부린 자세로 내 눈을 들여다본다.

「지난번에 당신이 비 온다 하는 바람에 한여름에 우박이 쏟아졌잖아요. 오늘도 우박이 내릴 거냐고 묻는 거예요.」

「우박이든 뭐든 내리기는 한대요.」

「누가요. 기상청에서요?」

「엄마가요.」

「그럼 지난번에도 어머님이 부르신 우박이었나 보네요. 그런데 선재 씨, 비든 눈이든 우박이든 차는 멀쩡하고 나는 운전을 잘해요. 걱정 말고 드라이브를 할 건지나 결정하세요.」

「그럼 일영 갔다 올까요?」

「아, 일영!」

「너무 늦었나요?」

「선재 씨가 괜찮다면 나는 상관없어요. 술이야 아무 때나 마실 수 있지만 선재 씨를 옆자리에 태우고 달리는 건 안 그렇잖아요. 그리고 스승님을 두 달쯤 못 뵀는데 가면 반가워하실 거예요. 게다가 로사 대리인을 모시고 가잖아요. 로사 화첩까지 가지고. 나보다 선재 씨를 더 반기실걸요.」

씻은 듯 부신 듯 수럭수럭한 말투에 차 안으로 들어앉는다. 뒷좌석에 '로사 이야기'가 놓여 있다. 그가 운전석으로 돌아와 앉아 후진을 하고 큰길로 접어드는데 전화벨이 내 주머니 속에서 울렸다. 기림이었다. 그는 강촌 다녀온 날 이후 날마다 한 차례 이상 전화를 해왔다. 전화할 때마다의 시간이 주로 밤이고 그의 주변은 늘 소란한데, 오늘도 역시 나야, 하는 소리와 함께 멜로디 뒤섞인 잡음이 들려왔다.

「뭐 하나 싶어서. 아직 일해?」

「아니, 드라이브하고 있어. 지금 막 차 탔어.」

「뭐야? 누구, 남자랑?」

「그럼, 이 밤에 어떤 여자가 나랑 드라이브하자고 하겠어?」

「기분 별로네. 하지만 지금 내가 어쩔 수는 없고, 이왕 나선 김에 드라이브 잘해. 너무 멀리는 가지 말고. 알았지?」

너무 멀리 가지 말라는 말이 물리적인 거리만을 의미하는 게 아니라는 듯, 알았지? 하는 어조가 날큰하다. 웃으며 전화기를 접는데 유장건은 운전만 한다. 누구냐고 물을 법한데 말이 없다. 다변이다 싶었더니 여자와 말없이 보내는 시간도 아무렇지 않은 모양이다. 나는 할 말이 생각나지 않는다. 굳이 말을 해야 한다는 기분도 들지 않아 그저 지나쳐 가는 밤거리 풍경만 내다보는데, 내가 침묵을 불편해하는 걸로 느꼈는지 그가 오디오를 켰다. 노래에 맞춰 몸이 가라앉을 것 같은 피로가 찾아든다. 긴장과 이완의 줄타기를 하고 있는데도 익숙한 음악처럼 야금야금 졸음이 몰려들었다.

내가 반쯤 졸고 반쯤 깨어 있다고 여겼는데 어떤 신음 소리가 들렸다. 반짝 눈을 떴는데 캄캄하다. 자리도 불편했다. 자리가 왜 이리 불편할까. 불을 켜기 위해서 스탠드를 향해 손을 뻗는다. 어떤 온기가 이마를 스치는 성싶기도 하다. 손만 뻗으면 불이 켜지는 스탠드가 만져지지 않아 허우적거리는데 그 손을 잡는 슬거운 온기가 있었다. 눈이 뜨인다. 캄캄한 공간, 아니, 어스름한 차 안이었다. 대문이 달릴 법한데 달리지 않은 붉은 벽돌 기둥에 켜진 외등 불빛이 차 안으로 스며드는 참이다. 도착했는가. 적막을 드리운 공기가 차를 조여 오는 것 같다. 남자에게 잡혀 있는 내 손을 가만히 들여다본다. 자면서 어깨가 아팠다. 앓는 소리를 낸 것 같았다. 그의 손이 내 손을 다독이듯 움직인다. 이완되지 않고 함께 움직이는 두 손. 그는 지금 한선재 손에다 지문을 찍고 있다. 손이 뜨거우니 지문이 선명하게 박히겠지. 떠내기가 쉽겠다. 탁본하듯이. 그에게서 가만히 손을 빼낸다. 아홉시 20분이다. 열려 있는 뜰 안쪽 저만치에 집이 있었다. 현관문 바깥쪽에 작은 외등 하나, 불 켜진 창 하나.

「혼자 자버려서 죄송해요. 코나 안 골았나 모르겠네요.」

「안 골았어요. 걱정 마요. 그런데 문제가 생겼어요. 늘 하던 버릇대로 전화 안 하고 왔더니, 선생님이 안 계시는 것 같은데요.」

「집 안에 불이 켜져 있는데 들어가 보지도 않고 어떻게 알아요?」

「짝 떨어져 보이는 분위기가 벌써 주인 나간 집이라고 말하고 있잖아요.」

「주무실 수도 있는 거 아니에요?」

「아니, 안 계세요. 사실 분위기로 주인 없다는 걸 알아챈 게 아니고 차가 없어서 안 거예요. 댁에 가셨나 봐요. 무슨 날이거나 사람 만날 일이 있으셨거나 마나님한테 닦달을 당하셨거나. 종종 있는 일이에요.」

「그럴 때마다 그럼 어떻게 하시는데요?」

「나 혼자 왔을 때에야 알고 있는 번호 눌러 문 열고 들어가서 내 맘대로 하죠. 내가 가져다 놓은 술 마시거나 차 끓여 마시거나 밥을 먹기도 하고 그림을 좀 그려 보거나 책도 읽고 잠도 자고 그러죠.

텔레비전은 못 봐요. 없거든요.」

「그럼 지금 우리가 들어가서 차 한잔 끓여 마신대도 괜찮겠네요?」

「그야 그렇죠.」

「그런데 뭐가 문제예요?」

「어, 꼭 작전 쓴 것 같잖아요. 여자 꼬시려고. 공교롭게도. 지금 집 안으로 들어가면 상황이 딱 그렇게 되잖습니까.」

「진작에 넘어가 여기까지 왔는데 새삼 또 뭘 꼬셔요? 작업했대도 상관없고요. 오히려 고맙죠. 괜찮다면 들어가서 뭐 좀 마셔요. 유명한 화가의 작업실을 구경하고 싶은 욕심도 있지만 우선 목이 말라요.」

「작업실은 집 뒤쪽에 있는 건물이에요. 학교 체육관만 하죠. 살벌하고. 어쨌든 들어가요.」

차를 마당으로 끌고 들어선 그가, 추우니 3분만 있다 들어오라며 뒷자리에서 '로사 이야기'를 집어 들고 먼저 내렸다. 집 안 형편이 어떤지 살피려는 것 같았다. 그가 조명이 달린 현관문 앞에 서는가 싶더니 문을 열고는 안으로 들어갔다. 거실에 불을 켰는지 갑자기 눈앞이 밝아진다. 집의 외형은 평범한 양옥처럼 뵈는데 넓은 통유리창들이 많은지 건물 앞쪽의 뜰까지 환해진다. 뜰에도 불이 들어왔다. 나지막하게 퍼진 소나무들 새새에 커다란 조형물이 여러 점 서 있다. 다른 작가의 설치 작품들은 아닐 텐데, 아직 이름도 모르는 유장건의 스승은 회화만 하는 작가가 아닌 모양이다.

3분쯤 지나 차에서 내려 집 안으로 들어갔더니 유장건은 벽난로 앞에 쪼그려 앉아서 장작을 쌓는 중이다. 오늘 하루 비었던 집 같지 않게 넓은 실내가 썰렁하다. 안쪽 벽에 천장까지 닿는 책장이 세워져 책들이 차 있고 한쪽은 침실과 부엌 공간이고 뜰이 고스란히 내다보이는 남쪽과 서쪽은 통유리벽이다. 무쇠로 된 벽난로는 서쪽으로 난 중간 벽에 설치되어 있다. 책장 가까운 바닥에는 카펫이 깔렸고 카펫 위에는 낮고 넓은 탁자가 놓였다. 두 아름은 되었을 통나무의 절반을 켜놓은 탁자는 손때를 오래 묻힌 듯한데도 반들거리지는 않는다. '로사 이야기'가 그 한가운데에 올려져 있었다.

「보일러를 켜기는 했지만 한참 걸려야 따뜻해질 테고 우선 이거라도 살리려고요. 내 집은 아니지만 앉아요. 이거 살려 놓고 나서 물 찾아 줄게요. 냉장고에 생수통이 있기는 할 텐데, 따뜻한 걸로 마시고 싶죠?」

「뜨거운 걸 마시고 싶어요. 그런데 여긴 그림이 한 점도 안 걸려 있네요?」

「작업실에 가면 그림이며 조형 작품들이 꽉 찼는데 쉬는 공간에서까지 그림을 보고 싶겠어요? 그렇지만 주인이 없으니 작업실은 못 들어가요. 거긴 보호 구역이거든요. 집을 비우실 때는 경비 회사에서 작업실을 지키는 거지. 회랑도 그렇잖아요.」

「여긴 제법 외진 덴데, 경비 회사에서 쫓아오려면 오래 걸리겠어요. 트럭 대놓고 다 실어 간 다음에나.」

내가 지금 별걱정을 다 한다 싶어 속으로 웃는데 속내를 읽기나 한 듯이 그가, 별걱정 다 하십니다, 한다.

「돈 받고 지키는데 돈값 못하면 책임을 지겠지. 선생님은 농담 삼아 하시는 말씀이긴 해도 누가 훔쳐 가줬으면 좋겠대요. 그림 도둑이 욕심낼 정도면 그건 물건이라는 뜻이잖아요. 누군가한테 물건이라고 여겨진 작품들은 팔려 나가고 남은 건 물건 못 되는 작품들이 돼버린 셈이니까.」

「그런데 왜 경비 시스템을 가동해요?」

「참 나, 선생님 스스로 당신 그림을 그렇게 말씀하셨다고 해서 물건 아닌 건 아니죠. 서른 갓 넘어서부터 이름 날려 지금 예순이 넘으셨으니 그 경력이 어디 가요?」

이만한 휴식 공간에 체육관만 한 작업실을 가질 만큼 성공한 작가들은 젊어서부터 유명해졌다는 공통점이 있는가. 김세규 선생 이력하고 닮은 데가 있다.

「선생님 성함이 어떻게 되시는데요?」

「내가 아직 그것도 말 안 했나 보네. 마진문이라는 이름 들어 봤어요?」

신문이나 잡지에서 이름은 익혔던 것 같았다. 화단이 어떻게 돌아가는지 누가 잘 나가는 작가인지 하는 움직임에 관심 가져 본 적이 없는 나한테 이름이 낯설지 않을 정도라면 마진문이라는 작가는 꽤 유명한 사람인 게 분명했다.

「낯선 이름은 아니네요. 중국 사람 이름 같다고 생각했던 적이 있거든요. 그런데 그 불은 언제 붙는 거예요? 불붙이다가 날 새겠어요.」

「당신이 엉뚱한 소릴 하는 바람에 그렇잖아요. 이제 붙일 거예요. 기대해요. 확 달아오를 테니.」

그가 대단한 비법이라도 되는 양, 벽난로 옆의 장작이 든 양철통 안에서 노란 플라스틱병을 꺼냈다. 마개를 열고는 장작 가까이 대고 여기저기 뿌리자 투명한 액체가 장작 속으로 스며든다. 석유를 뿌려 벽난로 불을 붙인다는 사실을 여태 몰랐다. 유장건이 주머니에서 라이터를 꺼내 장작에 대고 켜자 훅하니 붙은 불이 확 퍼졌다. 내 속에도 마른 장작이 있었던가, 불길이 내 안으로도 번졌다. 루다도 저렇게 번진 불길 속에다 자신을 묻었으리라. 얼마나 뜨거웠을까. 그 뜨거움보다 더 뜨거웠을, 어쩌면 그 뜨거움을 느끼지 못할 만큼 추웠을 고통은 어떤 것이었기에 자신의 거소에, 스스로 몸에 불을 붙일 수가 있었을까. 표백된 듯 희미한 흑백 사진 속에서 환히 웃고 있는 그이. 로사 작품 '불꽃놀이'에서 다시 살아난 스물네 살의 여자. 죽었다가 깨어난대도 알 수 없을 루다의 추위와 뜨거움이 떠오르면 나는 몸서리가 쳐지면서 목이 마른다.

불을 붙이고 난 남자가 일어서며 자랑스러운 일을 해낸 아이처럼 손을 털며 웃더니 책장 옆에 난 문을 열고 들어가 파란색 누비 매트를 들고 나왔다.

「이게 여기 올 때면 내가 사용하는 온데 우선 이거 깔고 불 앞에 앉아요.」

그가 난로 앞에다 펼치는 한 평쯤의 매트는 깊은 바다 색이다. 파랗게 바탕색을 칠해 놓은 커다란 캔버스 같다.

「이제 차 끓여 올게요.」

「가져다 놓으신 술이 있다면서요.」

「늦지 않게 돌아가려면 취하면 안 될 것 같아서 그러죠.」

「한잔하고 싶어요. 저는 택시 불러 타고 가면 되니까요.」

「가만 보니 한선재 씨, 참 엉뚱한 사람이네요. 사랑하는 여자를 이런 외진 데까지 데리고 와서 혼자 택시 태워 보내는 미친놈이 어디 있겠어요? 둘 다 운전을 못할 형편이면 대리 운전을 부르면 되지. 기다려요. 뭐가 있는지 우선 보고. 이 양반이 다 마셔 치우지 않았으면 뭔가가 있겠죠.」

사랑하는 여자라는 말을 일상적인 언어처럼 해치운 그가 매트를 툭툭 두드려 보곤 일어서더니 부엌으로 향했다. 농담으로 들리지는 않는데 무겁지도 않다. 늘 들어왔던 말 같지 않은가. 지금 그는 한선재를 사랑하는 여자라고 했다. 몇 달 전 그는 술에 취한 아내가 다른 남자와 함께 저 세상을 향해 돌진해 버렸다고 했다. 지금의 그와 몇 달 전의 그는 같은 사람일까, 다른 사람일까. 10년 전의 나와 지금의 나는 같은 사람인가, 다른 사람인가. 사람이 변할 수는 있는 건가. 재킷을 벗어 놓고 불 가까이 다가들어 손을 내밀어 쬔다. 처음 해보는 일조차 낯선 것이 한 가지도 없는 나이라고 덕진이 그랬다. 덕진은 그걸 어떻게 벌써 깨달은 것일까. 낯선 것이 없는 나이. 신기할 것도 하나 없는 나이. 죽음조차 수없이 예행연습을 한 것 같은 나이.

　백화점을 지나고 영원히 끝나지 않을 것처럼 긴 골목을 걸어 들어가 어느 낯선 집 앞에 멈춰 선 한선묵이 가만히 움츠리는 듯싶다가 일어섰는데 그에게 날개가 달려 있었다. 활짝 펼친 날개로 그가 탑처럼 우뚝 선 담장을 훌쩍 날아 들어갔다. 어둡던 그 집에 불이 하나씩 켜지더니 마주 바라보기 힘들 만큼 환해졌다. 그가 그 집의 문이란 문, 창이란 창을 전부 열어젖히고 다니는가 싶었더니 아니었다. 그 집은 불타고 있었다. 한선묵은 그 불길 속에서 나오지 않고 불길은 나한테까지 번지는데 나는 뜨거워서가 아니라 어지러워서 꼼짝을 못 했다. 눈앞이 하얘지는 현기증을 못 견뎌 소리를 질렀다. 싫어, 싫단 말이야! 하고 나는 소리를 질렀는데 외침이 되어 나오지 못해 진땀을 흘리다가 깨어났다. 온몸이 실컷 두들겨 맞은 것처럼 무겁게 가라앉는데 꿈속 장면을 떠올리자 실소가 나온다. 근래 들어 꿈에서 가끔 만나는 그 비슷한 장면이 타로 카드 메이저 16번 '흔들리는 탑'의 그림과 닮았지 않은가.

　몇 시쯤 됐을까. 난로는 꺼졌지만 밤새 보일러가 가동되었을 거실은 훈훈하다. 밖은 아직 어둡다. 실내엔 현관 밖에 켜진 불빛이 어스레하게 비쳐들 뿐이라 움직이지 않는 한 시각을 알 수 있을 것 같지 않다. 정수리에서 느껴지는 걸쭉한 숨결. 남자 품에 안겨 잠을 잔 것이다. 이불 속에서 내 허리와 엉덩이를 감싸고 있는 남자의 팔을 살며시 들며 뒤로 몸을 빼내 본다. 미처 몸을 빼지 못했는데 그의 손이 내 몸을 끌어당긴다. 잠결인 건 분명해 보이는데 자기 몸으로 밀착시키는 기운이 강하다. 그러고 보니 방금 가위눌린 꿈에서 깨어난 것도 이렇게 당겨 안아 준 그의 힘 때문이었던 것 같다. 그를 향해 돌아누웠더니 그의 가슴팍에 머리가 닿는다. 웅크리고 있던 손을 뻗어 그의 배와 가슴을 더듬어 보고 엉덩이를 만져 본다. 항문 언저리도 만져 보고 등도 쓰다듬어 본다. 보기보다 살집이 없다. 뼈들이 어렵잖게 만져진다. 몇 시간 전 매만졌던 그의 몸의 감촉이 어땠는지 기억 나지 않았다. 척추의 골을 따라 손가락을 움직여 보는데 잠결에도 간지러운지 그가 약간 몸을 뒤쳤다. 깨지는 않는다. 그를 쓰다듬던 손길을 거두고 입술에 닿는 그의 명치께에 입맞춤한 뒤 잠깐 숨죽이고 있다가 이불 속을 벗어난다. 맨몸에 감기는 공기가 선뜻하다.

이부자리 주변 여기저기에 흩어져 있는 옷들을 순서대로 찾아 입고 재킷 주머니에서 핸드폰을 꺼내 보니 12월 7일 화요일 05시 51분이다. 혼자 나서기엔 너무 이른 시각인 것 같다. 남자의 옷들을 주워 차곡차곡 접어 놓고 창으로 다가간다. 아직 어두운데 어쩐지 눈이 부시다. 아! 눈이 내렸다. 기억 못하는 부분이 없다고 여겼는데 잠들기 전에 벌써 보았던 눈을 잊었다. 듬성듬성 켜진 정원 등불 빛 속에서 꽃잎 지듯 날리던 눈발을. 울며 섹스를 치르고 나서 창가에 알몸으로 앉아 또 울었던 것도 같은데. 뒤늦게 이부자리를 가지고 나와 펴놓고 벽난로에 장작을 더 올리던 남자가 다가와 눈물을 닦아 주었던 것 같은데. 왜 울었을까. 그건 기억 나지 않는다.

「뭐 해요? 또 울어요?」

주변에서 이는 기척에 잠이 깼는가 보다. 기지개를 켜더니 몸을 일으킨다. 알몸인 그의 몸이 군더더기라고는 없이 단단해 보인다.

「지금 가야 하는 거죠?」

내가 개어 놓은 자신의 옷더미를 가만히 만지는가 싶던 사람이 차례차례 옷을 입으며 물었다.

「혼자 갈까, 깨워서 태워다 달라고 할까, 궁리하던 중이었어요.」

「당신이 나 만질 때부터 깨어 있던 참이에요. 당신 손이 내 몸 여기저기 쓰다듬고 다니는데 기분이 영 이상해서, 그만둬 버리는 게 허전하고 섭섭해서, 왜 이런 기분인가 생각하면서 좀 더 누워 있었던 거죠. 당신 시간 있으면 내가 아침 지어 줄 텐데, 그건 안 되겠죠?」

오래된 연인 같은 말투다. 아무 의혹 없이 그저 푹 안겨 있어도 될 것처럼 부드러운데, 겨울 안개처럼 드리워진 불안이 그것을 가로막았다.

「식구들 깨기 전에 집에 돌아가 있고 싶어요.」

「그럼 출발해요. 삼 분만 기다리세요.」

그의 기다림의 한계는 3분일까. 번번이 3분을 말하는 그가 이불을 개고 접은 요를 얹어 방에 들여다 놓는다. 보일러를 끄고 부엌으로 가더니 간밤에 마신 술병을 치우고 사용한 술잔들을 부신다. 아직 나오지 말라며 집 밖으로 나간 그가 차의 시동을 켜는지 소리가 요란하다. 히터를 켜고 차를 돌려놓고 불러내려는가 보다. 나는 그가 말한 3분 동안 창가에 앉은 채 그의 움직이는 기척을 듣기만 한다. 날이 밝으려면 좀 더 있어야 할 것 같다.

도둑의 누이 211

14

　고통에 잠긴 이 세상에서의 삶을 그만두고 저 세상으로 가고 싶다는 올케의 말은 진심일 터였다. 겨울이 되면 통나무처럼 굳는 몸을 조금이라도 움직일 수 있게 하기 위한 재활 훈련은 지켜보는 사람조차 뼈가 으스러지는 것처럼 느껴졌다. 한 걸음이라도 더 걸어 보려고 이를 악물다가 눈물을 펑펑 쏟고야 마는. 그 과정을 치른 다음에 나아진다는 희망이나 품을 수 있다면 또 모른다. 환자의 머리카락을 넘기는데 이마가 서늘하다.

　「겨울이면 사람이 더 아픈가, 올 때마다 무슨 아픈 사람들이 이렇게 많니?」

　잠깐 바람 좀 쐬겠다고 나갔던 남옥 언니가 들어서며 혼잣소리처럼 말했다. 올케가 입원할 때마다 간병을 자청해 주는 그였다. 지금껏 손위 시누이와 손아래 올케 같은 관계를 맺어 온 그들은 나이가 비슷해 그런지 친구같이 지냈다. 남옥 언니가 아니었으면 매번 간병인을 불러야 했을 것이고 환자는 훨씬 외로워했을 것이다.

212

「선재 너는 이제 그만 가봐라. 집을 너무 오래 비우는 것 같다.」

「그러잖아도 가봐야 해요.」

아침 식탁에서 어머니가, 네 오빠 제대가 언제라고 했니? 했을 때 가슴이 툭 내려앉았다. 내년 여름이잖아요, 하며 아무렇지도 않은 척 넘어가면서도 여느 때와 달리 심란했다. 큰어머니가 김장하고 나서 얻은 몸살을 호되게 앓은 뒤 미처 기운을 추스르지 못한 상태였고, 올케를 입원시킨 지는 열흘째였다. 한선묵은 요즘 도무지 얼굴 보기가 어려웠다. 밥상머리에서 만난 건 한 달도 넘은 것 같았다. 그런 마당이라 어머니까지 다시 증세를 보이면 어쩌나 싶었다. 20년 전쯤의 현실 속에서 군대 간 아들을 걱정하며 아침 식사를 마치곤 일찍 깬 잠을 보충하러 방으로 들어가는 어머니를 보며 가슴을 쓸어내렸지만 집을 나선 순간부터 내내 불안한 참이었다.

옷장에 걸어 둔 코트를 찾아 입는데 주머니 속에서 전화벨이 진동을 하고 있다. 유장건의 전화였다. 그냥 주머니에 넣고 가만두는데 남옥 언니가 바싹 다가와 속삭였다.

「자기가 맘먹어야지 누가 말한다고 들을 사람도 아니지만 네 오빠한테 말 좀 해라. 암만 바빠도 좀 다녀가라고. 네 언니가 아까 그런 말 한 것도 자기 남편 못 봐서 그래. 성한 사람도 아닌데 실어다 놓고는 감감무소식이니, 아무리 남자라고 그렇게 무심할까. 마음은 생생한데 자기 몸이라고 마음대로 움직여지길 하나, 내리내리 짐만 되고 있다는 생각에 서운한 걸 말할 수 있길 하나, 그 맘이 오죽하겠냐. 내가 상상해도 그런 생지옥이 없어.」

한선묵은 아침에 대전에 갔다. 은행 금고 일을 제외하고는 철저히 혼자 일하는 그의 출장 거리가 서울을 벗어나 부산이나 제주도까지 확장된 건 3년도 넘은 것 같았다. 주문을 받으면 현장에 나가 살피고 돌아와 구상하고 제작해 설치하러 다시 나가는 식이었다. 오늘 대전 행은 구상 전 단계의 현장 답사라고 했다. 내가 아는 건 늘 그 정도뿐이었다. 그나마도 의뢰받은 일에 대해서 그 정도지 밤 외출에 대해서는 아는 게 없었다. 그를 뒤쫓아 볼 재간이 없다는 걸 경험했고 그를 주저앉힐 방법도 없었다. 그가 언제까지, 어디까지 나아갈 작정인지 가늠해 볼 방법은 더욱 없었다.

「나도 알아, 언니. 오늘은 못 올 거고, 내일이라도 다녀가게 해볼게. 대신에 꼭 올 거라는 말은 마요. 기대하다가 못 오게 되면 어떡해.」

밖에서 밤을 새우는 일이 허다한 한선묵이 집 밖에서 별일 없냐고 전화로 물어 올 때 보면 집 안에 속한 인물들이 그에겐 모두 같은 비중의 구성 요소 같았다. 병든 아내 입장에서 생각한다면 생지옥이고도 남을 터이다.

「여기 일은 내가 알아서 해볼 테니까 그런 걱정은 마. 그리고 가게는 은영이한테 맡기고 좀 쉬어라. 요새 네 얼굴이 아주 많이 상했다. 몸 살펴 가면서 일해. 아프면 세상살이가 진짜 아무것도 아닌 것 같잖니.」

「알았어요. 그리고 이건, 애들 옷이나 한 벌씩 사주라고 준비한 거예요. 이모라고 변변히 신경도 못 쓰고.」

내가 봉투를 꺼내 내밀자 질겁하며 마다하던 그가 자는 사람 눈치를 보며 나를 병실 밖으로 밀어내더니 뒤로 문을 닫는다.

「그냥 받아 줘, 언니. 이건 언니 몫이 아니라 애들한테 보내는 내 맘이야.」

알았다, 고맙게 쓸게, 하며 봉투를 받은 언니가 나를 엘리베이터 쪽으로 이끌었다. 배웅해 주려는가 보다 했더니 엘리베이터에 조금 못 미친 복도 모퉁이에서 그이가 선재야, 하고 불렀다.

「네 언니하고 이야기해 볼 수도 없고, 아직 큰어머니하고도 해보지
않은 말인데 말이야, 혹시나 싶어서 물어보는 거야. 네 오빠한테 여
자가 있는 것 같으니? 맘 주는 데가 따로 있는 것 같냐고.」

「그 속을 내가 어떻게 다 알겠어. 그렇지만 그런 기미는 안 보여요.
쉽게 맘 주고 그러는 사람도 아니잖아.」

「하긴. 그러니 더 속이 상하지. 저 사람 보면 저 사람 땜에 아프고,
네 오빠 보면 또 속 아프고. 젊은 날을 아픈 사람 수발로 다 보내
버리니 그 속이 어떻겠어. 그렇게 잘 웃던 사람이 웃을 줄을 아나,
울 줄을 아나. 그런데 선재야, 어젯밤에 네 언니가 한 말을 내가 반
도 못 알아들은 것 같은데, 이혼하겠다는 말이 무슨 말이니? 간밤
에 자다 일어나 물을 마시기에, 서방님 안 와봐 섭섭하지? 물었더
니 그렇게 자다가 봉창 뜬는 소리를 하더라.」

「이혼하겠다고 해요?」

「나도 졸다 깬 참이라 잘못 들었는지 모르겠는데 그러더라. 이혼할
거야, 필요도 없는 내가 붙어 있음 뭐 해. 또 뭐라더라? 나도 알아,
다 안다고. 그래 놓고서는 저 혼자 속 빠진 여자같이 막 웃어 버리
는 바람에, 얼마나 쓸쓸하면 저럴까 싶고 불쌍해서 뭔 말이냐고 캐
묻지도 못했다.」

「섭섭한 데다 자격지심 들어서 해본 소리였을 거야. 예전에도 그런
말 한 적 있거든. 오빠 생각해서 이혼해야겠다고. 신경 쓰지 마요.」

「그 맘이야 모를 것도 없지만 아무리 그래도 지금 자기가 한선묵
떨어지고 나면 어떻게 살려고 그런 말을 입에 담니. 처지도 처지지
만 자기 남편을 그렇게 좋아하면서. 제대로 못 살아 봐서 그런가,
우리 나이 정도 되면 남편은 돈이나 벌어 주면 되고 애들 아니면
너랑 왜 살까 보냐 그런 일도 많은데, 나는 남편을 저렇게 좋아하는

여자 첨 봐. 남편 얘기만 나오면 발그레해 가지고 아직도 새색시 같아진다니까. 저렇게 아프면서도 그런대로 아직 태가 고운 거 보면 남편 좋아해서 그러는 게 아닐까 싶기도 하고. 애고, 애라도 하나 있었다면 얼마나 좋아.」

「그러게 말이야. 들어가요. 번번이 내 집 언니한테 떠맡기는 것 같아서 미안하다는 말도 못해, 내가.」

「제발 그런 소리 좀 마라. 나는 나 혼자 홀랑 빠져나와서 서방에 애들 끼고 사는데 네가 그렇게 말하면, 공짜로 해주는 것도 아닌데, 내가 할 말이 없잖니. 얼른 가서 좀 쉬어.」

내 등을 토닥여 준 그이가 병실로 돌아간다. 사람들 틈새에 끼여 엘리베이터를 타는데 어깨가 내려앉은 것 같다. 병원을 벗어나 지하도 안으로 들어서지 않고 내처 걷는다. 병원 냄새에 시달리다 나온 탓인지 사람들과 부대낄 일이 끔찍했다. 할 일이 태산같이 쌓였지만 잠깐 걷고 싶었다. 볼이 얼어 오기는 했지만 걸을 만한 온도다. 풀럭풀럭 날리는 코트 자락을 걷어차며 부유물처럼 흔들리면서 걷고 있자니 천천히 숨통이 트인다. 한 걸음 내디디며 지나온 걸음을 잊어버리고 걷는 방향은 생각하지 않는다. 이렇게 걸을 때면 한선묵을 이해할 수 있을 것도 같았다. 왜 살아야 하는지 때로 어리둥절하다는 그에게 앞인들 보이겠는가. 보고 듣고 만진 모든 것들을 다 기억하는 것 같은 그였다. 그는 어쩌면 자신이 태어나던 순간도 기억하고 있을지 모른다. 자기가 로사 아닌 루다에게서 태어났다는 사실을 아무도 상기시키지 않아도 혼자 기억하는 그는 스물네 살 루다가 어떻게 스스로를 태웠는지도 생생히 기억한다. 그의 내면에는 그렇게 너무 많은 것들이 쌓여 때때로 자신의 숨통을 막고 시야를 가리는 독기로 피어난다. 혹은 허기로. 그것들을 수시로 중화시킬 일상이 그에게는 없

216

었다. 그런 일상을 원하지도 않는다. 그래서 그는 지구가 좁다는 듯이 천지를 쏘다니며 혼자 길을 찾는 것이다.

그런데, 아무것도 기억하지 않는 나는 어디까지 걸어 볼까. 걸어서 하늘까지? 뉴욕도 괜찮을 것이다. 비행기 타고 훌쩍 날아가 보는 것도. 김세규 선생은 지금 뉴욕에서 작품 전시를 하고 있는 중이었다. 그가 주최 측 양해를 얻어 자기 전시회장 한쪽에 로사 작품을 걸었다는 연락을 해왔을 때 많이 놀랐다. 그런데 그 뜻밖의 기획은 다른 사람들한테도 의외였던가 보았다. 그게 금세 몇 지면에서 기사화됐다. '로사 이야기'를 만든 기획사에는 책자를 구할 수 있는지에 대한 문의가 오고, 나한테는 취재 요청이 여러 건 들어왔다. 어쩌면 머잖아 로사 덕분에 외국 여행을 하게 될지도 모른다. 지금은 창경궁도 괜찮겠지. 두 번이나 실패한 소풍을 지금이라도 가보는 것이다. 혼자서. 혼자서야 못할 일이 뭐 있으랴. 방향을 바꾸려는 찰나 그 생각을 눈치채기라도 한 듯이 주머니 속에 넣은 손이 진동을 한다. 전화벨이다. 그럼 그렇지 싶어 실소가 난다. 화랑에서 걸려 온 전화였다.

「엄마가, 집 밖으로 나가셨어요. 얼른 오세요.」

더 물을 필요도 없었다. 아침 식탁에서의 불안이 이렇게 벌어질 일에 대한 전조였던 것이다. 여울물에 휩쓸리듯 택시를 잡아타고 집을 향해 내닫는다. 택시 안에서의 15분이 너무 길어 숨이 막힐 것 같고 차라리 내려서 뛰고 싶을 지경이다. 작업실로 내려간 어머니에게 큰어머니가 보일러 켜주고 나온 지 한 시간쯤 됐다고, 어쩐지 아래채가 헛헛했던 큰어머니가 내려가자 비어 있었고 대문도 열린 채였노라고 은영이 전화기 속에서 설명해 주었다. 택시에서 내리자 큰어머니는 대문 앞에서 사색이 돼 있는 참이었다.

「이 일을 어쩌냐, 옷도 제대로 안 입었는데.」

「엄마 무슨 옷 입고 계세요? 무슨 신발 신으셨고요?」

「아침 그대로다. 어디다 떨어뜨리지 않았다면 요새 만날 두르고 사는 숄을 둘렀을 거고. 발에는 버선에다 끌신 꿰었지. 금희를 찾더니만, 그예 찾으러 나섰나 보다.」

「엄마가 언니를 찾았어요?」

「그래, 아까. 생전 않던 일을 할 때 내가 조심할걸, 아이고. 그나저나 멀리야 갔겠냐만, 얼른 네 오라비 오래라. 차로 뒤져야지. 금세 어두워질 텐데 이 노릇을 어쩌냐?」

「걱정 마시고 집 안을 다시 찾아보세요. 혹시 모르니까 창고까지 뒤지세요.」

큰어머니가 급히 몸을 돌리는 것을 보고 은영에게 다시 전화를 걸었더니 택시를 타고 집 근처의 골목을 도는 중이라고 했다. 수시로 전화하라는 말을 일러 놓고 전화를 끊으려다 은영에게 회랑에 어떤 손님들이 있는지를 물었다.

「조금 전에 오신 유장건 씨하고 네 사람 더 있어요. 잠깐 자리 비울 테니 필요한 건 알아서들 하라고 하고 나왔어요.」

전화를 접고 한선묵에게 전화하는 대신 회랑으로 들어간다. 회랑 안은 따뜻하고 한가하다. 두 자리에 나눠 앉은 네 손님 중에 낯익은 이들이 한 사람씩 끼였다. 유장건은 언제나 그렇듯이 혼자였다. 내가 들어서자 낯익은 손님들이 눈인사를 해왔다. 마주 목례를 하고는 유장건 앞으로 다가들었다. 오랜만이죠? 하며 그가 대뜸 손을 내밀었다. 나도 무의식중에 그의 손을 맞잡으며 속삭인다.

「지금 저 좀 도와주시겠어요?」

잡힌 손을 이끄는 내 표정이 심각해 보였는지 그가 말없이 회랑 밖으로 따라 나왔다. 휙휙 몰아치는 바람이 살을 저밀 듯이 날카롭다.

금세 캄캄해질 텐데. 그가 잡고 있던 내 손을 흔들며 무슨 일이냐고
물었다.

「제 어머니는 편찮으신 분이세요. 로사요. 집 밖으로 나가시면 혼
자 집을 못 찾아오는 분이신데, 낯선 사람이 묻는 말에는 대답도 못
하시는데, 지금 집 밖으로 나가셨어요. 한 시간 넘은 것 같고요. 혼
자 차를 탈 줄 모르시고 차를 타는 일도 거의 없는 분이니까 틀림
없이 지금 어딘가를 향해 걷고 계실 거예요. 저 태우고 이 근방을
좀 돌아 주세요. 엄마는 예순세 살이고 긴 회색 원피스에 새빨간
숄을 두르고 계세요. 버선발에 슬리퍼를 끌고 계시고요.」

「선재 씨, 잠깐! 차분하게 생각하세요. 나 전화하는 동안에 숨 좀
쉬고요.」

차로 다가드는 나를 붙잡아 세운 그가 자기 전화를 꺼내더니 전화
를 걸었다. 파출소인 모양이다. 나는 여태껏 해보지 못한 생각이다.
1년에 한두 차례는 이런 사태가 발생했고 그중 몇 번은 한나절씩 온
식구가 숨가쁘게 돌아다녀야 하기도 했다. 아버지가 돌아간 뒤부터
시작된 증세였으므로 꽤 오래되었지만 지금껏 파출소에 신고할 생각
은 아무도 못했다.

「파출소하고 경찰서 상황실에 연락했으니 무전이 파전되고 있을
거예요. 순찰차, 오토바이가 찾을 거고 교통경찰들도 염두에 둘 겁
니다. 어머니를 찾으면 내 전화로 제격 연락이 올 거예요. 이제 선
재 씨는 어머니가 어느 쪽으로 가셨을지를 찬찬히 생각하세요.」

「우선 지난번에 우리 지났던 길 쪽으로 가봐 주실래요? 많이 달라
지긴 했지만 옛날에 엄마가 아버지하고 산보하시던 길이거든요.」

어머니가 혼자 대문을 나선 순간부터 나한테 세상은 온통 길로만
보였다. 길이 그렇게 많다는 걸 보통 때 잊고 사는 게 신기할 정도로

길뿐이었다. 어디로 나 있는지 어디로 가야 할지 모르는 미로. 미로 곳곳에 함정은 어찌 그리 많아 보이던지. 어머니는 신호등을 의식할 줄 모르고 횡단보도의 의미도 모른다. 버스는 40년 전쯤에나 탔고 지하철은 못 타보았다. 어머니가 현실에 존재하는 기호들을 하나도 습득하지 못했다는 걸 절감해야 하는 것도 이럴 때였다. 숲길이 끝나기 전, 어머니 걸음으로 한 시간을 뛰었대도 못 미쳤을 거리에서 유장건에게 공원 쪽으로 차를 돌리게 했다. 평생 그 스스로는 도무지 뛰어야 할 일이 없었던 임로사는 그래서 뛸 줄도 모르는 사람이었다. 이 길로는 더 나아갔을 리가 없는 것이다.

어머니가 공원 안으로 들어가지 않았기를 바랄 뿐이었다. 이태 전 겨울에도 공원 안에서 동사 직전의 어머니를 다섯 시간 만에, 해 질 녘에야 찾아냈다. 겨울이어서 인적이 드물어 어머니를 봤다는 사람을 만나기가 어려웠기 때문이었다. 주절주절 그런저런 이야기를 뇌까리며 공원 입구에 도착해 가게로 들어선다. 어머니는 밖에 나서면 너무 쉽게 눈에 띄었으므로 봤다면 기억할 텐데 가게 주인은 도리질을 했다. 이제 공원에서 드물게 나오는 사람들을 상대로 일일이 물어가며 산을 뒤지는 수밖에 없었다.

공원에서 남녀 한 쌍이 나왔다. 아뇨, 못 봤는데요. 그들은 간단히 고개를 젓고는 팔짱을 끼고 길을 내려간다. 은영에게 전화를 걸었더니 마냥 도는 중이라고 했다. 집에는 해볼 필요도 없었다. 한선묵에게 전화해야 하는데 입이 떨어질 것 같지 않다. 지금이라도 어머니가 나타날지 모르는데, 대전에 있는 사람한테 전화해서 하던 일을 팽개치고 두세 시간을 달려오게 할 일이 아득했다. 다른 식구가 곧 숨이 넘어간다고 해도 일을 멈추고 오지 않겠지만 어머니가 대문을 나섰다고 하면 그는 올 것이다. 그는 어머니를 병원에 데리고 갈 생각조차 안 하는 사람이었다.

공원 안에도 길은 너무 여러 갈래였다. 어머니가 어느 길로 올라갔을지 알 수 없으므로 몇 년 전 어머니를 발견했던 성곽 쪽을 향해 방향을 잡고 올랐다. 그때 어머니가 그곳에서 걸음을 멈췄던 건 성곽에 길이 막힌 덕분이었다. 그렇기라도 하기를 바라는 심정으로 걸음을 서두르는 내 곁에서 유장건은 연달아 나한테 말을 시켰다. 나는 어머니의 외출에 얽힌 이야기들을 두서없이 해대면서도 주변을 두리번거리다가 엄마! 소리를 길게 외쳐 보느라 숨이 찼다. 인적이 드물어졌고 이따금 만난 사람들은 그런 사람 못 보았노라고 도리질을 했다. 숲 속은 이미 어두워졌다. 엄마아! 내 외침은 번번이 메아리도 만들지 못하고 바람에 휩쓸려 사그라지고 만다. 엄마아! 어디 계세요? 평생 엄마를 찾아다녔던 것 같은, 남은 평생도 엄마를 찾으며 살아야 할 것 같은 아득한 서러움에 휘청거리는 내 손을 유장건이 붙잡고 걸었다. 그렇게 얼마나 올랐을까. 유장건의 전화벨이 소란스럽게 울렸다. 그가 우뚝 멈춰 서며 내 손을 놓더니 전화를 받았다. 경운동? 어디요? 천도교 대교당? 예, 예, 금방 모시러 갈 테니까 다른 데로 가시지만 않게, 자극하지는 말고 지켜 주세요. 나는 그가 전화를 받는 동안 주저앉으려는 몸을 간신히 지탱하며 버텼다.

「천도교 중앙대교당 앞에 계시대요. 안국동 로터리 한가운데서 오도 가도 못하고 계시는 바람에 교통경찰이 잡았는데, 접근을 못하게 하시더래요. 간신히 길에서 벗어나시게 했더니 그쪽으로 움직이셨나 봐요.」

안국동, 천도교 교당. 그쪽은 생각도 못했다. 슬리퍼를 끌고 그 차 많은 도로 한가운데에 갇혀서. 여기는 무슨 지옥일까 궁리도 못하면서 덜덜 떨며 서 있었을 어머니를 상상하니 주저앉을 것만 같다. 이미 어둑해진 숲 속에서 유장건은 자신이 발동시킨 경계경보를 해제시키는 전화를 걸었고 나도 집으로 전화를 했다. 큰어머니와 통화를 하면서야 한선묵에게 연락하지 않고도 어머니를 찾아낸 것을 다행으로 여긴다. 어머니가 이렇게 한 번씩 집을 나설 때마다 집에 둘러지는 경비 시스템이 점점 견고해졌다. 처음엔 담이 벽돌 한 장 높이만큼 높아졌다. 그다음엔 대문을 다시 달더니 담이 안쪽으로 한 겹 더 쌓였다. 지금은 회랑과 담과 집이 각기 다른 경비업체와 연결되어 있었다. 언젠가는 들어오는 건 물론이고 나가지도 못하게 될 판이었다.

어머니는 천도교당 정문, 아치형 입구 왼쪽 기둥 안쪽에 웅크리고 있었다. 아무것도 보지 않겠다는 듯이 세우고 앉은 무릎에다 고개를 박았다. 입구 양쪽 벽에 걸린 큼지막한 등에서 쏟아져 내린 빛이 집 나선 지 두 시간도 못 돼 행려처럼 변해 버린 어머니를 내리누르고 있는 것만 같다.

「안에 들어가 계시자고, 차에 들어가 계시자고도 했지만 들은 척도 안 하시고 일으키려고 하면 마구 비명을 지르세요. 말을 못하는 분이신가 봐요?」

젊은 순경 둘이 지키고 서 있다가 유장건에게 그렇게 설명했다. 나는 어머니 앞에 무릎을 꿇고는 가까이 다가들었다. 엄마! 나야, 선재. 뭐 해요? 내 목소리가 너무 낮았는가 응답이 없다. 토라진 아이처럼 움직이지도 않는다. 주무세요? 약간 소리를 높여 장난처럼 묻는데 여전히 반응이 없다. 손을 어머니 어깨에 대고는 가만히 흔들었다. 놀라지 않게 하려고 조심하는 손길에 무슨 힘이 들었겠는가. 어머니가 뿌리 뽑힌 허수아비처럼 풀썩 옆으로 쓰러졌다. 엄마! 비명을 지르며 어머니를 그러안는다. 몸이 불덩이다. 엄마, 왜 이래. 정신 좀 차려 보세요, 엄마. 어머니를 흔들며 눈물 바람을 하는데 유장건이

222

나를 밀쳐 내며 어머니를 안았다.

「왜 이래요? 엄마를 어쩌려고?」

내 악다구니에 그가 눈을 치뜨더니 어머니를 안아 올린다.

「당신 어머니를 내가 어쩌겠어요? 병원으로 모시려고 그러지.」

그가 어머니를 안고 일어선 자리에 빨간 숄이 떨어졌다. 그제야 정신 차리고 숄을 주워, 어머니를 안고 차로 향하는 그를 뒤따른다. 순경이 차 뒷문을 열어 주었다. 내가 먼저 들어앉아 그가 조심스레 들여 주는 어머니를 끌어안았다. 집으로 가달라는 내 말에 그가 말없이 차를 돌렸다.

큰어머니와 은영은 대문 앞에서 서성이고 있었던가 보았다. 차가 멈추자 은영이 밖에서 뒷문을 열었다. 은영이 끌고 내가 밀어 보려 하지만 기절한 사람을 차에서 들어내기엔 역부족이다. 유장건이 와서 은영을 비키게 하고는 어머니를 업었다. 큰어머니가 앞서 대문 안으로 들어갔다. 유장건이 안방까지 따라 들어가 어머니를 이부자리에 뉘었다.

「이제부터 내가 할 수 있으니, 너희들은 나가거라. 젊은 양반, 뉘신지는 모르지만 참말 고맙소. 낼이라도 우리 집에서 밥이나 같이 자십시다.」

큰어머니가 단호하게 세 사람을 안방에서 내쫓는다. 언제나 그랬다. 임로사가 아프면 다른 사람들은 밖으로 내몰렸다. 최오년에게 임로사는 여전히 60여 년 전의 그 아이였다. 먹이고 입히고 재우고, 아프면 쓰다듬고, 보채면 같이 놀아 주는. 이제 옷을 전부 벗기고 닦고 또 닦으며 열을 내리면서 옷을 갈아입힐 것이다.

「이런 일 생겼을 때 파출소에 신고는 안 합니까?」

회랑으로 나와 난로를 켜놓고 찻물을 올리는 나를 따라다니던 그가 차를 놓고 마주 앉자마자 그렇게 물었다.

「그냥 식구들끼리 찾았어요. 여태 멀리는 가시지 않는다고 여겼거든요. 사실이 그랬고요.」

「여태는 그랬을지라도 앞으로는, 혹시라도 다시 이런 일 발생하면, 파출소에 먼저 연락하세요. 최소한 경계선이라도 칠 수 있잖아요. 엔간한 길은 경찰한테 맡기고 식구들은 가실 만한 데 짚어 가며 찾을 수 있을 테니까요. 경찰은 그런 일에도 써먹으라고 있는 거예요.」

「앞으로는 그렇게 할게요. 오늘은 참 고마웠습니다. 그쪽 분이 아니었다면 엄마가 얼마나 고생을 하셨을지, 상상만 해도 앞이 캄캄해요. 정말 고마웠어요.」

「내가 찾았나, 왜 나한테 고마워해요? 그리고 아직도 그쪽이에요? 내 이름 부르기가 그렇게 어려워요?」

「그래요, 유장건 씨, 오늘 참 감사했어요. 잊지 않을게요.」

「기껏 이름 한 번 부르면서 다신 못 볼 사람처럼 말하네요. 왜 그래요? 오늘 어머님을 찾는 데 도움을 받은 것은 고맙지만 앞으로는 안 보겠다, 보고 싶지 않다, 그런 뜻입니까?」

「저도 잘 모르겠어요.」

솔직한 심정이었다. 요즘 나는 스스로에 대해 더욱 알 수 없어졌다.

「나는 우리가 많은 걸 같이 가지고 있다고 생각하는데 당신은 여전히 많이 망설이네요. 전화할 때마다 벽을 세우는 것 같고.」

「저도 그렇게 생각하면서도 자꾸 더듬거리게 돼요. 죄송해요.」

「죄송할 일은 아니죠. 사실 그날 밤 이후 나도 마음 쓰이는 게 있긴 했어요. 우리 함께 있었던 밤에 선재 씨가 흘린 눈물 때문에, 여자를 울게 했던 게 뭘까, 내가 선재 씨의 뭔가를 훼손한 건 아닐까 싶은 생각이 자꾸 들어서요. 그래서 전화할 때마다 내가 지금 당신을 더 움츠러들게 하는 건 아닐까, 좀 더 서서히 다가들었어야 했던 건 아닐까. 조심스럽고 생각이 많아지더라고요. 오늘은 더 이상 안 되겠다 싶어서, 아침 먹다가 우연히 신문에서 어머니, 로사 작품에 관한 기사를 읽기도 해서 와본 거예요. 화첩을 찾는 사람이 제법 있다면서요? 몇 권 만들었던 거예요?」

「오백 부인데 어영부영 다 나가는 바람에 오백 부 더 만들었어요.」

「김세규라는 화백이 어머니 작품하고 화첩을 뉴욕까지 가져갔다면서요?」

「네, 평소 알고 지내던 분이세요. 로사 그림을 아주 좋아하시는 분이시기도 하고요. 그분이 아예 로사 매니저를 자처하고 나서셨어요. 저한테는 아주 다행한 일이죠.」

「선재 씨 일을 조금이라도 덜어 주는 양반이 계셨다니 다행이네요. 나는 당신한테 아무 도움도 못 돼주는데.」

「아니요. 오늘만 해도. 아직도, 헤매고 있었을 텐데, 상상만 해도 끔찍해요. 조금 전과 지금이 이렇게 다르다니……. 지옥에 떨어졌다가 천국으로 건져진 기분이에요. 정말 감사드려요.」

「어머님께 사정이 있는 건가 보다고 생각은 했지만, 이런 정도인 걸 몰랐어요. 선재 씨, 힘들었겠어요.」

왈칵 코끝이 매워진다. 찻잔을 들며 어느새 습기가 차오르는 눈시울을 감춰 보려고 하는데 눈치 못 챌 리 없는 남자가 슬그머니 고개를 돌려 준다.

15

　송년회를 못했으니 신년회라도 하자고 모인 자리에 기림이 달봉 씨를 데리고 온 건 뜻밖이었다. 기림이 그에게 화첩을 건넸나 보았다. 실제 작품을 보고 싶다고 기림을 따라온 달봉 씨는 오래전 김세규 선생이 그랬듯이 오래 로사 작품을 감상한 뒤 우리와 합석했다. '로사 이야기'에 대한 화제로 이야기를 시작했다. 김세규 선생은 아직 뉴욕에 머무르는 중이었다. 1월 말에나 돌아올 예정이라고 했다. 농담 반 진담 반으로 그는 로사가 자신보다 유명해지겠다는 말을 했다. 그곳에서 로사 작품 전시회를 할 수 있을 것 같으니 사진 예쁘게 찍어 여권 만들어 두라는 말도 덧붙였다.

　화첩에 관한 이야기에서 전시회로 번진 대화가 학창 시절까지 거슬러 올라갔다 돌아오고도 끝이 없다. 벌써 작년이 되어 버린, 지난 달에 치른 선거와 그 선거가 인터넷 전쟁이었다는 이야기들, 인터넷의 활용 범주가 어디까지 미칠 것인지에 대한 말들. 정도가 다르기는 해도 다들 취한 상태이긴 했다. 열시가 넘었다. 밖엔 눈발이 날리는 참인데 모처럼 밤 시간을 만들어 나온 덕진이나 효미의 흥취가 여전히 도도하다.

「저도 요즘 그 '신비인'에 관심 많아요. 새 대통령보다 훨씬 흥미롭거든요.」

김기림을 상대로 인터넷 검색어에 대한 이야기를 하고 있는 은영도 제법 취했다. 김기림은 제일 많이 마셨으면서도 아직 멀쩡해 보인다. 내 곁에 앉은 달봉 씨는 미소 띤 얼굴로 주로 듣기만 하는 편인데도 오래전부터 사귀어 온 사람처럼 편하게 어울린다. 이이를 어머니에게 소개해 줘도 괜찮을지 모른다.

「그렇다면 은영 씨는 알겠네요. 신비인이 인기 검색어가 된 지는 벌써 두 달이 넘었어. 선거에 묻혀 오히려 눈에 덜 띄었지만 그사이에 팬 클럽이, 내가 확인한 것만도 마흔 개가 넘게 생겼어. 창에 떠 있는 신비인만 누르면 뉴스 기사며 팬 클럽 사이트가 줄줄이 쏟아지잖아. 그중에는 내가 쓴 기사도 들었고. 은영 씨 제외하고 나머지 사람들, 제발 인터넷 좀들 찍어 봐. 우리 신문도 좀들 읽어 주고.」

김기림의 어조가 사뭇 애원조여서 웃음이 터진다. 신비인. 몇 달 전 유금희가 신비한 사람에 대한 이야기를 했었다. 듣고 잊어버렸다. 지금 신비인과 그때의 신비한 사람은 같은 인물일 텐데 은영과 함께 컴퓨터를 사용하면서도 나는 까맣게 몰랐다. 필요한 경우에 메일만 사용하므로 인터넷에 들어가 보는 일이 드물었고 인기 검색어에 관심을 가져 본 적이 없었다. 신비인이 어떤 인물인지 모르는 채로 엷은 취기가 걷혀 나간다.

「스무 살에 세상을 저 혼자 구할 것처럼 설치고 다니더니만 잘난 척하는 버릇은 예나 지금이나 똑같네. 나도 신비인 검색해 봤어.

애들이 하도 떠들어 대서 해본 일이지만 말이야. 얼굴이 알려져 있지 않으니까 가상 인물화가 난무하나 봐. 십수 가지는 떠 있는 것 같던데? 배트맨이나 조로처럼 마스크를 쓰고 있기도 하고 순정 만화 주인공처럼 긴 머리를 날리는 아주 잘생긴 남자 모습도 있고. 애들이 환상을 가질 만한 얼굴들이더라. 어차피 그 환상 안에서 창조된 컷들이겠지만 말이야.」

덕진이 분석하듯 의견을 내놓으며 마시고 있던 맥주를 홀짝거린다. 오늘 밤 여섯이서 마셔 치운 술이 한 상자는 될 것이다.

「신비인이 여자일 거라는 주장도 있어요. 〈천사 소녀 네티〉라는 만화가 있잖아요. 거기 주인공이 못하는 일이 없는 착하고 예쁜 도둑이거든요. 남자만 멋있으란 법 있느냐는 여자 애들이 올린 글이겠죠. 신비인이 여자든 남자든 그의 팬은 여자 애들이 많아 보이고요.」

은영이 술에 취해 약간 굼뜬 목소리로 거들자 효미가 몸을 곧추세워 앉는다.

「지금 대화의 선후가 바뀌었다는 걸 다들 잊고 계시군. 나는 신비인이 뭘 하는 작자인 줄도 모른단 말이야. 달봉 형님도 모르시는 것 같고. 신비인이 도둑이야? 왜 도둑이 신비하다는 건데? 뭐 하나 던져 놓고 설명은 없으니, 사회부 기자라는 위인도 별수 없네. 안되겠다, 젊은 은영 씨, 그 신비하다는 사람에 대한 정보 좀 출력해 와봐요.」

아서요, 무슨 출력씩이나, 하고 손사래질을 하며 나선 김기림이 말을 계속했다.

「신비인이 왜 유명하냐면 말이지, 가만 한선재도 까맣게 모르는 것 같은데? 근데 얼굴이 왜 그래? 술은 고양이 눈물만큼 마셨으면서 제일 많이 취한 얼굴이네?」

「쓸데없는 말 말고 가던 길이나 가.」

그에게 핀잔을 안기고 술로 입술을 축이고 잔을 내려놓는다. 불안이 바람에 날리는 눈송이처럼 일렁이고 있었다.

「여보, 내 마음은 유린가 봐. 겨울 한울처럼 이처럼 작은 한숨에도 흐려 버리니……. 만지면 무쇠같이 굳은 체하더니 하로밤 찬 서리에도 금이 갔구……료? 이런 아무도 안 웃네. 천구백팔년에 태어나 육이오 때 납북되셨다는 김기림 어른의 시군데.」

어찌나 천연덕스러웠던지 그가 시를 읊고 있다는 걸 뒤늦게 눈치 챘다. 다른 사람들도 두어 박자 지난 뒤에야 웃는다.

「여보 좋아하시네. 기껏 붙여 줬더니 친구 자리밖에 못 차지했으면서. 밤중에 여자들 봐놓고 잘난 척하는 재주밖에 없는 주제에, 쓸데 없는 소리 그만 하고 신비인이 뭔지나 설명해 보란 말이야.」

효미가 이죽거리며 기림을 채근했다. 학교 다닐 때 특별하게 어울린 일이 없었고 졸업 뒤에 만나고, 살았던 것도 아닌데, 10여 년 만에 만난 사람들이 도무지 스스럼없다.

「그러게 나도 그게 이상해. 이날까지 만난 다른 여자들은 전부 내가 멋있다고 섹시하다고들 했는데, 이 판에 와서는 도무지 힘을 못쓰겠으니 말이야. 한선재한테는 내가 남자로도 안 보이는 것 같고, 사랑했노라고 고백했더니 콧방귀를 뀌지 않나. 얼마 전에는 글쎄, 다른 남자랑 드라이브한다고 자랑을 하잖아. 이래저래 요새 내가 고갤 들고 다니기가 부끄러워. 서른다섯 해 동안 남자라고 잘난 척하고 살았는데, 한선재 다시 만난 뒤로 내가 남자 아닌 것만 같거든. 거의 여성 동무가 된 기분이라고. 알았어, 남효미. 그렇게 노려보지 마. 당신이 노려보면 나는 무서워서 떨려.」

「그래, 아무나 보고 여보 하고 당신 해라. 그러다간 영원히 장가가기 힘들 테니까. 어떤 여자가 그렇게 헤픈 남자하고 결혼한다고 나서겠니?」

「내가 헤프다고? 형, 내가 헤퍼요?」

달봉 씨는 웃고만 있다. 기림보다 세 살이 많을 뿐이라는데 한참 어른 같다.

「김기림, 진짜 기자 맞아? 삼천포로 빠지는 데 선수잖아. 그래 가지고 무슨 기사를 써?」

「인신 공격에다 직업적인 모욕까지?」

「제발 본론으로 들어가 줄 테야?」

「알았어, 본론. 그 도둑, 신비인의 별명은 조금 전에 거론된 이름들 말고도 지킬 박사와 하이드 씨, 마법사, 새도 맨 등이 더 있어. 좀 더 어른스러운 별명들이지? 심리학적 관점에서 신비인을 해석하려는 시도가 시작된 거지. 아, 검은 천재라는 별명도 새로 떴다. 알지? 검다는 건 밤에만 움직이기 때문이고 천재라는 건 다른 별명들과 비슷한 의미겠지. 남모르게 움직일 수 있는 그 사람 능력에 대한 평가 같은 거니까. 신비인을 검은 천재로 부른 네티즌이 칸트를 빌려 천재의 요건에 대해 말해 놨는데 말이야, 또 삼천포 간다고 야단 맞겠지만 어쨌든, 칸트 씨가 그랬대요. 천재는 기존의 규칙을 거부한다. 제가 새 규칙을 만든다. 제가 새로 세운 규칙에 다른 사람들이 동조하고 따른다. 그리고 그 규칙을, 예술을 통해 세상에 유포한다. 칸트 씨를 빌려 말한 그 네티즌의 아이디가 아이디야. '아름다운 신비인'이라는 카페의 운영자이기도 하고. 폼 잡기 좋아하는 이십 대 초반쯤이 아닐까 싶은데, 암튼 그 아이디가 하고자 한 말은 검은 천재 신비인의 행위가 예술의 경지라는 거지.」

「그래서?」

「신비인이 신비인이라는 이름으로 불리는 건, 뒤 달 전 시월 말쯤에 나온 시사 주간지 글 때문이야. 정확하게는 그 주간지 게시판의 그 기사에 달린 밑글들 때문에. 기사의 요지는, 노인들이 모여 사는 애경원이라는 시설에 천만 원이 아무도 모르게 들어왔는데, 그 사건 한 달 전에 다른 시설, 선린 재활원에 들어온 돈 오만 달러하고, 또 그전 '아름다운 집'이라는 시설에 돈이 들어왔던 경로며 행적하고 신비할 만큼 비슷하다는 내용이었어. 그러자 그 기사의 밑글이 '신비하고 아름다운 사람, 그를 만나고 싶다'로 시작됐어. 그 아래 밑글에서 신비하고 아름다운 사람은 신비인으로 변했고. 자연스럽게 발전한 거지. 그런데 그 기사 나고 일주일 뒤에 보란 듯이, 오천만 원이 일 킬로그램의 금덩이와 함께 투척됐잖아. 당신들 일 킬로짜리 금덩이 본 적 있어? 내가 그걸 만져 봤다는 거 아냐. 뭐, 별것 아니긴 하데. 우리가 텔레비전에서 구경한 네모난 금괴가 아니라 그건 노란 호떡 같더라니까? 물론 거기다 이를 박았다간 작살나겠지. 딴딴한 게 호떡은 아닌 게 분명했거든. 내가 그걸 어떻게 봤냐면 말이지, 퍼렇게 날 선 돈 쉰 뭉치 위에 얹힌 금덩이가 성당에서 운영하는 보육 시설의 성모상 앞에 놓여 있었더라, 이거야. 종이 상자에 떡처럼 담겨서, 마치 성모님의 선물인 것처럼 말이야. 거기서 보육사로 일하시는 수녀님이 발견하셨지. 그다음 날로 기사가 나갔고. 같은 사람이 한 일이든 다른 사람이 한 일이든 신비인은 산불 번지듯이 퍼졌어. 하하, 그 기사는 내가 썼지. 그 상자를 발견하신 양반이 내가 아는 수녀님이거든. 경찰보다 먼저 나한테 연락을 하셨더라니까. 신비인을 인터뷰할 수 있다면 완전히 특종인데 아쉽지.」

「또, 또 삼천포로 간다. 신비인이 눈먼 것도 아닌데 당신 같은 날라리 기자한테 특종을 안겨 주겠어?」

효미의 핀잔에 기림이 술잔을 잡으려던 손으로 자신의 뺨을 치는 시늉을 하면서 웃음을 자아냈다. 낯선 화제에 불안하게 빠져들던 내 호기심은 진작 곤두박질쳐진 상태였다. 신비인이라고 불리는 도둑은 한선묵임이 틀림없었다. 다시는 네 카드를 대신 읽지 않겠노라고 선언했던 넉 달쯤 전, 9월 초였다. 그때부터 새로운 형태의 게임이 시작된 것이다.

「그래, 어쨌든 신비인이 뜬 이유는 그 작자가 도둑이라서야. 좋은 일 하고 다니는 도둑 말이야. 어려운 사람들이 모여 사는 곳에 뭉칫돈을 뿌려 주고 다니기 때문에. 쥐도 새도 모르게. 미풍이 지나간 자리처럼 흔적 없이. 진짜 신비한 일이긴 하지? 무슨 무슨 요양원, 복지원, 재활원, 보육원. 돈이 너무 많은데 무료해서 특별한 취미처럼 그렇게 나눠 주고 다니는 게 아니라면 그 작자는 다른 데서 역시 쥐도 새도 모르게 훔쳐다가 나눠 주고 다닐 거라는 게 요즘 신비인을 따라다니는 가설이야. 우리 동업자들 사이에서 은밀하게 나도는 소문인데 대선 즈음해서 모 정당의 비자금이 털렸다는 설도 있어. 당사가 아니라 당 관계자가 자기 집에 보관하던 현금 중에서 일부인 몇억이 그야말로 귀신같이 사라졌다는 거야. 남자 한 사람이 들고 나갈 수 있을 만큼만 없어졌다고 하는데 그게 신비인이 한 일인지를 확인할 길은 없지. 덮어씌우기일 수도 있고. 어쨌든 같은 말이지만 신비인이 영웅처럼 떠오르는 이유는 거기 있어. 어디에선가, 모종의 부정함에 의해 쌓인 돈을 헐어 올 거라는 가정. 샛노란 금덩이까지 열광할 만하잖아. 그런데, 경찰은 다르겠지. 그 작자가 뿌리는 돈의 출처. 천, 삼천, 때로는 오천도 넘게…… 달러에 금괴까지. 돈이 들어왔다고 신고된 게 그렇고, 신고 안 된 것들도 분명히 있을 텐데, 어쩌면 더 많을지도 모르지. 그렇다면 대체 그 돈들이 어디서 났을까? 경찰이 주목하는 것은 그 부분이겠지.」

「경찰이 신비인을 쫓아요?」

잔을 가지고 놀며 기림의 말을 듣고 있던 은영이 퍼뜩 고개를 들며 물었다.

「물론이죠. 경찰이 소경도 아니고, 대선이 지나간 자리에 전염병처럼 번질지도 모를 기류를 어떻게 놓치겠어. 연예인 좋아하는 거랑 본질적으로 다른 기류잖아. 범죄가 개입된 게 분명한데, 나도 맡는 냄새를 경찰에서 왜 못 맡겠어. 희한하게도 그런 도둑 맞았다는 사람들이 안 나타나니까 아직 내놓지는 않는 것 같고 알고 지내는 형사들도 입을 열려고 안 하지만, 분명히 그에 대해 수사를 시작한 분위기야. 아무도 자기 돈으로는 절대 그렇게 안 하거든. 물론 평생 젓갈 장사, 김밥 팔아 모은 재산을 통째로 기부한다거나 하는 미담들이 이따금 있지만 그런 예들하고는 성분이 다른 거지. 왼손이 하는 일, 오른손이 모르게 하라? 그건 성경 아니면 범죄 사전에나 나오는 말씀이고, 인간은 대개 자기가 남을 위해 하는 일이라면 타인들이 알게 하고 싶은 속성이 있는 거 아니겠어? 받는 사람이 있는데 타인이 모를 수가 없고. 신비인처럼 귀신같이, 그림자나 바람같이 다녀갈 수가 없는데 어떻게 모르겠어.」

「너무 비관적인, 아니 부정적인 거 아닌가요? 신비인은, 자기 재산 가지고 아무도 모르게 나눠 주는 즐거움을 누리는 사람일 수도 있잖아요. 세상에는 이상한 사람 많고 우리가 상상할 수 없는 부자도 많다면서요.」

「물론 그렇죠. 하지만 신비인은 틀림없이 그 돈을 훔쳐다가 내놓는 거 맞아요. 은영 씨도 그 정도 냄새는 맡으면서 지금 억지 쓰는 거죠? 아무튼 긍정적인 사항 한 가지! 내가 어제 인터넷 뒤지다가 발견하고, 스타를 좋아하는 방식이 하나의 문화 현상이나 행위로 나타나는 것에 대한 기사를 기획했는데 말이지, 신비인 클럽 회원들이 오프라인에서 만나 자원 봉사를 시작했다는 거야. '아름다운 신비인' 카페 회원 서른여섯 명인가가 신비인이 돈을 놓고 갔을 거라고 추정되는 시설에 가서 종일 몸 바쳐 일하고는 그 소감을 올려놨더라고. 다음번 행사, 그 사람들이 그렇게 표현했어, 행사일과 장소도 올려놨고. 원하는 사람은 다 모여라, 이거지. 놀라운 일 아냐? 조만간 봐, 틀림없이 봉사 활동 바람이 일 거야. 신비인 카페들마다 질세라 그렇게 할 게 뻔하니까. 그러고는 신비인이 자기들의 카페에 왕림해 주시기를 바랄지도 모르지. 그러니 그 신비인이라는 작자가 자기도취에 안 빠질 수가 없잖겠어? 설마 봉사 활동까지야 그 작자도 예측 못했겠지만 짜릿한 스릴이 기가 막히겠지? 결국 남을 위해 하는 일은 아니라는 거지.」

「신비인의 의도가 뭐고 돈의 출처가 어디든 결과적으로 남을 위한 일인데, 그렇게 비난할 이유는 없지 않아요? 귀신같이 훔쳐 갔다는 데 초점이 맞춰져 있는 게 아니라 가져다 줬다는 데 초점이 있는데, 왜 비난해요?」

은영이 적극적으로 익명의 바다 속에 숨어 있는 도둑을 변호하고 나섰다.

「생사람 잡지 마요, 심은영 씨. 내가 비난했다는 소문 나면 신비인 팬들한테 나 맞아 죽어요. 실물도 모르는 사람의 팬 클럽을 만들 정도의 집단이잖아. 자신이 좋아하는 사람을 계기로 자원 봉사까지 시작할 정도의 사람들이라고. 다른 사람들도 한번 검색해 봐.

팬 클럽마다 전공 필수 과목처럼 신비인한테 편지 보내는 난이 있는데 완전히 신에게 바치는 송가야, 《기탄잘리》 같다니까. 팬들이 완전히 광신도들이라고. 그 사람을 우상으로 삼아 신비인교라도 만들 대세야. 요즘 사람들, 특히 애들은 안 그런 것 같으면서도 자기들이 좋아하는 일, 필요하다 공감하는 일에는 굉장히 조직적이잖아. 기동력 끝내 주고. 한두 시간이면 집합이지. 월드컵까지 거슬러 갈 것도 없어요. 요즘 주말에 광화문 거리에 모이는 인파들봐. 그 절반이 그런 열혈파들일걸. 반미 반전이라는 이슈 아니어도 우리 회사는 난리 나고 내 메일은 과부하에 걸려 불통이 될 테고 김기림 안티사이트가 조직될 거고. 말 한마디 잘못했다가 일순간에 거덜 나는 거지, 나는.」

「그러니까 조심하세요, 기자님. 저는 아직 신비인 팬 클럽 회원으로 가입한 건 아니지만 열혈 팬이거든요. 오늘 밤에라도, 카페 회원 등록하고 아무개 신문의 사회부 기자 아무개가 이런 말을 하더라, 하고 올려놓을 수도 있어요.」

「아이고, 무서워라. 좀 봐줘요. 응?」

다시 질펀한 웃음판이 벌어졌다. 나는 어떤 내색도 하지 못한 채 잔을 쥐고 취한 사람들이 내놓는 신비인에 관한 이야기만 듣는다. 달봉 씨가 옆에서 잔을 쥔 내 손을 쳐다보고 있는 게 느껴진다. 밖에는 거세지는 않아도 오래 내릴 것 같은 눈이 가라앉듯 다소곳이 내린다.

16

청담동에 있는 화랑 '21세기 아트 갤러리'는 5층 전관이 전시장이었다. 거기서 전시를 하자는 제의를 받고 수락했다. 1층에 전시된 다른 작가의 작품들을 둘러보면서 오는 3월이면 로사 작품들이 이곳에 걸리겠구나 싶어 기꺼우면서도 묘한 기분이 들었다. 왜, 아주 많은 일들이 한꺼번에 몰려오는가 싶어서. 김세규 선생이 주선하고 있는 뉴욕 전시회도 성사가 된다면 해보기로 한 터였다. 여행사에 들렀던 건 그래서였다. 여행사 직원에게 한선묵과 나의 여권이며 비자에 대해 한참 이야기하고 있을 때 유장건이 전화를 해왔다. 불안해지기 시작한 건 그때부터였다. 나는 왜 한선묵의 여행을 준비하고 있는가. 자신이 알아서 잘만 다니는 여행을 왜 내가.

택시에서 내리면서 회랑 앞을 살핀다. 통화가 되지 않으면 쫓아오는 남자의 차가 지금은 없다. 몇 시간 전부터 울린 몇 차례의 전화를 듣지 못했고 줄줄이 찍힌 부재중 전화를 발견했을 때는 모른 척했는데, 안 왔다. 그렇지만 오늘 안에 오기는 할 것이다. 기다림의 한계가

3분인 남자니까. 날마다, 시시때때로 그를 기다리게 되면서 기다림에도 그림자가 있다는 걸 알게 되었다. 돌아설 때마다, 한 걸음 옮길 때마다 키가 자라던 그림자. 그런데 기다림의 그림자는 하나가 아니었다. 셀 수도 없을 만큼 많았다. 방향마다 키 다른 그림자가 있었다. 그인가 싶으면 한선묵이었고 한선묵인가 싶으면 그였다. 그인가 싶으면 나무였고 바람이었고 모든 것에 대한 그리움이기도 했다. 곤혹스러운 입덧이었다.

회랑을 지나 집 안으로 향한다. 어머니가 이해를 하든지 못하든지 일이 되어 가는 경과를 설명은 해드려야 할 것 같았다. 화첩을 만들겠다는 작정을 했을 때 한선묵과 의논하지 않았다. 화첩의 주된 용도가 어디에 있는지에 대해서도 통고만 했다. 어머니 그림이 뉴욕 여행을 다녀오고 바깥에서의 전시회가 열리게 된 과정에 대해서도 그랬다. 심하게 반대할지도 모른다고 각오하고 있었는데 그는 내가 하는 대로 지켜보기만 해왔다.

「오늘은 웬일로 낮잠이 늦으세요. 아이, 아기씨, 그러다 어머니 깨시겠어요. 요새 잠이 많이 엷어지셨는데.」

퇴원 뒤 귀가한 게 좋은 듯 활달해진 올케의 만류를 물리치고 안방문을 살며시 연다. 해 질 녘에 잠깐 깃들여 쉴 만한 장소는 언제나 따뜻한 안방뿐이기도 했다. 어느새 어둠이 스미기 시작한 방 윗목에 겉옷만 벗어 놓고는 어머니 곁에 모로 눕는다. 하루의 반 이상을 잠으로 채우는 내 어머니. 이불에서 반쯤 벗어난 채 잠든 이마며 볼을 만져 본다. 콧등에 보라색, 미간에 개나리 색깔의 마른 물감 자국이 묻어, 장난하다 잠든 아이 같다. 이 깊은 잠 어느 바닥에 그 거친 기운이 숨어 있다가 이따금 폭풍처럼, 해일처럼 몰아치는 걸까. 어떤 바람이 엄마를 흔드는 것일까. 순하게 늘어진 당신 손가락들을 모아 놓고 건반을 건드리듯 톡톡 두드려도 엄마는 깨지 않는다.

　엄마? 잠든 어머니를 다독이며 응석을 부려 본다. 지난번에 엄마 업어 준 사람 있죠. 저, 그 사람을 사랑하는 모양이에요. 그런데 그 사람하고 오빠 사이가 안 좋아요. 어떡하면 좋을지 모르겠어요. 엄마도 알지? 오빠가 하는 짓. 아니, 나도 같이한 거예요. 처음 시작할 무렵에……. 몰랐다고 말할 자신, 없어. 오빠 혼자 한 거 아냐. 근데, 그래서, 나는 이제 그만두고 싶은데 엄마, 오빠는 안 그런가 봐요. 어쩌면 자기가 몰라서 그렇지 오빠도 멈추고 싶어할지 몰라. 문제는 혼자서는 멈추지를 못한다는 거지. 그래서 나 요즘 무서워. 누군가가 멈추게 해야 하는데, 내 말은 안 들어요. 한 팔로 베개를 감싼 채 모로 누워 쌔근쌔근, 드문드문 코 고는 소리까지 내며 자던 엄마가 꼭 알아듣기라도 한 것처럼 팔을 뻗더니 나를 끌어당겼다. 가슴팍에 폭 안기니 엄마 냄새가 난다. 따스하게 구워진 흙내 같은. 마른 대추 끓인 냄새 같기도 한 아늑한 향기. 그 젖가슴에 얼굴을 묻은 채, 엄마, 깼어? 하고 속삭인다. 아무 대답도 없다. 나를 끌어안던 팔이 스르르 풀리면서 다시 고른 숨소리가 들려왔다.

　이불을 어깨까지 덮어 주고 몸을 일으켜 엄마를 들여다본다. 좋은 꿈을 꾸시는가, 편한 얼굴에 엷은 미소가 어렸다. 내가 낳아 키운 딸처럼 귀엽다. 어쩌면 나는 전생에 임로사의 어미였을지도 모른다. 그런 생각이 들 때가 있다. 딸을 제대로 돌본 적 없는 못된 어미였거나 형편이 여의치 않아 딸을 돌보지 못했던 어미였을 거라고. 반대로 그의 딸이었을지도 모른다는 생각도 한다. 그랬다면 아마도 어머니 애를 무던히도 태운 딸이었을 거라고. 어떤 경우든 몇 생에 걸쳐 갚아야 할 만큼 업을 쌓았을지도 모른다고.

　그새 어두워진 뜰을 지나 나간 회랑에는 은영 혼자였다. 바에만 불을 켜놓은 채 컴퓨터 앞에 앉아 있던 은영은, 늦었네요? 하면서도 일어나진 않는다. 바깥 간판 불까지 내려 버린 걸 보니 벌써 마감한 모양이다.

「인터넷 중독이야? 틈만 나면…….」

「인터넷 중독이 아니라 신비인 중독이에요. 거의 일주일 단위로 움직이던 그이가 움직이지 않아요. 그래서 더 들여다보게 되네요.」

어젯밤, 아니 요즘 나도, 혼자 있는 시간이면 수시로 신비인 관련 사이트를 들여다보고 있다. 활자도 시끄러울 수 있다는 걸 그래서 알았다. 요즘 신비인이 움직이지 않는다. 신비인은 어디 있는가. 청림 양로원 이후 신비인의 근황에 대해 아는 사람, 글을 올려라. 신비인이여, 입을 열라……. 네티즌들이 숨바꼭질하듯 신비인을 찾는 중이었다. 인터넷 안에서 신비인인 체 행세하다가 말의 몰매를 맞고 쫓겨나는 가짜들이 나타나면서 신비인에게 움직이라는 주문이 극성이었다. 구체적인 주문도 많았다. 비리에 연루돼 텔레비전을 시끄럽게 하는 인간들의 집을 파헤쳐라. 아무개 아무개의 비자금을 실어 내라. 추징금을 내놓지 않는 전직 대통령들의 집에서 사과 궤짝을 들고 나와라……. 무슨 비밀 조직인 양 따로따로 만들어진 신비인 관련 카페들에는 유행처럼 그의 가상 프로필이 올라 있었다. 각각 설정한 학력은 무학부터 대학원 졸업까지 갖가지고 추정하는 직업은 셀 수도 없었다. 신비인 카페는 쉰 개가 넘는 것 같았다. 회원이 적게는 스무 명에서 2, 3백 명 정도씩인데 운영자의 아이디가 아이디인 카페 '아름다운 신비인'의 회원 수는 어제까지 7백여 명이나 되었다. 각 카페의 회원들은 오프라인에서 정규 모임도 갖는 모양이었다. 모임에서 만나 자원 봉사를 논의하고 휴양림 안 통나무집이며 실제 카페들을 빌려 만나고 그 소감이며 사진들을 줄줄이 게재해 놓았다.

며칠 동안 신비인 관련 사이트를 뒤적이면서 여러 번 놀랐다. 워낙 다양한 말들과 어처구니없는 주문들 때문이었지만, 그보다 네티즌들이 유추해 낸 신비인의 신상이며 이력들에서 한선묵과 닮은 점이 발견되었기 때문이다. 평범한 외모, 혼자 있는 걸 좋아하는 성격, 경비 업체 관련 직업……. 구체적인 내용들도 있었다. 신장이며 몸무게, 왼손잡이에 덥수룩한 머리 모양, 신발 치수까지……. 물론 한 네티즌에 의해 올려진 건 아니지만 신비인의 그림자라도 구경한 적이 있는 누군가가 사이트를 꼼꼼히 분석한다면 충분히 한 사람을 조합해 낼 수 있을 만한 정보가 다 들어 있었던 것이다.

「얼굴도 모르는 인물에 대해 왜들 이렇게 법석을 피우는 거래? 말 좀 해봐.」

「글쎄요, 무한대의 상상이 가능한 미스터리 때문인 것 같아요. 미스터리는 사람을 자극하잖아. 잠자는 상상력을 깨워 주고. 나도 그렇거든요. 뭐라고 꼬집어 말할 수는 없지만, 지금 당장의 필요를 넘어서는 어떤 것, 본질에 가 닿는 낯선 신선함이라고나 할까, 그런 게 있어요. 한마디로 자극을 받는 거죠.」

「기림 씨 말대로 심각한 자기도취에 빠진 사람 아냐?」

「자기도취 없이 세상을 어떻게 살겠어요? 저만 해도 장차는 대작가가 될지도 모른다는 꿈에 취해, 나한테 그만한 자질이 내재되어 있을 거라는 믿음에 도취돼서 숱하게 밤을 새우고 있는걸요.」

「그거야 다르지.」

「뭐가 달라요? 자기가 하고 싶은 일, 할 수 있는 일로 자기만족을 채우는 건데 본질은 같죠.」

「은영이는 남한테 피해를 주지 않잖아.」

「신비인은 누구한테 피해 주는 건데요? 아, 돈이 너무 많아 쌓아

놓은 사람들? 누군가에게 뇌물을 먹이기 위해, 혹은 뇌물을 받아
쌓아 놓고 사는 사람들? 언제든 외국으로 달아나기 위해 달러를
쌓아 둔 사람들……. 이 신비인 사이트들에 그런 말들 많아요. 그
런 돈들일 거라고. 정당하게 돈 버는 사람들은 그렇게 쌓아 둘 돈
없는 거 아니냐고. 그 사람들이 무슨 피해를 봐요? 나눌 줄 모르는
사람들한테 공부시켜 주고 대신 나눠 줘서 천당 가게 생겼는데. 게
다가 자원 봉사까지 대신해 주고.」

「그 사람한테 뭐 얻어먹은 거라도 있어? 그렇게 억지 부리면서 편
들고 나설 만큼?」

「멋있잖아요.」

「안됐네. 그 멋있는 사람 요새 안 움직인다면서. 이제 그 사람 놀이
가 끝난 거 아닐까? 우리가 몰라서 그렇지 벌써 잡혀 감옥에 가 있
거나.」

「악담 마세요. 그 사람 잡히면 나, 그림 그만 그릴 거예요.」

「무슨 농담이 그래?」

「카페 사람들 대개가 그렇지만 나도 어쩐지 그 사람이 내 수호천사
같단 말이에요.」

「농담이라도 쓸데없는 데다 자길 걸지는 마.」

공모전에 출품할 그림을 그리느라 바쁜 은영이 킬킬 웃으며 컴퓨
터를 끄고는 옷을 챙겨 입는다. 공모전을 준비하는 동안 많이 야위었
다. 그런데도 틈틈이 사이버 카페에 드나들면서 제가 좋아하는 대상
에 호응하는 열정이 신기할 지경이었다.

「작품은 어느 정도 진척됐어?」

「반쯤?」

「여태도 반이야?」

「항상 반밖에 안 되는 것 같은데 그럼 어떻게 해요.」

「어쨌든 제대로 먹어 가면서 해. 몸 많이 상하지 않게. 예술의 본질
은 놀이라고 하더라, 김세규 선생님이.」

「내가 경지에 이르려면 백 년은 걸릴 거 같아요. 아무튼 갈게요. 만
날 늦게 와 일찍 빠져나갈 궁리만 해서 죄송해요. 저 안 자를 거
죠?」

「실없는 소리 말고 그림이나 실컷 그려.」

「실컷 그릴 재능이나 있다면 좋겠네. 암튼 가볼게요. 정리는 다 됐
어요.」

은영이 웃으며 코트를 걸치더니 나간다. 문을 잠가야겠다 싶어 배
웅을 겸해 문간으로 나가는데 은영이 짧게 비명을 질렀다. 문밖 어둠
속에 누가 있었던 것이다. 문설주에 엉거주춤 기대선 사람은 유장건
이었다. 그를 알아본 은영이 짧은 인사를 하고는 달아나듯 멀어진다.

「왔는데 불은 꺼졌고, 바람은 컴컴하게 불고. 불 꺼진 여자 집을 보
고 있으니 진짜 막막하데. 천지간에 이 몸 갈 데가 없는 것 같아.」

불이 아주 꺼진 건 아니었는데 평소와 달라 그렇게 느꼈는가 보다.
술을 제법 마셨는지 술 냄새가 풍긴다. 추운데 일단 들어오라는 말에
불량하게 건들대며 따라 들어오더니 불을 켜려는 나를 제지했다.

「좀 어둡지 않아요?」

「불 다 켜고 공부할 일 있어요? 그리고 외출하면 원래 전화를 안
받는 거예요? 왜 번번이 연락이 안 됩니까?」

취기와 심통이 어우러져 볼이 잔뜩 멘 소리다.

「심통 그만 부리시고 앉으세요. 조금 전에야 전화를 확인했어요.
계속 진동에 두고는 잊고 있었거든요. 덕분에 이렇게 뵈니 좋네요.
뜨거운 꿀물을 좀 드려요?」

「싫어요. 숨겨 둔 술 있으면 주고, 없으면 지금 같이 나가요. 나가서 술 더 마시게.」

「벌써 취하신 거 같은데요?」

「취했지만 딱 갈증 날 만큼만 마셨어요. 앉은자리에서 날 샐까 봐 이리 온 거니 당신이 책임져요.」

「그럼 잠깐 몸 좀 녹이고 계세요.」

바 앞자리에 앉은 그에게 난로를 끌어다 옆에 놓아 주고 집으로 전화를 한다. 전화를 받은 올케한테 약속이 생겨 나가게 됐다고 전했더니, 한선묵이 지금 막 들어왔다는 말을 하고는 먼저 전화를 끊는다. 그이도 큰어머니를 닮아 밖에서 내가 하는 일을 묻지 않았다. 송엽주를 꺼내 유리잔에 가득 따랐다. 달콤한 맛이라곤 없이 쌉싸래하지만 솔향기가 좋은 술이었다. 내 몫도 따른다. 요즘 술을 마시지 않지만 몇 모금은 괜찮을 성싶다.

「집에서 담가 내린 송엽주예요. 일 년에 한 차례, 뒷산 소나무에 꽃 필 때만 빚는 술인데 드셔 보세요. 독하니까 천천히요. 그런데 마땅한 안주가 없네요.」

「괜찮아요. 원래 안주 많이 안 먹어요.」

그가 엷은 미소를 지으며 뜨거운 찻잔을 만지듯 술잔을 입에 댄다. 가스난로의 발갛게 달아오른 열판을 건너다보며 음미하는 것처럼 천천히 잔을 반나마 비운다.

「일찌감치 술 드신 걸 보니 오늘은 좀 덜 바쁘셨던가 봐요?」

「모처럼 쉬게 된 참이었어요. 그래서 연락했는데 전화를 안 받고.」

「저 때문에 화나서 술 드신 거예요?」

「그건 아니에요. 몇 사람 어울려서 마신 술이에요. 무슨 일 있는 건 아니죠?」

무슨 일이 있었다. 몸속에 이상이 생긴 것 같았다. 산 나무에 이슬이 맺히는 일. 외할머니는 달거리를 그렇게 표현했다. 생리를 시작하고 맞은 첫 제사 때 절하기 위한 한복으로 갈아입다가 내가 생리 중이라는 사실을 떠올리고 말씀을 드렸더니 할머니는, 괜찮다, 산 나무에 이슬 맺히는 일인데 좋은 일이지, 하셨다. 그런데 열다섯 살부터 맺히기 시작한 뒤 한 번도 거른 적이 없는 이슬이 맺히지 않았다. 생리를 두 번째 거르고 있다는 걸 며칠 전에야 깨달았다. 아직 확인은 하지 못했다.

「'로사 이야기' 덕분에 전시회를 갖게 됐어요. 이십일 세기 아트 갤러리라고, 청담동에 있는 화랑에서요. 삼월 이십이일 토요일부터요.」

「그거 잘됐네요. 축하해요. 그런데, 다른 데서 전시한다는 건 작품을 팔게 된다는 의미예요?」

21세기 아트 갤러리와의 계약 조건은 거의 통상의 관례에 따랐다. 갤러리 측에서 따로 제시한 조건은 화첩에 실린 작품이어야 한다는 것이었고 나는 전시할 작품의 선별 결정권을 가졌다.

「그렇죠. 작품이 정말 팔릴지는 모르지만요.」

「그쪽에서야 물건 되겠다는 자신이 있으니까 제의를 해왔겠죠. 삼월 이십이일요? 오프닝하자마자 쫓아가서 '고운이'한테 빨간 딱지 붙여야겠군요.」

「'고운이'는 안 내놓을 거니까 걱정 마세요. '고운이' 말고도 임자가 정해진 작품이 몇 있어요. 그런 작품은 여기 두다가 나중에 임자한테 보낼까 해요. 저녁은, 드신 거예요?」

「술자리에서 나온 사람이 아무럼 굶었겠어요? 걱정 마세요.」

「늘 끼니도 못 챙길 만큼 바빠 보이시니 그렇죠.」

「내가 바쁜 건 꼭 직업 탓만이랄 수는 없어요. 내 성격 때문일 수도 있으니까요.」

술잔을 아주 비우고는 떼쓰는 아이처럼 장난스레 빈 잔을 흔든다. 어차피 한 잔으로는 모자랄 줄 알았다. 바에 올려뒀던 술병을 통째로 가져와 그의 잔을 채워 준다.

「성격 때문이라는 말씀은 더 무섭네요. 그리고 술 천천히 드세요.」

「뭐든 시작하면 천천히 안 돼요. 혹시 신비인이라고 들어 봤어요?」

몇 시간 전 여행사에서 느꼈던 불안이 지금 이 순간에 대한 전조였던가. 잔을 잡으면 손이 떨릴 것 같아 탁자 밑으로 손을 내린다.

「아니요, 누구 별명 같은데 뭐 하는 사람이에요?」

내가 그를 살피듯 그 또한 나를 살피는 기색이다. 아닐 수도 있는데 그렇게 느끼고, 그러고 나면 나는 그 앞에서 휘뚝거린다. 속이 빤히 들여다뵈는 거짓말을 서툴게 하면서 혼자 은결드는 꼴이었다.

「도둑 별명이에요. 아주 해괴한 짓을 하고 다니는 도둑요. 도둑질 대신 퍼주고 다니거든요. 제 돈은 아닌 게 분명하고 이쪽에서 퍼다 저쪽에 가져다 주는 식으로요. 요새 신문 사회면에 오르내리기도 하는데 기사 못 봤어요?」

인터넷 검색을 하거니와 기림이 신비인 증후군이라는 제목으로 쓴 기사는 열 번도 넘게 읽었다. 신비인 팬들한테 맞아 죽기 싫었던지 기림은 신비인 행적을 다 더듬고 객관을 가장한 신비인 찬양을 줄줄이 늘어놓았다.

「신문을 유심히 안 봐요. 큰 제목만 대충 읽고 말거든요.」

「인터넷도 잘 안 쓰는가 보네요. 인터넷에서 더 시끄러운데. 아무튼 청림 양로원이라는 시설이 있는데, 보름 전쯤에 누가 가져다 놨는지 아무도 모르는 빳빳한 백 달러짜리 여섯 다발이, 떡하니 원장 책상에 놓여 있었어요. 그게 가장 최근 소식이에요.」

보름 전쯤이라면 그날인가. 출장 간다며 아침에 나갔던 한선묵이 다음날 새벽에 들어왔던 날. 방 밖에서 이는 때 이른 기척에 옅은 잠에서 깨어나 나갔더니 부엌에서, 눈이 움푹 패어들고 광대뼈가 불쑥 돋고 턱이 각 지게 깎인 그가 유령처럼 앉아 간밤의 사잣밥을 먹는 중이었다.

「그런데 왜 그걸 수사하느냐고 물을 거죠? 무슨 죄 될 일이라고?」

대답을 못하는 나를 웃기고 싶은 듯 말해 놓고 웃는 그를 따라 나도 덩달아 웃는다. 왜 번번이 그에게 휘둘리고 있다는 느낌이 가시지 않는지 모를 일이다. 그는 차를 마시듯 짬짬이 술을 들이켠다.

「퍼주고 다니는 도둑도 있어요? 말이 안 맞는 거 아닌가요?」

「그게 자기 돈이면 죄 될 일이 아니죠. 그렇지만, 그 돈의 근거가, 신고할 수 있을 정도로 떳떳한 돈은 아니지만 이름 대면 알 만한 사람들한테서 나오고 있어요. 최근 들어 한다 하는 인사들이 모여 산다는 동네의 한다 하는 집들이 한바탕씩 뒤짐질을 당한 것 같거든요. 액수에 상관없이, 귀신같이 현금만 털어 가는 거예요.」

「이름 대면 알 만한 사람들은 집에 그런 돈을 쌓아 두고 산단 말이에요? 아무 데서나 카드 들이밀면 되는데?」

「그러기도 하는가 보죠. 그 돈 없어졌다고 무슨 큰일이 날 사람들은 아니지만 한 사람이 약이 올랐던가 봐요. 거푸 두 번이나, 그것도 나흘 만에 당한 탓에요. 처음엔 장난처럼 오백 달러, 나흘 뒤엔 육만 달러가 없어졌더래요. 그것도 주인이 집에서 자고 있던 시간에, 버젓이 제집인 것처럼 문 열고 들어와서 가져갔으니 약이 오를 만도 하잖아요.」

「어떻게, 그렇게 할 수가 있죠?」

246

「그야 도둑이나 알겠죠. 뒷북치듯이 살펴본 우리야 도둑이 대문 열고 현관문도 열고 일층 서재 방에 들어 있던 금고로 직행해서 소리 없이 금고를 연 뒤에 제것이나 되는 양, 돈을 가지고 나가기까지 걸린 시간이 오 분도 채 걸리지 않았다는 것만 알 수 있었을 뿐이니까. 그 오 분 동안 집 둘레에 설치돼 있던 경비 시스템이 먹통이 된 거죠. 그런 설비에 천재적인 기술을 지닌 게 분명하고, 도둑질에 숙련이 된 사내일 터이니 세 번째가 없으리란 보장도 없고요. 아무튼 그 집 주인이 도난 신고를 했고 우리는 정식으로 찾게 된 거예요.」

「짐작 가는 인물이라도 있나요?」

말을 멈추고 나를 바라보는 그의 눈빛이 서름하다. 무언가를 말하는 눈. 자기가 하는 무언의 말을 내가 알아듣고 있음을 아는 눈빛이다. 고개를 돌리지 못하고 눈길을 받아 내고 있자니 그가 뭔가를 털어 내듯 도리질하고는 또 술을 마셨다.

「현재로서는 없어요. 절도를 당한 자리도, 돈이 놓인 자리도, 돈이 없어지고 생겼을 뿐이지 깨끗해요. 걸어다니지도 않는 것 같아요. 게다가 없어진 자리가 어딘지 거의 모르고요, 대부분 신고들을 안 하니까요. 돈이 놓이는 장소들에 관한 공통점이며 연관시켜 볼 만한 서너 가지 단서를 발견했지만 그걸로는 막연해요. 난다 하는 절도 전과자들을 전부 대조해 봐도 소용없고 돈이 생긴 데서는 한밤중의 낯선 그림자를 목격했다고 해도 입을 다물어 버리는 것 같거든요.」

「다행이네요. 그런데 공통점이 뭔데요? 업무상 비밀인가요?」

웃음을 터뜨린다. 그 부분에 대한 이야기는 더 못한다는 수긍이다. 하지만 그가 말하지 않는 공통점을 나도 알 것 같았다. 청림 양로원,

선린 재활원, 애경원, 아름다운 집……. 신비인이 거쳐 갔다는 시설
들의 이름이 낯설지 않았다. 지금이라도 유금희 방에 있을 '함께 사
는 우리'라는 잡지를 꺼내 본다면 한선묵의 한쪽 행적이 조르르 드러
날 터이다. 그 잡지 안에는 복지 시설 후원 계좌들에 대한 안내 지면
이 부록으로 첨부되어 있었다. 나는 정기 구독 하는 걸로 할 일 다 했
다고 그 부록을 자세히 들여다본 적도 없었다. 집 안에도 중증 장애
인이 둘이나 있는데 내가 무슨 오지랖으로 사회 사업을 하랴, 심술
부리면서 책자 받으면 화보나 대강 훑다가 올케에게 들여 줘버리곤
했다. 유금희가 다 읽은 다음에 내놓으면 큰어머니가 불쏘시개로 썼
다. 한선묵은 어쩌다 들여다봤던 그 책자를 바탕으로 움직인 게 틀림
없었다. 바보 멍청이. 입 안에 그를 향한 욕지기가 바특하게 괴었다.
　「비밀일 것까지야 없지만 시작 단계에 있는 일이라서요. 개인적인
　호기심이 발동한 참이라 더 신중해야 할 것도 같고요.」
　「당신은 그 인물을 왜 쫓는 건데요?」
　습관처럼 술잔을 입으로 가져가던 그가 뚝 멈춘 채 나를 쳐다본 순
간 가슴이 덜컥한다. 주거니 받거니, 내가 뭘 하는지도 모르고 그에
게 끌려 질문을 해댄 게 명치께에 맺힌다.
　「왜요? 제 질문이 이상해요?」
　「질문이 이상한 게 아니라 선재 씨가 방금 나를 당신이라고 부른
　게 좋아서, 감동받아 그러는 거예요. 진짜 사나이 유장건, 묘하게
　찌그러져 간다고 함께 다니는 지 형사가 나한테 그러더니 정말 그
　런가 봐요. 에이, 심각해지지 마요. 그러다 또 달팽이같이 쏙 들어
　가 버릴라. 아무튼 내가 그 인물을 개인적으로 쫓는 이유는 왜 그
　러고 다니는지 궁금해서예요. 그리고 어떻게 그렇게 감쪽같을 수
　있는지도.」

더 이상은 뭘 물을 수 없었다. 당신이라는 호칭 한 번에 감동받는 사람을 상대로 그러면 안 될 것 같고 그리고 싶지도 않아 미지근해진 술을 홀짝이고는 그를 바라만 본다. 가슴이 죄어드는 것 같았다.

「그 인물한테 나를 자극하는 뭔가가 있어요. 꼭 어떤 인연이 있는 것 같고 나한테 맡겨진 숙제 같기도 하거든요. 그 인물의 심사라고나 할까, 그런 행위를 하는 내적인 동기가 느껴지기도 하고요. 심리적인 공감인데, 그 도둑하고 게임을 하는 것 같다고나 할까 그래요. 그 인물이 돈이 필요해서 도둑질하는 건 아닌 게 분명하거든요. 꼭 경비 시스템이 설치된 집만 들어가는 걸 보면 일종의 게임을 즐기는 것처럼 보이고요. 사실, 경비 시스템이 설치된 집 내부가 의외로 허술할 수도 있어요. 그걸 알고 즐기는 거죠. 그리고 중요한 건 그 신비인이 예전부터 내가 쫓던 그 도둑 같다는 거예요. 말한 적 있잖아요. 이따금 서울 시내 전역을 쑤시고 다니는 도둑을 찾고 있다고요. 그래서 관할을 정할 수가 없어 우리 몫이 된 도둑요. 꼭 남의 집 금고 속이나 집을 구경하러 다니는 것처럼 둘러보기만 하고 맨손으로 나가 버리는 바람에 집주인들 속을 뒤집어 놨던 그 도둑하고 요즘 신비인이라 불리는 인물이 분명히 동일인이라는 게 내 확신이에요. 선재 씨, 왜 아무 말도 안 하고 쳐다만 봐요?」

「그냥 말씀하시는 거 보고 있는 거예요. 이런 거 저런 거, 길게 말씀하실 때 모습이 보기 좋거든요.」

　하하, 웃는다. 웃는 그는 정말 보기 좋다. 어쩌면 이 남자와 함께 살아도 괜찮을지 모른다. 한선묵이 더 이상 아무 짓도 하지 않고 이 남자가 한선묵을 쫓지 않는다면. 이 사람과 아이를 낳아 기르는 것도 좋을 것이다.

「왜 또 잠잠해요? 보기 좋은 거 계속 보려면 말을 받아 줘야죠.」

「그렇네요. 그럼 예전에도 신비인처럼 무슨 시설에다 그렇게 아무도 모르게 돈을 갖다 놓는 도둑이 있었어요?」

「아니에요. 그 도둑이 놀이 형태를 바꾼 거예요. 작년 구월경부터 시작된 거니까 그 이전과 이후 행적이 달라진 거로 보여요. 내 생각에는 그래요. 그래 봐야 그 인물이 왼손잡이고 신발 사이즈가 이백칠십오 밀리쯤일 거라는 것 외에는 아무 증거가 없고 현재로서는 잡을 방법이 없어요. 차제에 꼬리가 밟히지 않는다면요.」

「왼손잡이에다 이백칠십오? 몇 가지 단서도 있다면서요. 그렇담 꼬리를 밟았다는 것 아닌가요?」

「그 정도로야 어림없죠. 현장에서 잡지 않으면 안 되는 인물이에요. 그래도 절대 그 일을 그만둘 수 있는 인물이 아니니 계속할 거고, 그러다 보면 분명히 뭔가를 더 남기지 않겠나, 생각해요.」

「그 인물이 왼손잡이라는 건 어떻게 알아냈어요?」

「족적하고 돈이 놓인 위치를 따져 보면 그 정도는 어렵잖게 나와요. 물론 그것도 명확한 증거가 될 수는 없지만. 범인을 잡아 신을 벗겨서 그가 다녀왔던 장소의 먼지라도 채취해 낸다면 모를까, 현재로서는 그럴 수도 없고요.」

「안 잡으면 안 되는 거예요? 그 신비인요.」

「왜요?」

「질 나쁜 범인들을 향해 때로 잔인해질 수도 있는 당신 입장에서 큰 죄 아니라고 본다면 굳이, 사적인 호기심까지 가지고 쫓지 않아도 되는 게 아닌가 싶어서요.」

「신비인이 되기 전의 그 인물은 내 사적인 호기심으로 수사했던 부분이 분명히 많았어요. 그렇지만 신비인이 되고 나서 그 인물은 공론화돼 버렸어요. 봐요, 선재 씨도 벌써 신비인 팬이 되고 있잖아요. 돈을 잃은 사람들의 신고가 접수된 탓도 있지만 선재 씨같이 편들고 나서는 사람들 때문에 수사를 하는 거예요. 그 바람이 더 거세어지기 전에 싹을 잘라야 해서요. 벌써 모방 범죄가 일어나고 있거든요. 도둑질하다 잡히면 신비인처럼 어디를 도와주려고 했다고 핑계를 대는 어처구니없는 일이 여러 건 생겼어요. 그 신비인이 그만두지 않는 한 그런 일은 앞으로도 계속 생길 거라서요.」

「신비인이 그만두지 못할 것 같은가요?」

이 남자한테 그걸 묻다니, 자책은 늘 뒤에 온다. 자책하면서도 궁금하다. 나는 한선묵을 말리지 못하고 한선묵 자신은 그걸 모르는 게 분명하지 않은가. 그렇다면 어쩌면 그걸 가장 잘 아는 사람은 이 사람일 터이다.

「아마도요. 중독된 사람이니까요. 그 사람은 마약보다 강력한 중독에 빠져 있을 거라고 추측하고 있어요. 어떤 사회적인 의식도 없이 순전히 자기도취에 빠져서 그 재미로 하는 거고요. 어떤 특별한, 목숨과 맞바꿀 만한 정도의 계기가 없다면, 절대 그만둘 수 없는 게 그런 유의 중독이 아닐까 싶으니까요. 정말 목숨하고 맞바꿔야 할지도 모를 일이고요.」

「설마!」

내 표정이 어떤지 모르겠다. 그가 약간 어눌해진 소리로, 농담이에요, 하며 자신이 뱉은 말을 거둬들인다.

「중독의 속성이 그렇다는 것뿐입니다. 아무튼 땡, 오늘은 그 얘기 그만 해요. 술도 어지간히 마셨고 선재 씨 얼굴도 봤으니 그만 일어서야겠어요. 사실은 얼굴만 잠깐 보고 가려고 들렀던 참인데 많이 길어졌어요. 더 있다간 당신한테 실수할지 몰라요. 그러니 제발 한선재 씨, 전화 좀 잘 받아 줘요. 좀 해주기도 하고요.」

휘청이듯 일어나 나가는 그를 배웅하려고 했더니 그가 문 앞에서
멈춰 섰다. 덩달아 나도 선다.

「잠깐만 안아 보게 해줘요.」

나를 안을 때 이렇게 애원하지 않아도 된다는 걸 그가 모르듯 나도
몰랐다. 지금에야 깨닫고 있지 않은가. 그런데 왜 이렇게 서러울까.
가슴 가득 물이 차오르는 것만 같아 그의 품으로 들어선다. 그의 한
손이 내 등을 감싸고 또 한 손이 자기 가슴팍에 묻힌 내 얼굴을 들어
올린다. 아주 가까이 눈길이 닿는다. 마주친 눈길이 부셔 눈을 감는
다. 솔향기를 풍기는 그의 입술이 내 이마에 닿고 콧등에 닿고 입술
에 닿는가 싶더니 스치곤 멀어졌다. 그가 지나간 자리마다 서늘한 이
끼가 서릴 것만 같아 눈을 뜨자 그가 나를 느슨하게 안은 채 고개를
저으며 말했다.

「나랑 같이 가면 안 될까요. 선재 씨 안고 잘 수 있는 데로. 당신 안
고 싶은데. 자주, 당신 안고 싶어서 몸살이 날 것 같은데 나는 어쩌
면 좋을까.」

전작이 있는 데다 독한 술을 넉 잔도 넘게 마시더니 주정을 하는가
보다. 맨정신으로는 이런 말 할 사람이 아니지 않은가. 사랑한다는
말조차 간접 화법으로 했던 그였다. 멀리 있는 불빛과 난로의 열기로
는 그의 눈빛을 읽을 수가 없었지만 느껴졌다. 술에 범벅이 되어 있
는 그의 깊은 욕구와 폭발 직전의 숨죽임이. 고개를 끄덕인다. 그를
기다렸지 않은가.

「저도 당신 안고 싶어요.」

내 말이 떨어지기가 바쁘게 그가 나를 왈칵 끌어안았다. 그의 얼굴
이 내 얼굴을 비비는가 싶더니 곧장 입술이 닿는다. 난폭한 키스였
다. 숨이 차 밀어낸다.

252

「나가서요. 응? 당신 집이 가깝댔잖아요. 그리로 가요.」

어두워서 렌즈로는 보이지 않을 테지만 여기서 남자를 안을 수는 없었다. 요즘 한선묵은 밤나들이를 하지 않았다. 저녁은 주로 집에서 먹었고 그런 뒤에는 어머니 화실을 정리하고 지하 작업실에서 시간을 보냈다. 지금은 어머니 화실에 있을 시간이었다.

17

아직 제목을 붙이지 못한 어머니의 새 작품 속 여자는 두 손을 허공을 향해 서서 울부짖고 있다. 미완성인 듯 아직 그려져 있지 않아 하얗게 빈 동공. 뻥하게 뚫린 눈으로 손만 살아 하늘을 향해 울부짖는 여자. 솔잎 대강이처럼 곤두선 머리카락. 뿌리 뽑힌 나무를 잡고 분노하는 여인의 손에서 나무에 매달린 주홍색 꽃잎이 소스라쳤다. 나무뿌리가 창처럼 겨누어진 방향엔 무한의 공간, 회색의 하늘이 걸려 있었다. 근래에 그려지는 어머니 그림은 옛날이야기 속의 풍경이 아니라 당신 현실이고 미래였다. 갇혀 있는 자신, 미래에도 갇혀 있을 수밖에 없는 자신의 모습이었다.

그러니, 세상을 훨훨 떠다닐 수 있게 이 작품을 뉴욕으로 보낸다? 옆에 누가 있는 듯 소리 내어 묻는다. 어머니 그림을 작품으로 보기보다 이야기로 읽는 습성에서 벗어나야 할 때였다. 당장 '로사 이야기'에 실린 백스물세 점의 작품 중에서 아트 갤러리로 보낼 작품을 골라야 하는데, 지금 뭐 해? 혼자 묻고 답하면서 나는 나를 세뇌시킨다. 몇 점이나 팔릴지는 알 수 없지만 회랑을 나가는 그림들은 이제 상품이 되는 것이므로 팔지 않을 작품을 추려 낼 참이었다. 내일까지 예순한 점의 작품 세목을 기획사에 알려 주기로 했다. '로사 이야기'의 필름이 기획사에 있으므로 곧장 카탈로그 편집 작업이 시작될 텐데 선별 작업이 예상보다 어려웠다. 어머니의 작품들을 남김없이 팔고, 못 판다면 전부 태워 버리고 싶다는 생각을 숱하게 했는데, 정작 내놓으려 드니 자꾸 망설여지는 것이다.

아이, 올라와서 밥 먹고 해라. 부엌에서 이쪽을 향해 큰어머니가 외치는 소리다. 우물우물 그러겠다고 혼잣말을 하면서도 서성이고 있는데 주머니 속에서 휴대 전화가 울렸다. 유장건이다.

「회랑 앞에 왔는데, 저녁 안 했으면 나랑 북촌 가서 합시다. 당신한 테 할 말도 있고요.」

할 말? 늘 묻고 대답하며 서로 탐색하듯 지내 왔지만 대개 자연스러웠다. 할 말이 있다는 말은 처음인 것 같다.

「저 엄마 작업실에 있는데, 그럼 잠깐 기다려 주세요.」

그의 전화를 끊고 안으로 전화를 걸었더니 한선묵이 받았다. 저녁 상 차려졌다고 어서 오라는 그에게 저녁을 밖에서 먹게 되었다고 통고하고는 전화기를 접는다.

북촌 식당은 저녁 손님들로 북적북적한데 유장건은 식당 안쪽의 통로를 따라 안으로 들어가 맨 안쪽의 방문을 열었다. 탁자 한 개에 방석 두 개가 놓인 자그만 방이다. 탁자엔 흰 종이가 깔리고 그 위에 두 쌍의 숟가락과 젓가락이 마주 보게 놓였다. 방바닥이 뜨끈뜨끈하다. 신선로까지 갖춘 밥상이 그득 차려져 있다. 밥상과 어울리지 않는 소주도 한 병 들어왔다. 유장건의 외삼촌은 들여다보지 않는다. 그가 들어와 음식을 권하면 어쩌나 걱정했는데 다행이다. 밥그릇을 멀찌감치 밀어 놓고 속을 달래 가면서 나물들을 천천히 먹는다.

「당신, 먹는 게 왜 그래요?」

너무 티가 났는가 보다. 밥 냄새를 맡으면 설 삶긴 콩 냄새를 맡은 것처럼 속이 매슥거렸다. 밀가루로 만든 음식은 쳐다보기도 싫고 고기나 생선은 역했다. 요즘 먹을 수 있는 건 채소와 과일뿐이었다.

「요새 저, 다이어트 중이에요.」

「다이어트요? 그런 걸 왜 하는데요?」

「조만간 외국 여행을 한번 해보려고요. 뉴욕 갈 거거든요. 아직 시기가 정해지지는 않았지만 뉴욕에서 로사 작품 전시회 할 거예요.」

「'로사 이야기'가 외국 나들이까지 하게 됐군요? 축하해요. 그런데, 외국 여행을 하면 했지 다이어트는 왜 해요?」

「본격적으로 넓은 세상 구경 나갈 거니까 준비하는 셈 치고. 날렵하고 예쁘게 돌아다니면 좋을 것 같잖아요.」

여자가 하는 괴상한 말 저변에 다른 뜻이 있는 걸 느끼면서도 우스운지 허허허, 웃는다. 지난주에 확인한 몸속의 생명은 이제 11주가 되었다. 밤 바다의 파도 사진 같은 흑백 모니터 안에서 생성된 지 10주 되었다는 태아를 분별하기는 쉽지 않았다. 의사가 손가락으로 가리킨 지점에 먹물이 번진 것 같은 짙은 색채의 움직임이 느껴질 뿐이었다. 그런데, 박동 소리를 들었다. 두둥두둥. 초음파기를 통해 듣는 태아의 박동은 큰북 소리와 비슷했다. 내 몸에 이슬 대신 북소리를 내며 맺힌 열매. 표 내지 않아도 조만간 티가 날 텐데 5주가 되기 전에 벌써 느낀 존재가 11주까지 자라는 동안 나는 한 발도 앞으로 나가지 못했다.

더디게 먹는 나를 보면서도 억지로 권하지는 않는 남자의 눈치를 보다가 살며시 젓가락을 내려놓는다. 그도 젓가락을 내리더니 소주를 따라 훌쩍 털어 넣었다. 두 잔이나 남았겠다. 담배를 집어 들다 말고 소리 나게 내려놓은 그가 고개를 들었다.

「선재 씨, 우리 결혼합시다.」

결혼하자는 말이 마치 같이 밥이나 한 끼 먹자는 투다. 그래서 놀랍기는 해도 신비인에 관한 것보다 쉽게 들린다. 혹시 신비인에 관한 이야기가 아닐까 조마조마했다. 몇 가지 단서를 잡았다고 했잖은가.

「너무 갑작스러워서 얼른 말이 안 나오네요. 당장 대답해야 하는 건가요?」

「지금이든 나중이든 대답이 같을 거라면 지금 듣는 게 좋겠죠. 지금과 나중이 다를 거라면 모르지만.」

「지금과 나중이 같을지 다를지 지금 모르는 거잖아요.」

「복잡하게 생각하지 말고 지금 생각만 말해 줘요.」

「예, 아니면 아니요, 둘 중 하나만 대답하라는 거예요? 예면 결혼하고 아니면 더 이상 만나지 않는다, 그렇게 되는 거예요?」

「아니, 나는 당신하고 같이 살고 싶으니 당신도 괜찮다면 결혼합시다, 그런 뜻이에요. 실은 나도 결혼이 다시 하고 싶을 줄 예상 못했어요. 선재 씨 만나기 전에는. 아니, 뒤 달 전까지도요. 그런데 그날 이후, 당신이 내 집에 다녀간 다음에는 특히 당신하고 같이 사는 상상을 해요. 집에 돌아가면 당신이 있고…… 아침이면 당신이 내 몸을 쓰다듬어 깨워 주고. 심지어는 아이를 낳는 상상도 해요. 그러다 보니 당신 없는 집에 들어가기가 싫어요. 또, 기타 등등. 열거하자면 백 가지도 넘을 테니 생략할래요. 나는 그래서 선재 씨하고 같이 살고 싶어요. 선재 씨 생각을 듣고 싶은 거고요.」

「저는 결혼, 지금 생각으론, 한번 해본 걸로 충분하다 싶어요.」

「지금 그렇다면 나중에는 달라질 것 같습니까?」

글쎄. 결혼에 대해 깊이 생각해 본 적이 없었다. 한선묵과 결혼 못한다는 걸 알게 된 게 몇 살 때인지도 기억 나지 않지만 그걸 깨닫고 난 뒤 결혼은 의미가 없어졌던 것 같다. 김성태와 결혼하고 실패했던 것도 그래서였을 것이다.

「제 생각에는 지금 대화가 우리 관계에 도움될 것 같지 않아요. 결혼은 싫다고 말씀드린 마당에 계속 파고들면 결론이 뻔하잖아요.」

「나랑 끝내고 싶지 않은 건 확실해요?」

「결혼은 싫지만 당신을 좋아해요. 어떻게 당신을 안 좋아하겠어요. 그렇지만 지금 당신이 원하는 대답은 이런 정도가 아니잖아요.」

「맞아요. 직업병이라기보다 천성인데 나는 애매하고 흐리멍덩한 거 싫습니다. 예전에 집사람하고도 이랬는지 몰라요. 그 사람한테서 극단적이고 촌스러운 사고방식으로 사람을 숨 막히게 한다는 말 몇 번인가 들었어요. 그래도 고치지를 못했어요. 미안해요. 미안한데, 왜 결혼이 싫은지 당신 생각을 분명하게 알고 싶어요.」

「저는 분명한 게 한 가지도 없어요. 나이 들수록 점점 더 그래요. 좋아도 다 좋은 거 아니고 싫어도 다 싫은 거 아니고. 하고 싶은 일도 않거나 못하고, 정말 싫은 일을 하기도 해요. 그런 경계가 점점 더 애매해진다고요. 그런데 어떻게 분명하게 말해요?」

「당신 인생을 다 말하라는 게 아니고 지금 나온 한 가지, 결혼에 대한 얘기, 그것도 왜 싫은지만 말해 보라는 거잖아요.」

어조는 부드러운데 집요하다. 시선 돌리는 것을 허락하지 않겠다는 듯이 곧게 쳐다보고 있다. 아이를 가졌다고 말하면 어떨까. 어쩌면 많은 게 한꺼번에 해결될지도 모른다. 벌써 여러 번 했던 생각이었다. 그때마다 때가 아닌 것 같았다. 지금도 그 때는 아닌 듯하다.

「그래요, 저는 어쩌면 결혼이 힘드니까 미리 싫다는 걸로 결론을

낸 건지도 모르겠어요. 아시다시피 저는 결혼해도 집에서 나가 살수가 없어요. 제가 나가는 게 아니라 상대가 제 집으로 들어와야하는 거죠. 그나마 상대가 저의 그런 복잡함을 다 싸안아 주면서제 집에 들어와 살겠다고 했을 경우에만 가능한 이야긴데, 그렇다고 해도 말씀드린 것보다 훨씬 복잡해요. 지금 복잡한 것만으로도힘이 부치는데 더 복잡해질 게 저는 무섭고요.」

뭘 위해서 이런 비약까지 하고 있는 것일까. 내가 가려는 곳이 어디기에. 말을 잇지 못하고 머뭇거리는 나를 허수한 눈으로 쳐다보고있던 그가 새 담배를 꺼내 물고 불을 붙인다.

「아주 이기적인 질문 하나 해보겠습니다. 나하고의 문제를 떠나서,선재 씨 아직 젊은데 그렇게 사는 게 괜찮아요? 이가 없으면 잇몸으로 산다고 선재 씨 아니라도 식구들이 살아갈 거라는 생각 안 들어요?」

「어떻게든 사시겠죠. 왜 못 살겠어요.」

내 말이 이어지길 기다리던 그가 병에 남아 있던 술을 따라 소들한얼굴로 들여다본다. 그 잔을, 잔을 감싼 그의 두 손을 건너다본다. 잔에 든 소주처럼 정밀한 침묵을 밖에서 들리는 소리들이 흔든다. 멀리서 가까이서 끊임없이 들리는 자잘한 소음들. 일상이 아주 멀리 느껴졌다. 그가 보고만 있던 술을 마시고 탁자에 잔을 내려놓았다.

「그런데요?」

「저의 그런 모든 것을 아울러 버릴 수 있는 간절한 사람이 혹시 생긴다면, 상대도 저한테 그렇다면 결혼해도 좋겠죠. 저절로 하고 싶어질 거라고 봐요. 그런데 당신을 향한 제 감정이 그만큼인지는 지금 모르겠어요. 아니, 그 정도는 아니에요. 그리고 당신도 저한테그 정도는 아닌 것처럼 느껴지고요. 당신을 좋아하고 당신이 절 좋아하는 것도 알지만 지금 상황을 더 복잡하게 하면서라도 꼭 결혼을 해야겠다는 절박함이랄까, 그건 분명히 아니에요.」

이게 아닌데, 내가 어쩌자고 이런 말을 하는가 싶으면서도 멈추지 못하고 다 하는 동안, 뚫어져라 나를 쳐다보고 있던 그가 고단한 듯 눈을 감았다가 떴다. 쓸쓸한 얼굴이다. 오늘 그를 만나게 될 줄을 조금 전까지 예상 못했듯 그와 이런 말까지 하게 되리라는 생각도 못했다.

「선재 씨한테 내가 절실하게 필요하다는 말을 기대했어요. 결혼하기에는 상황이 복잡할지라도 당신은 나를 간절히 원한다는 말을요. 그 한마디면 한선재라는 여자를 위해서 무엇이든지 다 할 수 있다고 스스로 최면을 걸기도 했어요. 선재 씨 이야기를 들으면서 그 최면에서 깨어났어요. 깨고 나니 섭섭하고 부끄럽군요. 그렇지만 언제든 해야 할 확인이었으니 지금 한 것도 괜찮겠죠. 잘한 일인지도 몰라요. 이 나이에, 새롭게 시작하려면 함께 살아야 할 절박함 정도는 있어야겠죠. 그게 현재, 우리 두 사람 다한테 없거나 모자란 거, 확인했잖아요. 이 나이에 감정을 과장할 필요는 없는 것이고요.」

한선묵과 유장건이 벌이는 신경전 틈새에서 갈팡질팡했을망정 유장건과 헤어질 수도 있을 거라는 생각은 못했다. 양쪽 눈치를 살피며 두 남자가 승부 따위는 잊고 서로 덧내지 않으면서 살아갈 방법은 없는지만 궁리했는데 유장건은 결별을 선언하고 있다.

「오늘은 여기까지만 하지요. 나갑시다. 모셔다 드리고 사무실로 돌아가야 합니다. 신비인인지 미스터리 맨인지 하는 작자의 그림자 밟기를 하는 중이에요. 며칠 안에 실체가 잡힐 것 같기도 해요.」

그가 담뱃갑을 집어넣으려다가 비었는지 구겨 버리고는 일어섰다.

어떤 결말은 이렇게 복병처럼 오기도 하는 모양이었다. 한기가 들 정도로 깔끔한 매듭이다. 나도 따라 일어섰다. 식당에서 나와 차를 회랑 앞으로 돌려세울 때까지도 그는 말이 없다. 말을 붙여 볼 엄두를 못 내고 운전대에 얹힌 그의 손만 바라보고 있는데 그가 앞을 쳐다본 채 입을 열었다.

「그냥 잠깐 혼자 말할 거니까 당신은 대답하지 않아도 돼요.」

어떤 말을 하기 위해서 저런 표정을 짓는 걸까. 담배를 찾아 품을 뒤적이던 그가 식당에서 구겨 버리고 나온 빈 갑을 떠올렸는지 운전대를 쓸어 보다가 한숨을 쉰 뒤 말했다.

「어떤 한심한 형사가 있어요. 그 친구가 어느 날 신출귀몰한, 홍길동도 울고 달아날 만한 도둑놈에 대한 감을 잡았어요. 혼자서 오랫동안 자기가 느낀 감을 물고 늘어졌는데, 어느 순간 상대가 뜻밖에도 가까운 곳에 있는, 그것도 자신이 알 만한 인물이란 걸 알게 됐어요. 그 친구, 잠시 머뭇거리기는 했지만 수사를 중단할 수는 없었죠. 도둑이 그렇듯이 그 친구도 한번 시작한 일은 끝날 때까지 멈추지 못하는 사람이거든요. 어쨌든 상대는 날마다 움직이는, 돈에 걸신들린 잡범이 아니었고 전과도 없었어요. 힘이 들었죠. 언제 어디서 저지를지 모르는데 무작정 미행과 잠복을 할 수도 없었고요. 그래도 워낙 집요한 친구라 끝내는 상대에 대해 뭔가를 건져내기 시작했어요. 제법 많이 찾아냈죠. 이제 자기가 건져 감춰 둔 것들을 꺼내 놓고 동료들을 동원할 때가 됐어요. 그런데, 그 무렵에 그 친구는 자신한테 아주 심각한 문제가 생긴 걸 깨달았어요. 바로 상대의 여동생을 사랑하게 됐던 거예요. 특이해 뵐 만큼 자기 오빠를 챙기는 여자는, 특이한 방식으로 오빠를 보호하려고 들었어요. 형사인 남자를 좋아하면서도 오빠를 감추느라 늘 전전긍긍, 형사 눈치를 살피는 여자였거든요. 오빠의 실체를 알았던 거겠죠. 그래서였는지 오빠를 대신해, 자기를 사랑하는 한심하기 짝이 없는 형사하고 게임을 하는 것 같았어요.」

듣는 동안 뭔가 북받쳐 신음 소리를 삼키는데 그는 응대로 느꼈는지 손을 뻗어 막는다. 돌아보지도 않은 채 나한테로 왔던 손이 운전대로 돌아가 얹힌다.

「그런 여자니 형사가 자기 오빠를 얽어 버리면 어떻게 되겠어요. 그렇다고 그 친구 입장에서는 슬며시 눈을 감아 버릴 수도 없어요. 형사로서의 양심 때문이 아니라 그렇게 눈을 감아 버리면 더 이상 아무것도 할 수 없는 자신을 너무나 잘 아니까요. 오래, 아주 오래 갈등했죠. 마침내 마음을 굳혔고요. 여자를 선택한 거예요. 그래서 그 한심한 형사가 여자, 도둑의 누이한테 이렇게, 말했다는군요. 보름 안에 나라 밖으로 도망치라 하세요. 출국했다는 게 확인되면 형사라는 옷을 벗고 당신 오빠를 포기하는 걸로 하겠습니다, 하고요. 그런데…… 그 말을 하면서 형사인 그 친구는 동시에 여자도 포기했다고 해요. 왜냐하면 여자가 그 친구를 향해, 어떻게든 함께 살고 싶을 정도로 깊이 사랑하는 건 아니라고 했거든요. 그 친구는 여자를 사랑하지만 그 정도 마음으로는 만족할 수 없는 사람이고요. 전부 아니면 아무것도 아니라는 생각에서 못 벗어난 서툰 위인이니까…… 됐어요, 혼자 말해서 미안해요. 잘 지내세요, 한선재 씨. 다이어트 하지 말고요. 당신, 지금 그대로도 아주 아름다워요.」

나는 머릿속이 먹먹해져서 아무 대꾸를 못한다. 차에서 내리지 않을 수도 없다. 내가 내리기를 기다리고 있지 않은가. 차에서 나와 문을 닫고는 차 안의 그를 건너다본다. 그는 운전대에 손을 얹은 채 앞만 바라보고 있다. 봐요. 차창을 두드리려는 찰나, 차가 생기침 같은 소리를 내며 움직이더니 외투도 입지 못한 내 몸에 찬바람만 안기고 떠났다.

두꺼운 문이 등 뒤에서 닫히면서 잠기고 나자 급작스러운 고요가 밀려든다. 세상 밖으로 쫓겨나면 이럴까. 온몸이 얼얼하다. 유장건의 차에서 버려지다시피 내린 뒤 길 잃은 여자처럼 서 있다가 한선묵의 작업실로 온 참이었다. 작업대 앞에 엎드려 도안지를 들여다보고 있던 한선묵이 돌아보며 눈을 치떴다.

「이 시간에 웬일, 얼굴이 왜 그래? 무슨 일 생겼니?」

「나도 잘 모르겠어. 엄마는?」

「저녁 잡수다가 갑자기 큰어머니 손 끌고 안방으로 들어가셨다. 아랫목에 앉혀 놓으시고 초상화를 그리기 시작하셨어. 너는, 저녁 먹고 온다더니 얼굴이 왜 그래? 앉아라. 며칠 굶은 얼굴로 그렇게 서 있지 말고. 들어가서 쉬든지.」

「할 말이 있어.」

그가 의자를 가져다 내 뒤에 놓아 주고는 자신은 작업대 측면에 놓인 의자에 앉는다. 마주 보지 않으니 편하다. 긴장할 필요도 신경전을 벌일 필요도 없지 않은가. 한선묵의 시선을 느끼면서도 돌아보지 않고 벽에 박힌 주문을 하릴없이 따라 외어 본다. 아브라카다브라, 말한 대로 될지어다.

「오빠, 여행 좀 다녀오라고. 그 말 하러 왔어.」

「네가 간다는 게 아니라 나더러 가라고? 갑자기 왜. 넌 나 여행 가는 거 좋아하지 않잖아.」

「오빠는 여행 좋아하잖아. 해마다 요맘때엔 다녀왔고.」

「나는 지금 여행하고 싶지 않고 그럴 때도 아냐. 맡은 일이 몇 건 있거든.」

「그건 나중에 하고 우선 내 일부터 좀 해줘. 부탁이야.」

「왜.」

「뭐가 왜야. 모처럼 부탁하는 거니까 들어줘. 뉴욕 가서 나 대신 미술관 사람들 만나 일 좀 추진해 주고 가능한 한 실컷, 안에 있는 독기든 허기든 다 빠져서, 죽을 때까지, 더는 떠돌고 싶지 않을 만큼 돌아다니라고.」

「왜 그래야 하느냐고 묻잖아.」

전부 아니면 아무것도 원하지 않는다는 남자와 내가 벌인 게 게임이었다면, 이긴 사람은 그였다. 승부에서 진 나는 그걸 인정해야 할 때였고, 한선묵도 마찬가지였다.

「졌어. 신비인이라는 사람, 정체가 드러났다고. 신비인 스스로는 아무 흔적도 남기지 않았다고 여겼는지 모르지만, 아냐. '함께 사는 사회'가 가판대에서 안 파는 잡지라는 것 정도는 알고도 무시한 거잖아. 그 정도를 무시했으니 다른 것들도 그런 게 있겠지. 될 대로 되어라, 하면서. 덕분에 나도, 졌어. 몰랐는데 나도…… 게임을 했던 모양이야. 그것도, 양쪽을 상대로. 졌어. 그쪽이 그렇게 나올 줄은 몰랐어. 완전히, 패했어.」

구구절절 말하려다 보니 외려 말이 막히는데 그가 계속해 보라는 듯 담배를 끌어당긴다. 담뱃불을 붙이고 연기를 몇 번이나 뱉은 뒤에야 입을 열었다.

「그 친구가 너하고 연애만 하는 줄 알았더니. 그렇기를 바랐는데, 결국 아니었던가 보구나.」

「그 사람은 나한테 한선묵이나 신비인에 대해 물은 적 한 번도 없어.」

「그렇게 따지면 나도 너한테 그 친구에 대해 물은 적은 없지. 의도라는 건 겉으로 드러내지 않을수록 명확한 목적지에 닿기 쉬우니까. 어쨌든 걱정 마. 내가 원하지 않는다면 누구도 나를 잡을 수는 없어.」

「잘난 척 마. 신비인은 노출될 만큼 됐고 그 사람은 절대 호락호락하지 않아. 확실한 증거 없으니 걱정할 거 없다고 여기는 건 오빠 착각이야. 자기가 하고자 하는 일을 막을 사람은 아무도 없다고 여겨 온 오만이고. 다른 사람들도 다르게 살 뿐이지 바보는 아냐. 그리고 설령 확실한 증거가 없어 잡혀가도 풀려날지는 모르지만 인공위성처럼 높이 떠올랐던 그 자부심과 오만은 어떻게 될까? 그게 없이도 무사히 살아질 거래?」

「지금껏 네가 걱정한 게 그거였니?」

이제 보니 그랬던 것 같다. 한선묵이 밤 외출을 계속하면서 점점 위험 수위를 높여 가는 게 무서웠고 그걸 타의에 의해 그만두게 됐을 때 겪을 손상은 더 무서웠다.

「아니, 난 혹시라도 나 혼자 이 모든 것을 떠안고 살아야 할 상황이 되는 게 싫을 뿐이야. 누누이 말했잖아.」

「그만둔 거 너도 알고 있잖아.」

「그만둔 거 알아. 그렇지만 지금까지 해왔던 게 있잖아. 그러니까 여행 다녀와. 응?」

「아니, 뉴욕은 네 일이니까 네가 가. 모처럼 여행도 좀 하고. 여행을 하다 보면 너한테 미안해질 때가 있어. 천지 사방으로 훤하게 열린 길이 보이거든. 자유로움 같은 거라고나 할까. 늘 기한을 정하지 않고 떠나는데도 돌아오게 되는 건, 너한테 미안해질 때야. 꼭 그런 순간이 오거든. 그러니 너도 해봐. 앞으로는 번갈아 하는 것도 좋겠지. 너 여행하는 동안에는, 집안일 내가 신경 쓸 테니 걱정 말고.」

「나중에 그렇게 하고 이번에는 오빠가 가줘. 나 영어도 못하고, 요즘 몸도 안 좋아.」

「내가 가야 할 다른 이유가 있는 모양이지?」

끝까지, 바닥까지 파보아야겠다는 듯 여지가 없는 눈길로 쳐다보던 그가 담뱃불을 끈다. 한 번에 눌러 버리지 않고 달래듯 천천히. 유장건이 한 말은 전하지 않는 게 좋을 것이다. 도둑이 보름 안에 도망을 친다면 형사라는 옷을 벗으면서라도 도둑을 포기하겠다던 말은 배수진을 친 선전 포고 아닌가. 그 말에 주눅 들어 떠날 한선묵이 아니었다.

「그 이유는 말하고 싶지 않은 것 같은데, 나도 굳이 듣고 싶지 않아. 다만, 지금까지 그랬듯이 나는 내가 원할 때 여행이건 뭐건 할 테니까, 네 일은 네가 알아서 해. 그럴 리는 없겠지만 혹 네가 뉴욕을 못 가 전시회가 무산된다면 그건 어쩔 수 없겠지.」

「그 부탁 한 가지 들어주기가 그렇게 힘들어?」

「내가 꼭 그렇기를 바란다면 근거를 대면서 나를 설득해야 하는 거 아니냐?」

「기어이 정면 대결을 하겠단 말이야?」

「난 지금까지 그 친구와 대결한 적 없고 앞으로도 그럴 테지만 흥미롭기는 하다. 신비인으로서의 내가 남긴 게 뭐고 유장건이 찾아낸 건 뭔지. 그 친구하고 한선재 사이가 어떻게 될지도. 둘이 만난 지가 일 년쯤 됐지? 그 친구, 인간을, 아니 여자를 제 목적을 위한 수단으로 쓰지 않는다는 원칙이나 자존심은 있을 거고, 그렇다면 너를 사랑한다는 거잖아. 너도 그럴 것이고. 세상이 승인할 만한 사랑이란 건 어떤 모습일지, 그 친구는 그 사랑을 어떻게 전개시킬지, 궁금해. 그 친구가 나아갈 방향도. 내 집 바깥 인간의 삶이 순수하게 궁금하기는 솔직히 그 친구가 처음이거든.」

「두 사람 사이에서 나는, 어떻게 되어도 상관없어?」

「너는 어떻게도 되지 않아. 나한테 혹은 그 친구한테 무슨 일이 일어나든 결국 너는 너야. 지금까지 그랬듯이 앞으로도 그렇게 여기면 되는 거고. 어쨌든 오늘은 그만 하고 올라가서 쉬어라. 나는 일해야 해.」

작업대로 고개를 수그리는 그를 향해 할 말이 더 이상 없었다. 의욕도 없다. 세상이 승인할 만한 사랑…… 그 반대의 사랑. 사랑이 있었던가. 몸을 웅크리곤 의자 위에 올라앉는다. 보름이나 남았잖아. 보름 뒤면 3월이다. 3월은 봄이고. 껴안은 무릎에다 고개를 얹으니 사태 같은 피곤이 밀려들었다. 몸살이 나려는지 몸이 땅속으로 끌려들 듯 까부라졌다.

18

봄눈이다. 하늘하늘 날리는 눈발. 꽃샘추위가 닥친다더니 날이 저물면서 창밖에 눈이 내린다. 눈 오는데 길 많이 막히기 전에 가봐야지. 창문을 닫으면서 혼잣말처럼 은영을 향해 중얼거리곤 수돗물을 튼다. 찻잔 두 벌만 씻으면 오늘 일이 끝난다. 허기 든 몸이 무겁다. 마음은 눈발처럼 흔들리며 가라앉는다. 문이 열리는가, 뒤를 돌아보지 못하고 수돗물만 슬며시 잠근다. 하지만 누가 왔으랴. 멀리서 무언가 텅, 부딪치는 소리가 들렸다가 사라졌을 뿐이다. 바람이 심한가보다. 바람이 지붕을 휘감고 나뭇가지를 뒤흔들고 문들을 두드리며 지나고 있다. 다시 수돗물을 틀어 찻잔 닦은 행주를 헹군다. 마음도 이렇게 희게 빨아 말릴 수 있다면 쉬울 테지만. 언니, 이거 좀 보세요. 행주를 애써 비틀어 짜는데 컴퓨터 앞에 앉아 나를 부르는 은영의 어조가 급하다. 퇴근 무렵이면 습관처럼 하던 인터넷 검색이 요즘 좀 뜸한 성싶더니 발등에 불 떨어진 것처럼 호들갑이다. 빨리요! 신비인한테 현상금이 걸렸어요. 어쩔 수 없이 봐야 할 뭔가가 있을까 봐서 스무 날 가까이 내 손으로 인터넷을 연결하지 못했다. 은영이 컴퓨터 앞에 앉으면 딴청을 부리거나 자리를 비웠다. 혹시 신비인에 대해 캐묻게 될 게 두려워 놀러 오겠다는 기림도 여러 번 물리쳤다.

「신비인이 떴다니까요.」

유장건이 말한 보름 시한에서 닷새나 지났다. 닷새가 지났어도 아무 일 일어나지 않고 한선묵은 고장 난 기계처럼 꿈쩍도 하지 않았다. 낮이면 가게에서 일하고 저녁때면 일정하게 퇴근하는 공무원처럼 들어와 밥을 먹었다. 저녁 식사 뒤에는 식구들과 한 시간쯤 지내다가 다시 작업실로 가서 자정까지 일하고 들어와 아내 곁에서 잤다. 내가 알기론 그랬다. 덕분에 집안은 태풍의 눈에 들어앉은 것 같은 고요를 스무 날째 누리는 참이었다. 그런데 신비인이 떴다니.

「오천만 원이래요. 신문에도 게재했대요. 영화를 많이 본 인간인가 봐요. 요즘은 진짜 돈이 썩었다니까. 그렇게 할 일 없는 돈이면 시설에나 가져다 줄 것이지.」

설명해 주지 않아도 보였다. '아름다운 신비인' 카페에 운영자가 옮겨 놓은 글. 나흘 전 세 군데의 아침 신문에 같은 내용으로 실린 현상수배 광고라지 않는가. '신비인에 대한 결정적인 제보를 하면 1인당 현금 오천만 원을 지급한다. 현상금 기탁자는 실명을 공개하지 않는 것을 원칙으로 한다. 신비인에 관한 제보는 서울 지방 경찰청 홈페이지 제보 센터에서 받되 실명을 밝힌, 근거 있는 제보만 수용한다. 제보자의 실명은 공개하지 않는다. 현상금은 신비인이 체포되는 순간까지 유효하며 현상금 수령은 은행에서 한다.'

은영이 발칵발칵 화면을 넘겼다. 신비인을 봤다는 인터넷 제보가 시작되었다고 한다. 아름다운 신비인 카페는 터질 듯한 격론이 벌어지는 중이었다. 나흘 만에 1만 건 가까운 글이 새로 올랐고 지금도 끊임없이 올라오는 중이었다. 이건 음모다. 악취미를 가진 인간의 돈 놀이다. 현상금 기탁자를 먼저 찾아야 한다. 오늘 밤 여덟시 오프라인 카페로 모여라…….

「요즘 이 비슷한 내용의 영화가 있어?」

「요즘 영화 아니에요. 오륙 년쯤? 아니 그보다 더 전에 극장에서 개봉됐던 영화예요. 〈랜섬〉이라고 멜 깁슨이 주인공인 영환데 그때 토요일에 퇴근하고 보러 갔거든요. 항공 회사 사장 아들이 유괴됐는데, 사장이 아들 유괴범한테 주려던 이백만 달러를 범인 현상금으로 내걸어 버려요. 아들 몸값을 유괴범 현상금으로 건다고, 아들 생명을 놓고 생방송으로 게임을 선언한 거죠. 나중에는 사백만 달러로 올렸고요. 유괴범을 움직이는 복권으로 만들어 버린 거예요.」

「그래서 어떻게 됐는데?」

「생난리를 치지만 할리우드 영화답게, 만능 엔터테이너인 주인공은 아들을 구하고 유괴범은 가슴에 총구멍 숭숭 뚫려 죽었죠.」

「그럼 신비인은 이제 큰일 난 거네?」

「큰일 안 나요. 보세요. 전부 똘똘 뭉쳐 가고 있잖아요.」

「카페 회원들이 무슨 결사 수비대라도 돼? 그리고 오천만 원에 안 넘어갈 장사가 어딨어?」

「결사 수비대는 아니지만 스스로 원해 팬이 된 사람들이죠. 그 안에서 대리 만족을 취하는 사람들이고요. 그 오천만 원이 자기 게 될 거라고 믿을 사람이 없을 테니, 시험당할 일도 없을 거고. 팬이 아니라도 신비인을 알아채고 신고할 정도의 사람이면 후환이 무섭기도 할 거 아니에요? 무엇보다, 언니 같으면 눈앞에 신비인이 앉아 있다고 해도 신비인을 알아보겠어요? 뭘로요?」

아니, 이제 매체마다 신비인에 대한 기사를 다루게 될 것이다. 인터

270

넷 안에서만 떠돌던 그는 5천만 원짜리 복권이 되어 세상의 주목을
받게 되겠지. 주목받게 되면 어디에서든 뭔가가 나오게 될 것이고.

「신비인이 떴다면서 거기나 좀 가봐.」

은영이 화면을 바꿨다. 3월 6일에 아름다운 신비인 오프라인 카페
가 받은 신비인의 편지. 카페 운영자들의 여러 시간에 걸친 토의 결
과 신비인이 보낸 진성 우편물이라는 결론을 내리고 게재함. 봉투 앞
뒷면과 활자를 오려 붙인 듯한 편지지 사진이 나란히 실렸고 편지 내
용은 그 밑에 올라 있었다. '신비인입니다. 이 편지가 개봉될 즈음 저
는 며칠 동안 준비했던 신비인으로서의 마지막 작업을 마쳤을 것입
니다. 그래서 이 편지를 계기로 저는 뜻밖에 얻었던 아름다운 이름,
신비인을 여러분께 돌려 드립니다. 이후 신비인은 존재하지 않을 것
이며 여러분 기억에서도 삭제되기를 바랍니다. 안녕히.'

「진짜 전쟁 같아요. 신비인이 마지막으로 무슨 일을 했을까요?」

틀림없이 유장건이 개입된 일일 터이다. 보름이 지나도 떠나지 않
은 한선묵을 향해 유장건이 현상금이라는 포탄을 날렸다. 한선묵은
그 포탄을 마지막 작업이라는 명목으로 공공연히 되받아 날렸다. 공
중에서 포탄이 날아다니는 사이에 나는 멀쩡하게 밥을 먹고 잠을 자
면서 불안하나마 평화를 누렸다.

「신비인이 마지막으로 무엇을 했든 심은영, 그만 닫고 가봐. 아님
같이 들어가서 저녁을 먹고 가든지.」

「아뇨, 작업실로 갈래요. 가서 친구들하고 같이 밥 먹고 바람 쐴 겸
신비인 오프라인 카페에나 좀 가보든지요. 한 번밖에 안 가봤지만
재밌더라구요. 오늘은 사람들이 무슨 얘기를 할지보다 몇 명이나
모일지가 더 궁금해요. 무지하게 시끄럽겠어요. 생각해 보면 우스
운 일이기는 하죠? 실체는커녕 그림자도 모르는 인물을 놓고 시국

토론하듯이 난리들을 피우는 걸 보면 우스운데 재미있기도 해요. 이따 한번 나와 보실래요?」

「나는 됐어요, 아가씨. 그대는 하고 싶은 대로 하고, 우선 나가자. 나 배고파.」

며칠 전부터 입덧이 거짓말같이 걷혔다. 그즈음부터 시도 때도 없이 허기가 졌다.

「만날 무슨 배가 그리 고파요? 벌써 봄 타는 거예요?」

「임신했어.」

나도 모르게 불쑥 나온 말에 컴퓨터 전원을 끄던 은영이 벌떡 일어서며 돌아섰다. 어차피 말을 해야 할 즈음이긴 했다. 먼저 알리겠다고 유장건을 기다렸던가. 문이 열릴 때마다 돌아보고 전화벨이 울릴 때마다 움츠러들고 바람 소리에도 서성거렸다. 그와 헤어진 밤부터 시작된 기다림이었다. 설마 정말 이대로 끝내랴! 설마, 하면서 하루에도 몇 번씩 설렘과 불안 사이에서 들떴다가 들떠 오른 높이만큼 가라앉았다. 그 높낮이, 그 오르내림에 머리가 어지러웠다. 신체의 감각이 예민해진 만큼 일상은 무뎌졌다. 시시때때로 그런 나를 느끼면서 하루가 가고 일주일 가고 20일이 되었다.

「방금 언니, 임신이라고 했어요? 임신했다고?」

유장건과 내가 헤어졌다는 걸 은영도 알고 있었다.

「음, 아기를 가졌어. 넉 달째로 막 접어들었고.」

「그, 그 사람은 이 사실을 알아요?」

「아니, 말 못했어. 기회가 없었어.」

「기가 막혀라. 아니다, 그런 건 나중 문제고 우선 아기 가진 거 축하해요, 언니. 샴페인을 사다 터뜨려야겠어요. 꽃다발도 사고. 아니, 우선 어른들한테 말씀을 먼저 드려야죠. 아직 안 했죠?」

상식을 따지기보다 축하부터 해주는 은영이 고맙고 예쁘다. 이렇게 위로가 될 줄 미처 몰랐다.

「아직. 그런데 이렇게 축하받으니 참 좋다. 든든하고 고마워. 샴페인이든 꽃다발이든, 그런 건 나중에 하고 오늘은 우선 퇴근해. 나 들어가 봐야겠어.」

「아니, 같이 들어갈래. 그림이고 신비인이고, 뜬구름들은 그냥 떠 있으라죠, 뭐. 지금 들어가서 밥 먹는 자리에서 발표해요. 넉 달이나 된 아기를 숨겨 놓는 게 말이 돼요? 놀라기는 하실 테지만 좋아들 하실 거예요.」

불을 끈 은영이 문을 닫고는 어둠이 내린 뜰에서 내 어깨를 감싸 안는다. 임신했다고 공표하고 나자 곧장 보호받아야 할 대상이 된 것이다. 그 변화가 뭉클하다. 눈발은 날리지만 바람은 조금 전보다 약해진 것 같다. 임신을 알리려니, 자신감에 차 들어선 집 안엔 불이 환했다. 불빛을 받아 부나비처럼 날리는 눈송이. 눈이 내릴 뿐 여느 날과 다를 것 없는 저녁 풍경인데, 집안 공기가 다르다. 익숙하고 불길한 적막이 가득 차 흔들리고 있지 않은가. 휠체어에 앉은 올케는 부엌 앞마루에서 아래채를 건너다보며 굳어 있고 큰어머니는 아래채 처마 밑에서 열린 방을 향해 서서 떨고 있다. 봄이 왔다고는 해도 꽃샘 눈이 날리는 저녁 공기는 아직 서슬 푸르게 차가웠다. 왜들 저러세요? 안마당에 막 이르러 멈춰 선 나를 따라 덩달아 굳은 은영이 떨리는 목소리로 속삭였다. 엄마가 또 아프신가 봐. 저녁 편하게 먹기는 어려울 것 같고, 넌 오늘은 그만 가. 작게 말하며 내 어깨를 안은 은영의 팔을 떨쳐 낸다.

불온한 공기의 진원지는 아래채, 어머니 작업실이었다. 열린 문으로 다가서려는 나를 잡아챈 큰어머니가 네 오라비한테 맡겨 두라고 속삭였다. 큰어머니한테 붙들린 채 건너다본 풍경 속에는 어머니도 오라비도 나타나 있지 않다. 작업실 한쪽에서 모자가 실랑이를 벌이고 있는가 보았다. 차고 어두운 바람 속에서 큰어머니 어깨를 붙잡은 채 떨며 서 있으려니 들린다. 그거 저 주세요, 어머니. 제가 대신 다 물리쳐 드릴게요. 약속해요. 제가 해드릴게요. 그거 저 주시고 이쪽으로 오세요. 아무 소리도 없는 어머니는 어떤 무기를 들고 계시는 걸까. 내가 몸을 움직이려 하자 큰어머니가 다시 내 팔을 붙들었다. 완강한 힘이다.

「너는 나서지 마라. 깨진 유리 조각을 들고 있니라.」

「유리가, 어떻게요?」

「연못에 나갔다가 또 넋이 홀린 것 같다. 무서운 김에 연못 귀퉁이에 박힌 몽돌 하나를 빼들고 방으로 도망쳐 들어갔다가 유리창을 부순 모양이고.」

회랑에서 들었던 낯설고 먼 소음. 작정하고 달려든다면 모를까 엔간한 충격에는 끄덕도 않을 통유리벽이 깨졌다면 그저 내던진 게 아니라 몇 번이고 쳤다는 건데, 몽돌은 어디서 났을까. 로사의 뜰 연못 둘레에 몽돌이라 불릴 만한 돌멩이는 없다. 자그만 연못 둘레에서 물인지 흙인지 돌인지 분간이 안 가게 박힌 작은 바위들은 발작적인 임로사의 힘으로도 뺄 수 있게 돼 있지 않다. 온 집 안을 통틀어 몽돌이라 불릴 만한 돌은 장독대 어름에 있는 것들뿐이다. 장독대를 배경으로 몽돌처럼 그려진 윤진예와 정간난. 몽돌이 연못으로 온 건 그 작품을 그릴 즈음, 벌써 몇 달 전이었던 것이다. 그런데, 깨진 유리조각을 맨손으로 잡고 있다면 맙소사!

방 안의 두 사람은 옆모습으로 서서 대치 중이었다. 어머니는 깨진 유리창을 배경으로 유리 조각을 맨발로 밟은 채 날카롭고 긴 유리를 금방이라도 내리꽂을 듯 움켜쥐었다. 그 유리 끝으로 피가 방울방울 떨어진다. 바닥은 깨진 유리와 피가 엉겨 난장판이었다. 한선묵은 그 건너편에서 어머니를 달래고 있었다. 까딱하면 어머니가 더 상할 판이라 움직이지 못하는 것이다. 문턱 안쪽으로 들어서기는 했지만 나도 더 이상은 접근하지 못한다. 한선묵이 있어 덜했지만 두렵기는 마찬가지였다. 물바가지라도 들고 올걸 싶은데 벌써 늦었다. 침입자를 알아차린 어머니의 고개가 나를 향해 휙 돌아왔다. 맹렬한 독기로 퍼렇게 빛나는 눈초리. 한선재, 뒤로 물러나 가, 하고 한선묵이 나직하게 말하지만 어머니 눈길에 포획된 나는 이미 물러날 힘이 없었다. 한선묵이 사라진다 해도 나는 엄마를 병원에 데려다 놓지는 못할 거다. 앞으로도 이따금 폭풍에 휩쓸리듯 이렇게 살게 되겠지. 엄마와 나, 둘 중 하나가 죽기 전까지는. 엄마! 옴나위도 못하고 선 채 간신히 소리 내어 어머니를 부르는데 눈앞이 부예지면서 봇물 터지듯 울음이 밀려 나왔다. 터진 울음을 감당하지 못하고 무너진다. 엄마. 엄마. 엄마. 엎어져 울면서 뱉을 수 있는 말은 엄마뿐이었다. 눈물을 따라 머릿속이 하얗게 비어 가는 것 같은데 잦아지는 사념을 깨우듯 쨍, 유리가 떨어져 깨지는 소리가 났다. 빠지직거리며 내 곁에 다가든 인기척에 울음소리를 죽이지 못한 채 간신히 고개를 든다. 어머니가 내 앞에 바싹 다가와 앉는 참이었다. 어리둥절하고 당황한 얼굴로 내 볼을 만진다. 왜 우니, 이쁜 선재? 우리 딸, 왜 울어? 동그래진 눈으로 상황을 이해해 보려고 애쓰는 어머니를 왈칵 끌어안는다. 괜찮아요, 엄마, 괜찮아. 내 다독임에 어머니도 내 어깨를 마주 안더니 울기 시작했다. 미안해, 한선재, 이쁜 우리 딸. 엄마가 또 너를 아프게 했나 보다. 엄마, 자꾸 이래서 어떡하니? 미안해. 미안해, 응? 미안해. 미안하다는 말은 처음이었다. 지금껏 겪은 일들이 새삼스레 서러운데도·아무렇지 않아진다. 괜찮아요, 엄마. 엄마 자꾸 아파서 속상해서 울었어요. 이제 괜찮아요. 서로 달래는 동안 어머니 울음이 가라앉으면서 내 눈물도 걷힌다.

한차례 돌풍이 지나간 자리를 치우고 유리가 깨져 나간 벽은 어머니가 쓰지 않은 대형 캔버스로 우선 막았다. 그쯤 눈발이 그쳤다. 잠든 어머니를 빼고 아무 일 없었던 것처럼 저녁을 먹고 은영이 돌아갔다. 그 한참 뒤 작업실에 갔으려니 했던 한선묵이 내 방 앞에 나타나 느닷없이 나가자 했다. 정색한 얼굴로, 나가서 말해 주겠다는 바람에 따라나섰더니 차를 세운다. 집에서 20분 남짓 걸려 도착한 세종 문화 회관 뒤쪽 어름이었다. 잦아드는 것 같던 눈이 집을 나설 즈음부터 다시 날리는 참이었다.

「여긴 왜? 여기서 뭘 하자고?」

「지금부터 여행을 갈까 해. 물론 나 혼자서. 너는 나 배웅하러 나온 거야.」

「차 안 가지고? 그럼 터미널이나 공항으로 가야지, 왜 이리 와?」

「차분하게 잘 들어, 한선재. 며칠 전부터 생각한 건데 오늘, 아까 어머니하고 네 앞에서 결심한 거야. 정확하게 설명하긴 어렵지만 지금껏 나는 눈앞이 너무 밝았어. 바라보는 대상마다 너무 잘 보여서 그 그늘에 있는 중요한 대상을 놓쳐 온 것 같다고나 할까. 아까, 너 우는 모습, 네 울음에 잦아드는 어머니 보면서 처음으로 눈앞이 선명해지는 것 같았어. 명암을 구분하게 된 것 같다고나 할까. 어쨌든 그래서 지금 가서 자수할 거야. 한 블록 정도 걸어가면 시경이 있어.」

「뭘, 해?」

「자수. 이게 젤 나은 방법인 것 같아 결정한 거니까 너는 이제부터 내가 여행을 떠난다고 생각해. 기간이 얼마나 걸릴지는 알 수 없고, 너를 귀찮게 할 일도 여러 번 생길 거야. 그렇지만 너는 전혀 모르는 일이니까 그렇게 처신하면 돼. 형사들이 찾아와서 뭔가를 요구하면 그대로 따르면 되고.」

집에서 겪은 지진 같은 곤욕의 여파가 몸 안에 아직 남아 있는데 또 지진을 맞은 것 같았다. 새삼스러운 입덧처럼 속이 메슥거리면서 눈앞이 흔들렸다.

「흔적 남긴 거 없다고 자신만만했잖아? 갑자기 왜 이래? 이럴 거면 차라리 외국으로 나가. 시경이 아니라 공항으로 가자고. 설마 출국 금지 걸어 놓지는 않았을 거니까 비자 없이 나갈 수 있는 데로 우선 나가란 말이야.」

「나는 지금 처음으로 패배를 인정하는 거야. 우습지만 나름대로 겸허하게 그걸 받아들인 거고.」

「아까 집에 들어가기 전에 아름다운 신비인 카페 봤어. 현상금에 관한 이야기도 읽었고. 그거 때문이야? 또 무슨 일을 벌인 거야?」

「내가 너 모르게 한 일에 대해서는 알 필요 없어. 조만간, 내일이라도 신문이든 어디든 아주 떠들썩하게 나올 수도 있고, 사흘 동안 조용한 걸로 봐선 아예 안 나올 수도 있겠지. 신고할 수 있는 입장은 아닐 테니까. 어쨌든 그동안 무시했지만 남긴 게 없진 않았어. 그런 정도는 별것 아니라고 여겼기 때문에 신경 안 썼는데 며칠 전부터 상황이 달라졌어.」

「남긴 게 뭔데?」

「신비인 카페 중에 규모가 제일 작은 '소년 신비인'이라고 있어. 그 카페 운영자가 열여섯, 아니 올해 열일곱 살 된 녀석인데, 아이디가

'검은 천재'야. 그 녀석이 카페 개설하면서 올려놓은 글 중에 신비인을 봤다는 내용이 있어. 캠코더에 신비인을 잡아 놨다고 자랑스레, 그렇지만 자세히 보지 않으면 알 수 없게 떠벌여 놨지. 머리가 굉장히 좋은 녀석이거든. 아무튼 녀석이 캠코더에 잡아 놨다는 신비인은 신비인이 되기 전의 내가 맞아. 그날 밤 나는 아무것도 들고 나온 것이 없지만 녀석의 집에 내가 침입한 건 분명하거든. 그 전날 사전 답사 나갔을 때 녀석 캠코더에 잡힌 모양이야. 그날 밤 현장 나갔을 때 다시 잡힌 거고. 학교도 안 다니고 고양이처럼 집 구석에 박혀서 카메라하고 컴퓨터만 가지고 노는 놈이 그런 집에 있을 줄 미처 몰랐던 건 내 실책이야. 지난번 네 말대로 그렇게 남긴 게 있으니 다른 어디선가도 내가 남긴 게 또 있을지도 모르지. 유장건이 포착한 건 그런 것들일 테고. 너도 읽어 보면 알게 되겠지만 녀석은 아름다운 신비인 카페 회원이기도 해. 신비인한테 제 녀석하고 놀자고 떼쓰는 놈이기도 하고.」

「여태 무시했다면서 새삼스레 신경 쓰는 이유는 뭔데? 이제 와서 새삼 그 어린 녀석이 무서워?」

「녀석을 무시할 수 없게 된 것도 사실이지만 그보다는 내가 스스로를 인정하기로 했다는 거지. 이왕 그만두기로 한 마당이니 확실한 통과 의례를 겪자는 의미기도 하고. 어쨌든 한선재, 너한테 다 맡기고 떠나 있게 될 상황이 올 수도 있으리라는 생각을 못한 건 내 오만이었어. 무책임했고. 사과할게. 이후에 내가 다시 미안하다는 말을 해야 할 상황이 안 생길 거라고 자신은 못하지만 노력은 할게. 그건 약속해.」

「혹시 이것도 승부수의 일종이야?」

「아니, 유장건, 그 친구한테 졌다는 걸 인정하는 과정이야. 나 자신

과의 새로운 승부수를 띄운다는 건 맞을 거고. 내가 나를 극복하는
방법으로 선택한 거니까. 사족이지만 내가 한 짓이 다 보태진대도
종신형은 아냐. 그건 염려 마.」

「그걸 지금 농담이라고 해?」

「죽으러 가는 사람 배웅하는 얼굴을 하고 있으니 그렇잖아.」

「정말 이 방법밖에 없어?」

「더 좋은 방법이 있니?」

좋은 방법은커녕 어리둥절하고 황당하다. 지금 상황을 다 이해하
지도 못한다. 그 긴 시간들이 한순간에 이런 모습으로 끝날 수가 있
단 말인가.

「아무 생각 안 나. 그렇지만 몇 시간 전에 은영이랑 같이 집에 들어
가면서 식구들한테 할 말이 있었어.」

「유장건에 관한 거라면 안 해도 돼.」

「그 사람하고 관계가 없지 않지만 내 얘기야. 임신했어. 그 사람은
모르는데, 모른 채로 우리는 헤어졌어. 어떻게 하면 좋을까, 나는?」

그는 운전대에 손을 얹은 채 잠잠하다. 차 옆을 흘러다니는 소음만
엷게 들려올 뿐이다. 화가 났는가. 슬며시 보니 깊은 사념 속에 빠진
얼굴일 뿐 긴장이 느껴지진 않는다. 적막이 한없이 이어지는가 싶더
니 한선묵의 왼손이 톡톡 운전대를 건드렸다.

「천 년쯤 전인 것처럼 아득하다만 내 피가 붉은 게 아니라 검은 것
같던 어느 시절이 있었어. 그때 나랑 같은 색깔의 피를 가진 것 같
은 한 어린 여자하고, 같은 색깔의 피를 가진 아기를 만들고 싶었
어. 다행인지 불행인지 그런 아기는 만들어지지 않았지. 그때로부
터 다시 천 년쯤 지난 것 같은데…… 그 여자한테서 붉은 피를 가
진 아기를 가졌다는 말을 들으니 멍했어. 쓸쓸한 것도 같았고. 그

렇지만 괜찮아졌어. 어머니랑 큰어머니가 좋아하실 거야. 나도 어째 간질간질해지는 게 쓸 만한 기분이야. 내가 돌아가면 집 안에 꼬물거리는 녀석이 있을 거잖아. 어쩌면 녀석 나오기 전에 돌아갈지도 모르지. 그러면 나는 녀석을 어떻게 맞을까. 그건 이제부터 궁리해 볼게. 할 일이라곤 생각밖에 없을 텐데 시간이 많잖니. 어쨌든 몸조심하고, 간다.」

「정말 지금 간다고?」

「그래. 눈길 운전, 조심해서 들어가. 어른들한테는 알아서 말씀드리고.」

「그렇담 내가 따라갈게.」

「아니, 조만간, 내일부터라도 해야 할 일이 생길 테니 지금은 그냥 가.」

말을 마친 그가 툭, 열쇠가 꽂힌 핸들을 한 번 치더니 소리 없이 웃어 보이곤 문을 열고 나갔다. 눈이 내리는 밤 깊은 골목엔 사람들이 흐느적흐느적 걸어다니고 있었다. 그 물결 속으로 짙은 그늘을 단 등을 구부정하게 접은 그가 스며든다. 모퉁이를 돌기 전에 한 차례 뒤를 돌아본 한선묵이 어서 가라는 손짓을 하고는 흐릿해진 내 시야에서 사라졌다.

19

「멍하니, 뭐 하고 있는 겁니까?」

벽 앞에서 서성이며 벽에 매달 작품들의 구도를 궁리하는 참에 들려온 소리였다. 늘 같은 방식으로 나타나던 익숙한 목소리라 놀라지는 않았다. 유장건. 실재 인물이었나 싶을 정도로 가뭇없었던 남자가 불현듯 나타나 보일 듯 말 듯 웃고 있다. 늘 점퍼 차림이더니 감색 정장을 입고 덥수룩해 보이던 곱슬머리도 짧게 쳐 다른 사람 같다.

「회랑에서 전시회를 한다는 기사를 읽었어요. 그래서 왔는데, 조용하군요?」

「기사로 나간 행사는 내일 오후 세시부터예요. 오랜만입니다.」

「그러네요.」

「정리가 덜돼 어수선하지만 우선 어디 앉으세요.」

실내 공사가 어제 끝나 새로 들인 집기들이며 그림들이 미처 다 제자리를 잡지 못했다. 석 조의 탁자 위에도 먼지가 부옇다. 유장건이 앉은 가운데 탁자를 훔쳐 주고 유자차 두 잔을 끓여 들고 마주 앉는다. 새로 바뀐 실내를 두리번거리던 그가 자기 앞에 놓인 찻잔을 당기더니 감싸 쥔다. 얼굴빛이 아주 맑아졌다.

「아주 많이 바뀌었군요. 찻집 분위기가 아닌데요?」

올 한 해에만 뉴욕까지 아울러 여섯 차례에 걸친 전시회를 바깥에서 했다. 화가 로사는 별수 없이 유명해졌다. 살아 있는 작가 로사를 숨기기가 더 이상 벅찰 정도가 되었다. 해서 앞으로는 회랑에서만 전시를 할 참이었다. 내일 송년회를 겸해 새삼스럽게 전시회 개막식을 하는 건 그걸 공고하기 위한 내 나름의 절차였다.

「정리를 좀 했어요. 내일 날짜로 전시장으로 개관하려고 해요. 그림 보러 오는 사람은 누구든 차를 공짜로 마실 수 있는 공간으로요. 가난한 젊은 화가들한테 수시로 무료 대관도 할까 해요. 보기에 불편하지는 않죠?」

「불편하긴요. 아주 세련돼졌지만 편해요. 훨씬 밝고. 선재 씨도 그리 보이고요.」

「전문 인테리어 디자이너한테 의뢰한걸요. 어머니 덕분에 돈을 많이 벌었잖아요, 제가. 재벌 된 김에 좀 풀려고요.」

내 농담에 소리 없이 웃는 그가 어제 만났던 사람인 듯 익다.

「그렇게 보이긴 합니다만, 회랑은 어떻게 운영을 하게요?」

「게다가 딸린 식구도 많지 않냐, 그 말씀이시죠?」

「맞아요.」

「이제 벌어야죠. 뭘로 벌 거냐면요, 제이엠 기획 자리를 카페로 바꿨어요. 못 보셨나 봐요?」

「택시로 오면서 언뜻 봤지만 큰 변화 없는 것 같던데요?」

「언뜻 봐서 그렇죠. 좀 달라졌어요. 내부는 완전히 달라졌고요. 변화 없어 보이는 건 아직 문을 열지 않아 그럴 거예요. 거긴, 내일 여

282

기 개관식 하고 나서 문을 열 거거든요.」

「거기 주인은 어떻게 하고요? 돌아왔을 때?」

한선묵의 미래에 대해 이렇게 쉽게 물어 올 줄은 몰랐다. 뜻밖인데 염려해 주는 것 같아 위안이 된다. 금기였던 뭔가가 풀린 것처럼 가벼워지는 것도 같다.

「그 주인은 돌아오면 우선 공부를 할 거래요. 공부 끝난 다음에는 새로 일터를 만들겠다고 했어요. 사진을 할 건가 봐요. 나머지는 저도 모르고요. 그 사람 원래 크렘린이잖아요.」

이번엔 하하, 소리 내서 웃는다. 저렇게 웃는 모습이 좋아 가슴 저리던 시절이 그리 오래전도 아닌데 꼭 한 세상을 건너온 것처럼 아스라하다.

「좀 야위시긴 했지만 유장건 씨도 좋아 보이세요. 잘, 지내셨죠?」

좋아 보인다는 말에 또 미소 짓는다. 한선묵이 18개월의 실형을 언도받고 수감되고 난 한참 뒤에 그에게 전화를 한 적이 있었다. 그 전화는 없는 전화번호이거나 착신이 금지되었다는 안내말이 나왔다. 다시 해도 마찬가지였다. 없는 번호라는 말보다 착신이 금지되었다는 말이 사무쳐서 그에 대한 접속 시도를 포기했다.

「잘 지내고 있어요. 전업도 했고요.」

「그만, 두셨어요?」

「기억 못하나 보네요. 그만둘 거라고 했는데. 그 무렵에 옷 벗었어요.」

정확하게 기억한다. 그렇지만 한선묵이 도망치지 않았으니 그가 옷 벗을 이유는 없어졌다고 생각했다. 오리무중이었던 한선묵의 행적이 드문드문이라도 입증된 건 유장건 때문이라고 여기기도 했다. 재판 과정에서 신비인이라는 별칭이 일절 거론되지 않고 특수 절도에 특정 범죄 가중 처벌까지 받은 것도 그 때문이라고.

「잊고 있었어요. 워낙 바쁘게 살아 그랬던가 봐요.」

그가 했던 말을 잊지 않았듯 그를 떠올리지 않고 보낸 날도 없을 것이다.

「그럼 지금은 무슨 일 하세요?」

「제주도에 있어요. 낯선 데서 살아 보는 것도 괜찮을 것 같아 그쪽 호텔 경비원으로 취직했어요. 신문을 촘촘히 읽을 수 있을 만큼 모처럼 한가하게 살고 있죠. 덕분에 어머님 전시회 소식도 빠짐없이 본 셈이고요. 당신에 대한 기사도 읽었어요. 자칫 묻힐 수도 있었을 어머니의 작품을 세상에 널리 알린 역동적인 딸, 그가 이루어 낸 성공…… 읽으면서 마음이 좋았어요. 안심도 했고요. 사실은 일 때문에 어제 올라왔는데 내려가려다가 며칠 전에 읽은 기사가 생각나서 들러 본 거예요. 솔직히 한 번은 선재 씨를 보고 싶기도 했고요.」

「저도 뵙고 싶었어요. 드릴 말씀도 있었고요. 전화를 한 적이 있는데, 안 되더군요. 용기가 안 나서 더 이상 알아보지는 못했어요.」

「이런 이야기를 편히 할 수 있는 걸 보니 시간이 제법 지나기는 했나 보네요.」

「그러게요.」

마주 웃는다. 서로 타인으로 인정해 버린 뒤 느끼는 편안하고 쓸쓸한 웃음이라 어떤 시작을 말하기에는 새삼스럽고 뜨악할 것 같다. 그렇지만 나는 유장건을 만나면 해야 할 말이 있었다. 오늘 아니면 영원히 못할 수도 있는 이야기. 태어난 지 113일 된 한유윤에 대해서. 그의 성을 넣어 이름을 지었지 않은가. 어떻게 말을 꺼낼까. 목을 축이려 찻잔을 드는데 그는 차 몇 모금을 마시고 잔을 내려놓는다.

「비행기 시간이 몇 시세요?」

「네시예요.」

「그럼 여유가 좀 있네요? 캔 맥주 몇 개 있는데 하시겠어요?」

「아니요. 공항 가기 전에 만날 사람이 있어요.」

「운전할 것도 아니고, 맥주 둬 잔쯤 마시고 만나면 안 되는 사람이에요?」

「그런 게 아니라 만나서…… 만나서 같이 내려갈 사람입니다. 같은 회사에 근무하는 사람인데, 어제 함께 왔어요. ……결혼하려고요. 다음 주 토요일에. 직장 근처 성당에서 간단히 혼배 의식만 올리기로 했어요. 나는 아니지만 그 사람이 독실한 가톨릭 신자거든요. 상대가 조심하는 걸 나도 조심해 보려고요, 이번엔. ……선재 씨 앞에서 그 말 하는 게 어쩐지 부끄럽군요. 말하고 나니 편해진 것도 같고요.」

모르고 지나쳐도 좋을 사항들을 빠짐없이 알게 하는 친절한 운명에 대해 한탄한 적이 있었다. 친절한 운명은 한 움큼의 환상도 허락하지 않는 현실이 된다. 지금처럼. 묵은 빚 청산하듯 말을 해치운 그는 약간 쑥스러운 듯한 웃음을 머금고 시선을 내린 채 말을 잇는다.

「나를 좋아해 주는 게 고맙더라고요. 뭐든 나하고는 비할 수 없게 나은 사람인데 나를 좋아하는 게 안쓰럽기도 했고요. 나중에는 그런대로 편해졌어요. 된통 홍역을 겪은 뒤여서인지 그 편한 게 좋아요.」

절박한 사랑이 아니면 만족 못한다더니 이제 사랑은 문제가 아니게 된 모양이다. 아니, 표현이 부드러운 것일 뿐 그만한 사랑일 수도 있겠지. 어떤 것이든 수긍이 가긴 하는데 씁쓸하고 쓸쓸하다.

「뜻밖이에요. 유장건 씨를 만나지는 못하더라도 솔직히 다른 사람하고 결혼한, 결혼할 수도 있는 당신은 생각지 못했어요. 당신이 새로운 사람을 만나 결혼해도 앞으로 한참 뒤일 거라고 상상했던가 봐요. 내심 그렇기를 바랐고요. 어쩌면 언젠가 만나게 된다면, 만날 거라고 여겼으니까요, 그때는 당신하고 결혼하게 되겠거니 생각했는지도 모르겠어요. 제가 아직 세상을 덜 살았나 보죠. 어쨌든 그건 제 문제고, 좋은 분 만나셨다니 다행이에요.」

「당신은, 좋은 사람 아직 없어요?」

「저한테도 좋은 사람이 생겼다고 해야 마음이 편해지실 것 같은가요?」

「솔직히 잘 모르겠습니다.」

「잘 모른다는 말씀은 유장건 씨답지 않네요. 암튼 제 주변에 좋은 사람 많아요. 최근에 또 한 명이 생기기도 했고요. 제 걱정은 마세요. 미안해하지도 마시고요.」

「그래요, 그럴게요.」

어떤 관계든 내 힘으로 끝내 본 적이 없는 나나 원하는 대로 끊고 맺을 수 있는 그나, 마주 앉은 채로는 한 시절 가졌던 감정의 그림자를 떨쳐 내기는 쉽지 않은가 보다. 할 말 다 하고 났는데도 둘 다 선뜻 일어서지 못하고 창밖만 내다본다. 전시관으로 개조하면서 창의 수가 줄었고 모양도 원형으로 바뀌었다. 보선 교무한테서 받아 액자로 만들었던 일원상을 보여 주며 동그랗게 내달라고 인테리어 디자이너한테 주문했던 창에 로사의 언덕이 어려 있었다. 가만히 언덕을 내다보며 서로에 대한 마지막 예절인 듯 느릿느릿 차를 마셨음에도 찻잔이 비었다. 내가 먼저 일어나야겠다고 고개를 돌리는데 안뜰 쪽의 문이 찰칵 열렸다. 모든 게 끝난 것처럼 느즈러져 있던 가슴이 찰칵 뒤치는 소리를 냈다.

「언니, 윤이 배고픈가 봐. 금세 뒤집어지겠어. 대체 누굴 닮아서 이렇게 성질이 급한 거야? 당장 젖 줘요.」

나 혼자 있을 거라 여겼다가 손님을 발견하고, 그 손님이 유장건이라는 걸 뒤늦게 알아본 모양이다. 아기를 안은 채 오던 길로 달아날 것처럼 주춤거린다. 하지만 금세 뒤집어지겠다던 유윤이 자지러들듯이 울기 시작했다. 그 울음에 기겁한 은영이 유장건 눈치 볼 겨를 없이 아기를 내 품으로 넘겨주었다. 나도 누구 눈치 볼 겨를은 없었다. 아기를 보자마자 찌르르 젖이 돌기 시작하는 판이었다. 그에게서 몸을 반쯤 돌리고 앉아 아기에게 젖을 물리자 숨 가쁘게 빨아 댄다. 유장건은 천연덕스레 가슴을 드러내고 아기한테 젖을 물리는 나를 결박당한 사람처럼 건너다만 보고 있고 은영은 그런 세 사람을 바라보다 뭘 빠뜨리고 나온 것처럼 밖으로 나갔다. 그는 입이 붙은 듯 조용하고 나는 시위하듯 아이만 보며 젖을 먹인다.

「아기 이름이 윤입니까?」

반대쪽의 젖을 물리기 위해 아기를 돌려 안는데 그가 물었다. 그새 결혼했던 거냐는 물음도 아니고 아기 아버지가 누구냐도 아닌 그냥 아기 이름이다. 드세게 먹어 대던 아기는 어느 정도 배가 불렀는지 젖 한 모금 먹고 옹알이 한마디하며 포만 상태를 즐기기 시작했다.

「유윤이에요. 짓고 보니 의외로 부르기가 쉽지 않아서 보통은 윤이라고만 부르고 있어요.」

「딸인가요?」

「아들이에요. 예정일보다 스무 날쯤 일찍 낳아서 약한 편이었지만 지금은 평균치 몸무게가 됐어요. 건강한 편이고요.」

「그리 보여요. 선재 씨가 달라 보인 까닭을 알겠어요. 자신만만해 보이는 모습이, 지금도 그렇고. 보기 좋아요.」

그렇게 안 봤더니 둔하기가 곰이다. 이렇게 다 보여 주고 있는데도 더 이상 묻지 않다니.

「예쁘죠? 이 점 오 킬로그램으로 태어났을 때는 너무 작아서 못생겨 보이더니 지금은 이렇게 예뻐졌지 뭐예요?」

웃기는 하는데 그냥 보고만 있다. 저렇게 아무 생각이 없는 걸까. 설마 일부러 외면하는 건 아닐 터이다. 아무려나, 유윤이 나오지 않았다면 그냥 넘어갔을 테지만 뭔가에 이끌리듯 아이가 나왔다. 5분, 아니 1분만 늦었어도 엇갈렸을지도 모를 제 아버지를 찾듯이. 이렇게 된 마당에 결혼 날짜를 받아 놨다는 남자를 위해 아기의 존재를 알리지 않을 덕성 같은 건 내 안에 없었다. 그와 결혼할 여자를 위해 내 아기를 숨길 만큼 착하지도 않았다. 젖을 실컷 먹고 포만에 차서 흥얼거리는 아기를 세워 안고 등을 다독여 트림을 시킨다. 유장건은 그런 나와 아기를 막연한 눈길로 보고 있다.

「한번 안아 보시겠어요?」

「아니, 여태 아기 안아 본 적 없어요. 너무 작아서 겁나요.」

「작아도 튼튼해요. 안아 줘 다치는 아기는 없는 법이고요. 안아 보세요. 자요.」

다짜고짜 아기를 건네준다. 얼결에 아기를 받은 그가 어쩔 줄 몰라 하다가 한 팔에 뉘듯이 안는다. 숫되게 안았으면서도 금세 아기와 눈을 맞추며 웃는다. 보기에 좋다.

「당신이 오늘 안 왔다면, 당신이 여기 머무는 동안 아기가 이리 나오지 않았다면 어쨌을지 모르겠어요. 여태 아무 작정이 없었으니까요. 그런데 오셨고, 아기가 때맞춰서 나왔어요. 이제까지 기회가 없었지만 지금 말씀드릴게요. 그 아이, 한유윤은 내 아이지만 당신 아이기도 해요. 당신 성을 넣어 이름을 지었어요.」

한 팔로 아기를 안고 눈을 맞춘 채 다른 손으로 아기 볼을 건드리며 어르던 남자가 움찔한다. 고개가 서서히 들렸다.

「당신, 방금 뭐라고 했어요?」

「그 아이가 당신 아이기도 하다고 했어요. 당신 분명한 거 좋아하니까 분명하게 말씀드릴게요. 작년 이맘때였죠. 일영 스승님 댁에서 묵은 날 든 아기예요. 왜 진작 말하지 않았느냐고 따지진 마세요. 아기 가진 사실을 알았을 때부터 당신이 떠날 때까지 그 이야기 할 기회가 없었으니까요. 그렇더라도 말을 했어야 한다고도 안 하시길 바라요. 그 무렵의 저는 한선묵과 유장건 틈에서 숨도 제대로 못 쉬고 살았으니까.」

아기와 나를 번갈아 보며 어처구니가 없는가 보다. 나는 내심 통쾌하다. 처음으로 손에 쥔 권력을 행사하는 것처럼 으쓱했다.

「윤이 생일은 팔월 이십칠일이에요. 새벽 세시 반경에 태어났고 혈액형은 오형이라고 하데요. 제가 오형인데, 당신 혈액형도 오형인가 보죠? 이렇게 말씀드리는 건 알고 계시라는 뜻이에요. 당신을 만나지 않고 산다 해도 윤이한테 아버지를 숨길 생각은 안 했거든요. 이제 만났으니까 당신도 윤이라는 존재를 품고 사셨으면 해요. 나중에는 가끔이라도 아버지 노릇을 해주셨으면 싶고요. 미래는 알 수 없는 거니까 제가 결혼할지도 모르지만, 그렇더라도 윤이한테 당신이 아버지인 것은 변할 수 없잖아요. 당신이 할 수 있는 범위 안에서 윤이 아버지 노릇을 해주세요.」

「일을 이 지경으로 만들어 놓고도 모든 걸 아주 쉽게 이야기하는군요.」

「어떤 지경인데요? 아이가 생겨서 낳았어요. 당신이 왔기에 그 말씀 드린 거고. 아무 말도 않고 당신을 그냥 보내야 했다는 건가요?

정말 그랬기를 바라세요?」

「한선재 씨, 당신 지금 거의 뻔뻔하게 보일 지경이라는 거 알아요?」

「괜찮아요. 당신한테 제가 착하고 순한 여자로 남아서 윤이한테 덕될 게 뭐가 있겠어요. 아이한테 아버지가 어떤 존재인지, 제 아버지는 기껏해야 십여 년의 아버지 노릇으로도 저한테 충분히 가르쳐 주셨어요. 그 존재를 제 아이한테서 제가 뺏을 수는 없죠. 어쨌든 윤이는 저 주시고 이제 그만 가보세요. 약속이 있다고 하셨잖아요. 저도 바쁘고요.」

그의 곁으로 가 그의 품속에서 옹알이하는 아기를 안아 낸다. 녀석은 요즘 나를 알아보았다. 눈을 맞추기만 하면 좋아 어쩔 줄 모르겠다는 듯이 몸을 뒤쳤다. 녀석 옹알이에 답해 주고 있는데 헛기침 소리가 들렸다.

「한 해에 전시회를 여섯 번, 아니 일곱 번이나 하자면, 사업도 새로 벌이면서 정신없이 바빴을 텐데, 아기는 누가 어떻게 돌보는 거예요?」

별걱정을 다 한다 싶어져 아기를 향해 웃는다. 녀석이 화답하듯 웃는 소리를 낸다. 물론 어머니를 염두에 두고 묻는다는 것 정도는 알았다.

「저 어렸을 때, 저랑 친자매처럼 지내면서 저를 키워 준 언니가 있어요. 그 언니가 날마다 와요. 그리고 몸이 성치는 않아도 올케 언니가 있고 큰어머니도 계시잖아요. 어머니가 혼자 아기를 보시는 일은 없으니 걱정 마세요.」

「어머님은, 요즘 어떠세요?」

「참 일찍도 물으시네요? 여전하세요. 여전하시기는 한데, 그때 이후로 바깥에 나간 일 없으시고 발작을 일으킨 적도 없으세요. 거의 정상으로 보이실 정도예요. 여럿은 아니어도 이따금 사람을 만나기도 하시는걸요. 사람들 만나는 걸 좋아하시기도 하고요.」

요즘 어머니가 만나며 즐거워하는 사람은 김세규 선생과 달봉 씨였다. 특히 한서묵의 친구로 알고 있는 달봉 씨를 좋아해서 이따금 당신 쪽에서 찾기까지 할 정도였다.

「요즘 어머니 테마는 이 녀석이에요. 얼마나 예뻐하시는지 그림이란 그림엔 전부 윤이가 들어 있어요. 날마다 육아 일기 쓰듯이 녀석을 그려 대세요.」

전부 아니면 아무것도 원하지 않는다고 했던 사람이었다. 전부와 아무것도 아닌 것 사이에서 어떤 선택을 해야 할지 생각이 많긴 하겠지. 다음 주에 결혼하기로 날 받아 놓고 남은 감상을 완전히 정리하기 위해 옛 여자를 만나러 왔다가 발견한 자식이라니. 어떤 것도 적당히 못하는 성격에 결혼을 하기로 했다면 그만한 필연성이 있을 것이고 하늘이 두 쪽 난대도 해야 할 테지만, 두고 볼 일이었다.

「약속 있다면서요?」

대답 없이 일어나 장승처럼 서서 아기를 들여다보던 그가 나한테는 눈길 주지 않은 채 나갔다. 뒤따라 나가려다 눈앞에서 닫히는 문에 막혀 멈춰 서는데 쓴웃음이 난다. 품속에서 옹알이를 하던 녀석이 눈을 맞추자 헤벌쭉 웃는다. 네 아빠? 엄마한테 화가 나신 모양이야. 글쎄. 오신다면 삼촌보다는 빨리 오실걸. 성격이 급하거든. 안 오신다면? 그럼 우리끼리 잘 살아야지. 그렇지? 내 중얼거림에 알아들은 것처럼 웃는 녀석을 추슬러 안는다. 기대는 없었다. 아니, 기대하지 않는다. 언제나 안 좋은 예감은 맞고 기대는 어긋나지 않던가.

아이를 들여보내고 은영을 불러내 하던 일을 마저 해야 할 때였다. 내일 행사에 1백여 장이나 되는 초대장을 발송해 놓은 상태였다. 전화기를 들고 조금 전에 앉았던 자리에 다시 앉는데 남쪽 창에서 들어온 햇살이 탁자에 동그란 무늬를 그려 놓았다. 동그란 상징물. 존재하는 모든 것들의 고향이며 모든 생명체의 본래 마음이고, 사람이 도달하고자 하는 궁극의 원리와 지혜를 상징한다고 했던가. 참으로 긴 강을 건너온 것 같은데 이 동그라미 뜻은 아직도 어렵기만 하다. 일원상을 건네받으며 치환해 읽었던 카드, 운명의 수레바퀴도 마찬가지였다. 운명의 지배를 받기 싫으면 스스로 운명을 개척하라는 의미로 받아들였던 그때 이후 타로 카드를 떼어 본 적이 없었다. 앞으로도 카드로 미래를 엿보는 일은 없을 것이다.

도둑의 누이

초판 1쇄 발행일 · 2004년 2월 5일
초판 2쇄 발행일 · 2004년 4월 15일
지은이 · 송은일
펴낸이 · 임성규
펴낸곳 · 문이당

등록 · 1988. 11. 5. 제 1-832호
주소 · 서울시 성북구 동소문동 4가 111번지
전화 · 928-8741~3(영) 927-4991~2(편)
팩스 · 925-5406
ⓒ 송은일, 2004

홈페이지 http://www.munidang.com
전자우편 webmaster@munidang.com

ISBN 89-7456-243-X 03810